CATORZE DIAS

Um romance colaborativo
Histórias de

Charlie Jane Anders
Margaret Atwood
Jennine Capó Crucet
Joseph Cassara
Angie Cruz
Pat Cummings

Mira Jacob
Erica Jong
CJ Lyons
Celeste Ng
Tommy Orange
Mary Pope Osborne
Douglas Preston
Alice Randall
Ishmael Reed

James Shapiro
Hampton Sides
R. L. Stine
Nafissa Thompson-Spires
Monique Truong
Scott Turow

Sylvia Day
Emma Donoghue
Dave Eggers
Diana Gabaldon
Tess Gerritsen
John Grisham
Maria Hinojosa

Roxana Robinson
Nelly Rosario

Luis Alberto Urrea
Rachel Vail
Weike Wang
Caroline Randall Williams
De'Shawn Charles Winslow
Meg Wolitzer

Organizado por **MARGARET ATWOOD**
e **DOUGLAS PRESTON**

CATORZE DIAS

Um romance colaborativo

Tradução de Marina Vargas

Rocco

Título original
FOURTEEN DAYS
A Literary Project of the Authors Guild of America

Copyright © 2024 by The Authors Guild Foundation

Todos os direitos reservados.

Copyright completo dos contos individuais na página 383.

Nenhuma parte deste livro pode ser reproduzida no todo
ou em parte sob qualquer forma sem a permissão do editor.

Copyright da tradução para língua inglesa a partir da japonesa do poema
de Minamoto-no-Shitago, que aparece nas páginas 120 e 121 © Michael R. Burch.

Edição brasileira publicada mediante especial
acordo com HarperCollins Publishers LLC.

Direitos para a língua portuguesa reservados
com exclusividade para o Brasil à
EDITORA ROCCO LTDA.
Rua Evaristo da Veiga, 65 – 11º andar
Passeio Corporate – Torre 1
20031-040 – Rio de Janeiro - RJ
Tel.: (21) 3525-2000 – Fax: (21) 3525-2001
rocco@rocco.com.br | www.rocco.com.br

Printed in Brazil/Impresso no Brasil

Preparação de originais
DEBORA LANDSBERG

CIP-BRASIL. CATALOGAÇÃO NA PUBLICAÇÃO
SINDICATO NACIONAL DOS EDITORES DE LIVROS, RJ

C358

Catorze dias : um romance colaborativo / Charlie Jane Anders ... [et al.] ; organização Margaret Atwood, Douglas Preston ; tradução Marina Vargas. - 1. ed. - Rio de Janeiro : Rocco, 2025.

Tradução de: Fourteen days : a literary project of the Authors Guild of America
ISBN 978-65-5532-511-9
ISBN 978-65-5595-322-0 (recurso eletrônico)

1. Ficção americana. I. Anders, Charlie Jane. II. Atwood, Margaret. III. Preston, Douglas. IV. Vargas, Marina.

24-95002
CDD: 813
CDU: 82-3(73)

Meri Gleice Rodrigues de Souza - Bibliotecária - CRB-7/6439

Sumário

Nota da Authors Guild Foundation......................... vii

Primeiro dia: 31 de março de 2020 15
Segundo dia: 1º de abril... 46
Terceiro dia: 2 de abril.. 62
Quarto dia: 3 de abril.. 81
Quinto dia: 4 de abril.. 119
Sexto dia: 5 de abril.. 150
Sétimo dia: 6 de abril.. 172
Oitavo dia: 7 de abril.. 191
Nono dia: 8 de abril.. 214
Décimo dia: 9 de abril... 231
Décimo primeiro dia: 10 de abril.......................... 251
Décimo segundo dia: 11 de abril........................... 272
Décimo terceiro dia: 12 de abril............................ 315
Décimo quarto dia: 13 de abril.............................. 339

Sobre os colaboradores.. 376

Nota da Authors Guild Foundation

VOCÊ TEM EM MÃOS UM ROMANCE AO MESMO TEMPO SINGULAR E extraordinário. A palavra inglesa para romance, *novel*, vem da palavra latina *novellus*, através da palavra italiana *novella*, e descreve uma história que não é a reelaboração de um conto já conhecido, um mito ou uma parábola bíblica, mas algo novo, fresco, estranho, divertido e inesperado.

Catorze dias se enquadra nessa definição. É um romance colaborativo surpreendente e original – podemos até chamá-lo de um acontecimento literário. Foi escrito por trinta e seis autores dos Estados Unidos e do Canadá, de todos os gêneros, com idades entre trinta e oitenta e poucos anos, provenientes de uma ampla variedade de origens culturais, políticas, sociais e religiosas. Não se trata de um folhetim, nem de uma narrativa clássica nos moldes de *Decamerão* ou dos *Contos da Cantuária*. É um *novellus* épico no sentido mais antigo e mais verdadeiro da palavra.

Os autores que escreveram cada uma das histórias não são mencionados diretamente. A menos que consulte a lista no fim do livro, você não saberá quem escreveu o quê. A maioria se destaca em seus gêneros de escolha, do romance ao suspense, da ficção literária aos livros infantis, da poesia à não ficção. *Catorze dias* é, portanto, uma celebração da diversidade dos autores da América do Norte e uma provocação à balcanização literária da nossa cultura.

Os narradores de *Catorze dias* são um grupo de nova-iorquinos que ficaram para trás durante a pandemia de covid, sem poder fugir para o campo, como a maioria dos residentes ricos da cidade fez no início da pandemia, e como os privilegiados fizeram durante séculos diante de desastres iminentes. Todas as noites, os vizinhos se reúnem no telhado do prédio antigo no Lower East Side para bater panelas, aplaudir os profissionais de saúde, se meter em discussões – e contar histórias. Como em qualquer bom romance, há conflitos, redenção e muitas surpresas pelo caminho.

Acima de tudo, *Catorze dias* é uma celebração do poder das histórias. Desde muito antes da invenção da escrita, nós, seres humanos, enfrentamos nossos maiores desafios contando histórias uns aos outros. Quando somos confrontados com a guerra, a violência, o terror – ou a pandemia –, contamos histórias para dar sentido às coisas e resistir a um mundo assustador e inescrutável. As histórias nos contam onde estivemos e para onde vamos. Dão sentido ao que não tem sentido e trazem ordem ao caos. Transmitem nossos valores às gerações futuras e afirmam nossos ideais. Alfinetam os poderosos, expõem os enganadores e dão voz aos oprimidos. Em muitas culturas, o ato de contar histórias invoca poderes mágicos para curar doenças espirituais e físicas, e para transformar o profano em sagrado. Os biólogos evolucionistas acreditam que a sede de contar histórias está em nossos genes: são as histórias que nos tornam humanos.

Nós da Authors Guild Foundation temos o orgulho de apresentar o romance intitulado *Catorze dias*.

A estrutura e os temas do romance refletem a missão da Authors Guild Foundation, braço educacional e sem fins lucrativos da Authors Guild, e *Catorze dias* é um projeto beneficente: toda a receita obtida será destinada a custear o trabalho da fundação, criada com base na crença de que um *corpus* rico e diversificado de manifestações literárias independentes é essencial para nossa democracia. Promovemos e capacitamos escritores de todos os perfis e em todos os estágios de carreira, orientando autores no processo de escrita, fornecendo recursos, programas e ferramentas a escritores da América do Norte, além de fomentarmos a compreensão do valor dos escritores e dessa profissão. A fundação é a única organização do tipo dedicada a capacitar qualquer autor, refletindo o espírito venerável dos escritores que a fundaram: Toni Morrison, James A. Michener, Saul Bellow, Madeleine L'Engle e Barbara Tuchman, entre outros, oriundos de uma ampla gama de gêneros.

A Authors Guild Foundation é extremamente grata a Margaret Atwood por ter assumido o comando deste projeto e por ter convencido tantos escritores talentosos a participarem dele. Agradecimentos especiais também a Doug Preston, ex-presidente da Authors Guild, por ter concebido a ideia e criado a estrutura da narrativa. Estendemos nossa enorme gratidão a Suzanne Collins, que nos fez uma generosa doação, que financiou os honorários de todos os colaboradores.

Nossa imensa gratidão também a Daniel Conaway, da agência literária Writers House, e ao diretor da agência, Simon Lipskar, que nos doaram o valor total de suas comissões. Dan nos prestou sua extraordinária e sensata assistência do início ao fim. Gostaríamos de agradecer a Liz Van Hoose, que atuou como editora do projeto na primeira compilação das histórias, e a Millicent Bennett, nossa maravilhosa editora na HarperCollins, que percebeu a natureza empolgante de *Catorze dias* e tem sido uma guardiã inestimável do livro, se mostrando incansável ao lhe dar forma e defendê-lo ao longo do processo de publicação. Somos gratos também a Angela Ledgerwood, da Sugar23 Books, e ao restante da equipe da HarperCollins, incluindo Jonathan Burnham, Katie O'Callaghan, Maya Baran, Lydia Weaver, Diana Meunier, Elina Cohen, Robin Bilardello e Liz Velez, pelo apoio entusiástico ao projeto. Gostaríamos de agradecer também à equipe da Authors Guild, que trabalha sem parar com o objetivo de proteger os direitos dos autores.

Acima de tudo, somos gratos aos trinta e seis autores que participaram deste projeto colaborativo.

São eles:

Charlie Jane Anders, Margaret Atwood, Jennine Capó Crucet, Joseph Cassara, Angie Cruz, Pat Cummings, Sylvia Day, Emma Donoghue, Dave Eggers, Diana Gabaldon, Tess Gerritsen, John Grisham, Maria Hinojosa, Mira Jacob, Erica Jong, CJ Lyons, Celeste Ng, Tommy Orange, Mary Pope Osborne, Douglas Preston, Alice Randall, Ishmael Reed, Roxana Robinson, Nelly Rosario, James Shapiro, Hampton Sides, R. L. Stine, Nafissa Thompson-Spires, Monique Truong, Scott Turow, Luis Alberto Urrea, Rachel Vail, Weike Wang, Caroline Randall Williams, De'Shawn Charles Winslow e Meg Wolitzer.

Todo o lucro obtido com este livro será destinado à Authors Guild Foundation. Parte do adiantamento dos direitos autorais foi destinada aos esforços conjuntos da Authors Guild e da AGF no sentido de apoiar escritores durante o período mais crítico da pandemia, quando lançamentos foram adiados, livrarias e bibliotecas fecharam e autores tiveram dificuldade para publicar seus livros. Uma pesquisa realizada pela Authors Guild revelou que nada menos que 71% dos membros tiveram uma diminuição de renda de até 49% durante a pandemia devido ao adiamento de lançamentos e ao cancelamento de turnês de divulgação, leituras e palestras, além de projetos de escrita e outros trabalhos que foram perdidos. A AG pressionou o Congresso dos Estados Unidos para que aprovasse regulamentações e legislação que incluíssem escritores freelancers no pacote de assistência governamental naquele momento, pois tinham sido inexplicavelmente deixados de fora da proposta original.

A AGF destinou parcelas adicionais do adiantamento a combater a proibição de livros em escolas e bibliotecas e os pedidos de fechamento de bibliotecas. Assinou e apresentou pareceres independentes, na qualidade de *amicus curiae*, em vários litígios, contestando a remoção e a proibição de livros e as leis recentes que incentivavam ou exigiam tais proibições.

Os projetos apoiados pela fundação incluem o Stop Book Bans Toolkit e o Banned Books Club, que conta com mais de sete mil membros na plataforma Fable e possibilita que jovens e outras pessoas nos Estados Unidos leiam e discutam obras que foram objeto de proibições recentes. Junto com a Authors Guild, a AGF é membro ativo da Unite Against Book Bans e faz campanhas com a National Coalition Against Censorship.

A Authors Guild Foundation apoia a Authors Guild, defendendo com firmeza os interesses dos autores frente ao governo, informando, redigindo anteprojetos e aconselhando o Congresso do país sobre leis que podem ajudar – ou prejudicar – os autores. Junto com a Authors Guild, a fundação litiga e apresenta pareceres independentes, na qualidade de *amicus curiae*, em processos judiciais importantes para proteger os direitos dos autores e garantir a saúde do ecossistema editorial e da profissão de escritor, bem como para apoiar a liberdade de expressão.

Os membros da Authors Guild incluem romancistas de todos os gêneros e categorias, escritores de não ficção, jornalistas, historiadores, poetas e tradutores. A AG acolhe tanto autores que publicam por meio de editoras tradicionais quanto autores que publicam de forma independente por meio da autopublicação. Alguns dos benefícios de ser membro da AG são: assistência jurídica (de análises de contratos a aconselhamento sobre questões de direitos autorais, leis de mídia e intervenção em disputas legais); um programa de assistência de marketing que prepara autores para a publicação de um novo livro; credenciais de imprensa prestigiosas para jornalistas freelancers; um vibrante fórum on-line de compartilhamento de informações com colegas autores; opções de seguro e programas de descontos; hospedagem de sites; modelos de contrato; comitês e programações locais; oportunidades de conhecer outros autores; seminários presenciais e on-line sobre o aspecto comercial de publicação, marketing, autopublicação, impostos, legado literário, e muito mais.

[A NARRATIVA A SEGUIR FOI TRANSCRITA A PARTIR DE UM MANUSCRITO DE AUTORIA NÃO IDENTIFICADA, ENCONTRADO NO DEPÓSITO DA DIVISÃO DE REGISTRO DE OBJETOS PERDIDOS DO DEPARTAMENTO DE POLÍCIA DE NOVA YORK, 11 FRONT STREET, BROOKLYN, NY, 11201. ARQUIVADO EM 14 DE ABRIL DE 2020, ENCONTRADO E PUBLICADO EM 6 DE FEVEREIRO DE 2024.]

Primeiro dia
31 DE MARÇO DE 2020

PODE ME CHAMAR DE 1A. SOU ZELADORA DE UM PRÉDIO NA Rivington Street, no Lower East Side, em Nova York. É um edifício de seis andares sem elevador com o nome ridículo de Fernsby Arms, uma pocilga decadente que já deveria ter sido demolida há tempos. Não combina nem um pouco com a bela gentrificação da vizinhança. Até onde eu sei, ninguém famoso morou aqui; nenhum assassino em série, grafiteiro subversivo, poeta beberrão infame, feminista radical ou divulgador de canções da Broadway indo e voltando todos os dias da Tin Pan Alley. Pode ser que um ou dois assassinatos tenham sido cometidos aqui – é esse tipo de prédio –, mas nada que tenha sido noticiado no *New York Times*. Quase não conheço os moradores. Sou nova aqui – consegui o emprego há algumas semanas, quando a cidade entrou em *lockdown* por causa da covid. O apartamento veio junto com o emprego. Pelo número, 1A, concluí que ficava no primeiro andar. Mas, quando cheguei – e já era tarde demais para mudar de ideia –, descobri que na verdade o apartamento era no subsolo, tão escuro quanto o armário de vassouras do Hades, com zero sinal de celular, para completar. Nesse prédio, o subsolo é o primeiro andar, o térreo é o segundo, e assim por diante até o sexto. Uma fraude.

O salário no Fernsby Arms é péssimo, mas eu estava desesperada, e era isso ou acabar na rua. Meu pai veio da Romênia para os Estados Unidos quando era adolescente, casou-se aqui e trabalhava feito um cão como zelador de um prédio no Queens. E então eu nasci. Quando eu tinha oito anos, minha mãe nos abandonou. Eu acompanhava meu pai enquanto ele consertava torneiras com vazamento, trocava lâmpadas e distribuía sabedoria. Era uma criança adorável, e ele me levava junto para aumentar as gorjetas. (Continuo sendo adorável, muito obrigada.) Ele era o tipo de zelador para quem as pessoas gostavam de abrir o coração. Enquanto ele desentupia vasos sanitários ou instalava iscas para barata, os moradores gostavam de desabafar sobre seus problemas. Ele era compreensivo, distribuindo bênçãos e comentários apaziguadores. Sempre tinha um provérbio romeno reconfortante ou uma pérola de sabedoria antiga dos Cárpatos para oferecer – isso, somado a seu sotaque romeno, fazia com que parecesse mais sábio do que realmente era. As pessoas o adoravam. Pelo menos algumas. Eu também o amava porque nada disso era encenação; ele realmente era assim: um pai afetuoso, sábio, amoroso e pretensamente rígido – seu único problema era ser Velho Mundo demais para perceber quanto era explorado todos os dias pela Vida na América. Basta dizer que não herdei sua natureza gentil e misericordiosa.

Meu pai queria uma vida diferente para mim, algo que passasse bem longe de consertar as cagadas dos outros. Economizou feito um doido para que eu pudesse fazer faculdade; como jogava basquete, consegui uma bolsa de estudos para a SUNY e planejava ser locutora esportiva. Discordávamos nesse ponto: desde que ganhei o prêmio de robótica da First Lego League no quinto ano, meu pai queria que eu fosse engenheira. O lance da faculdade não deu certo. Fui expulsa do time universitário de basquete quando meu exame deu positivo para maconha. Então larguei os estudos, deixando meu pai com uma dívida de 30.000 dólares. Não eram 30.000 no início: começou como um pequeno empréstimo para complementar minha bolsa de estudos, mas os juros cresceram como um tumor. Depois de abandonar a faculdade, passei um tempo morando em Vermont, dependente da generosidade de uma namorada, mas uma coisa ruim aconteceu, voltei a morar com meu pai e virei garçonete do Red Lobster, no Queens Place Mall. Quando meu pai começou a ir ladeira abaixo por causa do Alzheimer, eu o substituí da melhor maneira que pude, consertando as coisas no prédio pela manhã antes de ir para o trabalho. Mas no fim das contas uma moradora cretina nos denunciou ao proprietário, e meu pai foi forçado a se aposentar. (Usando minha chave mestra, joguei um saco com minhas peças de Lego no vaso sanitário dela em agradecimento.) Tive que transferi-lo para uma casa de repouso. Como não tínhamos dinheiro, o Estado o colocou em um centro de assistência para pessoas com problemas cognitivos em New Rochelle. Solar Verdejante. Que nome. Verdejante. A única coisa verde lá são as paredes – um verde-vômito-pus-asilo, você sabe de que cor estou falando. *Venha pelo estilo de vida. Fique a vida inteira.* No dia em que o levei para lá, ele tacou um prato de fettuccine alfredo em mim. Até o *lockdown*, eu o visitava sempre que podia, o que não era muito por causa da minha asma e do merdelê contínuo conhecido como Minha Vida.

Então começaram a chegar um monte de boletos relativos aos cuidados e ao tratamento do meu pai, apesar de eu achar que o plano de saúde cobriria essas coisas. Mas não, eles não cobrem. Espere só até ficar velho e doente. Você precisava ver a pilha de cinco centímetros que queimei em uma lixeira, disparando os alarmes de incêndio. Isso foi em janeiro. O síndico do prédio contratou um novo zelador – não me quiseram porque sou mulher, embora ninguém conheça aquele prédio como eu – e me deu um mês para me mudar. Fui demitida do Red Lobster porque faltei muitos dias para cuidar do meu pai. O estresse por estar desempregada e, em breve, também desabrigada me provocou mais uma crise de asma, e fui levada às pressas para o pronto-socorro do Presbyterian, onde me conectaram a um monte de tubos. Quando saí do hospital, todas as minhas coisas tinham sido tiradas do apartamento – tudo, inclusive as coisas do meu pai. Eu ainda tinha meu celular, e uma oferta de emprego me esperava no meu e-mail, para trabalhar no Fernsby, com direito a um apartamento que diziam ser mobiliado, então aceitei correndo.

Tudo aconteceu muito rápido. Um dia, o coronavírus era só uma coisa que estava acontecendo em uma tal de Wuhan, sabe-se lá onde isso fica, e no dia seguinte estávamos no meio de uma pandemia bem aqui nos Estados Unidos. Meu plano era visitar meu pai assim que me mudasse para o apartamento novo e, nesse meio-tempo, falava com ele pelo FaceTime no Solar Verde-Merda quase todos os dias com a ajuda de uma auxiliar de enfermagem. Então, de repente, a Guarda Nacional foi convocada para cercar New Rochelle, e meu pai ficou no marco zero, isolado do resto do mundo. Pior: de repente eu não conseguia mais ligar para ninguém de lá, nem para a recepção, nem para o celular da enfermeira, nem para o celular do meu pai. Telefonei várias vezes. Primeiro tocava sem parar, ou alguém tirava o telefone do gancho e ficava ocupado para sempre, ou eu ouvia uma gravação me pedindo para deixar recado. Em março, Nova York foi fechada por causa da covid, e me vi no referido apartamento do porão cheio de tralhas esquisitas em um prédio caindo aos pedaços com um bando de moradores que eu não conhecia.

Fiquei um pouco nervosa porque a maioria das pessoas não espera que o zelador seja uma mulher, mas tenho um metro e oitenta de altura, sou forte pra caramba e capaz de fazer qualquer coisa. Meu pai sempre dizia que eu era *strălucitor*, o que significa "radiante" em romeno, algo que um pai orgulhoso diria, mas no meu caso é verdade. Recebo *muita* atenção dos homens – indesejada, é claro, já que não jogo nesse time –, mas não me preocupo com eles. Digamos apenas que já tive que lidar com vários idiotas no passado, e eles não vão esquecer essa experiência tão cedo; então, pode acreditar, sou capaz de encarar qualquer coisa que esse trabalho de zeladora exija. Quer dizer, Drácula era meu parente de décimo terceiro grau, ou pelo menos é o que meu pai diz. Não Drácula, o vampiro idiota de Hollywood, mas Vlad Drakul III, soberano da Valáquia, também conhecido como Vlad, o Empalador – de saxões e otomanos. Sou capaz de resolver e consertar qualquer coisa. De cabeça, consigo dividir um número de cinco dígitos por um número de dois dígitos, e uma vez decorei os primeiros quarenta algarismos de pi, e ainda consigo recitá-los. (O que foi? Eu gosto de números.) Minha expectativa não é ficar no Fernsby Arms pelo resto da vida, mas vou me contentar com isso por enquanto. Além do mais, acho que já causei todos os desgostos possíveis ao meu pai.

Quando comecei nesse trabalho, o antigo zelador já tinha ido embora. Acho que nem todos os prédios se livram dos pertences do zelador quando ele deixa o emprego, porque o apartamento ainda estava abarrotado das tralhas dele e, nossa, o sujeito era um baita acumulador. Eu mal conseguia me mexer, então a primeira coisa que fiz foi vasculhar tudo e separar em duas pilhas: uma para o eBay e a outra para o lixo. A maior parte era de cacarecos sem valor, mas alguns objetos podiam render um dinheirinho, e havia até uma coisa ou outra que eu acreditava que pudesse valer uma bela grana. Já falei que estou dura?

Para dar uma ideia do que encontrei, aqui vai uma lista sem ordem nenhuma: seis discos de 45 rpm do Elvis amarrados com uma fita encardida; uma escultura de vidro de mãos em oração; um pote de fichas antigas do metrô; uma pintura em veludo do Vesúvio; uma máscara de médico da Peste Bubônica com um grande bico curvado; uma pasta sanfonada cheia de papéis; uma borboleta azul presa em uma caixa; um lornhão com diamantes falsos; um maço de cédulas gregas antigas. O objeto mais maravilhoso de todos era uma urna de estanho cheia de cinzas e com a inscrição *Wilbur P. Worthington III, descanse em paz*. Presumo que Wilbur fosse um cachorro, mas, que eu saiba, pode ter sido uma píton ou um vombate de estimação. Por mais que tenha procurado, não encontrei nada pessoal sobre o antigo zelador, nem mesmo seu nome. Então passei a pensar nele como Wilbur também. Imagino-o como um daqueles velhos que expressam indignação com um jeito de vamos-ver-o-que-temos-aqui, a barba por fazer, examinando uma persiana quebrada enquanto franze os lábios úmidos, pensativo, emitindo pequenos grunhidos. *Wilbur P. Worthington III, zelador do Fernsby Arms*.

Acabei achando no armário algo muito mais do meu agrado: uma grande variedade de garrafas pela metade, destilados e outras bebidas para preparar drinques lotando todas as prateleiras, de cima a baixo.

A pasta sanfonada despertou minha curiosidade. Dentro havia um monte de papéis avulsos. Não eram anotações do zelador, com certeza – eram registros que ele havia recolhido de algum lugar. Alguns eram antigos, datilografados na máquina de escrever, outros impressos em computador, alguns escritos à mão. Em sua maioria, pareciam ser narrativas em primeira pessoa, histórias incompreensíveis e desconexas, sem começo nem fim, sem enredo e sem assinatura – trechos e fragmentos aleatórios de vidas. Havia muitas páginas faltando, narrativas que começavam e terminavam no meio de frases. Também longas cartas e documentos jurídicos ininteligíveis. Eu supunha que agora toda aquela papelada fosse minha, e fiquei nauseada ao pensar em como aquele lixo desconhecido era tudo que havia me restado no mundo, substituindo o que eu tinha antes e que o proprietário do prédio do meu pai havia jogado fora.

Entre as coisas no apartamento também encontrei um fichário grosso, sozinho sobre uma escrivaninha de madeira com verniz descascado e uma caneta Bic mastigada em cima. Quando digo "mastigada" quero dizer meio comida, pois meu misterioso antecessor havia roído pelo menos uns dois centímetros da ponta. A escrivaninha era praticamente a única superfície organizada do apartamento. O livro feito à mão me intrigou de imediato. Havia um título na capa, escrito em letras góticas: *A Bíblia do Fernsby*. Na primeira página, o antigo zelador havia anexado com um clipe um bilhete para o novo zelador – ou seja, eu – explicando que era psicólogo amador e observador atento da natureza humana, e que havia reunido suas descobertas sobre os moradores do prédio naquele fichário. Eram longos relatórios. Eu os folheei, impressionada com o rigor e a profundidade do trabalho. E então, no fim do fichário, ele havia acrescentado várias páginas em branco, com o título "Notas e observações". E, na parte de baixo, havia um breve comentário: "(A ser preenchido pelo próximo zelador.)"

Olhei para aquelas folhas em branco e pensei comigo mesma que o homem devia estar louco se achava que seu sucessor – ou quem quer que fosse, para falar a verdade – iria querer preenchê-las. Mal sabia eu o fascínio mágico que uma caneta mastigada e folhas de papel em branco exerceriam sobre mim.

Voltei para as anotações do zelador. Ele era prolífico, tinha enchido páginas e mais páginas de relatos sobre os moradores do prédio, escritos em uma caligrafia obsessivamente elegante – com comentários mordazes sobre suas histórias, peculiaridades e pontos fracos, coisas às quais se atentar e importantíssimas notas sobre quanto costumavam dar de gorjeta. As páginas estavam repletas de histórias e anedotas, comentários e enigmas, trivialidades, vaidades e observações sarcásticas. Ele dera apelidos aos moradores. Eram ao mesmo tempo engraçados e misteriosos. "Ela é a Dama dos Anéis", escreveu sobre a moradora do 2D. "Anéis, festanças e alto gozo." Ou a moradora do 6C: "Ela é La Cocinera, a *sous chef* dos anjos caídos." 5C: "Ele é Eurovision, um homem que se recusa a ser o que não é." Ou 3A: "Ele é Wurly, cujas lágrimas se tornam notas musicais." Muitos dos apelidos e anotações eram assim: enigmas. Tenho a sensação de que Wilbur era o rei da procrastinação: ficava escrevendo no caderno em vez de consertar torneiras com vazamento e janelas quebradas neste cortiço caindo aos pedaços.

Conforme eu lia as páginas do fichário, meu fascínio só aumentava. Deixando de lado a bizarrice daquilo tudo, era puro ouro para uma zeladora novata. Resolvi decorar os nomes dos moradores, os apelidos e os números dos apartamentos. Seria meu livro de referência. Por mais ridículo que pareça, eu estaria perdida sem *A Bíblia do Fernsby*. O prédio está mal conservado, e ele se desculpou por isso explicando que o proprietário ausente nunca atendia suas solicitações, não queria pagar por nada nem sequer atendia o maldito telefone – o desgraçado simplesmente evaporou. "Você vai ficar frustrado e desesperado", escreveu ele, "até entender que está por conta própria".

Na contracapa da bíblia, ele havia colado uma chave com um pedaço de fita adesiva junto com um bilhete: "Dê uma olhada."

Achei que fosse a chave mestra dos apartamentos, mas testei e descobri que não era. Era uma chave de formato estranho que nem entrou em muitas das fechaduras que testei. Fiquei intrigada e, assim que tive a chance, comecei a percorrer o prédio metodicamente, testando-a em todas as fechaduras, sem sucesso. Estava prestes a desistir quando, no fim do corredor do sexto andar, me deparei com uma escada estreita que levava ao telhado. Levava a uma porta trancada com cadeado – e, para minha surpresa, a chave entrou fácil! Abri a porta, dei um passo à frente e olhei em volta.

Fiquei atônita. O telhado era quase um paraíso, apesar das aranhas, do cocô de pombo e das folhas de manta impermeabilizante se soltando. Era amplo, e a vista era incrível. Não fazia muito tempo que os prédios pequenos de ambos os lados do Fernsby Arms haviam sido demolidos por construtoras, e o nosso reinava solitário em um terreno coberto de entulho – com vistas deslumbrantes de toda a extensão da Bowery até a ponte do Brooklyn, a ponte de Williamsburg e os arranha-céus do centro e de Midtown. Era fim de tarde, e a cidade toda era banhada por uma luz rosada, o rastro solitário de um avião cruzando o céu em uma faixa laranja brilhante. Tirei o celular do bolso: cinco barrinhas de sinal. Olhei em volta e pensei: *Por que não?* Poderia ligar para o meu pai dali de cima e quem sabe finalmente conseguisse falar com ele, se fosse apenas um problema de sinal de celular o que estava me impedindo de entrar em contato com o Solar Verde-Merda. Sem dúvida, era proibido ficar ali no telhado, mas tinha certeza de que o proprietário não atravessaria a cidade assolada pela covid para vistoriar a propriedade. O confinamento já durava quase duas semanas, e aquele telhado era o único lugar onde se podia respirar ar fresco e tomar sol com certa segurança. Um dia, as construtoras ergueriam torres de vidro modernas, mergulhando o Fernsby Arms nas sombras para sempre. Mas, até lá, por que não me apropriar daquele espaço? Era evidente que o velho Wilbur P. Worthington III havia pensado a mesma coisa, e ele nem sequer tinha enfrentado um *lockdown*.

Ao examinar o local, imediatamente notei, bem no meio do telhado, um volume grande e irregular coberto com uma lona. Puxei e vi que era um sofá velho desbotado, roído por ratos, de veludo vermelho sujo – sem dúvida o local de relaxamento do antigo zelador. Enquanto verificava se o sofá era confortável, pensei: *Deus abençoe Wilbur P. Worthington III!*

Comecei a ir para o telhado todo fim de tarde, ao pôr do sol, com uma garrafa térmica cheia de margarita ou algum outro coquetel exótico que preparava com as bebidas do meu armário bem abastecido, e me esticava no sofá para ver o sol se pôr sobre Lower Manhattan enquanto discava o número do meu pai repetidas vezes. Ainda não tinha conseguido falar com ele, mas pelo menos ficava em um estado agradável de embriaguez enquanto tentava.

Infelizmente, meu paraíso individual não durou muito. Há alguns dias, nesta última semana de março, enquanto a covid transformava a cidade num inferno, um dos moradores arrombou o cadeado e colocou uma cadeira de plástico no telhado, além de uma mesinha e um vaso de gerânio. Fiquei muito irritada. O velho Wilbur tinha uma coleção de cadeados no meio de suas tralhas, então peguei um enorme, reforçado, de aço e cromo, pesado o suficiente para partir o crânio de um alce, e o coloquei na porta. Garantia contra arrombamentos ou o triplo do seu dinheiro de volta. Mas acho que os moradores ansiavam por liberdade tanto quanto eu porque alguém conseguiu arrancar o cadeado e o fecho com um pé de cabra, quebrando também a porta. Já não tinha mais como trancá-la. Tenta só comprar uma porta nova no meio de uma pandemia.

Tenho quase certeza de que sei quem foi. Quando cheguei ao telhado depois de encontrar a porta arrombada, lá estava ela, encolhida em uma dessas "poltronas-casulo" – um assento em formato de ovo coberto de pele sintética, onde a pessoa se enfia – fumando vape e lendo um livro. Devia ter sido um pesadelo arrastar aquela poltrona até lá em cima. Eu a reconheci como a jovem moradora do 5B, a que Wilbur chamava de Hello Kitty em sua bíblia porque usava suéteres e moletons com o personagem. Ela me lançou um olhar frio, como se me desafiasse a acusá-la de ter arrombado a porta. Não abri a boca. O que eu ia dizer? Além disso, eu lhe devia certo respeito pela atitude. Ela me lembrava eu mesma. E não precisávamos conversar – ela parecia tão empenhada em me ignorar quanto eu em ignorá-la. Então fiquei na minha.

Depois disso, porém, outros moradores começaram a descobrir o telhado, alguns de cada vez. Arrastavam suas cadeiras mais feias escada estreita acima e se instalavam ao pôr do sol, todos mantendo o "distanciamento social", a nova expressão da moda. Tentei impedi-los. Coloquei um aviso dizendo que era proibido (tecnicamente era verdade!), que ninguém deveria estar no telhado, que alguém podia tropeçar e despencar lá de cima por causa do parapeito baixo. Mas àquela altura já parecia fazer uma eternidade que estávamos confinados, e as pessoas seriam capazes de qualquer coisa por um pouco de ar fresco e uma vista. Elas estavam cobertas de razão. O prédio é escuro, frio e cheio de correntes de ar, os corredores têm cheiros estranhos e há muitas janelas rachadas e quebradas. Além disso, o telhado ainda parece bastante grande – todos tomam o cuidado de não se tocar, não falar muito alto nem assoar o nariz, e nos mantemos a dois metros de distância uns dos outros. Infelizmente é impossível encontrar um frasco de álcool em gel que seja nesta maldita cidade, caso contrário eu teria colocado um galão na porta. Só me resta higienizar as maçanetas com água sanitária uma vez por dia. E não estou preocupada comigo mesma – tenho apenas trinta anos, sou tão jovem que dizem que o vírus não me pega, a não ser por causa da minha asma.

Mesmo assim, senti falta do meu refúgio particular.

Enquanto isso, Nova York era duramente atingida pela covid. No dia 9 de março, o prefeito anunciou que havia dezesseis casos na cidade; no dia 13 de março, como mencionei, a Guarda Nacional cercou New Rochelle; em 20 de março, Nova York entrou em *lockdown*, bem a tempo de todos maratonarem *Tiger King* na Netflix. Uma semana depois, o número de infectados tinha ultrapassado os 27 mil, centenas de pessoas morriam todos os dias e os casos não paravam de aumentar. Eu me debruçava sobre as estatísticas e depois, acho que numa atitude fatalista, comecei a registrá-las nas páginas em branco ao final do livro de Wilbur, a suposta *Bíblia do Fernsby*.

É claro que todo mundo que tinha recursos para tal já havia deixado Nova York. Todas as pessoas que tinham dinheiro ou um trabalho bem remunerado fugiram da cidade como ratos abandonando um navio que naufragava, correndo e guinchando rumo a Hamptons, Connecticut, Berkshires, Cape Cod, Maine – qualquer lugar que não fosse a cidade de Nova Covid. Nós tínhamos ficado para trás. Como zeladora, é minha função – pelo menos suponho que seja –

garantir que a covid não entre no prédio e mate os moradores do Fernsby Arms. (Com exceção dos que pagam aluguel social – rá, rá, não precisa higienizar as maçanetas deles, tenho certeza de que o proprietário teria me dito.) Distribuí uma circular estabelecendo as regras: ninguém de fora podia entrar no prédio, todos deviam ficar a dois metros de distância uns dos outros nas áreas comuns, nada de aglomeração nas escadas. E assim por diante. Exatamente como meu pai teria feito. Ainda não havia orientação das autoridades sobre uso de máscaras, já que, de qualquer forma, não havia quantidade suficiente nem para os profissionais de saúde. Ficávamos praticamente presos no prédio o tempo todo – confinados.

Então, todas as noites, os moradores que tinham descoberto o telhado iam até lá para relaxar. No início, éramos seis. Pesquisei todos eles na *Bíblia do Fernsby*: Vinagre, do 2B, Eurovision, do 5C, a Dama dos Anéis, do 2D, a Terapeuta, do 6D, Flórida, do 3C, e Hello Kitty, do 5B. Há alguns dias, às sete da noite, perto do pôr do sol, os nova-iorquinos começaram a aplaudir os médicos e outros profissionais que estão trabalhando na linha de frente. Era bom ter a sensação de que estávamos fazendo algo e quebrar a rotina. Então as pessoas adquiriram o hábito de ir para os telhados e janelas pouco antes das sete e, quando chegava a hora, aplaudíamos do nosso telhado junto com o resto da cidade, batendo panelas e assobiando. Isso marcava o começo da noite. Eu levava para o telhado uma lanterna com o vidro rachado e uma vela dentro que achei no meio das coisas de Wilbur. Outros levavam lanternas e castiçais com cúpulas de vidro que impediam que o vento apagasse a chama das velas – era o suficiente para criar uma pequena área iluminada. Eurovision tinha uma lamparina a querosene antiga, de latão e com cúpula de vidro decorada.

No começo ninguém falava nada, e por mim tudo bem. Depois de ver como meu pai havia sido tratado pelas pessoas com quem tinha convivido dia após dia e que ajudara durante anos, eu não *queria* conhecer bem nenhum dos moradores. Nem estaria ali com eles se aquele não tivesse sido o *meu* espaço primeiro. Uma zeladora que acha que pode fazer amigos no prédio dela está procurando confusão. Mesmo em uma espelunca de merda como esta, todos se consideram acima do zelador. Portanto, meu lema é: fique na sua. E era óbvio que eles também não queriam me conhecer direito. Ótimo.

Como eu era nova no prédio, todas as pessoas no telhado eram estranhas para mim. Ficavam mexendo no celular, bebendo cerveja ou vinho, lendo livros, fumando maconha ou entretidas com seus laptops. Hello Kitty se sentava a favor do vento em sua poltrona e ficava fumando vape quase sem parar. Uma vez, senti o cheiro da fumaça do vape dela: um aroma enjoativo e adocicado de melancia. Ela tragava aquela coisa o tempo todo, como se fosse oxigênio. Era um milagre que ainda estivesse viva. Com as histórias que chegavam da Itália sobre pessoas respirando com ajuda de aparelhos, mesmo que a maioria fosse idosa, eu queria arrancar aquela merda da mão dela. Mas acho que todo mundo tem direito a seus vícios e, além do mais, quem vai dar ouvidos à zeladora? Eurovision levava para o telhado um daqueles mini alto-falantes *bluetooth* da Bose, que ficava ao lado de sua cadeira tocando um europop suave. Pelo que eu sabia, ninguém do nosso prédio parecia sair, nem mesmo para comprar mantimentos ou papel higiênico. Estávamos em modo de confinamento total.

Enquanto isso, como o prédio ficava muito perto do Hospital Presbyterian Downtown, ambulâncias passavam sem parar pela Bowery, as sirenes ficando mais altas à medida que se aproximavam, depois morrendo em um lamento moribundo conforme se afastavam. Caminhões refrigerados sem identificação começaram a aparecer. Pouco depois ficamos sabendo que transportavam os cadáveres das vítimas de covid e circulavam pelas ruas dia e noite, como as carroças na época da Peste Bubônica, parando vezes demais para recolher sua carga envolta em mortalhas.

Terça-feira, 31 de março – hoje –, foi uma espécie de marco para mim, porque foi o dia em que comecei a anotar coisas neste livro. No início, meu plano era registrar apenas números e estatísticas, mas a coisa saiu do controle e acabou se tornando um projeto maior. Os números de hoje também foram uma espécie de marco: de acordo com o *New York Times*, a cidade já ultrapassou mil mortes por covid. Foram registrados 43.139 casos na cidade e 75.795 no estado como um todo. Dos cinco distritos, o Queens e o Brooklyn foram os mais atingidos, com 13.869 e 11.160 casos, respectivamente; o Bronx registrou 7.814, Manhattan, 6.539, e Staten Island, 2.354. Anotar os números parecia tornar a situação mais administrável, menos assustadora.

Choveu à tarde. Fui para o telhado, como de costume, cerca de quinze minutos antes do pôr do sol. A luz do entardecer projetava longas sombras na

Bowery molhada pela chuva. Entre uma sirene e outra, a cidade deserta ficava silenciosa. Era incomum e estranhamente pacífico. Não se ouvia nenhum carro, nenhuma buzina, nenhum pedestre correndo para casa nas calçadas, nenhum zumbido de avião no céu. O ar estava puro e limpo, tomado por uma beleza sombria e uma promessa mágica. Sem a fumaça dos escapamentos, o cheiro era fresco e me lembrava do período curto e feliz que passei em Vermont, antes de... bem, deixa pra lá. O grupo habitual de moradores se reuniu no telhado enquanto as ruas mergulhavam na penumbra. Quando deu sete horas e ouvimos os primeiros gritos e panelaços vindos dos prédios ao redor, nos levantamos das cadeiras e cumprimos o ritual de sempre: assobiamos e aplaudimos, demonstrando nosso apoio – todos, exceto a moradora do 2B. Ela continuou sentada, tentando fazer o telefone funcionar. Wilbur tinha me alertado sobre ela: era do tipo que se comportava como uma rainha e ligava para o zelador quando precisava trocar uma lâmpada, mas pelo menos dava gorjetas dignas da realeza. "Ela é uma típica nova-iorquina azeda", escreveu ele, e acrescentou um de seus enigmas: "O melhor vinho produz o vinagre mais ácido." Seja lá o que isso signifique. Calculei que ela estivesse na casa dos cinquenta – estava vestida de preto dos pés à cabeça: camiseta preta e jeans *skinny* preto desbotado. As gotas e os respingos de tinta em seus Doc Martens surrados eram a única coisa colorida nela. Imaginei que fosse artista plástica.

A mulher do 3C, que no livro tinha o nome de Flórida, gritou para Vinagre.

– Você não vai se juntar a nós?

Pelo tom, deduzi na mesma hora que elas tinham um histórico. Flórida – o antigo zelador não havia explicado a origem do apelido, talvez todos a conhecessem assim – era uma mulher corpulenta, de seios fartos, que transmitia uma energia inquieta. Tinha cerca de cinquenta anos, cabelos perfeitamente penteados e usava uma blusa de lantejoulas com um xale dourado brilhante por cima. Na bíblia, era descrita como fofoqueira com a observação sarcástica: "Fofoca é tagarelice sobre a raça humana por aqueles que a amam."

Vinagre retribuiu a encarada de Flórida com um olhar gélido.

– Não.

– Como assim, "não"?

– Estou cansada de ficar gritando à toa com o universo, obrigada.

– Nós estamos aplaudindo os profissionais da linha de frente, pessoas que estão arriscando a vida por nós.

— Nossa, mas que boa pessoa você é – retrucou Vinagre. – Como gritar vai ajudar essa gente?

Flórida encarou Vinagre.

— Não é uma questão de lógica. *Esto es una mierda* e nós estamos tentando demonstrar apoio.

— Então você acha que bater panela vai fazer alguma diferença?

Flórida fechou mais o xale dourado em torno dos ombros, franziu os lábios, crítica, e se recostou na cadeira.

— Quando tudo isso acabar – disse a Dama dos Anéis depois de um breve silêncio –, vai ser igual ao Onze de Setembro. Ninguém mais vai falar sobre o que aconteceu. Vai ser como as pessoas que cometem suicídio… ninguém fala delas.

— As pessoas não falam sobre o Onze de Setembro – interveio a Terapeuta – porque Nova York sofreu uma espécie de estresse pós-traumático por causa disso. Eu ainda tenho pacientes tentando se recuperar daquele dia. Vinte anos depois.

— Como assim, as pessoas não falam mais sobre o Onze de Setembro? – questionou Hello Kitty. – Elas falam disso *o tempo todo*. Parece até que metade da cidade de Nova York estava lá, correndo para se salvar, quase sufocando com a fumaça e a poeira. Vai ser igualzinho com a covid. *Vou contar como eu sobrevivi à Grande Pandemia de Dois Mil e Vinte*. As pessoas vão falar até cansar.

— Meu Deus – disse Vinagre. – Você já era nascida quando os ataques aconteceram?

Hello Kitty deu uma tragada no vape e a ignorou.

— Pensem em todos os casos de estresse pós-traumático que esta pandemia vai desencadear – disse Eurovision. – Meu Deus, a gente nunca mais vai sair da análise. – Ele deu uma risadinha e se virou para a Terapeuta. – Que sorte a sua!

Ela respondeu com um olhar impassível.

— Hoje em dia, todo mundo sofre de estresse pós-traumático – continuou Eurovision. – Eu estou com estresse pós-traumático por causa do cancelamento do Eurovision 2020. Não perco nenhum desde 2005. – Ele colocou as mãos no peito e fez uma expressão consternada.

— O que é Eurovision? – perguntou Flórida.

— O Festival Eurovision da Canção, querida. Cantores do mundo todo são selecionados para competir com uma canção original, é um cantor ou um grupo de cada país. E as pessoas votam para escolher o vencedor. Seiscentos milhões de pessoas assistem pela TV. É a Copa do Mundo da música. Ia ser em Rotterdam este ano, mas na semana passada cancelaram. Eu tinha comprado as passagens de avião, reservado hotel, tudo. Então agora — ele disse, se abanando de maneira exagerada —, me ajude, doutora, estou sofrendo de transtorno de estresse pós-traumático.

— O transtorno não é piada — retrucou a Terapeuta. — Nem o Onze de Setembro.

— Ainda não superamos o Onze de Setembro — acrescentou uma mulher na casa dos trinta anos.

Eu a reconheci pelo livro como a Filha do Merengueiro, do 3B.

— É recente. Afetou todos nós, inclusive a minha família. Até mesmo em Santo Domingo.

— Você perdeu alguém nos ataques? — perguntou a Dama dos Anéis em um tom um tanto incrédulo.

— Num sentido meio estranho, perdi.

— Como assim?

Ela respirou fundo.

— *Mi papá* era um grande merengueiro, o que, para quem não sabe, quer dizer que ele ganhava a vida como músico profissional tocando merengue. Ele se apresentava no *El Show del Mediodía* ou *Show da Tarde*. Se tem um programa na República Dominicana que todo mundo assiste, é esse. Aliás, ele está no ar até hoje.

Assim que ela começou a falar, eu percebi que ia ser uma longa história e tive uma ideia. Desde os vinte e poucos anos, tenho o hábito de gravar as coisas que as pessoas ao meu redor dizem, em especial as merdas ditas pelos caras que dão em cima de mim nos bares. Como quem não quer nada, eu deixava meu celular no balcão do bar, na mesa ou no bolso; em outros momentos, no metrô, por exemplo, fingia estar mexendo no celular enquanto gravava o que algum idiota dizia. Você nem acreditaria no que acumulei ao longo dos anos, muitas horas gloriosas de estupidez e comportamentos repreensíveis registradas para a posteridade. Se ao menos eu pudesse monetizar isso no YouTube ou algo assim. Não eram só comentários maldosos, é verdade. Também registrei outras coisas: histórias de tristeza, anedotas engraçadas, comentários gentis, confissões, sonhos, pesadelos, reminiscências e até crimes. As coisas que estranhos contam tarde da noite no trem... *Uma vez, fiquei tão desesperado que fumei merda de cachorro para ficar chapado... Eu espiei meus avós transando, e você não vai acreditar no que eles estavam fazendo... Uma vez, ganhei uma aposta de cem dólares porque esfolei, cozinhei e comi o gerbo do meu irmão.*

Meu pai conquistava as pessoas com sua simpatia. Eu as conquistava com meus meios furtivos.

Enfim, comecei a gravar. Meu sofá estava muito longe da Filha do Merengueiro, então me levantei e, com cara de quem queria muito ouvir a história dela, arrastei o maldito sofá vermelho pelo espaço de dois metros entre os outros assentos dirigindo a todos um grande sorriso idiota e murmurando que não queria perder nem uma palavra. Me acomodei, tirei o celular do bolso, fingi verificar algo, apontei o microfone e apertei "gravar". Em seguida, com naturalidade, coloquei o aparelho no sofá, apontado para a Filha do Merengueiro, e me recostei de pernas para cima e margarita na mão.

O que eu ia fazer com a gravação? Naquele momento, quando comecei a gravar, eu não sabia, mas, quando voltei para o meu apartamento, vi o livro grosso de Wilbur sobre a escrivaninha com todas as páginas em branco que ele havia deixado para mim. *Ok*, pensei, *vamos preencher essas páginas. Pelo menos vou ter o que fazer nas próximas semanas enquanto estiver presa em casa por causa desta pandemia de merda.*

Mas, silêncio: a Filha do Merengueiro estava falando.

— Antigamente, as bandas de merengue mais famosas e promissoras costumavam se apresentar lá. A propósito, algumas das canções daquela época tinham títulos e letras muito idiotas. Isso é só um aviso porque tinha um monte de merda racista no meio.

Ela ficou em silêncio por um momento e olhou em volta, um pouco nervosa, como se estivesse insegura sobre o que estava prestes a dizer, mas também avaliando quem estava ouvindo.

– Tinha uma música que fazia a pergunta: "Qué será lo que quiere el negro?" O que o negro quer? Na década de 1980, essa música fez muito sucesso e volta e meia era tocada no *El Show del Mediodía*, que eu assistia quando era criança. Não me deixavam ir ao estúdio porque meu pai não me queria lá, além disso, e como ele estava trabalhando, não podia tomar conta de mim. Lembrem-se de que ele era pai solo. Tinha que ficar de olho em mim e não queria que eu frequentasse aquele tipo de lugar.

"Meu pai era amigo de algumas das dançarinas do programa, e foi lá também que ele conheceu uma mulher. Não sei o que aconteceu entre eles. Os dois só diziam que eram 'muy amigos y muy queridos'. Eu não sei, não perguntava. Mas eles continuaram amigos com o passar dos anos. Ela sempre foi carinhosa comigo. Não era como uma segunda mãe nem nada disso, mas me ensinou o que fazer quando fiquei menstruada pela primeira vez no verão em que estava com onze anos. Não consigo nem imaginar o que meu pai teria feito. Ela desapareceu da nossa vida quando eu ainda era muito nova, mas sempre tive boas lembranças dela.

"Acabei esbarrando com ela por acaso faz pouco tempo, algumas semanas antes do *lockdown*. Foi muito louco. Eu estava no meu salão favorito fazendo o cabelo, sabe como é, daquele jeito que só fazem no salão. Todo mundo conhece a piada sobre as cabeleireiras dominicanas, que até no céu elas puxam o cabelo enrolado na escova com uma das mãos e com a outra colocam sabe-se lá quantos graus de calor direto nele para deixá-lo o mais liso possível.

"É. Eu fazia isso toda semana, mas aí me dei conta de que aquela merda era um horror para o cabelo e para o couro cabeludo e parei.

"Enfim, eu a vi no salão e perguntei como ela estava. No início, ela não pareceu muito feliz em me ver, em ver alguém conhecido. Mas depois começou a contar uma história maluca, daquelas que parecem impossíveis, mas que são verdade. A história da mulher começava no Onze de Setembro. Todo mundo ficou tipo: 'Ah, não, a gente precisa mesmo falar do Onze de Setembro?' É pesado, né? Mas talvez a gente possa aprender com essa história alguma coisa que sirva para o que estamos vivendo agora, sentados aqui neste telhado. Eu a chamo de 'A dupla tragédia'.

"Em primeiro lugar, preciso dizer que, quando uma história chama a atenção de todo mundo no salão, todos os secadores param. Ainda dá para enrolar os cabelos. Ainda dá para aplicar tintura. Ainda dá para cortar. Mas se alguém tem a palavra e começa a contar uma história que todo mundo quer ouvir, nenhum secador fica ligado. Podem apostar.

"Aliás, também tenho que falar que Eva tinha setenta anos, mas parecia ter cinquenta. Os cabelos grisalhos naturais estavam escovados, mas ainda havia tantos fios escuros que dava para ver que ela antes tinha uma linda cabeleira negra. Agora era de um grisalho elegante. Ela também tinha, digamos, dado uma retocada em algumas áreas. Mas os retoques foram de qualidade. E ela fazia aqueles peitos e aquela bunda caírem bem em uma mulher de setenta anos. Vai ver que é assim que a JLo vai ficar quando for mais velha. Dá para imaginar. Mas o que eu quero dizer é que ela ainda estava gata com setenta anos.

"Quando estava na casa dos cinquenta, depois que saiu do *El Show del Mediodía* e perdemos contato, ela me contou que se apaixonou por um homem mais jovem. E fez uma loucura: abandonou o marido, com quem nunca tinha conseguido ter filhos. Ela se apaixonou por um dominicano que, curiosamente, tocava em bandas de merengue. Como ele era percussionista, tocava de tudo um pouco: clave, bongô, maraca, triângulo, guizos e também um instrumento de percussão peruano feito de unhas de cabra secas. Mas ele tocava um merengue jazzístico, engajado, no estilo do Juan Luis Guerra das antigas (antes de se converter), de Victor Victor, Maridalia Hernandez e Chichi Peralta.

"Eva disse que foi tomada pelo ímpeto insano de finalmente seguir o coração e mandar o resto à merda. Ela não estava mais se importando com aquilo que impede muitas pessoas na América Latina e en la isla de fazerem o que desejam, que é basicamente 'El qué dirán?' 'O que os vizinhos vão dizer?' Eva pensou: 'Dane-se. Não estou nem aí. Estou apaixonada por esse cara. Ele tem uma banda. E eu vou largar o meu marido.'

"E, talvez porque estivessem perdidamente apaixonados um pelo outro, ela engravidou. Parece inacreditável. Mas, como Eva disse para todo mundo no salão, sem um pingo de constrangimento, o sexo era incrível. Eles transavam o tempo todo. Com o marido, ela não trepava mais, é só isso que vou dizer. Não rolava, eles tinham parado de transar. Mas aquele cara tinha, eu acho, cerca de trinta anos e estava no auge. Meu Deus. Como ela falou sobre o sexo! Bem, era tão bom que ela acabou engravidando. Não preciso dizer mais nada."

— Quanto mais ardente o sexo, mais rápido a mulher engravida — interrompeu Flórida, do 3C.

Bem, a bíblia já havia alertado que ela era fofoqueira.

— Não existe nenhuma comprovação científica disso — Vinagre disse com rispidez, fazendo um gesto de desdém com a mão. — É uma velha crendice refutada anos atrás.

— Onde foi mesmo que você fez faculdade de medicina?

Depois de uma pausa educada, a Filha do Merengueiro as ignorou e prosseguiu.

— Às vezes é só sexo. Às vezes, é sexo e paixão. Nesse caso, a combinação dessas duas coisas levou ao milagre. Eva tinha cinquenta anos e estava esperando um filho de seu amante, agora marido, de trinta anos. É claro que foi escandaloso. Mas àquela altura ela não se importava mais com 'el qué dirán'. Tipo, nem um pouco.

"Nem ele. O novo marido era de origem muito humilde, tinha sido criado em um bairro de Santo Domingo chamado Villa Mella. O fato de ter se destacado como músico e de ganhar a vida assim era uma grande conquista. Ele estava feliz. E tinha se apaixonado por uma mulher incrível. Eles não eram um casal convencional, mas fizeram o relacionamento dar certo. Tinham concordado desde o início em manter a guerra e as opiniões de terceiros fora do casamento deles.

"Todos no salão estavam hipnotizados pela história da Eva. As pessoas pediram para a auxiliar do salão ir comprar uma rodada de café com leite porque aquela história estava apenas começando e já estava muito boa.

"Então Eva voltou ao Onze de Setembro. Naquele dia, ela tinha um compromisso em Wall Street e viu tudo acontecer. Viu o avião passar voando bem acima de sua cabeça e atingir a primeira torre. Ela estava indo para um compromisso naquela torre. E foi uma daquelas milhares de pessoas azaradas, uma das pessoas mais azaradas, ou talvez uma das mais sortudas, dependendo de como a gente encara as coisas, que por acaso estavam lá quando tudo aconteceu. Em estado de choque, ela cambaleou e tropeçou, torceu o tornozelo de um jeito bem feio, mas a adrenalina entrou em ação e ela começou a correr mesmo com o tornozelo ferrado. Só conseguia pensar em voltar para casa, para o marido e o filho de dois anos.

"Era a única coisa que ela queria. Sair dali o mais rápido possível, pegar o metrô e voltar para Washington Heights, para junto da família. Sim, na idade dela, a maioria das mulheres já era avó. Mas aquela mulher de meia-idade estava desesperada para ver o filho pequeno e segurá-lo nos braços de novo. Sentir seu cheiro. Eva conseguiu pegar o metrô, mas foi por um triz. Menos de uma hora depois, toda a rede metroviária da cidade de Nova York foi fechada. Quando chegou em casa e abriu a porta, lá estava ele, o lindo marido com seus olhos castanhos e brilhantes e os cachos fechados que pareciam ondas em um mar revolto. Seu cabelo era castanho-escuro, com pontas mais claras que se harmonizavam com a cor de canela de sua pele.

"O nome dele era Aleximas (uma combinação de Alexis e Tomas, bem dominicano, mas não venham julgar, ok?), e ele começou a chorar quando a viu. As lágrimas rolavam pelo rosto como se ele fosse um bebê. Aquele casal pouco convencional se amava tanto que não importava que ele fosse um homem feito derramando lágrimas. Esse era o tipo de tranquilidade que Aleximas sentia com a mulher vinte anos mais velha. Com ela, ele se sentia seguro. Sua vida em Villa Mella tinha sido muito dura. Sim, essa era a verdade. A casa onde tinha sido criado, na República Dominicana, tinha chão de terra batida. Acho que isso já diz tudo, né?

"A essa altura, todo mundo já estava bebericando seu cafecito. Eva continuou e contou que ficou profundamente abalada com o que havia testemunhado no Onze de Setembro. Tanto que não conseguia dormir.

"O médico disse que ela havia torcido o tornozelo e rompido um ligamento, por isso precisava ficar em casa com a perna para cima por algumas semanas. Ela foi ficando louca. Dependia do marido para tudo. Era ele quem ia ao mercado. Fazia tudo por ela e pela família dos dois. Não se importava de fazer compras, nem mesmo de comprar absorvente interno para ela. Ela disse que isso também era parte de seu amor não convencional. Ele era um dominicano forte e equilibrado que tivera a sorte de encontrar uma mulher que dizia: 'Não dou a mínima para o que falam sobre mim e sobre o que faço. Soy una de muchas mujeres as!'

"Eva não sabia como lidar com aquelas emoções desconhecidas. Temos que lembrar que, em 2001, quase ninguém tinha ouvido falar em transtorno de estresse pós-traumático. A Guerra do Iraque ainda não havia começado. TEPT, o que diabos era isso? Ela mesma não percebia que estava sofrendo desse transtorno. Contou que caiu em uma depressão da qual não conseguia sair. Ficava em casa vendo TV e pensando no fato de não conseguir movimentar a perna porque tinha torcido o tornozelo fugindo horrorizada da coisa mais terrível que já havia testemunhado. Toda vez que via imagens daquele dia na TV – era a única coisa da qual se falava no noticiário, e as imagens eram repetidas sem parar – era como se estivesse de volta àquele lugar, de novo parada na rua, e ela começava a tremer e a chorar.

"Alexímas começou a ficar muito preocupado, porque os pesadelos dela não deixavam a família dormir. O filho pequeno foi absorvendo a ansiedade da mãe e também já não dormia mais. Assim como havia acontecido com as torres, o avião também havia atingido a casa deles, virando sua vida de ponta-cabeça.

"Eles não conseguiam sair do círculo vicioso do trauma. Por fim, tomaram juntos uma decisão difícil, que sabiam, no longo prazo, ser a melhor decisão possível: deixar Nova York e voltar para a República Dominicana, para Santo Domingo. Mesmo que tivessem conseguido se estabelecer nos Estados Unidos e estivessem bem a ponto de ter a vida que sonhavam em Nova York, em um apartamento de três quartos com grandes janelas, uma sala de estar e uma sala de jantar separadas."

– Impossível – disse Flórida. Houve murmúrios de surpresa vindos do nosso pequeno círculo de ouvintes. Eu não sabia dizer se estavam chocados com o apartamento ou com o comentário dela. Mas Flórida estava apenas começando. – Como eles conseguiram um apartamento assim? Hoje em dia isso custa mais de três, quatro mil dólares por mês! Mesmo naquela época... não! E, se eles pagavam aluguel social, não seriam loucos de abrir mão *disso*...

– Sério – acrescentou Eurovision. – É inacreditável. Hoje em dia eu mal consigo pagar esta espelunca.

– Deixem ela continuar a história – interveio Vinagre com firmeza.

– É – concordou a Filha do Merengueiro. – Uma sala de jantar separada na 172nd Street com vista para a Fort Washington Avenue. Sim. Eles iam deixar tudo isso para trás porque o terror havia entrado em sua casa e ela não parava de ter pesadelos.

"Eles decidiram que pai e filho iam viajar primeiro para Santo Domingo, e ela ia ficar para resolver pendências no trabalho. Além disso, precisava de um tempo sozinha para dar vazão à tristeza e se curar, para lidar com as emoções sem traumatizar o filho pequeno. Iria ao encontro deles dali a um ou dois meses, no máximo. E pronto. Eles iam se mudar para Santo Domingo e recomeçar a vida. Conheciam muitas pessoas lá, ia dar tudo certo.

"Ela deu uma olhada nos horários dos voos, e o primeiro voo disponível para Aleximas e o filho seria no dia 11 de novembro. Então ela disse: 'Nem pensar que um dia vou deixar minha família viajar no dia 11 de qualquer mês que seja. O dia 11 *está quema'o*. É amaldiçoado.' Nunca mais na vida ela ia reservar um voo no dia 11. Nunca mais. Então comprou as passagens para o dia 12 de novembro, levou o marido e o filho até o aeroporto e se despediu deles no JFK.

"Eva estava com os nervos em frangalhos, mas sabia que seria capaz de lidar com seu terror agora que eles já não estavam mais lá. Talvez gritasse com o rosto enterrado no travesseiro três ou quatro vezes por dia, o que não poderia fazer com o filho de dois anos por perto. E dá para imaginar como o marido reagiria se a visse fazendo isso? Ele ia achar que ela tinha perdido o juízo, mas ela *tinha* perdido o juízo. Estava traumatizada. As únicas coisas que a impediam de enlouquecer de vez eram o amor e a responsabilidade que sentia pelo marido e o filho.

"Então Eva disse que os deixou no aeroporto e dirigiu de volta para Washington Heights. Colocou um CD com músicas do marido para tocar, porque era isso que as pessoas faziam naquela época, e isso melhorou seu humor na mesma hora. A tristeza da despedida no aeroporto deu lugar ao alívio de saber que em breve teria uma nova vida, longe daquela tragédia. Ela riu e dançou ao volante e até ficou um pouco excitada e molhada só de pensar no marido e em como já sentia falta dele. Imaginem. Uma mulher adulta sentindo tesão feito uma adolescente. Ay!

"Ela estava tão distraída pelo êxtase, mergulhada no primeiro momento de felicidade que sentia em meses, que não ouviu a notícia. Quando chegou a Washington Heights, entrou mancando no apartamento e viu que a luz da secretária eletrônica piscava (lembrem-se, isso foi em 2001). Apertou o play e ouviu a voz da irmã do marido: 'Onde ele está? Onde ele está? Como isso pôde ter acontecido? Por que você os colocou naquele voo?' Eva correu para ligar a TV e foi então que ficou sabendo que o voo 587 havia caído em Far Rockaway, no Queens, um minuto e meio após a decolagem.

"O voo 587 era tão conhecido na República Dominicana que um merengue foi batizado em sua homenagem. E sim, o marido dela já o havia tocado. As companhias aéreas costumavam tocar 'El Vuelo Cinco Ochenta y Siete' no avião de tão popular que era. O voo sempre decolava de manhã cedo para que as pessoas chegassem a Santo Domingo bem a tempo de beber sua primeira cerveja bem gelada, que já estaria esperando no refrigerador. Quando é servida assim, as pessoas costumam dizer que a cerveja está 'vestida de noiva', porque a garrafa fica coberta por uma fina camada de gelo. Parece estar usando um vestido branco.

"O marido dela deveria estar bebendo sua cerveja *vestida de novia*, mas, em vez disso, ele e o filho pequeno estavam mortos. Morreram imediatamente na queda do voo 587 em 12 de novembro de 2001. E eles só queriam evitar o voo do dia 11 de novembro. A essa altura, todo mundo no salão estava no mais completo silêncio, menos uma mulher que soluçava."

A Filha do Merengueiro olhou para todos no telhado. Nós também estávamos em silêncio, chocados. Até Vinagre. Peguei meu celular achando que a história havia terminado. Eu queria ligar para meu pai mais do que qualquer coisa naquele momento.

— Eva disse apenas: 'Sim, essa foi a minha vida. Vivi uma dupla tragédia.' — A Filha do Merengueiro balançava a cabeça enquanto falava. — Sequei minhas lágrimas com a camisa e perguntei: 'Como você superou?'

"'Eu não superei', Eva respondeu. 'Bem, vocês são as primeiras pessoas a quem conto essa história. Isso aconteceu há vinte anos, e eu não falo sobre o assunto. Enterrei tudo o que pude do meu marido e do meu filho. Tranquei meu apartamento aqui em Nova York. E voltei para a República Dominicana. Lá ninguém sabe quem eu sou ou o que passei. Também não vou contar mais nada sobre mim porque não quero que vocês me encontrem.' Quando disse isso, Eva olhou na minha direção, e eu acenei de volta com a cabeça para confirmar que não revelaria quem era ela.

"Ela olhou para as mulheres reunidas ao nosso redor no salão de beleza como se as desafiasse: 'Não me importo com o que vocês pensam. A mí no me importa el que dirán. Não me importo com o que pensam da minha vida, das minhas escolhas ou de como lido com minhas duplas tragédias. Y así fue, y así es la vida', Eva acrescentou, virando-se para a cabeleireira. 'Termina mi peinado, por favor.' Termine meu penteado.

"Quando a cabeleireira terminou, a mulher de setenta anos deixou uma gorjeta de vinte e cinco dólares para ela e foi embora.

"Sei lá. Qual é a moral da história?"

No telhado, ninguém disse nem uma palavra. A Filha do Merengueiro fez uma pausa, como se estivesse esperando uma resposta, depois encolheu os ombros novamente.

– Negação. Basicamente, a negação funcionou para ela. Ela compartimentalizou as coisas a tal ponto que disse a si mesma que nunca mais ia pensar naquilo. Mais tarde, descobri que a Eva de fato construiu uma vida nova na República Dominicana. Não se casou de novo, mas tem vários pretendentes que a visitam e a tratam como uma rainha. Em outras palavras, ela transa sempre que tem vontade.

"Então, o que a gente faz? Vocês sabem como é, alguns de nós estão vivendo múltiplas tragédias: pessoas perdendo parentes, o emprego, a casa, a carreira e, em alguns casos, a família inteira. Muitas estão em negação. Mas essas mesmas pessoas insistem em nos contaminar, e eu estou de saco cheio delas. O que eu penso é o seguinte: um pouquinho de negação ajuda muito, mas negação demais atrapalha. Y colorín colorado, este cuento se ha acabado."

A Filha do Merengueiro se voltou para Eurovision.

– Ei, cara – disse ela –, coloca um pouco de merengue. Preciso dançar para esquecer essa dupla tragédia. Coloca "Ojalà que llueva café". Eu quero que chova café.

– Quem, eu? – perguntou Eurovision, pego de surpresa.

– Os alto-falantes não são seus?

– Claro, claro. – Eurovision se endireitou rapidamente, mexendo no celular. – Como, hum, como se escreve o nome dessa música? Eu não falo espanhol.

Ela soletrou palavra por palavra. Ele digitou e em seguida ficou de pé.

— Senhoras e senhores, apresento-lhes Juan Luis Guerra cantando ao vivo "Ojalà que llueva café!".

Eu nunca tinha ouvido aquela música antes. Era suave e melancólica, não tinha o ritmo pulsante que eu esperava. Quando terminou, todos ficaram em silêncio.

— Isso não me pareceu um merengue — disse Vinagre.

— É porque não é um merengue — respondeu Flórida. — É uma *bachata*.

— *Bachata é* um tipo de merengue — retrucou a Filha do Merengueiro, indignada.

— Foi só um comentário.

— Você pode traduzir para nós? — pediu Eurovision.

— *Ay hombre* — respondeu a Filha do Merengueiro. — É uma canção de colheita dominicana. Uma oração. Fala sobre esperar que a colheita seja boa e que os agricultores não sofram. Mas não é só isso. É sobre ter uma vida simples, sonhos e amor pela terra... Na verdade, é sobre quem somos. — Ela fechou os olhos e cantarolou a melodia e então, se balançando ligeiramente, começou a cantar a letra traduzida.

"Quero que chova café na roça/ Que caia um aguaceiro de mandioca e chá..."

Quando terminou, a Filha do Merengueiro abriu os olhos.

Depois de um momento de silêncio, Hello Kitty disse:

— Que loucura, morrer no dia 12 porque eles não queriam voar no dia 11. É como se estivessem amaldiçoados.

— Amaldiçoados? — disse a Dama dos Anéis. — Eles não fizeram nada de errado. Uma tragédia como essa é obra do acaso, pode acontecer com qualquer um.

— Essa ideia de maldição é coisa da cabeça das pessoas — interveio a Terapeuta. — Acreditar que estão amaldiçoadas, que são azaradas ou vítimas é a forma como algumas pessoas lidam com as tragédias, como esta pandemia. Eu vejo isso no consultório. As pessoas chegam a amaldiçoar a si mesmas... por vergonha ou culpa.

— E seu trabalho é quebrar a maldição? — perguntou Eurovision.

— Pode-se dizer que sim.

— Estou precisando de algo assim – disse ele.

— Minha poh poh, minha avó por parte de mãe, era especialista em maldições – disse a Terapeuta. – Sabia tudo sobre o assunto. Tinha um método único para lidar com elas.

— Como assim?

— Bem, minha mãe nasceu e foi criada nos Estados Unidos, assim como eu, mas Ah Poh nasceu em um pequeno vilarejo em Cantão. Eu nunca estive lá, mas uma vez ela me mostrou uma foto: uma casinha de pedra cinza no meio do nada, rodeada por um monte de arrozais. Meu gung gung pescava peixes no rio para o jantar. Eles vieram para San Francisco pouco antes da guerra, se estabeleceram no Sunset District e nunca mais voltaram. Não faço ideia se aquela casinha ainda está lá ou se foi destruída durante a Revolução… muitas coisas foram destruídas naquela época.

"Enfim, logo depois que eu nasci, meu gung gung morreu e minha poh poh foi morar com a nossa família. Ela cuidava de mim e das minhas irmãs enquanto nossos pais estavam no trabalho e nos deixava brincar com a pulseira de jade que usava no pulso. Ela a usava desde pequena, e era minúscula, mas, como o pulso havia se alargado com o passar do tempo, não conseguia mais tirá-la. Minha mãe tinha uma igual, que ficava cheia de sabão quando ela lavava a louça e coberta de terra quando ela cuidava do jardim. Ah Poh deu uma para cada uma de nós, meninas, quando éramos pequenas, e tentou fazer com que usássemos também, mas achava insuportável a sensação daquela pulseira em volta do meu pulso. Parecia uma algema. Acho que Mina e Courtney ainda têm as delas; não sei o que aconteceu com a minha.

"Ah Poh era pequena, tinha um metro e meio de altura, no máximo, e a cada ano que passava encolhia mais um pouco. Usava coletes fofinhos com estampas florais e tinha uma corcunda bem típica das velhinhas chinesas; se vocês já foram a Chinatown, sabem do que eu estou falando. Eu e minhas irmãs costumávamos chamá-la de Quasimodo, até que um dia nossa mãe ouviu e nos deu uma surra. Mais tarde eu entendi que isso acontecia por conta da osteoporose causada pela deficiência de cálcio na infância. São fraturas minúsculas na coluna que acontecem espontaneamente e cicatrizam diversas vezes, como uma xícara remendada com muita cola. Pelo menos foi o que aprendi na faculdade de medicina.

"Mas não se enganem: Ah Poh parecia uma velhinha doce, mas era uma fera. Uma vez, na Grant, tentaram roubar a bolsa dela. Ela não largou. Puxou de volta com tanta força que o cara perdeu o equilíbrio. Em seguida, soltou uma saraivada de xingamentos tão alto que ele simplesmente ficou caído lá como se tivesse sido metralhado. Quando ela terminou, todos os lojistas estavam na porta de seus estabelecimentos observando, perplexos, então o cara se levantou e saiu correndo. Eu me lembro de ficar ali parada segurando o saco plástico cor-de-rosa com o peixe e a acelga chinesa que nós tínhamos comprado para o jantar, então Ah Poh se virou para mim e disse: 'Tudo bem, vamos, neui neui, vamos para casa.' Como se nada tivesse acontecido.

"Bem, depois que minhas irmãs e eu fomos para a faculdade, que nós já éramos adultas, estávamos sempre ocupadas namorando e trabalhando, e paramos de ligar para casa com tanta frequência. E Ah Poh fez o que todas as avós fazem: começou a pegar no nosso pé por ainda estarmos solteiras, dizendo que era melhor a gente se apressar e encontrar alguém logo. 'Vocês não se sentem sozinhas?', ela dizia ao telefone. 'Sem família, qual é o seu propósito na vida?' Eu dizia que isso era uma projeção dela; agora que todas tínhamos saído de casa, ela estava com muito tempo livre.

"'Não, não', ela respondia, 'não tente essa *psico-ologia* comigo, neui neui. Isso não funciona com chineses. É só para os *gweilo*.'

"Nessa época, eu já tinha mudado de medicina para psicologia, e ela foi a única que não me criticou por isso. Meus pais, é claro, não consideravam a psicologia uma parte da medicina, queriam que eu fosse uma médica de verdade. Aliás, acho que eles ainda têm essa esperança. É um estereótipo, mas ele existe por um motivo, sabem? É que eles passaram por tanta coisa para chegar até aqui... Pensam em Ah Poh crescendo no meio do arrozal, e em todos os anos juntando dinheiro para pagar nossos estudos, e nós simplesmente jogamos tudo fora para correr atrás de sonhos e nos tornarmos poetas ou para fazer dança interpretativa pós-moderna ou algo assim? Nós somos o investimento cuja entrada eles pagaram com sofrimento, e fazem questão de que esse investimento dê lucro.

"Enfim... Ah Poh não parava de me encher a paciência por eu ainda não ter ninguém.

"'O que aconteceu com aquele tal de Alex?', ela perguntava. 'Eu achei que estava indo tudo bem.'

"Alex tinha terminado comigo pouco tempo antes para ficar com a minha amiga, agora ex-amiga, e ainda por cima ainda estava me devendo novecentos dólares que eu havia emprestado a ele, dinheiro que eu tinha certeza de que não ia receber de volta. Quando contei isso a Ah Poh, ela estalou a língua nos dentes.

"'Tudo bem', ela disse, 'quer saber, neui neui. Vou amaldiçoá-lo.'

"Ah Poh tinha um monte de superstições, somos um povo supersticioso... mas talvez todo mundo seja. Não vire o peixe na travessa ou seu barco vai virar. Não coloque a bolsa no chão ou vai ficar pobre. Não dê tesouras e facas de presente ou você cortará os laços de amizade. Não diga o número quatro em voz alta. Quando crianças, não podíamos dar um passo que topávamos com alguma coisa que traria azar. Mas amaldiçoar alguém não é, pelo que sei, um costume chinês antigo.

"'O que você quer dizer com amaldiçoar?', eu perguntei.

"Parece que era algo que ela havia aprendido com sua amiga Marcie, com quem jogava bingo toda terça de manhã na igreja do bairro.

"'Eu pensei que você achava o bingo chato', eu disse.

"'Eu acho', ela respondeu, 'e descobri que a Marcie também acha. Então ensinei ela a jogar mah-jongg e agora nós jogamos toda semana. E às quintas-feiras vamos ao cassino. É dia de desconto para idosos.'

"'Espera aí, o que vocês fazem no cassino?', perguntei.

"'Nós jogamos nas máquinas caça-níqueis', ela respondeu, um pouco surpresa, como se isso fosse muito óbvio. 'Às vezes a gente também joga um pouco de blackjack.'

"Marcie tinha um ritual: sempre que alguém fazia mal a ela, ela escrevia o nome completo da pessoa em um pedaço de papel, enrolava e congelava em um cubo de gelo. Depois colocava no freezer e deixava lá. Para sempre.

"'Funciona', minha poh poh insistiu. 'Um empreiteiro quis cobrar caro demais depois de consertar o telhado da Marcie, então ela escreveu o nome dele em um pedaço de papel e o colocou no freezer. Duas semanas depois, ele foi processado pela prefeitura por ter deixado a licença expirar. Me dê o nome completo desse tal de Alex. Tenho um pedaço de papel bem aqui.'

"Eu achei que não tinha nada a perder, e de qualquer forma discutir com Ah Poh costumava ser uma batalha perdida, então eu disse o nome completo do Alex: nome, nome do meio e sobrenome, até o III, e ela escreveu em um pedaço de papel e me disse que ia colocá-lo na forma de gelo assim que desligássemos.

"E, acreditem se quiser, um mês depois eu ouvi boatos de que minha ex-amiga tinha traído Alex com a irmã dele e que agora elas estavam em um relacionamento sério, e mais ou menos uma semana depois vi no Facebook fotos do anel de noivado dela com um diamante de três quilates.

"Depois disso, minhas irmãs e eu passamos a ligar para Ah Poh sempre que tínhamos mágoas ou rancores que não podíamos resolver por meios normais, sem maldições. Quando Mina ficou como substituta em seu espetáculo, Ah Poh congelou o nome da atriz que ficou com o papel principal e, poucos dias depois, ela quebrou o pé e Mina assumiu o lugar dela. Quando o chefe da Courtney no escritório deu em cima dela, Ah Poh escreveu o nome dele, e mais tarde naquele ano ele foi pego falsificando documentos e foi expulso da ordem dos advogados. E quando o vizinho dos meus pais, que mora do outro lado da rua, colocou em sua casa uma placa do 'Trump' com 'Mande-os de volta' rabiscado à mão na parte superior, ela escreveu o nome dele também. Minha mãe disse que, da última vez que teve notícias do sujeito, ele estava com herpes-zóster e teve que ficar meses sem sair de casa. Sempre que ficávamos sabendo de outro infortúnio justificado, nós ligávamos para atualizar Ah Poh. 'Adivinha só', nós dizíamos, e lhe dávamos mais uma dose de *schadenfreude*.

"Ela levava a sério. Guardava aquelas maldições em cubos de gelo em um saco Ziploc enorme no fundo do freezer, atrás do sorvete e das sobras de peru. Uma vez, quando eu ainda morava na Bay Area, ela me ligou.

"'Acabou a luz', ela disse.

"'Ah Poh, você está bem?', perguntei. 'Precisa de ajuda?'

"Ela fez aquele estalo com a língua outra vez. 'Estou ótima, não tenho medo do escuro. Mas escute, neui neui, sua mãe não está em casa e preciso que você faça uma coisa para mim.'

"O que ela queria era que eu fosse até lá com uma caixa térmica cheia de gelo.

"'Ah Poh, acabei de chegar em casa', eu disse. Na época, eu morava em Oakland e não queria atravessar a ponte pela terceira e depois pela quarta vez naquele dia.

"'Aiyah', ela disse. 'Depois de tudo que eu fiz por você todos esses anos, você não quer fazer uma coisinha por mim?'

"Quando cheguei, quarenta e cinco minutos depois, carregando o cooler vermelho e branco que eu usava quando ia acampar, ela estava esperando na escada com um saco plástico cheio de maldições na mão.

"'Boa menina', disse ela. Ela abriu a caixa térmica, colocou o saco no gelo e fechou a tampa, a pulseira de jade tilintando contra a tampa. 'Pronto', ela disse. 'Isso deve resolver até a luz voltar.'

"E, na manhã seguinte, quando liguei para ver como ela estava, a primeira coisa que ela me disse foi que os cubos já estavam de volta no freezer. Nenhum deles tinha derretido.

"Ela morreu no outono passado, com a idade avançada de noventa e seis anos, mais baixinha e mais feroz do que nunca, e ainda indo ao cassino com Marcie usando a viseira de sempre até o fim. Por vários motivos, fico feliz que ela tenha partido antes de tudo isso começar. Acreditem, ela teria muito a dizer sobre a covid e tudo que está acontecendo. Eu teria pena da pobre alma que por acaso falasse uma dessas asneiras de 'vírus chinês' perto dela.

"Enfim… Em fevereiro, pouco antes de tudo fechar, fui até a casa dela para ajudar minha mãe a organizar as coisas da Ah Poh. Na última noite que passei lá, quando estava todo mundo dormindo, fui olhar o freezer. As maldições ainda estavam lá, cubos de gelo com pedaços de papel branco enrolados e turvos dentro. Eu queria saber toda a extensão da nossa raiva. Ver todos eles alinhados na minha frente, todas as pessoas que tinham nos feito mal ao longo dos anos. Quais nomes minha poh poh teria escrito por conta própria? Quem teria feito mal a ela?

"Espalhei os cubos sobre a mesa e fiquei olhando o gelo derreter devagarinho. Estava frio na cozinha, e demorou um tempão. Mas por fim lá estavam eles: rolinhos de papel, finalmente livres, encharcados na poça que não parava de crescer. Comecei a abri-los.

"E vocês não vão acreditar. Não tinha nada escrito. Em nenhum deles. Eram só papéis em branco enrolados e presos em cubos de gelo. Ainda não sei o que pensar a respeito disso. 'Psico-ologia', Ah Poh teria dito."

A Terapeuta ficou em silêncio e, se não fosse por outra sirene cortando o ar, teria sido possível ouvir um alfinete cair no telhado do Fernsby Arms.

— Uau — murmurou Hello Kitty.

— Talvez fosse uma espécie de terapia — disse Vinagre. — Talvez ela não quisesse amaldiçoar as pessoas, talvez fizesse isso porque lhe dava satisfação.

— Ou talvez — sugeriu a Dama dos Anéis — as maldições fossem terríveis demais para serem escritas. E ela apenas as proferia diante do papel.

A Terapeuta não ofereceu explicação. O grupo ficou em silêncio. Já era tarde. Estava escuro. Os arranha-céus do centro da cidade, com suas luzes estranhamente apagadas, pareciam grandes baleias verticais e escuras no mar. Ao longe, os sinos das igrejas começaram a soar, ecoando pelas ruas vazias. Oito horas. Ninguém parecia ter certeza do que fazer em seguida e, por fim, vencidas pelas histórias, as pessoas começaram a recolher suas coisas e descer para os apartamentos. Com toda tranquilidade, peguei o celular, apertei o botão para parar de gravar e o coloquei no bolso. Aquelas histórias me faziam lembrar do meu pai, trancado e sozinho no quarto na casa de repouso, isolado do mundo exterior e sem nenhum contato humano, e fui tomada por uma onda de náusea.

De volta ao meu quarto, fiquei um bom tempo sentada à escrivaninha descascada do zelador, com o enorme livro à minha frente, pensando em tudo. Não estava nem um pouco cansada. As histórias que tinha ouvido naquela noite ainda ressoavam na minha mente. Peguei a caneta mastigada e abri o livro, ou melhor, a bíblia, nas páginas em branco de "Notas e observações". Em seguida, peguei o celular e comecei a reproduzir as histórias contadas, pontuadas pelos comentários e diálogos, pausando e recomeçando e transcrevendo tudo laboriosamente à mão, acrescentando minhas próprias observações e conectando os textos.

Levei algumas horas. Quando terminei, me recostei na cadeira que rangia e fiquei olhando para o teto sujo e áspero do meu apartamento. Tinha a impressão de que eu era uma daquelas pessoas de quem a Terapeuta havia falado, que amaldiçoam a si mesmas. Minha vida parecia ser uma longa série de automaldições. Mas registrar aquela noite no papel tinha sido como uma catarse. A gente sempre se sente muito melhor depois de vomitar.

Foi quando ouvi passos leves no apartamento vazio acima do meu: 2A. Sabia que ele estava desocupado porque o zelador havia registrado na bíblia o que havia acontecido com o inquilino anterior. Ele tinha enlouquecido lá dentro e, quando finalmente arrombaram a porta para levá-lo até o hospital, encontraram milhares de dólares em notas de vinte amassadas e escondidas em todos os cantos. Quando os policiais perguntaram ao maluco o que era aquilo, ele disse que era para afastar as baratas e os espíritos malignos.

Amanhã é melhor eu verificar se tem alguém invadindo aquele apartamento.

Segundo dia
1º DE ABRIL

QUANDO CHEGUEI AO TELHADO ESTA NOITE, PARECIA QUE A NOTÍCIA tinha se espalhado pelo prédio, porque havia mais alguns moradores lá – para aplaudir, bater panelas ou apreciar o pôr do sol. Um deles estava literalmente dando uma volta, empurrando pelo telhado uma daquelas poltronas infláveis de piscina com buracos para copos. Eu ainda tentava decorar o número dos apartamentos, os nomes e os detalhes de toda aquela gente. De modo geral, não me interesso muito por pessoas, mas depois da noite passada comecei a sentir uma pontada de curiosidade em relação a todas elas. Tinha levado comigo a bíblia de Wilbur e a folheava, tentando identificar cada um ao meu redor da forma mais discreta possível. Mas ninguém estava prestando atenção em mim – a maioria das pessoas no telhado tinha levado cadernos e laptops para lá. Quando eu não a estava folheando, a bíblia ficava ao meu lado no sofá, coberta por uma manta. Hoje todos trouxeram também comidas e bebidas: uma garrafa de vinho, um pack de cerveja, uma garrafa térmica, biscoitos, bolachas, queijo. Eles pareciam quase inebriados com a rebeldia de tudo aquilo, como se, ao burlar as regras do proprietário, também pudessem burlar a pandemia.

Os números de hoje foram péssimos. No estado de Nova York, há agora 83.712 casos de covid e 1.941 mortes. Segundo o *Times*, Nova York é o epicentro da crise de covid nos Estados Unidos. Enquanto isso, no restante do país, as pessoas seguem com sua vida como se nada estivesse acontecendo. Dizem que é uma doença dos estados democratas e até mesmo que é uma doença circunscrita a Nova York – nada com que *elas* precisem se preocupar. Não sei por que acham que essa pandemia não vai atingi-las também. O governador Andrew Cuomo está na TV todas as noites, falando sem parar, ao contrário do Cheetos da Casa Branca, que continua insistindo que o problema vai se resolver sozinho, como num passe de mágica.

Eurovision chegou, todo arrumado, de gravata borboleta e paletó xadrez, calça justa e sapato social com fivela. Era um fim de tarde gelado, mas eu tinha um reforço comigo na forma de uma garrafa térmica discreta, desta vez cheia de um coquetel chamado Alabazam, que eu havia preparado com o que encontrei no estoque de Wilbur: conhaque, licor *triple sec*, *bitters* e cordial de limão. Só Deus sabe o quanto eu estava precisando de um drinque. Já havia passado horas no telhado naquele dia, tentando entrar em contato com o Solar Verde--Vômito, depois horas ligando para diversos órgãos e departamentos de saúde. Não consegui falar com ninguém que pudesse me dar alguma informação. Não paro de ouvir rumores sobre surtos generalizados em casas de repouso, mas Cuomo não divulga os números. Se é que eles têm algum. Eu estava louca para anestesiar meu pânico, apesar de saber que meu pai odiaria a quantidade de bebida que eu andava consumindo. Não que ele um dia vá saber.

Às sete horas, começamos a bater panelas, gritar e assobiar. Todos menos Vinagre, que continuou lendo um livro de poesia. Enquanto o barulho aumentava em um crescendo, de repente imaginei os irmãos Wickersham, de um dos livros de Dr. Seuss – ainda ouço o nome na voz do meu pai, lendo para mim quando eu era criança –, nos olhando do céu, seus rostos de macaco peludos e os olhos semicerrados para nós enquanto tentávamos fazer o máximo de barulho possível para provar que existíamos. Para evitar que fôssemos fervidos vivos em óleo de noz, como o povo de Quemlândia.

Depois que o barulho cessou, voltamos a nos ignorar. Eurovision pôs sua música para tocar baixinho. Hello Kitty teclava no celular. Vinagre lia. Eu bebia.

— Com licença – disse a moradora do 4D, fechando o livro de capa dura que estava lendo e voltando-se para Eurovision. – Seria possível que aqueles que vêm para o telhado em busca de paz e sossego fossem respeitados? Você não tem fones de ouvido?

De acordo com *A Bíblia do Fernsby*, ela trabalhava como bibliotecária no Whitney. Era casada com um médico. Eu já tinha interagido com ela. A bíblia dizia que era a moradora do prédio que dava as melhores gorjetas: nunca menos de vinte dólares por vez. E eu estava tão desesperada atrás de dinheiro que fiz uma coisa horrível. Ela me chamou ao apartamento para consertar a pia do banheiro entupida, e eu ganhei vinte pratas. Então, mais tarde, quando ela não estava, voltei lá e tirei uma arruela de borracha da torneira da cozinha. Isso me rendeu mais vinte. Sei que meu pai teria ficado horrorizado, mas sem aqueles quarenta dólares eu literalmente não teria conseguido comprar comida ou o último pacote de papel higiênico disponível no Instacart.

— Me desculpe, eu coloquei a música para que todos curtissem — disse Eurovision.

— Obrigada, mas, para ser sincera, não estou curtindo.

— Tudo bem — disse ele. — Sem problema.

E enfiou a mão no bolso para pegar os fones.

— O que *eu* não estou curtindo — anunciou Vinagre de repente — é que estamos todos aqui em cima, mas escondidos nas nossas bolhas. Todos empoleirados em nossas ilhazinhas, de costas uns para os outros. Não estamos no metrô, não podemos simplesmente descer do vagão e voltar para as nossas vidas. Estamos presos aqui, juntos, só Deus sabe por quanto tempo. Talvez devêssemos nos conhecer um pouco.

— Eu *realmente* prefiro o silêncio — disse Whitney, começando a soar irritada.

— Se você quer silêncio, então vá para o seu apartamento — retrucou Vinagre. — Ou lá para fora. — Ela apontou para as ruas vazias. — Tem silêncio à beça lá fora.

Depois disso, Whitney abriu o livro e fingiu ler, com o rosto vermelho. Mas não foi embora.

Um novo visitante do telhado falou, o morador que acho que na bíblia era chamado de Monsieur Ramboz, do 6A. Mas não tinha certeza porque não sabia o que o nome significava, já que ele não era francês e não tinha nada a ver com o Rambo: era um velho maltrapilho, magro, frágil e de cabelos brancos, que, segundo a bíblia, era um comunista de carteirinha.

— Concordo e acho que *deveríamos* conversar uns com os outros — disse ele com uma voz esganiçada. — O mundo mudou. Vai demorar alguns meses, no mínimo, para voltar a ser como era antes. E cá estamos nós, mexendo no telefone, como Nero enquanto Roma queimava.

— Eu não sabia que Nero tinha celular — disse Flórida.

— Nossa, como você é engraçada — zombou Vinagre.

— Posso dizer uma coisa? — perguntou a Dama dos Anéis, sacudindo a mão. — Como sou dona de galeria, tive que ouvir pessoas conversando durante a maior parte da minha vida… Vocês não iam acreditar no tipo de asneira que se ouve em uma galeria de arte… E pra mim *chega*. Eu também gostaria de ter um pouco de paz e sossego no telhado.

— Galeria de arte? — perguntou Vinagre.

— É. — A Dama dos Anéis endireitou os ombros. — Organizei exposições de alguns dos artistas conceituais negros mais proeminentes do país, inclusive Alex Chimère.

Ela disse esse nome como se todos nós fôssemos ficar muito impressionados, mas eu nunca tinha ouvido falar de Alex Chimère e, a julgar pelos semblantes inexpressivos ao meu redor, nem ninguém mais.

— Lamento que você tenha que se rebaixar e se misturar conosco, a ralé, no telhado — disse Vinagre.

A Dama dos Anéis ajustou o xale de seda Hermès em volta do pescoço, os dedos movendo-se com irritação, os anéis tilintando.

— Você faz jus ao seu apelido, só digo isso.

Vinagre se sentou mais ereta e eu me perguntei o que aconteceria. Ela não me parecia o tipo de pessoa que deixaria um comentário como esse passar impune. Limpou a garganta olhando em volta lentamente, fazendo contato visual com cada um de nós.

— Eu sei como vocês me chamam pelas minhas costas: Vinagre. Foi a Miss Convencida, do 4C, que começou com isso, junto com alguns boatos sobre a minha família, dos quais falo daqui a pouco. Mas quero dizer desde já que não importa como as pessoas te chamam, mas sim o nome pelo qual você atende. Já fui chamada de outras coisas que não meu nome desde que vim ao mundo em um quarto de hospital. Minha mãe dizia que, quando era recém-nascida, eu parecia um ratinho mal-humorado, "amarfanhada e enrugada e um pouco irrequieta, como se já tivesse estado aqui antes". Minha tia levantava as mãos para o alto, como se pedisse desculpas, e dizia: "Não, você parecia mais um buldogue, mas seu rosto mudou. Está linda agora. Você é bonita desde que tinha dez anos, pelo menos, quando colocou o aparelho nos dentes."

"Eu frequentei uma escola de teatro na qual, depois de lermos e interpretarmos *Huck Finn*, algumas crianças começaram a me chamar de Nigger Jen. Meu nome verdadeiro é Jennifer.[1] Mas, assim como as crianças da minha escola, 4C acha engraçado me chamar de Vinagre porque me considera ácida. Mas vocês sabiam que o processo para produzir vinho é igual ao da produção de vinagre? Beleza, classe, insolência, arte, é tudo subjetivo. Se pareço 'azeda', é porque sei como as pessoas podem ser baixas. E, além de no fundo ser bem semelhante ao vinho, o vinagre pode até ser ácido, mas é muito usado como tempero, coisa que está faltando a muitos de vocês. De qualquer forma, ver a mulher negra como sexy, raivosa ou escandalosa é repetir estereótipos velhos e ultrapassados, e a 4C deveria saber disso. Todos deveriam saber disso, ainda mais agora, com essa onda de protestos, com o ativismo mostrando que vidas negras não apenas importam, mas são ricas, plenas e bonitas.

"Meu filho se chama Robbie, Robert, em homenagem ao meu avô, que foi o primeiro juiz negro do condado de Rockland. Robbie não parou de participar das manifestações, nem mesmo depois que o governador proibiu as reuniões. Eu me preocupo com ele todos os dias, e talvez seja por isso que meu rosto está cheio de rugas; a preocupação envelhece as pessoas, mesmo que digam que os negros não envelhecem. Tenho orgulho do meu filho, mas também tenho medo de que ele fique doente ou coisa pior aconteça. A brutalidade policial já atingiu minha família muito mais do que essa covid com a qual todos estão tão preocupados. Sim, me solidarizo com todas as pessoas que perderam entes queridos ou ficaram desempregadas, e até com a 3C e aquele filho idiota que vive batendo na porta dela, primeiro arrancando o pouco que ela tem, depois o dinheiro da indenização, e eu desprezo esse presidente babaca que não faz nada, esse supremacista branco sociopata, com seu narcisismo maligno. Mas me preocupo na mesma medida com meu filho e com a vida dele e com o

---

[1] Em *As aventuras de Huckleberry Finn*, romance do norte-americano Mark Twain publicado em 1884, há um personagem chamado Nigger Jim, que é o escravizado que acompanha Huckleberry Finn em suas aventuras pelo rio Mississippi. O apelido "Nigger Jen" é uma referência a esse personagem. O termo "nigger" é um insulto racial e, a partir de meados do século xx, em especial nos Estados Unidos, tornou-se uma palavra fortemente ofensiva. (N. da T.)

modo que as pessoas o veem. É como se eu estivesse sempre esperando o telefonema, a batida na porta ou o vídeo viral que vai me informar que ele morreu com as mãos do Estado em seu pescoço. Eu me pergunto se a 3C também sente algo parecido por ser latina, embora ela me deva cinquenta e sete dólares e dezessete centavos, agora com três meses de atraso, e embora eu saiba que já faz um bom tempo que ela recebeu o dinheiro da indenização. Será que ela se preocupa com o fato de o filho ter parado de bater à sua porta?

"Minha filha, Carlotta, está grávida, e é por isso que nunca vem ficar com a gente aqui em cima. Temos sido muito cuidadosas, mas ela já é assim por natureza. Germofóbica desde o ensino médio, quando aqueles chaveirinhos com gel desinfetante para as mãos, aqueles com um perfume superforte da Bath and Body Works, se popularizaram. Ela tem um pouco de TOC. Só come com talheres de plástico e pratos de papel, nunca com os nossos, usa a camisa ou papel-toalha para segurar qualquer maçaneta, fazendo de tudo para poluir o meio ambiente com seu desperdício patológico. Quando eu ainda era casada, nós a colocamos na terapia por um tempo, mas depois de mais ou menos um mês ela pediu para parar porque 'ela só quer falar sobre você, mãe, e quer que eu faça umas lições de casa tipo lamber o assento de um vaso sanitário para ver que sobrevivo'. Eu não tiro a razão dela por querer parar, e nenhum terapeuta sugeriria esse tipo de terapia de exposição agora, que espalharia covid e sabe-se lá o que mais para seus pacientes. Ela está de seis meses agora, mas a barriga mal aparece, de tão magra que ela é. É assim com todas as mulheres da minha família, magras e com a barriga do tamanho de uma bola de futebol, que nem em gravidez falsa de TV. Isso até o oitavo mês, quando a barriga finalmente aparece. Tenho a sensação de que Carlotta está feliz à beça não só porque a bebê está a caminho – embora não saber como e onde ela vai dar à luz a menininha nessas condições seja outro motivo de estresse constante para mim –, mas porque agora ela tem uma desculpa para usar luva e máscara até mesmo dentro de casa, e besuntar o corpo inteiro com álcool gel. A garota é um doce, mas é desmiolada, provavelmente tomaria iodo ou álcool isopropílico se pudesse.

"O que me leva de volta à Miss Convencida, do 4C. Eu sei que ela espalhou o boato de que Carlotta engravidou no banheiro do McDonald's de um vagabundo chamado Benjamin, que eu já vi por aí, mas não conheço. Ele tem aqueles cachos naturais e brilhantes que os idiotas chamam de 'cabelo bom'. Ele diz ser dominicano, mas me parece apenas negro, e é bem provável que venda drogas. (Não estou dizendo isso porque ele é dominicano e parece negro, vamos deixar isso bem claro, mas porque ele está sempre na rua, na entrada do prédio, ou em um beco.) Mas voltando à 4C. Carlotta jamais usaria um banheiro público, muito menos de um McDonald's, talvez o banheiro de um Starbucks, no desespero, e jamais faria sexo sem proteção em um lugar desses. Dizem que a gente nunca sabe o que nossos filhos estão aprontando, mas eu conheço minha filha, e o pai é o rapaz que ela namora há seis anos, um homem igualmente doce e determinado chamado, vejam só, Carl.

"Carl e Carlotta, uma coincidência que eles acham uma fofura, coisa do destino. Estão juntos desde que minha filha tinha dezoito anos. Eles queriam se casar na época, mas eu disse a ela para terminar os estudos primeiro. Não queria que ela acabasse jovem e divorciada como eu, com um ou quem sabe até dois filhos pequenos. Ela abandonou os estudos no segundo ano para tentar seguir meus passos no mundo da arte, e começou a pintar obras surrealistas e absurdas. Mas sejamos sinceros: alguns dos trabalhos dela são bons, só que ela nunca vai ser capaz de sustentar uma família com eles, como eu fiz com a minha arte e com os cheques da pensão alimentícia. Minhas obras são o tipo de arte que você tem que olhar do ângulo certo, mais ou menos como eu mesma. Carlotta, infelizmente, precisa de treinamento formal e talvez um pouco mais dos meus genes e um pouco menos dos genes do pai. Não tenho como ensinar tudo a ela.

"Felizmente, Carl tem um bom emprego, é paramédico, faz um trabalho essencial. Nós quase nunca o vemos e, quando fala com Carlotta ao telefone, ele conta histórias terríveis, histórias que não quero repetir porque, ao contrário da Miss Convencida, não me meto na vida dos outros.

"Seria muito bom se a 4C adotasse esse mesmo princípio. Antes desse *lockdown*, eu via todo tipo de gente entrando e saindo do apartamento dela a qualquer hora do dia, apesar das restrições às visitas. Ela alega que eram contratados fazendo coisas no apartamento dela que um zelador se recusaria a fazer…"

Nesse momento, senti todos os olhos se voltarem para mim. Eu não tinha recebido nenhuma ligação daquela mulher. Estava prestes a abrir a boca para protestar quando entendi o que ela queria dizer.

– ... e suponho que essa seja uma boa descrição para o que eles faziam. Esses supostos encanadores e pintores nunca chegam carregando ferramentas nem material e saem sempre de mãos vazias, muito depois do horário comercial, se é que vocês me entendem, imaculados, sem nenhuma manchinha, a menos que chupões contem.

"Se tem alguém azeda aqui, essa pessoa é ela porque o carteiro nunca toca a campainha dela duas vezes; nenhum desses homens volta ao apartamento dela. Ouvi de fonte segura aqui do prédio que ela tem inveja da minha carreira artística e dos meus filhos. Vai ver que é estéril. Não sei o que ela faz da vida, a menos que seja trabalhadora do sexo (e não há vergonha nenhuma nessa profissão), mas a 4C espalha mentiras como doenças infecciosas, como ISTs. Ela tem uma doença na boca porque mexe sem parar aqueles lábios pintados. Se não fosse tão desleixada, eu teria pena dela."

Vinagre ficou em silêncio por um momento, depois levantou a voz como se a ausente 4C pudesse ouvi-la através dos andares abaixo.

– Talvez eu tenha pena de você, 4C, apesar de tudo. Você poderia ser bonita, mesmo com essa verruga gigante (cujos pelos você poderia arrancar de tempos em tempos), se não fosse pela sua personalidade, assim como eu sei que sou um bom vinho com uma rolha complexa. Qualquer pessoa ou qualquer coisa (com exceção do presidente) pode ser bonita, mesmo neste momento difícil e caótico que nos uniu, se olharmos do ângulo certo. Então, olá a todos. Meu nome é Jennifer e esse é o único nome ao qual respondo.

No fim desse monólogo surpreendente, Vinagre – eu ainda não conseguia pensar nela como "Jennifer" por mais que soubesse que deveria tentar – olhou em volta mais uma vez, como se desafiasse os outros a contestá-la. Não surpreende que o avô dela fosse juiz. Conseguia imaginá-lo em um tribunal aplicando a lei com sua voz estrondosa, empunhando seu martelo – uma pessoa com quem não se deve brincar.

Para minha surpresa, Flórida não a interrompeu, nem mesmo quando Vinagre mencionou o filho dela ou disse que ela lhe devia dinheiro. Limitou-se a ficar sentada, com as mãos cruzadas, o xale bem apertado ao redor do corpo, o rosto ainda mais tenso pelo desprezo. Percebi que os olhos de Vinagre se voltaram para um ponto acima do meu ombro e me virei para ver: havia um mural recém-pintado na parede alcatroada do patamar da escada que dava para o telhado. Era tão colorido que não consegui acreditar que não o notara mais cedo, quando estava fazendo minhas ligações. Vinagre devia ter pintado naquele mesmo dia. A obra mostrava três crianças negras alegres com muitas cores vibrantes e pinceladas vigorosas. Não sou uma grande conhecedora de arte, mas tive a impressão de que era boa. Muito boa. Nesse momento, outras pessoas também repararam no mural, e algumas se levantaram para olhar mais de perto, até a Dama dos Anéis. Notei a "assinatura" de Vinagre: suas iniciais em uma garrafa de vinagre Heinz. Era óbvio que ela não se importava *tanto assim* com o apelido.

— São meus filhos quando eram pequenos — explicou Vinagre. — Acho que tem bastante espaço na parede para todo mundo, se vocês também quiserem pintar alguma coisa. Posso deixar tinta, pincéis e latas de spray em uma caixa logo atrás da porta, se eu tiver a garantia de que vocês não vão detonar meu material. Assim qualquer um pode escrever uma mensagem, pintar ou fazer o que quiser na parede. — Ela olhou em volta. — Este prédio é um caso perdido, mas, já que estamos presos aqui, pelo menos podemos deixá-lo com a nossa cara.

Whitney fizera questão de nos ignorar durante todo aquele tempo, mas nesse momento largou o livro, levantou-se e foi olhar mais de perto o mural. Fiquei surpresa com seu interesse repentino.

Whitney virou-se para Vinagre.

— Sabe, acho que eu já vi alguns dos seus trabalhos. Eles não ficaram expostos em uma galeria da Avenida C no ano passado? Não consigo lembrar qual era o nome.

— Ficaram — respondeu Vinagre com imensa satisfação, cruzando as mãos no colo. — Galería Loisaida. "Retratos fantasmas". Vendi cinco peças naquela exposição. — Ela fez uma pausa. — Como você foi parar lá?

— Eu trabalho no Whitney — respondeu Whitney. — Sou bibliotecária do museu. Tenho um grande interesse por arte contemporânea. E trabalhava fazendo avaliações.

— Ah, eu adoro o Whitney — comentou Vinagre.

— Na minha opinião — disse a Dama dos Anéis —, o proprietário deveria te dar um desconto no aluguel por ter feito melhorias no prédio.

— Ou uma multa por vandalismo — disse Flórida com um ar severo.

— Obrigado, Jennifer, por ter trazido um pouco de cor à nossa vida — Eurovision apressou-se em dizer, evitando a altercação iminente. — Não entendo como o proprietário deixa este prédio caindo aos pedaços e fica por isso mesmo.

Ele olhou de soslaio para mim ao dizer isso, e tive vontade de bater nele. Estava começando a ter a sensação de que eu não era benquista pelos inquilinos. Bom, como meu pai praguejava quando estava muito irritado com um dos moradores: "Îmi voi agăta lenjeria să se usuce pe crucea mamei lui" — vou pendurar minhas cuecas para secar na lápide da sua mãe.

— Por que esse título? "Retratos fantasmas"? — perguntou Whitney.

— São conhecidos meus que morreram. Imaginei como seriam seus fantasmas e pintei os retratos. Na minha cabeça, fantasmas são apenas as lembranças, os anseios, os desejos e as tristezas da pessoa morta emaranhados e confusos, deixados para trás depois que a alma purificada vai embora. Então foi isso que tentei representar.

— Tipo o velho Abe, o homem que morreu no 4C? — perguntou a Dama dos Anéis. — Você deveria pintar o fantasma dele. Eu não ficaria surpresa se ele ainda estivesse por aqui.

A Filha do Merengueiro estremeceu.

— Essa conversa sobre fantasmas está me dando calafrios. — Ela apertou o casaco em torno do corpo.

— Eu vi um fantasma uma vez — disse Whitney.

— Sério? — perguntou Eurovision.

⚊⚊⚊

— Seríssimo. Foi em maio de 1990. Eu estava em uma conferência de biblioteconomia em San Antonio hospedada no Hotel Menger, uma construção antiga e muito charmosa do fim do século XIX. O Álamo fica bem em frente, e agora há um pequeno jardim botânico ao redor dele, cheio de árvores e arbustos, cada um com uma plaquinha de metal com o nome.

"Um amigo de Houston foi até lá para me ver e sugeriu uma caminhada pelo Álamo, já que ele era botânico e, portanto, tinha interesse na flora. Ele também pensou que talvez eu achasse a construção interessante. Disse que tinha estado lá várias vezes quando criança e achava o lugar 'evocativo'. Então passeamos pelo jardim, observando as plantas, e depois entramos.

"Hoje em dia, o monumento consiste apenas no prédio da igreja principal, que no fundo não passa de uma estrutura de alvenaria vazia. Não há absolutamente nada na igreja em si: tem chão e paredes de pedra e milhares de marcas de bala; tantas que a pedra parece mastigada. Na frente da igreja, há dois espaços menores semiabertos, onde costumavam ficar a pia batismal e um pequeno altar, originalmente separados da nave principal por pilares de pedra e paredes parciais.

"Ao longo das paredes da sala principal, há algumas vitrines de museu contendo objetos dos defensores que as Filhas do Texas conseguiram reunir: uma coleção bastante pobre, que inclui colheres, botões e (raspando o fundo do tacho, se querem saber minha opinião) um diploma provando que um dos defensores havia se formado em Direito (este, como vários dos outros objetos, não estava no Álamo no momento da batalha, mas foi obtido mais tarde com a família do dono).

"As paredes estão repletas de pinturas a óleo horríveis mostrando vários defensores em diversas poses 'heroicas'. Suspeito que todas tenham sido pintadas pelas Filhas do Texas em uma oficina de artes feita com esse objetivo, embora admita que essa possa ser uma afirmação um tanto difamatória da minha parte. De qualquer forma, em se tratando de museus, esse deixa bastante a desejar.

"É silencioso devido à presença de uma mulher com um cartaz de 'Silêncio, por favor! Isto é um santuário!' no meio da sala, mas, fora isso, não tem uma atmosfera reverente nem assustadora. É só um espaço grande e vazio. Meu amigo e eu caminhamos lentamente pela sala sussurrando comentários sobre as pinturas um para o outro e dando uma olhada nos objetos.

"E então me deparei com um fantasma. Ele estava próximo da entrada da sala principal, a cerca de três metros da parede, perto da sala menor à esquerda de quem entra na igreja. Fiquei muito surpresa com esse encontro, já que não imaginava encontrar um fantasma e, se tivesse imaginado, ele não era como eu esperaria que fosse.

"Não vi nada, não senti calafrios, angústia ou mal-estar. Onde eu estava, o ar estava um pouco mais quente, mas era quase imperceptível. A única coisa que senti de maneira muito distinta foi um senso de... comunicação. Uma comunicação muito clara. Eu sabia que ele estava lá, e ele sabia que eu estava lá.

"Vocês nunca olharam nos olhos de um estranho e tiveram de imediato a sensação de que era alguém de quem iriam gostar? Tive um forte desejo de continuar ali, de me comunicar com aquele homem (por assim dizer, já que não houve troca de palavras). Porque era, de forma clara e vívida, um homem.

"Naturalmente, presumi que estava apenas imaginando aquilo e, tentando restabelecer um senso de realidade, me virei para encontrar meu amigo. Ele estava a cerca de dois metros de mim. Depois de dar alguns passos nessa direção, perdi contato com o fantasma, não conseguia mais senti-lo. Foi como deixar alguém em um ponto de ônibus.

"Sem dizer nada ao meu amigo, voltei ao local onde havia encontrado o fantasma. Lá estava ele. De novo, ele também estava muito consciente de mim. 'Ah, aí está você!' Só que não dissemos isso um para o outro, não dissemos absolutamente nada.

"Tentei fazer isso mais duas ou três vezes, me afastar e voltar, e o resultado foi o mesmo todas as vezes. Quando me afastava, não conseguia senti-lo; mas, quando voltava, sim. A essa altura, é claro que meu amigo estava ficando curioso. Ele se aproximou e cochichou tentando fazer graça: 'Os bibliotecários sempre agem assim?' Como ficou evidente que ele não estava sentindo o fantasma, mesmo parado mais ou menos onde eu estava, eu não falei nada. Apenas sorri e saí com ele para o jardim, onde continuamos nossas investigações botânicas.

"Tudo aquilo me pareceu tão estranho, mas ao mesmo tempo tão normal, que nos dois dias seguintes voltei ao Álamo sozinha. A mesma coisa: ele estava lá, no mesmo lugar, e sabia quem eu era. Eu sempre ficava ali parada, envolvida no que só posso chamar de uma comunicação mental. Assim que me afastava do local, uma área de talvez meio metro ou um metro quadrado, deixava de senti-lo.

"É claro que eu me perguntei quem seria ele. Nas paredes da igreja, havia placas de cobre aqui e ali com fatos importantes sobre todos os defensores do Álamo, e eu examinei todas tentando ver se alguma me dava uma luz, por assim dizer. Nada.

"Bem, mencionei o ocorrido a alguns colegas bibliotecários presentes na conferência, e todos ficaram muito interessados. Acho que nenhum deles tinha ido ao Álamo e, se foram, não me contaram, mas alguns sugeriram que talvez o fantasma quisesse que eu contasse sua história, já que sou arquivista. Eu disse, meio em dúvida, que não achava que fosse isso que ele queria, mas na vez seguinte, a última, que fui ao Álamo, perguntei com todas as letras.

"Fiquei parada lá e pensei, conscientemente, em palavras: 'O que você quer? Não posso fazer nada por você. A única coisa que posso lhe dar é a certeza de que sei que você está aí; de que me importo que você tenha vivido e me importo que tenha morrido aqui.'

"Então ele disse, não em voz alta, mas eu ouvi as palavras com clareza em minha mente: 'Isso basta.'

"Isso bastava: era só isso que ele queria. Foi a única vez que ele falou. Minha visita ao Álamo estava concluída. Dessa vez, para desviar de um grupo de turistas, saí por um caminho um pouco diferente. Em vez de ir direto até a porta, contornei o pilar que separava a igreja principal de uma das salas menores. No canto da parede, havia uma pequena placa de latão, uma que não era visível da sala principal.

"A placa dizia que a sala menor havia sido usada como paiol durante a defesa do forte. Nas últimas horas do cerco, quando ficou evidente que o forte seria tomado, um dos defensores tentou explodir o paiol para destruir o forte e matar o maior número possível de agressores. No entanto, o homem foi baleado e morto do lado de fora antes de completar sua missão... mais ou menos no local onde encontrei o fantasma.

"Então não tenho certeza: ele não me disse seu nome, e não tive nenhuma noção clara de sua aparência, apenas uma vaga impressão de que era alto, já que ao falar comigo sua voz vinha um pouco de cima. Só para constar, o homem que morreu tentando explodir o paiol se chamava Robert Evans. De acordo com a descrição, tinha 'cabelos pretos, olhos azuis, cerca de um metro e oitenta de altura e estava sempre alegre'. Essa última parte condiz com o homem que conheci, é verdade, mas não tenho como afirmar com certeza. A descrição está no livro *Alamo Defenders*, que comprei como um gesto de despedida na loja do museu. Eu nunca tinha ouvido falar de Robert Evans ou do paiol de pólvora antes." Ela fez uma breve pausa. "E é essa a história."

―――

— Hum. Isso é verdade? — perguntou Eurovision, desconfiado. — Quer dizer, todo mundo que conta história de fantasma começa dizendo que é verdade, mas eu quero saber se é verdade *mesmo*.

— É verdade, juro — garantiu Whitney.

— Você acha que ele sabia que estava morto? — perguntou Vinagre. — Talvez ele tenha virado fantasma porque não sabia.

— Foi exatamente o que eu pensei — respondeu Whitney. — Ele levou um tiro, morreu tão rápido que não teve a chance de vivenciar a própria morte. E então seu corpo desapareceu na explosão, não houve enterro e talvez não tenha havido nem mesmo uma cerimônia fúnebre. Ele ficou preso naquele lugar, atordoado, se perguntando o que teria acontecido, apartado da vida, mas sem conseguir encontrar o caminho para o outro mundo. As pessoas dizem que os fantasmas ficam por aqui porque têm assuntos inacabados na terra, mas eu acho que muitos podem estar como ele, confusos sobre seu status, por assim dizer.

— Eu acho que é ainda mais profundo — disse a Dama dos Anéis. — As pessoas têm tanto medo da morte ou são tão apegadas à vida que às vezes não conseguem aceitar que morreram. Ficam em estado de negação. Principalmente quando é uma coisa repentina, sem enterro.

— Então você acha que os fantasmas comparecem ao próprio enterro? — perguntou Eurovision, reprimindo uma risada.

— Eu com certeza iria ao meu enterro — comentou Vinagre. — Só para ver quem não deu as caras.

— Talvez seja importante ver seu corpo sendo enterrado — disse a Dama dos Anéis — para você acreditar que morreu.

Flórida franziu o cenho.

— Eu me pergunto quantos fantasmas mexicanos também estarão vagando por lá. Eles só estavam tentando reaver as terras que lhes foram roubadas. Para que gastar energia lamentando a morte de homens como Robert Evans?

— Não tenho dúvida de que você tenha razão — disse Whitney —, mas será que devemos julgar os mortos com tanta severidade?

— Com todo o rigor — interveio Hello Kitty. — Enfileirá-los contra a parede e fuzilá-los.

Vinagre franziu a testa.

— Nós temos o direito de julgar os mortos.

— Vocês não acham que há um valor no simples fato de termos vivido? — perguntou a Dama dos Anéis. — Todos vamos ser julgados no final, mas pelo menos tivemos a dignidade de ter existido.

Eu não aguentava mais esse tipo de conversa. Vinha tentando ao máximo não me preocupar com meu pai, cuja dignidade e até mesmo existência eram negadas pelo silêncio do Solar Verde-Meleca. Pelo menos era a sensação que eu tinha.

Um coro de sirenes impossibilitou a conversa por alguns momentos. Devia haver pelo menos meia dúzia de ambulâncias rasgando a Bowery. Perguntei-me que contaminação em massa teria ocorrido — talvez estivessem vindo de alguma outra casa de repouso lotada de moribundos.

Quando o barulho das sirenes se dissipou, a conversa sobre os mortos parecia ter decretado o fim da noite. Os sinos da igreja quebraram o silêncio, e imaginei que fossem da antiga Catedral de St. Patrick, na Mulberry Street. Todos sentimos que a conversa e a nossa reunião haviam chegado ao fim e, depois de algum sinal inconsciente, começamos a recolher nossas coisas para descer.

Gostei de ouvir aquelas histórias, no entanto — não faz sentido eu negar. Era bom dar um tempo no medo. Ainda que, ao pegar o celular para encerrar a gravação, tivesse me ocorrido, com um arrepio, que devia haver muitos fantasmas novos circulando pela cidade assolada pela pandemia, e muitos mais por vir. Espero que tudo isso acabe logo.

De volta ao meu pequeno armário de vassouras, fui logo transcrever as histórias daquele dia e acrescentar meus comentários. Levei metade da noite, mas mesmo assim ainda estava bem desperta — por alguma razão, ultimamente eu tinha perdido quase por completo a vontade de dormir. Mesmo assim, fui para a cama, mas fiquei muito tempo acordada. Como era de se esperar, os passos recomeçaram, lentos e cadenciados como o badalar dos sinos da igreja. E então ouvi a música distante de um piano Wurlitzer ao longe, em algum lugar do prédio, tocando uma versão lenta e sonhadora de uma antiga canção de jazz, e me senti mais solitária do que nunca.

Terceiro dia
2 DE ABRIL

MAIS UMA VEZ, DEPOIS DE LIMPAR OS CORREDORES E TAPAR COM papelão e fita adesiva algumas das janelas quebradas nas escadas, passei o resto do dia tentando falar com meu pai no Solar Verde-Bile. Pensei em tentar pegar o trem até lá; mas, com a Guarda Nacional isolando a área, concluí que nunca conseguiria entrar. E pegar o trem para os subúrbios ao norte de Nova York seria como pegar uma carona no expresso da epidemia. Meu único consolo era que meu pai provavelmente não sabia o que estava acontecendo. Em geral, ele não me reconhecia mais, então também não sentiria minha falta. Só esperava que o vírus não tivesse chegado à casa de repouso. A única coisa que eu queria era vê-lo, ter certeza de que estava bem. Acho insuportáveis todas as postagens no Instagram e no Twitter de netos de bochechas rosadas segurando desenhos diante das janelas de casas de repouso, cães e adultos chorosos pressionando mãos contra mãos manchadas do outro lado da barreira de vidro. Talvez essa seja a realidade quando você pode pagar uma casa de repouso particular cara, mas isso não se aplica ao Solar Verde-Merda.

Dei uma olhada nos números para poder atualizar minhas estatísticas diárias. Não sei por que isso me acalma se os números em si são tudo menos tranquilizantes – acho que eles delimitam a escala da catástrofe em minha mente. Hoje, 2 de abril, o estado de Nova York contabilizou 92.381 casos, mais do que o número total de infecções registradas na China inteira. Na noite de quinta-feira, o número de mortos na cidade chegou a 1.562. O jornal da CBS informou que houve mais ligações para o número de emergência nacional hoje do que no dia 11 de setembro de 2001.

Pense nisso por um momento. Todas aquelas ambulâncias. Uma cidade cheia de Onze de Setembros.

A essa altura, já dava para perceber que o telhado havia se tornado um refúgio para os moradores do prédio. Mas, quando subi as escadas de noite, vi que ia haver confusão. A moradora do 4C, de quem Vinagre havia falado mal na noite anterior, também estava lá, vestida com esmero, elegante e pronta para a guerra. Ela era magra e em forma feito uma rata de academia, os braços torneados; longos cabelos loiros, grossos e esvoaçantes; uma verruga discreta no queixo – resumindo, uma deusa. Não faz meu tipo, mas despertou meu interesse, embora eu tente manter distância dos moradores. Empoleirada em imponentes saltos Louboutin de couro envernizado vermelho-rubi. Onde é que ela consegue dinheiro para comprar essas coisas se mora nesta espelunca?

Vinagre tinha se referido a ela como Miss Convencida, mas não demorei muito para encontrá-la na bíblia do zelador. *Salto Alto*, é claro. Aparentemente ela era uma dessas influenciadoras do Instagram, especializada em fotos dos próprios pés. Duzentos mil seguidores.

Salto Alto permaneceu de pé, com o olhar fixo na porta, toda exibida, como uma boxeadora no ringue esperando o sino tocar, enquanto subíamos para o telhado do nosso jeito desorganizado de sempre com nossas bebidas e lanches, nos acomodando nos lugares sem desrespeitar o distanciamento social. Assim que Vinagre apareceu, Salto Alto foi para cima dela.

– Quer dizer que você anda falando merda a meu respeito – disse ela, o sotaque suburbano dos Sopranos de Nova Jersey cortando o ar, em total desacordo com sua aparência meticulosamente cuidada.

Vinagre caminhou com calma até sua cadeira, sem se abalar, enquanto Salto Alto ia atrás dela. Vinagre tinha uma garrafa de vinho em uma das mãos e uma mesinha dobrável debaixo do braço. Enquanto Salto Alto a encarava de forma ameaçadora, Vinagre montou a mesinha redonda, tirou uma taça e um saca-rolhas da mochila, cortou o papel-alumínio, sacou a rolha, cheirou-a, serviu-se de um gole, girou a taça e provou o vinho enquanto todos os outros assistiam furtivamente ao desenrolar do drama. Por fim, Vinagre assentiu em sinal de satisfação e serviu-se de mais vinho.

Só então olhou para sua antagonista, que se avultava sobre ela com as mãos nos quadris. Recostando-se na cadeira e aumentando o distanciamento social entre elas, Vinagre disse com serenidade:

– Você sempre falou mal de mim. Eu só estava retribuindo a gentileza.

Da mochila, ela tirou um pano de camurça embebido em álcool – o odor químico apenas aumentou a tensão no ar – e uma segunda taça de vinho, então começou a limpá-la com a precisão de um pintor preparando uma tela. Em seguida, serviu uma segunda taça com vinho e a ofereceu a Salto Alto, que deu um passo para trás, assustada.

– Faça a gentileza de ficar longe de mim com seu bafo de coronavírus – disse Vinagre – e me deixe aproveitar a noite conversando com os amigos. – Ela se voltou para Eurovision. – Não é?

– Hum – respondeu ele, nervoso. Usava uma gravata borboleta nova com estampa de cornucópias, paletó xadrez, camisa listrada e calças verdes justas com patos amarelos. Parecia que nosso telhado estava servindo de substituto para o Eurovision 2020. – Bem, senhorita... Ah, me desculpe, não sei seu nome, mas fique à vontade para participar da nossa conversa.

– Prefiro passar a noite no rabo de Satanás abraçada com escorpiões do que ouvir idiotas que nem vocês *conversando*.

Salto Alto deu meia-volta e saiu, batendo a porta do telhado com um estrondo.

– Uau – disse Flórida, se abanando, embora fosse uma noite fria. – Minha mãe sempre dizia: "Quem rosna é porque anda com cachorros", se é que me entendem. A mulher é uma encrenqueira.

Vinagre comentou:

– Ela paga esses malditos sapatos fazendo putaria no Instagram. Pelo menos foi o que fiquei sabendo.

– O mundo realmente mudou – comentou Flórida – se uma tonta dessas com uma *ring light* e um par de pés bonitos ganha alguns milhares de dólares por semana postando fotos dos dedos dos pés. Eu ainda me lembro de quando um café com leite custava um dólar e a *deli gourmet* se chamava mercadinho. Já vi muita coisa, mas vocês acham que abri a boca? Podem apostar que não.

"Não sou como aqueles *blanquitos* que ficam ligando para a prefeitura. Você gosta de uma música que está tocando no rádio, aumenta um pouco o volume, e no minuto seguinte ouve a sirene na sua janela e um policial tocando a campainha pedindo para você abaixar o som. Como se música boa incomodasse alguém. Só é barulho para essas pessoas porque não estão prestando atenção. A música é uma fuga, dá cor à merda da vida e, vou dizer, nós precisamos dessa porra de música porque a vida nem sempre foi muito boa com a gente. Ainda mais agora! Entendem o que eu quero dizer?"

Flórida parecia ter uma história para contar. Naquele momento, eu já estava começando a gostar daquilo de verdade. Me servi da bebida da noite – um Rusty Nail, partes iguais uísque e Drambuie – e me recostei no sofá com o celular carregado e gravando.

– Eu sempre fui uma pessoa honesta, sempre trabalhei muito para pagar minhas contas, imaginando que quando envelhecesse poderia me aposentar e voltar para o meu país ou simplesmente me aposentar e receber meus cheques aqui mesmo, mas é como dizem: o homem propõe e Deus dispõe e, bem, todos nós perdemos o emprego e os únicos que se safaram foram os ricos, e eu já tinha cinquenta e cinco anos quando a fábrica foi transferida para outra cidade. Os patrões disseram que não podiam mais arcar com nosso salário.

"Sabem quanto eu ganhava depois de ter trabalhado dezenove anos naquela fábrica de bonecas? Onze dólares por hora. Se eu não fizesse um monte de hora extra todos os sábados e feriados, não conseguia pagar o aluguel, a luz, o gás, a TV a cabo, o telefone e a comida. Mas os patrões diziam que nosso salário era alto demais. E eu ganhava mais do que o pessoal mais novo, então vocês podem imaginar... Todos nós desempregados, sem ninguém a quem recorrer. Até meu filho, que estudou em uma boa faculdade e trabalhava em um banco grande, perdeu o emprego e ficou pior do que eu porque nunca economizou um centavo. Comprava tudo no cartão de crédito, achando que ia ganhar bem para sempre. Rá! Para os pobres não existe "para sempre" nem segurança. Só trabalho e uma dose de sorte. Eu dizia isso a ele, mas acham que ele me dava ouvidos?

"Enfim, me partiu o coração vê-lo desempregado e desesperado, pois estou acostumada a viver com muito pouco, mas meu filho gosta de sapatos de grife e tem dois filhos em escola particular e uma mulher que gosta de fazer as unhas e o cabelo no salão toda semana. Então é claro que ele veio me pedir ajuda pensando que eu tinha umas economias. Eu tinha mil e trezentos dólares na época, mais do que ele tinha no banco, o que é uma loucura porque ele *trabalhava* em um banco. Mas isso não cobria nem metade do aluguel dele. Dei o dinheiro a ele, mas não todo porque, mesmo que o seguro-desemprego cobrisse a maior parte das minhas despesas, eu sempre guardava duzentos dólares para emergências.

"Na época, mesmo com o mundo desmoronando, eu continuava otimista. Vocês se lembram de quando Obama ganhou a eleição, com aquele slogan de sí se puede? Ah, minha nossa, eu fiquei embriagada de esperança com o sonho que ele prometia. E, vamos ser sinceros, ele é muito bonito. Muito bonito! Naquelas primeiras semanas depois que ele se elegeu presidente, eu sempre acordava me sentindo maravilhosa porque ele me visitava durante o sono. No meu sonho, nós estávamos na sala de uma casa linda, nossos olhares se encontravam e ele me olhava como quem diz: 'Estou vendo você, Flórida Camacho.' E, se não fosse casado com Michelle, tenho certeza de que ele teria me tirado para dançar. Porque, minha nossa, eu adoro dançar. E, pelo jeito como Obama se movimenta, dá para ver que ele dança bem. Sim, nós podemos, papi! Sim, podemos na minha cozinha, na minha sala, no meu quarto.

"Ah, vocês não sentem saudade? Da dança, de ficar bem pertinho de alguém, a música tão alta que você não consegue ouvir nem seus pensamentos, os alto-falantes vibrando dentro do seu coração, seus pés escavando o chão, chegando à raiz das coisas. E com a pessoa certa, alguém que te segura do jeito certo quando você está dançando, com a mão firme na sua lombar, e naquele momento você tem a sensação de que tudo vai dar certo.

"Mas agora estamos trancados aqui. Deus não está para brincadeira. Não podemos nem apertar a mão de ninguém. Dois metros de distância. É muito triste. E, se você tosse porque tem alguma coisa presa na garganta, as pessoas praticamente te apedrejam. Nem meu filho, que eu sempre apoiei, apesar dos problemas em que se metia, vem me visitar. Nem mesmo para acenar diante da minha janela. Ele sabe que eu não vejo mais ninguém. Nem uma alma, porque tenho asma e da última vez que tive pneumonia quase morri. Ele sabe que eu sou cuidadosa e que é seguro me visitar. Mas não, diz que quer evitar que eu pegue essa doença, como se sempre tivesse se preocupado com o meu bem-estar. Mas é mentira dele. E sabem o que toda essa solidão me fez perceber? Que tenho mentido para mim mesma. Quando a coisa fica realmente feia, estamos todos sozinhos. E as pessoas são capazes de se matar por causa do último rolo de papel higiênico.

"Vocês se lembram daquele inverno em que tivemos uma tempestade de neve após outra e as calçadas pareciam um rinque de patinação no gelo? A maioria dos zeladores espalhava sal na calçada na noite anterior para que a gente pudesse sair sem escorregar e morrer tentando chegar ao ponto de ônibus. Mas o zelador preguiçoso da esquina da Clinton Street deixou o gelo ficar muito espesso. Um verdadeiro perigo. E um dia eu, apressada, sem imaginar que uma tragédia pudesse acontecer comigo, pisei no gelo, escorreguei na calçada, colidi contra o prédio e meu pé ficou preso na cerca de ferro. Fraturei o joelho e fissurei o quadril.

"Acreditem, eu liguei para aquele advogado que faz propaganda nos ônibus. Nenhum caso é grande ou pequeno demais, era o que os anúncios diziam. E, assim como o advogado dizia no comercial, eu de fato recebi uma indenização. E é claro que meu filho foi me visitar no hospital várias vezes, sempre querendo falar com o advogado, supostamente para defender meus interesses, mas eu avisei ao advogado que ele não era confiável. Porque é verdade. É isto que acontece: com a idade, você para de mentir para si mesma. Ou talvez *eu* tenha parado de mentir para mim mesma. Quando perdeu o emprego, meu filho começou a beber e jogar porque sempre achou que tinha sorte. Mas ele não tem sorte. Eu vivia dizendo a ele que tudo que conquistou foi fruto do esforço, na faculdade e no trabalho. Mas ele estava sempre procurando uma maneira de ficar rico rápido e sem dar duro. Então, quando recebi a indenização, é claro que ele passou a me visitar com frequência. E eu dei a ele uma boa parte do dinheiro. Em um determinado momento, eu disse que o dinheiro tinha acabado para ver se ele passaria aqui só para me dar um oi. Eu esperava que ele viesse porque ama a mãe e sabe o quanto isso me deixaria feliz, quem sabe até trouxesse minhas netas para me visitar. Mas ele não apareceu mais.

"Meu filho acha que não tenho mais nada para dar a ele. Ele acha que não tenho mais dinheiro para emprestar e, para ser sincera, eu também sei que minha comida não é mais o que costumava ser porque perdi o olfato. E, antes que vocês comecem a olhar para mim como se eu estivesse infectada, sim, eu também li aquela matéria do *New York Times* na semana passada; mas, acreditem, não estou doente. Faz muito tempo que não sinto mais cheiros, desde muito antes de esse novo coronavírus aparecer. E, como não consigo sentir cheiro, também não consigo sentir o gosto da comida que preparo.

"Então eu fico pensando, essa maldição, essa praga que se abateu sobre todas as pessoas no mundo... sim, tem pessoas morrendo, e temos que ter cuidado, mas vocês não acham que é bastante conveniente, também, a forma como a pandemia está sendo usada pelos jovens? Eles andam por aí como se não dessem a mínima. Talvez queiram só que os idosos morram para eles poderem herdar tudo. Talvez estejam aliviados por não terem que nos visitar. Tipo, vocês acham que pode haver amor em tempos de necessidade e ganância? Será que eu era só alguém de quem meu filho precisava? Tudo isso me deixa muito triste. Será que vou acabar como aquele velho do quarto andar?

"Algum de vocês estava aqui naquela época? Não me lembro. O ruivo que morava no apartamento em cima do meu, que cheirava a gambá e não se barbeava nunca. Ele estava sempre martelando alguma coisa com tanta força que minhas luminárias tremiam. Toda aquela batação me deixava maluca. E às vezes era como se ele estivesse serrando o cano do aquecimento ao meio. Que tortura. Então eu batia com o cabo da vassoura no teto para que ele parasse. E reclamava com o zelador, o ex-zelador. Até escrevi um bilhete para ele implorando que parasse com aquele barulho. E de repente, ele parou. Como foi bom. Eu tinha esquecido como o silêncio era bom. Gostava tanto do silêncio que nem tinha vontade de ligar o rádio. Ou a televisão. Ou abrir a janela. Durante um breve período foi como se meus ouvidos estivessem cheios de água e eu só ouvia o murmúrio suave dos meus pensamentos. Até minha mente tagarela tinha se acalmado. Eu estava muito feliz por estar cercada de silêncio. Quando uma sirene soava ao longe ou alguém gritava na rua, eu era arrancada do que parecia ser um sonho.

"Mas então todos nós começamos a sentir o cheiro. Aquele cheiro de decomposição e, ah, o pobre coitado que fazia barulho, que mal dizia 'obrigado' quando você segurava a porta do saguão para ele, havia morrido. Fazia dias que estava morto. No começo, eu me senti péssima porque tinha ficado tão feliz com o silêncio daqueles dias, e durante aquele tempo todo ele estava morto.

E sabem de uma coisa? Com ele se foi meu olfato. Sumiu. Para sempre. De uma hora para outra.

"E então o barulho voltou. Porque o proprietário decidiu reformar o apartamento para poder triplicar o aluguel, e que pesadelo que foi. E essa garota, com os sapatos e o Instagram, ela tem dinheiro porque paga sozinha o aluguel triplicado. Mas vocês não ouviram isso de mim. Como eu disse, não gosto de me meter na vida dos outros. A única coisa que sei é que tem alguma coisa acontecendo entre ela e o cara da dedetização.

"Então, lembram que o cara da dedetização sempre vinha ao prédio no terceiro sábado do mês? Qualquer pessoa com olhos sabe que ele é bonito. Além disso, é muito educado, sempre com um 'sí señora, permiso, señora'. E eu sempre ofereço água, café, porque imagino que a jornada de trabalho dele seja longa. Ele sempre recusa e dedetiza rapidamente o banheiro, depois a cozinha. E dedetiza todos os apartamentos, sempre na ordem, andar por andar. Eu o ouço no meu andar indo para o 3A, depois para o 3B, depois para o meu apartamento, 3C, e assim por diante. Então ele vai para o quarto andar. E, quando está lá em cima, eu ouço seus passos com muita clareza porque ele usa aquelas botas de trabalho pesadas, de borracha dura. E tem pés grandes, o que é bom num homem. E uma pisada forte. E a laje aqui, como vocês sabem, é fina como papel. Então eu sei quando ele está dedetizando o banheiro, depois a cozinha, pois para isso ele precisa percorrer o longo corredor. Mas então os passos param. No começo eu não percebia, mas depois comecei a prestar atenção. E todo terceiro sábado do mês, quando ele vinha, acontecia a mesma coisa. Cronometrei quantos minutos ele passava no meu apartamento, contei os apartamentos do prédio e calculei quanto tempo ele levaria para dedetizar todos os apartamentos, tirando um ou outro porque alguns moradores às vezes não estavam em casa. E querem saber? Toda vez sobrava um tempo que não tinha justificativa. E sabem onde ele passa esse tempo? Com a minha vizinha de cima.

"Então é claro que, da vez seguinte em que ele foi ao meu apartamento, tentei descobrir mais sobre ele. Era casado? Tinha filhos? Mas ele fez tudo bem rápido, com os músculos salientes sob a camiseta. Os cabelos longos e bagunçados presos em um rabo de cavalo, os fios grossos, escuros e reluzentes, como os daqueles homens nas capas de livros de romance barato. Ele fingiu não ouvir minhas perguntas, com pressa de subir para o quarto andar. E sempre que chega lá, eu ouço a porta se fechar depois que ele entra. Ouço passos acima de mim, passos pesados pelo longo corredor, e depois nem um pio.

"Olha, meu duto de aquecimento atravessa o teto até o apartamento dela. E todos vocês devem saber que, se falarem perto dele, vou ouvir o que estão dizendo como se estivessem na minha cozinha. Portanto, tomem cuidado com o que falam. É claro que não era da minha conta, mas o fato de não saber me tirava o sono, então encostei o ouvido no duto para ver se conseguia ouvi-los. Às vezes o volume da música aumentava, depois diminuía, às vezes eu ouvia a risada dela. E então, uns trinta minutos depois, ele saiu, seus passos pesados no corredor fazendo meu teto estremecer.

"Sinceramente, não tiro a razão dela. Quem não sente falta de carinho? Quer dizer, o último abraço que recebi foi do meu filho. Pode até ser que ele só viesse me ver quando queria algo de mim, mas sempre que vinha me dizia palavras doces… e os abraços, ele realmente sabe como abraçar as pessoas. Então eu me arrumava toda só para ele me dizer como eu estava bonita. Meu Deus, que saudade eu sinto dele.

"Basta eu dizer que tenho dinheiro no banco e em um piscar de olhos ele esquece tudo que disse sobre me manter segura durante esta epidemia e vem ao meu apartamento, se senta na minha cozinha, come da minha comida e me dá quantos abraços eu quiser. Tenho certeza disso."

A ideia de Flórida sentir tantas saudades do filho me emocionou de verdade. Ah, cara. Quando foi a última vez que abracei meu pai? Com certeza foi antes da crise de asma que tive mês passado. Por que diabos ninguém atende o telefone na porcaria do Solar Verde-Vômito? E se eu simplesmente aparecesse lá e exigisse que me deixassem entrar? Eles teriam que deixar. Ou eu poderia simplesmente entrar escondida pelo quintal de alguém. Assim que eu pudesse sair deste lugar.

Fui levada subitamente de volta para a conversa no telhado pela voz rouca de Ramboz.

— O último zelador achou o cadáver em decomposição do antigo morador — ele informou a todos nós com prazer. — Ou pelo menos foi o que ouvi dizer.

Fazia dias que estava lá. A pele de um roxo horrível, um monte de fluidos vazando do corpo.

Era verdade, eu tinha visto as anotações no livro de Wilbur. Fiquei me perguntando que outras informações os moradores revelariam sobre meu antecessor. Aproximei-me um pouco mais, o tempo todo tentando dar a impressão de que não me importava nem um pouco.

Hello Kitty botou as pernas para fora da poltrona-casulo, os dedos agarrando o vape reluzente.

— Ele tinha nome, sabiam? — disse ela, olhando de cara feia para Flórida.

Flórida retribuiu o olhar, imperturbável.

A Dama dos Anéis interveio, com a voz suave:

— Eu tenho certeza de que era um homem adorável para quem não precisava morar embaixo dele.

Hello Kitty a ignorou.

— O nome dele era Berns*tein*. Não "stin", mas "stáin". Ele costumava me dizer: 'Stin é ruim, é stáin como em Einstein.' Vocês não o conheciam, nenhum de vocês o conhecia. — Ela tirou a mão do colar, dando petelecos no ar como se nós fôssemos mosquitos. — Vocês não sabem de nada. O sr. Bernstein ficaria chateado se ouvisse vocês falando dele como um velho barulhento e fedido. Sabem por que ele fazia tanto barulho? Porque estava praticamente surdo. E se estivesse aqui agora, contaria a vocês a história sobre a pior maneira de morrer, ainda pior do que o que aconteceu com ele no fim das contas. Vocês querem ouvir?

Ela parecia estar nos desafiando a dizer não.

Como ninguém disse nada, Hello Kitty voltou a se acomodar na poltrona.

— Houve outras pandemias, doenças piores que a covid. O sr. Bernstein sabia disso porque uma delas quase o matou.

— Vocês sabem que é mentira que a covid é tipo uma gripezinha, né? — Eurovision parecia um pouco desconfortável em ceder o controle da conversa àquela jovem imprevisível. — Vocês ouviram as histórias dos hospitais que estão ficando sem respiradores, não é? Das pessoas sufocando? É uma morte terrível.

— Claro — continuou Hello Kitty —, mas existe uma coisa muito pior. — Ela chegou a poltrona um pouco para trás para que houvesse mais espaço entre ela e todos os outros, e era nítido que curtia a atenção. Ergueu o vape e deu uma tragada rápida. – Um destino muito pior do que a morte.

―――

– O Abe tinha só oito anos. Era o verão de 1952, e ele e o irmão gêmeo, Jacob, estavam passando as férias na casa da tia em Canton, Ohio. Eles estavam se divertindo muito lá, visitaram o Hall da Fama com todos os jogadores de futebol americano famosos, pescavam e nadavam no lago perto da casa da tia, saíam de barco com o tio. Estava tudo ótimo. Até a manhã em que Jacob saiu da cama no sótão, onde os dois dormiam, e caiu da escada.

"Ele não quebrou nada, mas não conseguia mexer as pernas, então o levaram às pressas para o hospital pediátrico em Akron e ligaram para os pais de Abe e Jacob, que interromperam a viagem de uma semana para Atlantic City e foram para lá. Abe só se lembrava dos cochichos. Cochichos constantes que eram silenciados sempre que os adultos percebiam que ele estava por perto. O fato de se abraçarem, mas nunca o abraçarem. E então ele soube; simplesmente soube. Estavam com medo dele. Com medo de que ele tivesse a doença contagiosa, assim como Jacob. Poliomielite.

"Então Jacob morreu. Abe não pôde comparecer às cerimônias fúnebres, não pôde nem descer enquanto parentes iam chegando de Pittsburgh, Cincinnati, Erie e Buffalo e de lugares dos quais ele nunca tinha ouvido falar, como Altoona.

"Durante todo esse tempo, ele ficou deitado no sótão, pensando: será que ia ser o próximo a morrer? Sozinho, isolado no quarto junto com a cama vazia do irmão gêmeo, sem nada para fazer além de ler e se preocupar e tentar somar sua voz à dos enlutados no andar de baixo enquanto recitavam o *kadish*, a oração pelos mortos, na esperança de que Deus o ouvisse.

"Mas Deus não ouviu. Dois dias depois da morte de Jacob, Abe não conseguia mais sair da cama. Não deixaram a mãe ir com ele na ambulância, as portas de aço se fechando enquanto ele gritava e chorava. Então lhe deram uma injeção e ele adormeceu sem saber se algum dia voltaria a acordar.

"Ele acordou. Mas descobriu que estava preso. Aprisionado em um pesadelo.

"Não conseguia se mexer. Seu corpo havia sido engolido por uma máquina enorme que produzia um ruído metálico, sibilava, sugava seu fôlego quando ele tentava inspirar e forçava seus pulmões a se encherem de ar exatamente quando ele queria expirar. Ele entrou em pânico, tentou gritar, mas descobriu que não tinha voz."

— Ah, isso é muito Harlan Ellison — interrompeu Eurovision.

Eu estava com os olhos fixos no rosto de Hello Kitty, então também fiquei um pouco sobressaltada com o comentário.

— Como assim? — retrucou Vinagre.

— Vocês sabem do que eu estou falando — disse Eurovision, entusiasmando-se com o assunto. — *Não tenho boca e preciso gritar*. História clássica: a raça humana é destruída por uma inteligência artificial, só que o supercomputador mantém alguns humanos vivos apenas para torturá-los e brincar com eles como se fossem ratos de laboratório...

— Que coisa horrível — comentou Vinagre. — Deixe a garota continuar.

Hello Kitty interceptou meu olhar, me observando enquanto eu observava os outros: ela não era boba.

— Pobre Abe. Era só uma criança, sozinha e assustada, sem conseguir dizer a ninguém como se sentia. Como engolir o fazia engasgar, enfiaram um tubo no nariz dele. O pulmão de ferro ficava puxando e repuxando seu corpo e era pior do que qualquer instrumento de tortura medieval. Mas ainda pior era o fato de ele estar completamente sozinho. Ele não conseguia deixar de se perguntar se teria sido assim também que Jacob morrera: sozinho, sem conseguir gritar, sem conseguir fazer nada além de olhar para o monstro de metal que o mantinha prisioneiro, fazendo barulhos estranhos como se o estivesse devorando vivo. Talvez os homens da ambulância o tivessem sequestrado, talvez aquele lugar ali nem fosse um hospital, mas o laboratório de um cientista louco e maligno, como nos quadrinhos.

"Talvez ele nunca mais visse a mãe e o pai. Talvez fosse morrer ali, assim como Jacob.

"Mas ele não morreu. Ele lutou. Aprendeu a relaxar e a cooperar com a máquina. Aprendeu a ignorar a coceira que o deixava desesperado, a dor da sonda de alimentação que roçava no fundo da garganta, a ardência dos olhos, que ficavam secos porque a única coisa que ele conseguia movimentar eram as pálpebras, e precisava de tanto esforço para isso que elas volta e meia se entreabriam enquanto ele dormia.

"Ele não conseguia falar, não conseguia se comunicar, apenas piscava furiosamente na esperança de que alguém, uma enfermeira, seus pais, durante os curtos períodos em que tinham permissão para visitá-lo, o homem que mexia na máquina, qualquer um que chegasse perto, notasse. Queria que as pessoas soubessem que ele ainda estava lá, que ainda estava vivo, refém dentro do próprio corpo.

"Então ele ouviu os médicos dizendo a seus pais que era melhor deixá-lo morrer, que ele era um caso perdido, que estavam mantendo seu corpo vivo, mas o cérebro de Abraham, a criança que eles conheciam, provavelmente já tinha sofrido danos irreparáveis. Por dentro, Abe gritava, mas a única coisa que os pais perceberam foi uma lágrima que escorreu quando o médico iluminou seus olhos com uma lanterna. A mãe a enxugou sem nem olhar para ele. Abe teve medo de que desistissem dele, teve medo de morrer ali, quem sabe até ser enterrado vivo, seu pior pesadelo.

"Mas depois de já terem perdido um filho, como não lutar pelo que ainda tinham? Então os pais de Abe insistiram que os médicos continuassem fazendo tudo que pudessem. O amor deles foi o que o salvou, no fim das contas... o amor deles e um espelho.

"Para ser mais exata, um espelho torto.

"Imaginem um garotinho, lutando pela vida, preso dentro do próprio corpo, sem conseguir dizer a ninguém que ainda estava vivo. Imaginem as horas, os minutos... os segundos. Cada coceira é uma tortura, cada sopro de vento fazia sua pele arder. Contava cada respiração que a máquina extraía dele, contava os rebites, parafusos e porcas, contava as batidas do próprio coração ressoando em sua cabeça. Jogava jogos imaginários com o irmão morto, tentava se lembrar do placar de cada partida de beisebol à qual já tinha assistido ou que tinha ouvido no rádio. Até rezava, aquele garotinho aterrorizado, solitário e entediado que estava aos poucos enlouquecendo.

"Mas então um dia – ele já havia perdido a conta de quantos dias fazia que era prisioneiro da máquina e do próprio corpo –, um dia, depois que o funcionário da limpeza saiu apressado porque tinha ingressos para a partida dos Indians contra os Pirates, uma voz vinda do nada chamou Abe. A voz de uma menina: 'Olá. Até agora eu não conseguia te ver direito. Mas o sr. Alvarez esbarrou no meu espelho quando estava fazendo a limpeza e agora vejo você em vez do que está atrás de mim, não é legal? Você é o Abe, né? Eu ouvi sua mãe te chamar assim. Queria que meus pais viessem me ver, mas eles têm que trabalhar e cuidar dos meus irmãos.'

"Abe já tinha ouvido as enfermeiras conversando com a menina, é claro. E tinha a sensação de que ela não estava muito longe; afinal, eles estavam dividindo um pulmão de aço, então a que distância ela poderia estar? Mas seu próprio espelho refletia apenas a parede branca atrás dele e, como não conseguia virar a cabeça, não conseguia ver a garota. Até aquele momento, a presença dela tinha sido mais um incômodo, menos irritante do que a coceira no nariz que ele não conseguia pedir a ninguém que coçasse, mas mais irritante do que a mosca zumbindo ao redor da lâmpada no teto. Na idade dele, as meninas eram... bem, meninas. Abe não as entendia; elas pareciam falar o tempo todo sobre coisas sem importância e desinteressantes; também não sabiam jogar beisebol, ou não queriam jogar beisebol, então para que serviam, afinal? Pelo menos era esse o consenso a que ele, Jacob e todos os seus amigos tinham chegado aos oito anos.

"Mas agora uma garota, aquela garota ali, o via. Ela tagarelava sem parar: algo sobre os irmãos e irmãs e sobre a falta que sentia dos amigos da escola, tudo isso entrecortado pela história de um esquilo para o qual ela havia deixado comida no parapeito da janela certa manhã e de repente ela se viu responsável por uma família inteira de esquilos e esperava que alguém em casa estivesse se lembrando de alimentar todos eles... E Abe teve a sensação de que uma tábua de salvação tinha sido jogada para ele.

"E então ela disse: 'Eu sei que você me ouve. Pisque uma vez para sim e duas vezes para não. Assim, a gente pode meio que conversar. Estou morrendo de tédio. E é meio assustador ficar deitada aqui, sozinha. Será que você consegue? Conversar comigo?' Abe ficou exultante. Ele já tinha tentado piscar para a mãe, para o pai, para as enfermeiras, até mesmo para o sr. Alvarez, mas isso exigia muito esforço e ninguém reparava, ainda mais depois que os médicos disseram que era apenas um reflexo. Mas a garota havia notado. Ela poderia ser a voz dele. Talvez. Se não fosse tapada como a maioria das garotas que ele conhecia. Então, devagarinho, mas com determinação, ele concentrou toda a sua força nas pálpebras e fechou-as com cuidado. Manteve-as fechadas por tempo suficiente para a máquina sugar o ar e expeli-lo. Então os abriu.

"A garota comemorou. 'Sim, isso foi um sim!' Ela começou a bombardeá-lo com perguntas: o tubo pelo qual o alimentavam machucava? *Sim*. Ele ainda conseguia sentir o gosto da comida, porque era amarela como massa de bolo, mas tinha um cheiro estranho, tinha gosto de bolo? *Não*. Há quanto tempo ele estava lá, porque já estava lá quando ela chegou, dois dias atrás. Como Abe não sabia direito, olhou para a frente, mantendo os olhos arregalados até começarem a lacrimejar. 'Ah, você não sabe?', ela traduziu, e de repente eles tinham ampliado seu vocabulário.

"E assim continuaram. Quando as enfermeiras fizeram a ronda naquela noite, a menina já era fluente na linguagem das piscadas de Abe e, apesar de exausto, ele fez uma demonstração para elas. No dia seguinte, os dois mostraram ao médico e a mais enfermeiras, e depois aos pais de Abe, que choraram de alegria e imediatamente baixaram a cabeça em uma prece. Aos poucos, mas de maneira constante, Abe foi melhorando, recuperando o controle dos músculos até poderem remover a sonda de alimentação, e sua voz, a princípio apenas um sussurro, ficou cada vez mais forte. Ele ainda não conseguia virar a cabeça, mas pediu a uma enfermeira que a virasse para ele e finalmente, dias depois, viu a menina pela primeira vez.

"Não havia muito o que ver: assim como ele, o corpo dela fora engolido inteiro pelo pulmão de aço. A menina tinha cabelos cacheados, que as enfermeiras mantinham escovados e presos com uma fita vermelha. Os olhos eram castanhos, assim como os dele, o rosto era coberto de sardas e os dois dentes da frente se acavalavam um pouquinho. Mas, para Abe, ela era a garota mais linda do mundo. Ele só queria que Jacob estivesse lá para ver que talvez as meninas não fossem tão ruins, afinal. O nome dela era Clarissa, e naquele momento Abe decidiu que um dia se casaria com ela. Ela contou que estava melhorando. Seria transferida para outro hospital, onde poderiam ajudá-la a recuperar a força muscular."

Hello Kitty recostou-se na poltrona como se aguardasse aplausos. Esperamos que ela continuasse, mas ela se limitou a olhar para nós com aquele sorriso indecifrável que me tirava do sério.

A Terapeuta falou:

— E então? Eles se viram de novo? Ele a achou? Abe se casou com Clarissa?

— Eles eram crianças – zombou Vinagre. – Como ele iria achá-la?

— Eu acho que Abe teve mesmo uma esposa que morreu jovem – disse Flórida.

— O nome dela era Clarissa? – alguém perguntou.

— Eu não me lembro do nome dela.

— O que acho que todos queremos saber – disse Eurovision, voltando-se para Hello Kitty – é como a história termina.

— O que *vocês* acham? – Inconsciente do que fazia, Hello Kitty acariciou o vape. Se estivéssemos jogando pôquer, eu diria que esse era o sinal, o gesto que a traía, mas o que queria dizer? *Full house* ou blefe? – Talvez eu não saiba como terminou.

— É claro que sabe – disse a Dama dos Anéis. – Se o Abe te contou a história até esse ponto, ele deve ter contado o desfecho também. Ou a Clarissa morreu, ou ele nunca descobriu o que aconteceu com ela, ou mais tarde ele a encontrou e quem sabe se casou com ela. Uma dessas opções tem que ser a verdadeira.

Outro sorriso: Hello Kitty estava gostando da atenção.

— O que é verdade – provocou ela – e o que é ficção?

— Meu deus, como você gosta de um drama – disse Eurovision. – *Ele se casou com a Clarissa?*

— Está bem. Depois que Clarissa salvou a vida do Abe, ou pelo menos sua sanidade, ele nunca mais a esqueceu. Quando estava bem o bastante para voltar para casa, pediu à mãe que o ajudasse a escrever cartões de agradecimento para as enfermeiras que haviam cuidado dele. E dentro dos cartões colocou bilhetes que ele mesmo escreveu, pedindo o sobrenome e o endereço de Clarissa para poder escrever para ela. Durante muito, muito tempo, ele não teve notícia nenhuma, mas então um dia chegou uma carta. Endereçada a Abe. É claro que as enfermeiras não podiam fornecer os dados pessoais da Clarissa, a maioria delas não deu a menor importância ao bilhete, mas uma entrou em contato com os pais da Clarissa e passou o pedido do Abe adiante.

"Demorou muito, as coisas não eram como hoje, que as pessoas escrevem pedidos de casamento em cento e quarenta e quatro caracteres e em menos tempo do que se leva para ver um vídeo no TikTok. Mas Clarissa escreveu para ele. Então Abe respondeu, e aos poucos, ao longo dos anos, eles de alguma forma mantiveram a correspondência. Ela era dois anos mais nova, então ele teria que esperar por ela, e passou os primeiros dois anos na faculdade preocupado com a possibilidade de ela terminar o ensino médio, se casar com o cara que a havia acompanhado ao baile de formatura e nunca mais ter notícias dela.

"E não teve mesmo. Nada, durante todo o verão depois que ela se formou, nem mesmo um cartão de agradecimento ou um telefonema quando ele lhe enviou um presente de formatura, um lindo espelhinho compacto antigo que encontrou em um brechó. Ele achou que a tivesse perdido para sempre.

"Mas então, quando estava se mudando para o novo apartamento, antes de começar o terceiro ano de faculdade, uma luz atingiu seus olhos, tão brilhante que ele quase deixou cair a luminária que estava carregando. Ele piscou, se virou e lá estava Clarissa, parada do outro lado da rua, onde o sol incidia em seu espelho compacto no ângulo exato para que ela refletisse os raios na direção dele. Piscando como no antigo código dos dois.

"Eles ficaram mais de quarenta anos juntos, até a morte dela, e ele não suportou viver na casa deles sem Clarissa, sem a garota que o havia salvado de um destino pior do que a morte. Então Abe se mudou para cá."

─ ⚭ ─

— E isso — disse ela, dirigindo um olhar frio para Eurovision — foi o que aconteceu.

Olhei para os rostos à minha volta, me perguntando se todos estariam pensando a mesma coisa que eu. Mas fiquei surpresa ao ver Vinagre enxugar disfarçadamente uma lágrima. Até Eurovision parecia comovido.

— Não me admira que ele aparentasse estar tão amargurado o tempo todo — disse a Terapeuta. — Coitado.

Ela parecia prestes a dizer mais alguma coisa, mas nesse momento os sinos da antiga Catedral de St. Patrick começaram a badalar. Oito em ponto. Pela primeira vez, percebi como soavam desajeitados e desafinados. Um deles devia estar rachado porque emitia um som abafado no último repique. Aqueles sinos pareciam ter se tornado um sinal tácito de que nossa noite estava chegando ao fim, porque todos começaram a se levantar dos assentos e a se despedir uns dos outros, mantendo o distanciamento de dois metros.

Eu ia deixar passar. Por que deveria me importar se aquela garota queria contar um monte de mentiras? Mas seus sorrisinhos me irritaram. Ela sabia que eu sabia. Mas eu não ia desmascará-la em público. Fui até Hello Kitty e fiquei parada perto dela, como quem não queria nada, enquanto ela guardava seus AirPods. Ela olhou para mim com um olhar desafiador.

– Você nunca pôs os pés no 4C, não é? – perguntei em voz baixa.

– Quem disse?

– Eu tenho informações sobre o velho que morreu lá.

Eu esperava não ter que explicar como; tinha certeza de que aquelas pessoas não iam gostar nem um pouco de saber sobre a bíblia de Wilbur.

Hello Kitty não evitou meu olhar, tomando o cuidado de não deixar que sua expressão revelasse nada. Eu deveria ter ficado quieta, mas era tarde demais.

– O nome da mulher dele era Roxanne, não Clarissa. Ele a conheceu quando estava na Marinha. Nada do que você acabou de dizer corresponde ao que sei sobre ele, a não ser o fato de ele ser velho e surdo.

Um sorrisinho cínico brincou em sua boca; ela não me deu nem mesmo a satisfação de parecer culpada.

– Você inventou essa história – concluí.

Depois de um breve silêncio, ainda com aquele brilho petulante nos olhos, Hello Kitty disse:

– E daí?

Não consegui pensar em uma resposta rápida. Mas Eurovision, que estava guardando a caixa de som na mochila, entreouviu nossa conversa e se aproximou, sempre pronto para ser o centro das ações.

– Minha querida, não é kosher contar uma história falsa sobre um morador do prédio. Você sequer o conhecia?

– Está bem. Eu não o conhecia, tá bom? – respondeu Hello Kitty, a voz se elevando acima dos murmúrios no telhado. – Mas algum de *vocês* algum dia se preocupou em conhecê-lo? Se não fosse pela Sabichona aqui, nenhum de vocês teria a menor ideia. Então quem vocês acham que são para julgar o que é ou não verdade, afinal? Ninguém deveria morrer sozinho, abandonado e esquecido. E agora todos vão se lembrar dele. Abe Bernstein.

Hello Kitty se levantou, nos deu as costas e desceu as escadas de um jeito pomposo, deixando a poltrona-casulo e o restante de nós imersos no silêncio sinistro da cidade que nunca deveria dormir. Os olhos se desviaram da porta e se voltaram para mim e para Eurovision, paralisados onde estávamos. Eu me perguntei se tinha feito a coisa certa. Todos queriam acreditar na história dela. Apesar da epidemia, da ameaça iminente que nos cercava, todos queríamos acreditar na mentira de que um dia nossas vidas teriam um final feliz – mesmo que a verdade seja que todos vamos acabar como o velho do 4C: roxos e com fluidos vazando.

Relutante, voltei para o Hades e, ligeiramente embriagada, me sentei à velha escrivaninha e comecei a repassar a noite no meu celular, transcrevendo-a para *A Bíblia do Fernsby*. Por volta da meia-noite, ouvi os passos de novo. Dessa vez, eram muito suaves, como se alguém estivesse andando de meias e na ponta dos pés, e o curioso é que pareciam estar indo apenas em uma direção. Os passos suaves se seguiam, quase inaudíveis, um após o outro em uma lentidão agonizante, como crianças tramando uma travessura. Levaram um ou dois minutos para atravessar a sala da direita para a esquerda. Prestei atenção para ver se os ouvia indo na direção oposta, mas os passos não voltaram. Talvez eu estivesse imaginando coisas. Mas então os ouvi de novo, da direita para a esquerda. Também ouvi o ruído suave de respingos, uma ou duas vezes. *Meu Deus*, pensei, *tem um vazamento lá em cima*.

É melhor eu dar uma olhada amanhã.

Quarto dia
3 DE ABRIL

O PREFEITO DEU UMA ENTREVISTA COLETIVA HOJE E RECOMENDOU que todos usassem máscara; como resultado, o noticiário foi tomado por debates sobre máscaras, se elas ajudavam, se deveriam ser obrigatórias e, principalmente, se havia o suficiente para todos e, se não, se não deveríamos deixá-las para os médicos e as equipes de enfermagem. Quando chegamos no telhado, à noite, vi que alguns dos moradores tinham seguido o conselho e improvisado uma miscelânea de máscaras faciais: lenços, polainas de pescoço, bandanas.

Esta noite cheguei bem cedo. Meu plano era ser a primeira a chegar ao telhado para poder fazer uma lista de todos os moradores e ligá-los ao nome, número de apartamento e descrição na bíblia. Conforme chegassem, eu poderia marcá-los – como se fosse uma chamada. Queria finalmente registrar todos com clareza em minha mente, em especial os membros da plateia que ainda não tinham dito nada e ficavam apenas sentados à margem, entretidos com suas próprias coisas. Também desenhei um esboço do prédio, mostrando cada apartamento, e o colei em uma página em branco da bíblia.

O primeiro a chegar, depois de mim, foi Eurovision, e continuei daí.

Eis a lista:

Eurovision, 5C

Monsieur Ramboz, 6A

Vinagre, 2B

Hello Kitty, 5B

Filha do Merengueiro, 3B

Tango, 6B. Essa mulher misteriosa está sempre sentada em uma cadeira de vime no outro canto do telhado, uma loira bem-arrumada de cerca de quarenta anos, elegante e distinta, usando óculos e uma máscara de seda preta. Ela não diz nem uma palavra, mas percebi que nos observa atentamente. "Ela é Tango, a que dança dentro da vida dos outros", segundo a bíblia de Wilbur.

Whitney, 4D.

Amnésia, 5E. "Ela é Amnésia, a que carrega o desejo universal de esquecimento." As anotações de Wilbur também dizem que seu hobby é customizar roupas de segunda mão, dando-lhes um aspecto desgastado, mas ela também escreve histórias em quadrinhos e foi redatora do famoso jogo de computador *Amnesia*. Eu estava muito curiosa a respeito dela, mas ela tampouco demonstra interesse por nossas reuniões e costuma ficar nos cantos escuros do telhado.

Terapeuta, 6D.

Dama dos Anéis, 2D.

Barba Negra, 3E. "Ele é Barba Negra, o que veio abrir o testamento purpúreo de uma guerra sanguinosa", diz a bíblia sobre esse urso barbudo que fica sentado sozinho em um canto escuro, lendo um livro surrado e bebendo bourbon direto da garrafa.

La Reina, 4E. Ela é uma das que mais me intriga entre os moradores silenciosos. É tão alta quanto eu, talvez até mais. Seus movimentos são controlados, equilibrados, como se todo o seu corpo tivesse consciência do lugar que ocupa no espaço. Seus cachos castanhos caem sobre os ombros. A bíblia deu a ela este aforismo: "Você pode tirar o seu trono, mas ela ainda é rainha de suas tristezas."

Lala, 4A. Essa moradora é reconhecível num piscar de olhos: "Ela é Lala, a dos olhos que parecem infinitos negros." Lala é uma mulher pequena e bonita, de cerca de quarenta e cinco anos, com dentes brancos deslumbrantes, cabelos longos e ondulados e olhos que parecem enormes gotas trêmulas de tinta preta. As mãos e os dedos estão em movimento quase constante, como dois pássaros voando ao seu redor enquanto ela fala.

Próspero, 2E. Professor da NYU, "às ciências secretas dedicado". Ele não parece muito um acadêmico, com seu agasalho e sua calça esportiva com listras na lateral, como se tivesse acabado de sair da academia. Tem uma daquelas barbas meticulosamente aparadas, com meio centímetro de espessura, nariz aquilino e maçãs do rosto salientes. Tem ouvido as conversas do grupo, mas não disse nada até agora.

Wurly, 3A. Ele se senta em um banco de piano que carrega para cima e para baixo todas as noites. Imagino que seja o sujeito que toca o Wurlitzer com o som abafado. Cabeça raspada e brilhante, barba comprida, olhos castanho-escuros, jeito manso de falar. Transmite a sensação de ser o tipo de sujeito em quem se pode confiar. "Ele é Wurly, cujas lágrimas se transformam em notas musicais."

Poeta, 4B. "Ele é o Poeta, aquele que grafita a alma", diz a bíblia. É um homem magro, de cerca de quarenta anos, expressão perturbada e ar pedante, com uma espécie de sorrisinho zombeteiro para o mundo.

La Cocinera, 6C. "A *sous-chef* dos anjos caídos." Não sei exatamente o que essa descrição significa, mas ela também é uma mulher cuja altura é surpreendente, tem longos cabelos escuros e passa o tempo no telhado curvada, mexendo no celular.

Pardi e Pardner, 6E. Mãe e filha. "O Especial da Meia-Noite joga sua luz sobre elas" é o comentário da bíblia. Já vi a mãe, mas nem sinal da filha. Talvez ela esteja se escondendo da covid, assim como a filha grávida de Vinagre.

Darrow, 3D. Muito alto, talvez um metro e noventa, de terno, camisa branca engomada, abotoaduras e gravata de seda com o nó bem apertado. Imagino que, com esse traje, ele deva passar o dia em reuniões no Zoom, ou talvez seja apenas o tipo de pessoa que gosta de se vestir bem. A bíblia de Wilbur diz: "Seus segredos se tornam cicatrizes."

Então eram esses os moradores que estavam no telhado naquela noite, um grupo razoavelmente grande, embora menos da metade tivesse se manifestado. Suponho que eu fizesse parte dos espectadores silenciosos.

Estávamos adotando um certo ritmo. As pessoas começavam a se reunir cerca de quinze minutos para as sete; por volta das sete em ponto, a maioria já estava em seus respectivos lugares para nos juntarmos aos aplausos; e então, uma hora depois, os sinos da antiga catedral marcavam o fim da noite.

Naquele dia, um céu plúmbeo cobria a cidade, mergulhando as ruas em um crepúsculo sombrio. De manhã, limpei o chão dos corredores, como devo fazer todos os dias, e fiquei chateada com o fato de que as pessoas, que pareciam tão unidas no telhado, passavam por mim e apenas acenavam com a cabeça. Acho que alguns deles não gostam de mim, ou talvez sejam um pouco desconfiados. O prédio está um caos: janelas quebradas, baratas e um sistema de calefação péssimo que queima os pulmões em momentos aleatórios do dia, mas com esse coronavírus não posso chamar ninguém para consertar nada, nem mesmo encomendar peças. Meu estoque de lâmpadas está acabando e já comecei a usar meu último rolo de fita adesiva. Sem mais nada de útil para fazer e ainda sem conseguir falar com meu pai, passei a tarde examinando a pasta sanfonada do zelador, repleta de manuscritos aleatórios. Era uma coleção de coisas estranhas e inúteis, mas ainda assim fascinantes. Aqueles papéis me despertaram a suspeita de que ele vasculhava o lixo e os recicláveis e pescava coisas. Devo confessar que, quando trabalhava para meu pai, às vezes eu fazia a mesma coisa. Uma vez, achei dinheiro no meio do lixo que ia para reciclagem. Nada de dinheiro jogado fora no Fernsby até o momento. Quando cheguei aqui, enquanto inspecionava um dos apartamentos desocupados do andar de cima – acho que o morador foi para os Hamptons –, encontrei uma carta hilariante amassada no chão. Desamassei o papel e o coloquei na pasta sanfonada me sentindo um pouco culpada por fazer isso, mas, sinceramente, quem vai descobrir?

Esta noite, nossas velas tremeluzentes mal conseguiam dissipar a escuridão. E o vento! Uma súbita rajada jogou algumas folhas úmidas pelo telhado, fazendo-as dançar e girar repetidamente. Também apagou algumas velas. As sirenes soavam quase sem parar. Enquanto as pessoas reacendiam as velas, registrei as estatísticas brutais. Hoje foi mais um dia em que as ligações para o serviço de emergência ultrapassaram as do Onze de Setembro. O sistema está sobrecarregado. O número de casos no mundo já ultrapassa um milhão. As histórias que chegam da Itália são aterrorizantes: médicos precisam fazer a triagem de pacientes à beira de morrerem sufocados. Consta que os italianos decidiram deixar as pessoas com mais de oitenta anos morrerem porque estão ficando sem respiradores. Dizem que daqui a três semanas estaremos na mesma situação. O governador Cuomo ordenou que a Guarda Nacional apreendesse respiradores e EPIs de hospitais e clínicas em áreas com baixa taxa de covid no norte do estado para redistribuí-los nos hospitais aqui da cidade. E eu li uma previsão apavorante do Centro de Controle e Prevenção de Doenças: só nos Estados Unidos, cerca de cinquenta mil pessoas devem morrer antes de a pandemia chegar ao fim. Imagine só: *cinquenta mil* mortos. No estado de Nova York, já foram registrados 102.863 casos, com quase três mil mortes. É sexta-feira, mas a esta altura todos os dias da semana parecem iguais. Tenho ligado para meu pai sem parar, mas sem sucesso. Estou exausta e morrendo de raiva.

Hoje à noite havia mais moradores no telhado, todos tentando manter o distanciamento de dois metros – ou mais – em uma coleção descombinada de cadeiras de cozinha, bancos, engradados de plástico, um balde e até um pufe. Sem falar do banco de piano de Wurly. Muitas cadeiras simplesmente eram deixadas lá em cima, expostas à chuva, acho. Eurovision, por outro lado, foi na direção contrária e trocou a cadeira de jardim por uma cadeira antiga de mogno entalhada com detalhes dourados e assento de veludo macio coberto com plástico transparente como na sala de estar de uma avó do Queens. Ele colocou esse simulacro de trono no centro do telhado, forçando todos os outros a se espalharem à sua volta para manter o distanciamento social. Vinagre posicionou sua cadeira de diretor ao lado da dele, mas não muito perto. Ela usava como máscara um pedaço de pano grosseiro amarrado com cadarços que abafava sua voz. Seu olhar era de preocupação, e me perguntei como estariam as coisas com sua filha, Carlotta.

Depois que todos chegaram e se acomodaram, Vinagre olhou para todo mundo, um por um.

— Imagino que todos tenham tido tempo de apreciar a nova *obra de arte*.

Todos olhamos para o mural comunitário. Alguém tinha grafitado um emoji de cocô ao lado da garrafa de vinagre Heinz.

— Acho que todos somos capazes de imaginar quem é o Da Vinci anônimo — disse Vinagre, com as sobrancelhas arqueadas.

— Que nojo — comentou Eurovision. — Mas não deve ser muito difícil de cobrir.

Ele se levantou e foi em direção à caixa de materiais de arte.

— Você trate de deixar como está — interveio a Dama dos Anéis. — Todo mundo tem que ser livre para se expressar aqui em cima; caso contrário, qual é o sentido? Sim, até a Miss Convencida — acrescentou ela, com um olhar severo para Vinagre. — O que temos que fazer é *acrescentar* coisas ao mural, e não censurá-lo.

Naquele momento, a cacofonia distante dos aplausos das sete horas emergiu de todos os lados da cidade e cresceu rapidamente, como um trem que se aproxima da estação. Nós nos juntamos a todo mundo.

Depois que o barulho diminuiu, Eurovision permaneceu de pé. Ele pigarreou, olhou em volta e juntou as mãos como alguém que tivesse acabado de subir ao palco. Dava para perceber pela leve curva em seus lábios que uma ideia perversa tomava forma.

— Quando estava deitado na cama ontem à noite — ele começou, no tom de quem faz um pronunciamento público —, fiquei me lembrando das histórias que ouvimos nas últimas noites. E então pensei que talvez devêssemos *todos* contar histórias.

Ele fez uma pausa e olhou em volta outra vez, inclusive para aqueles que estavam mais distantes, sentados no escuro. Um silêncio constrangido se instaurou. Ninguém respondeu. *Não existe a menor chance de essa ideia dar certo*, pensei.

– Eu acho – continuou ele – que o preço da entrada no nosso refúgio no telhado deve ser contar uma história. Todos. Sem. Exceção. – Ele examinou o grupo com uma expectativa professoral.

– Quem nomeou você a abelha-rainha? – perguntou a Dama dos Anéis.

O comentário foi acompanhado por uma explosão de ruídos de desaprovação, negativas com a cabeça e a colocação ostentosa de fones de ouvido.

– Pelo amor de Deus, foi só uma ideia! – disse ele. – Todo mundo tem histórias. Amor, vida, morte, uma lembrança, uma história de fantasma… qualquer coisa!

– Eu acho que contar histórias é uma boa ideia – a Terapeuta disse com firmeza. – Uma *ótima* ideia.

– Eu também acho! É uma ideia excelente! – gritou Monsieur Ramboz.

– *Muito obrigado* – disse Eurovision, como se isso decidisse as coisas. – E, para mostrar que sou uma pessoa justa, vou começar com minha própria história. Uma história verdadeira. É engraçada, ou talvez não seja tão engraçada assim. Sobre adoção.

Ele fez uma pausa dramática para se certificar de que estávamos todos prestando atenção, respirou fundo e começou.

– Um casal que conheço, Nate e Jeremy, estava tentando adotar um bebê. Eu digo "tentando" porque o processo não é nada fácil. Eles já tinham se frustrado uma vez alguns anos antes: ficaram com uma criança durante seis meses, em guarda provisória, sabem? No fim da primeira semana, os dois já estavam completamente apaixonados pelo menino. A mãe do Jeremy também; ela morava a apenas três estações de metrô de distância e sempre quis ser avó. Ela se jogou de cabeça desde o primeiro dia, apesar dos avisos para não se apegar demais.

"O que os assistentes sociais não tinham deixado claro era que as chances de o casal conseguir ficar com aquele menino eram mínimas. A situação da família era muito complicada: a mãe da mãe tinha entrado com um pedido de guarda e o pai não havia saído totalmente de cena, além de não haver uma 'compatibilidade cultural'... Mas depois, o que deixou meus amigos irritados não foi tanto o fato de terem que devolvê-lo (isso partiu o coração deles, claro, mas, no fundo, sabiam desse risco), e sim a impressão de que os assistentes sociais os tinham iludido só para que eles concordassem com um acolhimento temporário.

"De qualquer forma, depois de um bom tempo, quando já tinham superado a perda, Jeremy convenceu Nate a tentar de novo. A mãe do Jeremy incentivou muito, encorajou muito os dois... na verdade, ela beirou a inconveniência, mas, vocês sabem como é, foi com a melhor das intenções.

"Acontece que logo ficou claro que eles não tinham processado a situação tão bem quanto pensavam, porque tinham *flashbacks* só de abrir o site do Departamento de Serviços de Permanência... Precisava mesmo ter um nome tão orwelliano, sério?

"Então eles decidiram tentar uma adoção privada. Se registraram em uma agência, preencheram um perfil superdetalhado e ficaram esperando que uma mãe biológica escolhesse a ficha deles no meio de um monte de outras. Um ano inteiro se passou, e nada. Eles se deram conta de que talvez tivessem superestimado a simpatia das nova-iorquinas típicas que passavam por uma gravidez indesejada pelos gays. Nate tentou deixar o assunto para lá e seguir em frente com seus planos de negócios, viagens ao exterior, esse tipo de coisa. Mas, na verdade, é uma bomba-relógio; depois que você preenche um formulário como aquele, implorando por um filho, quem consegue tirar isso da cabeça?

"Então um dia eles receberam a ligação. Uma adolescente tinha pegado a ficha deles e colocado no topo da pilha porque, segundo a menina, ela tinha uma coisa com os gays.

"Tudo correu muito bem durante a gravidez. Todos nós estávamos felizes por eles e demos todo o apoio. Nate e Jeremy nos contavam histórias ótimas de como estavam se dando bem com a garota, da diversão que era sair para ir a restaurantes com ela, de como ela dizia se sentir à vontade na casa deles. Eles arcavam com todas as despesas dela: roupas, táxi para consultas, acompanhamento psicológico e advogado. É claro que queriam manter contato depois e deixá-la participar da família, da maneira que ela quisesse. Sendo sincero, estavam gratos à beça por ela querer entregar o bebê a eles.

"Mas eles sabiam, por experiência própria, que tudo poderia dar errado no último minuto; então, quando ela parou de ligar para eles e para a agência perto da data do parto, eles tentaram manter a calma. Mesmo depois de duas semanas, não se permitiram perder a cabeça.

"Por fim, receberam a ligação. A assistente social disse que a mãezinha (é estranho que chamem a garota assim, como se estivessem falando da própria mãe), que a mãe tinha dado à luz uma tarde depois da escola, super-rápido, no banheiro de casa, antes mesmo de a ambulância chegar, e que tanto ela quanto a bebê estavam bem.

"Jeremy desatou a chorar quando soube que era menina. Ele teria ficado igualmente feliz se fosse menino, mas era que isso tornava as coisas mais concretas.

"Em seguida, a assistente social os deixou perplexos quando disse que a criança tinha nascido havia uma semana, e a mãe não tinha ligado para ninguém – nem para a agência, nem para o advogado –, porque achava que talvez quisesse criar aquela criança, no fim das contas.

"Meus amigos ficaram paralisados quando ouviram isso. Mas é claro que eles compreendiam e se solidarizavam. Como alguém, ainda mais uma adolescente, saberia de antemão como ia se sentir depois de dar à luz?

"Mas a assistente social ficou feliz em informar – bem, feliz por eles, por Nate e Jeremy – que a mãe tinha mudado de ideia depois do que ela disse ter sido a semana mais horrível de sua vida. A agência ofereceu todo o apoio a ela, é claro, mas não, ela disse que tinha certeza naquele momento de que queria entregar o bebê a Jeremy e Nate, tipo imediatamente. Ela já havia assinado o termo de renúncia, que é como chamam o acordo por meio do qual a mãe abre mão do pátrio poder.

"Ao que parece, a mãe do Jeremy deu gritos de alegria quando ficou sabendo.

"Bem, vou pular os quarenta e cinco dias seguintes. Esse é o tempo que leva para que o consentimento da mãe biológica se torne irrevogável no estado de Nova York; a menos que assine os papéis na presença de um juiz e de seu advogado, a mãe tem um mês e meio para mudar de ideia. O que me parece razoável, porque o pós-parto deve ser um momento muito confuso para uma pessoa tomar decisões difíceis.

"Então, a essa altura, Nate e Jeremy estavam extasiados, e também totalmente chapados... Não, não drogados! O que quero dizer é que eles estavam exaustos por terem de acordar de duas em duas horas. Porque, mesmo que se revezassem, quando tem um bebê aos berros em casa, a outra pessoa não consegue continuar dormindo. Quando completou seis semanas, a pequena Sophie (o nome dela foi uma homenagem à avó do Jeremy) já tinha ganhado quase dois quilos, acompanhava as pessoas com os olhos, levantava a cabeça do tapete quando era colocada de bruços, e já abria aqueles sorrisos que o livro do bebê dizia que deviam ser gases, mas não, para mim eles pareciam sorrisos de verdade. (A essa altura, todos nós já tínhamos conhecido Sophie em *brunches* variados.)

"Na última semana do prazo, a mãe do Jeremy me mandou uma mensagem no Facebook dizendo que estava organizando uma festa, marcada para a meia-noite do quadragésimo quinto dia, para celebrar o momento exato em que Sophie seria definitiva, absoluta e legalmente deles para sempre. Eu fiquei um pouco surpreso com o fato de Jeremy ter deixado ela cuidar disso, porque ele é conhecido por planejar todas as festas, mas imaginei que ele estivesse sobrecarregado.

"Então, à meia-noite daquela terça-feira, cerca de quarenta pessoas estavam na rua em frente ao prédio deles com balões, serpentina, flores, champanhe, tudo. A mãe do Jeremy interfonou para o apartamento, que fica no terceiro andar.

"Nada.

"'Vai ver que eles estão arrumando a bebê', alguém disse. 'Colocando fralda limpa, uma roupa fofa e tal.'

"Então ficamos mais um tempinho batendo papo e fazendo piada.

"Mas dava para ver que a mãe do Jeremy estava ficando nervosa. Ela não parava de interfonar.

"'Será que eles saíram?', perguntei.

"'Quem sai à meia-noite com um bebê tão novinho, ainda mais quando vai dar uma festa?' Quem disse isso foi uma mulher que eu mal conhecia, em um tom que achei um pouco desdenhoso demais.

"Um amigo do Nate da academia disse que ele costumava dar umas voltas pela vizinhança com a filha no carrinho quando não conseguia fazê-la dormir, e que às vezes perdia a noção do tempo.

"Olhamos para os dois lados do quarteirão.

"Eu peguei o celular, mas a mãe do Jeremy viu e disse: 'Não! Eu ligo para ele.'

"'Jeremy?' ela disse ao telefone. 'Droga, foi para a caixa-postal. Jeremy, é a mamãe, atende!'

"Nada.

"Em seguida, alguém ligou para o celular do Nate, enquanto outra pessoa apertava o botão do interfone mais algumas vezes.

"Nada.

"Era como se os três tivessem sido sequestrados por algum perseguidor psicopata. Talvez assassinados!

"Tentei controlar minha imaginação.

"Aquilo era um bebê chorando na varanda? Mais ou menos na altura do terceiro andar? Olhei para cima.

"'Nate?', gritei. 'Jeremy? Aqui embaixo!'

"Houve um longo silêncio.

"Então dois rostos surgiram por cima do parapeito. Jeremy estava com o bebê junto ao peito em um daqueles cangurus. Os dois olharam para nós... Bem, na hora pensei que a cara deles era de espanto, mas hoje eu acho que era de fúria.

"A mãe do Jeremy ergueu as mãos e gritou: 'Surpresa!'

"Foi só então que nos demos conta do que ela tinha feito, do que todos nós tínhamos feito.

"Tenho que reconhecer que Nate e Jeremy foram muito generosos ao nos deixar subir para o apartamento. E, depois de terem contado sua versão da história – o pânico quando ouviram o interfone tocar à meia-noite, a certeza de que era a mãe biológica que tinha ido até lá para pegar Sophie de volta, o fato de saberem que não poderiam impedi-la do ponto de vista jurídico, ou até do ponto de vista ético, mas não terem força para abrir a porta, os celulares dos dois tocando "Staying Alive" e o *ringtone* dos Minions sem parar, o choro de Sophie, que nem chegava perto do choro de Nate, eles indo para a varanda para fugir do interfone e dos celulares, a ideia que por um instante ocorreu ao Jeremy (ele tinha vergonha de admitir), de que os três pudessem acabar pulando da varanda, no estilo Thelma e Louise... Bem, depois de tudo isso, e dos intermináveis pedidos de desculpas da mãe do Jeremy pela falta de sensibilidade, eles estouraram o champanhe. Sophie golfou na mesa de centro de vidro e podemos dizer que foi uma festa inesquecível."

※

Eurovision ficou em silêncio e olhou em volta, exultante. Percebemos que estava esperando aplausos. Então batemos palmas – afinal, era uma história muito boa – e seu rosto ficou radiante de satisfação.

– Obrigado – disse ele. – Obrigado.

Quase esperei uma reverência. Ficou claro que ter uma plateia era algo vital para ele, uma tábua de salvação que lhe fora tirada pela covid. Meu Deus, tanta coisa nos era tirada pela covid.

– Bem – disse ele –, quem é o próximo?

– Eu não sou muito bom em contar histórias – disse um homem alto perto da borda do círculo. – Mas também tenho uma história sobre um bebê.

Era o morador do apartamento 3D, o elegante advogado Darrow, que tinha esse apelido, imagino, por causa do famoso advogado criminalista Clarence Darrow.

– Maravilha! – Eurovision bateu palmas, muito satisfeito com sua própria ideia.

Verifiquei se meu celular estava num bom lugar e gravando. Darrow começou, seu leve sotaque sulista se espalhando pelo telhado.

※

– Eu cresci em uma fazenda de algodão no Arkansas.

"A gente era pobre, mas o tipo de pobre que não sabe que é pobre porque todo mundo é tão morto de fome quanto você.

"Na semana anterior ao nascimento do meu irmão, uma forte nevasca tinha coberto as terras agrícolas do leste do Arkansas, proporcionando-nos um Natal nevado, o primeiro que tivemos.

"Os campos e as estradas cobertos de neve prometiam tornar as festas de fim de ano ainda mais mágicas; o problema era que minha mãe estava esperando o quarto filho. Aos seis anos, eu era superprotegido, não sabia nada sobre reprodução humana e esses assuntos nunca eram discutidos. Mas me lembro de pensar que um quarto filho era completamente desnecessário. Para começar, o que tínhamos mal dava para todo mundo.

"Naquela época, as grávidas faziam de tudo para esconder o que se tornava a cada dia mais óbvio, mas em pouco tempo até eu percebi que as coisas estavam ficando sérias. Minha irmã era uma fedelha intrometida e, como era menina, sabia muito mais do que eu e meu irmão mais novo, que não tínhamos noção de nada. Enquanto contávamos os dias para o Natal, ela nos informou, muito séria, que nossa mãe poderia entrar em trabalho de parto na mesma época em que esperávamos o Papai Noel. Isso nos deixou preocupados. Eu tinha decorado o catálogo de Natal da Sears & Roebuck e não estava nem um pouco interessado em controlar minhas expectativas.

"Não deu outra: ao sairmos da igreja, na véspera de Natal, ficamos assustados quando nossa mãe de repente soltou um grito de dor no banco da frente e agarrou o braço do papai. Logo depois, ela o soltou e tudo parecia bem. Em seguida, gemeu de novo, embora fizesse o maior esforço para esconder seu incômodo.

"'Ela está tendo contrações', minha irmã me cochichou no banco de trás.

"'O que é isso?', perguntei. Eu estava olhando para o céu à procura das renas.

"Ela revirou os olhos e disse: 'Como você é burro.'

"A colheita de algodão naquele outono tinha sido decepcionante mais uma vez e, embora não soubéssemos disso, o plano dos nossos pais era deixar a fazenda e recomeçar a vida em outro lugar. Eram tempos difíceis. Muitas contas estavam atrasadas. Contávamos os centavos, mas, de uma forma ou de outra, eles sempre conseguiam nos proporcionar um Natal maravilhoso.

"Assim que chegamos em casa, meu pai, muito esperto, disse que um vizinho que morava mais adiante na estrada tinha acabado de avistar o Papai Noel. Ele não precisou dizer mais nada. Fomos correndo para o quarto, vestimos o pijama e apagamos as luzes. Eram só oito da noite.

"Alguns minutos depois, ou pelo menos foi essa a impressão que tivemos, nosso pai voltou, acendeu as luzes e disse que o Papai Noel tinha acabado de ir embora.

"O fato de não ter dado nem tempo de pegarmos no sono não teve a menor importância. Fomos correndo para a sala, onde a árvore estava toda iluminada, rodeada pelos brinquedos que tanto queríamos.

"Mal tínhamos tocado nas coisas que o Papai Noel havia deixado quando o papai anunciou que estava na hora de nossa mãe ir para o hospital para ter o bebê. Ela estava deitada no sofá, tentando bravamente curtir aquele momento com a gente. Embora fosse óbvio que estava com muita dor, não fiquei muito preocupado. Eu tinha uma espingarda de brinquedo novinha em folha, um conjunto de peças de montar no formato de toras de madeira e um trenzinho elétrico, e estava muito ocupado. Como demorei a me mexer, meu pai me deu um tapinha bem firme no traseiro e disse que não daria tempo de trocarmos de roupa – era para irmos direto para o carro de pijama e tudo.

"Meu pai pisou fundo e o carro começou a derrapar. Minha mãe gritou com ele, ele gritou de volta. Pela janela traseira eu via nossa casinha de fazenda branca, a janela da frente adornada com as luzes de Natal cintilantes que meu pai havia se esquecido de apagar. O Papai Noel tinha acabado de sair. Nossos brinquedos estavam lá dentro. Achei muito injusto.

"Se meu pai já não dirigia com muita prudência em um dia bom, a ideia de sua mulher dar à luz no banco da frente enquanto os três filhos assistiam do banco de trás só piorou as coisas. Ele estava dirigindo muito rápido em uma estrada congelada e, depois que o carro derrapou pela terceira ou quarta vez, minha mãe perdeu a paciência: 'Não vou parir esse bebê numa vala.'

"O hospital ficava a meia hora de distância da nossa casa, e meus avós moravam em uma fazenda no meio do caminho. Naquela época, as pessoas tinham telefone, mas tentavam usá-lo o mínimo possível, principalmente se fosse uma ligação interurbana. Ninguém ligava para avisar que ia visitar parentes e amigos. Não, senhor. Você aparecia quando tinha vontade. A surpresa era parte do ritual.

"Por isso, meus avós com certeza ficaram surpresos quando chegamos de carro na entrada da garagem às nove da noite, a buzina tocando sem parar. Quando eles apareceram na varanda da frente, cambaleando e ainda de pijama, meu pai já tinha nos tirado do carro e nos levado correndo até eles. A entrega levou apenas alguns segundos.

"Meus avós, Mark e Mabel, eram pessoas honestas e trabalhadoras que viviam da terra e, o mais importante, viviam de acordo com as Sagradas Escrituras – de acordo com cada palavra literal delas, e apenas na edição do rei Jaime. Minha avó preparou chocolate quente enquanto meu avô acendia a lareira, a única fonte de calor na antiga casa de fazenda deles. Encolhidos debaixo de um cobertor e perto do fogo, ficamos ouvindo enquanto ele lia de sua Bíblia amada e surrada a história do Menino Jesus.

"Quando acordamos, na manhã seguinte, fomos informados de que nossa mãe tinha dado à luz um menino pouco depois da meia-noite. Portanto, ele era realmente um bebê de Natal. Não nos importamos muito com isso. Só ficamos aliviados por ela estar bem e queríamos voltar logo para casa para abrir o resto dos nossos presentes.

"Na manhã seguinte, durante o café da manhã, ouvimos a buzina de um carro. Minha avó olhou pela janela da cozinha e exclamou: 'Ele chegou!' Corremos para a porta da frente, atravessamos a varanda e fomos até o carro, onde nossa mãe estava sentada, radiante, segurando com orgulho seu último rebento. Ela deu a ele o nome de Mark.

"Entramos no carro e corremos para casa, onde as luzes de Natal ainda estavam acesas e os presentes do Papai Noel ainda estavam espalhados pela sala. Na mesma hora continuamos de onde havíamos parado antes de sofrermos aquela interrupção tão cruel.

"Como a neve cobria os campos, nosso pai não tinha muito o que fazer além de ficar em casa e brincar conosco. Ele sabia que nunca mais ia plantar algodão, e muitas vezes me perguntei se isso lhe dava alívio ou medo. Mas é óbvio que éramos deixados de fora dessas conversas. Seis semanas depois, fomos embora da fazenda de repente e para nunca mais voltar, felizmente. Meu pai conseguiu um bom emprego em uma empresa de construção, que todo verão nos transferia de uma cidadezinha para outra do sul.

"No ano seguinte, ficamos ansiosos à espera do catálogo de Natal da Sears & Roebuck. Em poucas horas, fizemos nossas listas de desejos, listas que invariavelmente começavam longas demais e aos poucos iam sendo reduzidas por nossos pais. Quando o Papai Noel fez uma visita surpresa à minha sala do segundo ano, eu disse a ele, muito sério, todas as coisas que queria, mas também falei que, acima de tudo, não queria outro irmãozinho de Natal."

Quando Darrow terminou de falar, Eurovision se levantou de supetão e liderou a aclamação, batendo palmas e acenando com a cabeça, extasiado.

— Quem disse que você não sabe contar histórias? Lindo, lindo!

Ele olhou em volta e percebi que estava procurando sua próxima vítima entre os relutantes no fundo da plateia, todos fingindo de repente estar muito interessados em seus celulares.

—Vamos lá, pessoal! Quem é o próximo? — Seu olhar vagou pelo grupo nervoso e pousou em mim. — Imagino que nossa zeladora tenha algumas histórias interessantes para contar sobre este lugar.

Fiquei chocada e petrificada de pânico. Fiz que não.

— Faz só algumas semanas que estou aqui.

Ele me olhou com desconfiança.

— E no prédio onde você trabalhava antes?

— Eu trabalhava no Red Lobster. E nada acontece no Red Lobster.

De novo o olhar de soslaio.

— Bem, vamos falar de você, então. Acho que estamos todos meio curiosos a seu respeito.

— Curiosos? Por quê?

Seu olhar penetrante me deixou nervosa, era quase como se ele suspeitasse de alguma coisa. Vi uma certa desconfiança, ou pelo menos cautela, no rosto dos outros. Tinha me esforçado tanto para ser invisível que foi um choque pensar que eles tinham opiniões a meu respeito.

— Bem – disse Eurovision. – Temos que admitir que você não é exatamente o que nós, hmm, estamos acostumados a esperar de um zelador.

— Ah. Entendi. Porque eu não sou homem?

— Não, não, não. É só que… Bem, em certa medida. Sim.

Foi impossível não rir da expressão no rosto dele. Fiquei tentada a deixá-lo se contorcendo, mas, em vez disso, para desviar o foco de mim, eu disse:

—Vou contar uma história também, prometo. Só preciso de um tempo.

Fiquei me perguntando se haveria alguma coisa no acervo de histórias de Wilbur que eu pudesse fingir que era minha. A última coisa que queria era contar àquele bando de estranhos *meus* segredos.

— Justo.

— Nada de parasitas! — disse Vinagre. — Quem ouve tem que contar.

— Eu tenho uma história — disse Amnésia.

Ela estava usando várias peças de roupa surradas, cheias de cortes irregulares e manchas de suor e tinta, como se tivesse acabado de ser resgatada dos escombros de um prédio desabado. Quando estava em Vermont, eu jogava *Amnesia* com minha namorada no computador. É a história de uma pessoa que acorda no meio do deserto sem se lembrar de nada de sua vida anterior e é perseguida por espíritos malignos, demônios e maldições. Era muito legal, pelo menos até o tema se tornar pessoal demais.

— Obrigada — disse Vinagre com firmeza, recostando-se para ouvir.

—A minha vida inteira — começou Amnésia — tenho sonhado com uma mulher. Não é um pesadelo, não exatamente, mas é perturbador porque é sempre igual. Eu estou em um jardim. É verão. À minha frente, há uma enorme casa escura com venezianas brancas, e as cortinas estão fechadas em todas as janelas, exceto em uma. É onde ela está, essa mulher sombria, parada entre as molduras brancas, olhando para mim. Ela tem uma cicatriz na bochecha e uma cruz dourada pequena no pescoço, e sei que isso não parece assustador, mas o problema é que ela nunca sorri. Tipo, a maioria das pessoas, quando vê alguém, sorri, né? Mas ela só me encara com uma expressão vazia, e geralmente é nesse momento que eu acordo.

"Contei esse sonho para minha mãe uma vez, quando era criança, e ela reagiu de um jeito, tipo, muito intenso. *Quantos anos tinha a mulher? Qual era o tamanho da cicatriz? O que ela estava vestindo? Como era a casa? Em que estado estava?* Foi como se estivéssemos procurando uma pessoa sequestrada. Eu me lembro porque ela cravou as unhas no meu braço, embora estivéssemos no Waffle House, depois da missa, e na frente de todo mundo. E meu pai disse: 'Não importa, Kath.' Com firmeza, como se realmente fosse tomar uma atitude se ela não parasse.

"Sabem aqueles relacionamentos em que uma pessoa ocupa mais espaço que a outra? Era assim com meus pais. Tipo, se minha mãe era o sol, meu pai era Mercúrio ou algo assim: pequeno e muito próximo dela para ser qualquer coisa além de uma inconveniência. Sanjay e eu brincávamos que a única razão pela qual eles estavam juntos era que ela tinha engravidado de mim e depois dele, mas agora acho que só transformamos algo que era verdade em uma piada para podermos dizê-lo em voz alta. Meus pais não têm nenhuma história sobre como se conheceram, ou como foram os primeiros encontros, nem nada assim. Quando alguém perguntava, eles respondiam apenas: 'Ah, nós nos conhecemos na Universidade Cristã do Texas', como se o resto tivesse sido inevitável, como se um homem que deixou todas as pessoas que ele conhecia em Tamil Nadu para ir à faculdade fosse, é claro, acabar casado, vivendo em Lubbock.

"Enfim, eu nunca mais mencionei a mulher do sonho. Essa história tinha deixado minha mãe muito chateada, e a verdade é que eu já fazia isso sozinha. Eu não sabia por quê. Sabem aquelas mães de comercial que choram nas apresentações de balé e colocam Band-Aid no joelho esfolado da criança e coisas assim? Minha mãe tentava fazer tudo isso comigo, mas era como se não conseguisse. Ela cerrava os dentes quando me abraçava, estremecia quando eu ria, saía do quarto quando eu começava a chorar. Com Sanjay era diferente: ela ficava com aquele olhar apaixonado quando estava perto dele, e o abraçava sem nenhum motivo. Uma vez, quando não sabia que eu estava na sala ao lado, ela disse para a sra. Hewson que sabia que não deveria ter um favorito, mas que com Sanjay era mais fácil, porque ele não precisava tanto dela. A sra. Hewson riu e disse que era porque eu e minha mãe éramos muito parecidas – as pessoas diziam isso o tempo todo: nós duas de cabelos claros e rosto redondo, Sanjay e meu pai morenos e magros –, mas minha mãe retrucou: '*Eu e ela não somos nem um pouco parecidas*', e depois disso a sra. Hewson não disse mais nada.

"Sanjay tinha sete anos na Páscoa em que nossa mãe teve um colapso. Eu tinha doze. Anos depois, ainda cochichávamos sobre isso como se fosse um filme favorito que não tínhamos permissão de assistir. Nós falávamos que tudo tinha sido ainda mais louco porque nossa mãe não media esforços para parecer perfeita na Primeira Igreja Batista, estava sempre arrumando alguma coisa, endireitando os folhetos, e tratava todo mundo como se estivessem na sala de estar lá de casa só porque ficava recebendo as pessoas na porta da igreja.

Na noite anterior, ela havia separado dois vestidos amarelos e dois ternos azul-marinho; portanto, nós parecíamos uma família horrorosa de bonecos que tinham ganhado vida: claro/escuro/claro/escuro, sentados no penúltimo banco, de onde ela poderia ficar de olho na porta.

"Estávamos todos péssimos naquela manhã. Dessa parte eu também me lembro: de como ela gritou com a gente no carro durante todo o trajeto porque iríamos envergonhá-la na frente de todo mundo, apesar de ainda nem estarmos lá; de como ela franziu a testa no espelho retrovisor e perguntou duas vezes se eu tinha me lembrado de passar desodorante. Às vezes parecia que a única coisa a fazer era torcer para algo maior acontecer e desviar a atenção de você. Então, quando o pastor Mitchell gritou: 'Ele ressuscitou! Ele ressuscitou!', o alívio que eu senti foi real. Sentimos a voz dele preencher nosso corpo, da garganta até a cintura, e por um instante foi como se o teto tivesse se aberto e revelado um daqueles murais dourados do céu.

"Foi então que minha mãe se levantou. Rápido, como se tivesse esquecido alguma coisa, os punhos cerrados ao lado do corpo. E então começou a andar devagarinho na direção errada. Um passo, depois outro e mais outro, pela nave central. E ninguém sabia o que fazer porque era Kathleen Blair Varghese, a que vivia colocando todo mundo na linha, então o que ela estava fazendo caminhando em direção ao púlpito como se tivesse sido convocada a ir até lá? Até o pastor Mitchell parecia confuso. Esperou ela parar bem na frente dele e perguntou: 'Você está bem, Kathleen?'

"Ela respondeu alguma coisa. Nós não conseguimos ouvir o que era. Então ela repetiu. 'Minha mãe está morta.'

"Murmúrios baixinhos surgiram dos bancos, e então meu pai se levantou também, embora em geral tentasse passar despercebido quando íamos à igreja. Não que as pessoas tivessem a intenção de ser maldosas, mas sempre diziam coisas como: 'Bem, aqui em Lubbock nós celebramos o Natal com a Canção das Luzes', como se ele não soubesse disso depois de quinze anos. De qualquer forma, ele andou rápido e agarrou minha mãe pelo braço e, quando ela se virou e olhou para ele, todos suspiraram. Ela estava ofegante como um cachorro. O rosto todo estava vermelho e úmido.

"'Ela se foi, Arvin', disse ela. 'Ela se foi para nunca mais voltar.'

"'A vovó Cindy?', Sanjay sussurrou, os olhos arregalados porque nós passávamos todas as tardes de sábado com a vovó Cindy, fumando cigarros de chocolate no gramado enquanto ela fumava os de verdade.

"'Não', eu disse, enquanto minha mãe e meu pai voltavam pela nave com todos os olhos voltados para eles, e depois para mim, e depois para Sanjay, e o que mais eu deveria dizer? O que eu sabia naquela época? Meu pai abriu a porta do vestíbulo e olhou para nós, e ficamos de pé e fomos atrás deles. E então estávamos todos do lado de fora. Sem mais nem menos, nós quatro ao sol com o barulho do sistema de irrigação e o cheiro de água no cimento quente.

"'A vovó está bem?', Sanjay perguntou. Eu olhei para meu pai, meu pai olhou para minha mãe e a boca da minha mãe se abriu em um buraco escuro antes que ela a cobrisse com a mão.

"'A vovó está bem?', Sanjay insistiu, falando mais alto, e meu pai pegou o celular. O telefone tocou algumas vezes, e então a vovó Cindy gritou, em meio ao vento que soprava no conversível, que ligaria para ele assim que estacionasse. Meu pai desligou. Nós três olhamos para minha mãe. Ela parecia uma sombra de si mesma.

"No carro, a caminho de casa, meu pai segurava a mão dela sempre que não estava trocando a marcha, e essa foi a segunda coisa mais estranha que vimos naquele dia. Quando chegamos, ela foi para a cama e ficou lá a noite toda. A vovó Cindy foi vê-la e depois ela e meu pai ficaram conversando na varanda de casa durante o tempo de três cigarros, mas não conseguíamos ouvi-los sem abrir uma janela. Achei que talvez eles estivessem falando em mandá-la para Sunrise Canyon, porque foi isso que aconteceu com a mãe de Laura Gibson depois que ela perdeu o bebê, mas, na manhã seguinte, quando me levantei, minha mãe estava tomando o café da manhã como sempre; colocou waffles na torradeira, verificou se nossas unhas estavam limpas e nos levou até o ônibus cinco minutos antes da hora. No domingo seguinte, na igreja, ela refutou os olhares de preocupação com tanta firmeza que todos ficaram um pouco desorientados, como se tivessem apenas imaginado toda aquela cena. Eu provavelmente teria pensado o mesmo se Sanjay não estivesse lá, se isso não tivesse se tornado o episódio sobre o qual sussurrávamos quando crianças e do qual ríamos quando adultos, porque, sinceramente, o que poderia ser mais típico de Kathleen do que interromper o sermão de Páscoa para dizer que a vovó Cindy estava morta e ninguém nunca mais ousar tocar no assunto porque todos morriam de medo dela?

"No ano passado, nós fizemos o funeral da mamãe na Primeira Igreja Batista. Fazia anos que nenhum de nós ia à igreja, com o problema no quadril do papai e Sanjay morando em Austin e eu aqui, mas isso não teve importância: as senhoras do grupo de oração de quarta-feira, que se revezavam para levá-la à quimioterapia, organizaram tudo. A única coisa que precisamos fazer foi ir até lá para receber as condolências. O substituto do pastor Mitchell fez o elogio fúnebre, se esquecendo de mencionar que nossa mãe sempre organizava o piquenique da escola dominical e era a primeira a acender a vela na árvore viva de Natal; mas, quando cantamos 'Abide with Me', o hino favorito dela, eu senti sua aprovação ao nosso redor. Depois, algumas pessoas foram até nossa casa com suas ofertas de comida congelada, e então tudo acabou, uma vida inteira dobrada como uma toalha de mesa, pronta para ser guardada.

"Mas é claro que nós não poderíamos fazer isso, não é? Não mesmo. Quando você vive a vida inteira com uma pessoa tão grandiosa, não importa se é a pessoa que ela esqueceu de amar, ou não soube amar, ou amou demais, você continua sentindo a presença dela em todos os lugares. Eu ainda não sentia falta da minha mãe, não como sinto agora, mas sabia que meu pai e Sanjay sentiam, então servi doses de Jameson nos copos de festa, e nos sentamos à mesa da cozinha, relembrando todas as maluquices dela. Lembram quando ela passou a ferro nossas calças de moletom? Lembram quando ela chamou o cachorro do vizinho de *evacuação ambulante*? Lembram quando ela fez o cara pintar a varanda inteira de novo porque um esquilo passou correndo em um canto e ela disse que, quando secasse, a tinta nova não ia ficar da mesma cor? Lembram quando ela disse para todo mundo na igreja que a vovó Cindy tinha morrido? E nós rimos disso como se ri de uma coisa quando tentamos perdoá-la por ter nos assustado.

"'No meio do sermão de Páscoa! E ninguém deu nem um pio!', Sanjay disse.

"'Não é nada demais, pessoal.' Eu fiz um gesto com as mãos como se pedisse para todos se acalmarem. 'É só uma mulher adulta anunciando a morte da própria mãe, que... não está morta!'

"'A vovó Cindy', meu pai começou, mas nós estávamos rindo tanto que não conseguimos ouvi-lo; ele esperou até nos acalmarmos e continuou: 'não era a mãe dela.'

"Ele disse isso assim, como se estivesse nos contando uma bobagem qualquer sobre a vovó Cindy. *A vovó Cindy gostava de homens mais jovens. A vovó Cindy e a maldita loteria. A vovó Cindy só ia ao mercado no dia das promoções.*

"'Como é que é?', eu perguntei.

"'A mãe biológica dela morava em Oklahoma City', meu pai respondeu.

"Sanjay e eu nos entreolhamos. Então meu irmão disse: 'Pai, você está de brincadeira com a gente, né?'

"Meu pai apontou para mim com o queixo. 'Ela chegou a te conhecer quando você tinha alguns meses de idade. Barbara. Barb. Ela nos pediu para chamá-la de Barb. Veio de carro até aqui, almoçou com a gente no La Quinta e voltou para casa na mesma noite.'

"'Para Oklahoma City?', perguntei, como se essa fosse a parte estranha.

"'Ela era casada e já tinha outros filhos na época. Acho que teve medo de que eles descobrissem, que o marido descobrisse. Nos mostrou fotos. As meninas eram parecidas com a sua mãe.' Meu pai olhou para mim. 'Com você.'

"Sabem quando às vezes alguém te diz uma coisa, e um monte de pequenas alavancas e engrenagens simplesmente começam a se movimentar dentro de você porque você recuperou uma peça que nem sabia que estava faltando? Meu pai disse '*com você*' e meu corpo inteiro começou a tremer. Sanjay parecia estar prestes a vomitar.

"'Essa foi a mulher que morreu?', ele perguntou.

"Meu pai fez que sim com a cabeça. 'Ela também teve. Câncer de ovário.'

"'Mas como é que a mamãe...'

"'Não sei.'

"'Elas mantinham contato?'

"'Não.'

"'Então como vocês souberam em que dia ela...'

"'Nós não soubemos logo. Ficamos sabendo depois, lendo o obituário.'

"'E vocês nunca *disseram nada* sobre isso?'

"'O que havia para dizer?'

"'A Barb... Ela era...' Eu nem sabia o que eu queria perguntar, na verdade. 'Legal?'

"Ninguém poderia imaginar que essa seria uma pergunta dolorosa, mas por alguma razão foi. Meu pai ficou muito tempo em silêncio e depois respondeu: 'Ela era jovem.'

"Então começou a recitar um monte de números. Barb tinha quinze anos quando teve minha mãe e só viu a bebê por duas horas antes que a vovó Cindy fosse buscá-la na casa. Minha mãe tinha vinte e três anos quando começou a procurar a mãe biológica. Levou um ano para descobrir seu paradeiro e mais três meses para negociar onde e como iam se encontrar. E eu fiquei em silêncio, imaginando que minha mãe devia ter começado a procurar a própria mãe alguns meses antes de engravidar de mim, e que devia ter tido notícias dela mais ou menos na época em que eu nasci. Mas Sanjay ficou com muita raiva. Ele começou a atacar meu pai, dizendo que não acreditava que eles nunca tinham nos contado nada, que não acreditava que descobrimos daquela forma, e então meu pai começou a gritar também.

"'Não importava!', meu pai disse. 'A mulher veio almoçar aqui uma vez, segurou o bebê, chorou diante da sua mãe, lamentando todo o tempo que tinha perdido, e disse que ia voltar em breve, mas nunca mais voltou! Nunca ligou, nunca escreveu, se mudou e não deu o endereço novo para sua mãe, então o que havia para dizer?' O rosto dele estava vermelho, em pânico e contraído como o de uma criança, e foi então que eu tive certeza de que ele realmente a amava.

"'Que casa?', perguntei.

Meu pai ficou confuso.

"'A vovó Cindy foi buscá-la na casa. Que casa?'

"E foi então que ele começou a me contar o resto, mas eu já sabia. Sabia antes mesmo de ele dizer 'Casa para Mulheres Florence Crittenton' e 'Little Rock, Arkansas', antes de pesquisar no Google e ampliar a fotografia no meu celular até ver aquela janela de moldura branca em uma casa escura. Na foto não havia ninguém, mas eu sabia."

◆

No fim da história, eu não queria nem olhar para Amnésia. Fiquei com o olhar fixo na minha bebida. Estava toda arrepiada. Aquela história me fez pensar na minha própria mãe, que odeio desde que ela nos abandonou. A lembrança mais vívida que tenho dela nem é uma lembrança *dela*: é uma lembrança do meu pai chorando e me contando que ela tinha voltado para a Romênia. Foi a primeira e última vez que o vi chorar. (A não ser por fevereiro, quando o visitei logo depois que o internei na casa de repouso. Meu pai achou que eu era a mãe dele e começou a chorar e a me implorar para levá-lo para casa, pois aquela escola não era boa e ele sentia falta de Zbura, seu estorninho de estimação. Mas isso não entra para a conta de quantas vezes chorou na vida porque ele tem demência.) Eu também não choro – não chorar é de família. Não choro desde os meus dez anos, quando quebrei o braço andando de patins na Poyer Street. Não que haja algo de errado em chorar, se você é desse tipo. Não é para mim. Drácula também não chorava.

– Essa história é de fantasma – comentou Darrow.

Amnésia balançou a cabeça.

– Não. É uma história sobre relações. Temos a ilusão de que somos seres isolados, mas, na essência, existe uma conexão metafísica entre nós.

– Isso é profundo demais para mim – disse Vinagre. – Eu nem *quero* estar conectada com a maioria das pessoas, só com meus filhos, Charlotte e Robbie, e mesmo assim só às vezes.

– Eu acho que é uma história sobre o estoicismo das mulheres – disse a Dama dos Anéis, voltando-se para Amnésia, mas Eurovision a interrompeu.

– *Por favor*. Não vamos começar a analisar demais as histórias uns dos outros – disse ele. – Isto aqui não é uma aula de literatura. Então, quem é o próximo?

– Já que estamos falando de estoicismo e morte – disse Lala, percorrendo o grupo com seus enormes olhos negros –, eu tenho uma história.

Ela se inclinou para a frente, as mãos fechadas e depois abertas, ansiosa e até desesperada para contá-la. Ajeitou-se no assento, um banquinho alto no qual estava empoleirada como um pássaro nervoso, apoiou as mãos nos joelhos e, com a voz baixa, mas penetrante, começou a falar enquanto olhava para o telhado como se estivesse falando consigo mesma e não com o grupo.

―

–Aconteceu há alguns anos, antes de eu me mudar para Nova York.

"Eu ainda estava trabalhando naquela noite de sexta-feira, mas já passava das três da manhã e eu estava me preparando para encerrar o expediente.

Quando o celular tocou, olhei para a tela e vi que era o número do meu sogro. Meu sogro tem oitenta anos, minha sogra tem oitenta e quatro, e ambos têm a saúde bastante frágil, então eu já estava me preparando mentalmente para ir para o pronto-socorro quando atendi.

"Mas era meu sogro, Max, na linha; ele disse que a irmã da minha madrasta tinha acabado de ligar para ele porque não conseguia falar comigo (por conta do nervosismo, devem ter ligado para um número de telefone antigo): meu pai estava no Centro de Trauma do Good Samaritan, e Max não sabia de mais nada.

"Acordei meu marido, que despertou assustado de um sono profundo, e me vesti. Ainda pensei que era melhor levar um moletom quente, porque as salas de espera dos hospitais são sempre geladas e eu não sabia quanto tempo ia ficar lá. Prometi ligar para casa assim que tivesse alguma notícia, prometi não dirigir muito rápido, repeli os esforços do cachorro, que queria ir comigo – eu não sabia quanto tempo ele teria de ficar sozinho no carro – e saí.

"Eu estava dirigindo com cuidado, sim, mas com aquela agitação nervosa que acompanha o momento em que você é arrancado da solidão da noite para enfrentar angústias desconhecidas. E estava rezando, é claro, aquela reza desordenada de quando estamos em uma situação como essa. E então, em certo ponto da estrada, tudo parou.

"A oração parou, a agitação parou, a ansiedade desapareceu. Eram 3h26, de acordo com o relógio do painel, que está sempre dois minutos atrasado. Nunca vi a certidão de óbito, mas não preciso.

"Tudo ficou simplesmente... imóvel.

"Eu continuei dirigindo, vez por outra sendo ultrapassada por outro carro. Os faróis passavam, eu via as placas na estrada, mas meus batimentos cardíacos e minha respiração tinham voltado ao estado de solidão silenciosa do qual eu havia sido tirada. Tentei rezar, mas as palavras não vinham. Não que eu não conseguisse pensar nelas, mas não havia necessidade; tudo o que eu poderia pedir já tinha sido atendido.

"Tudo estava simplesmente... em paz.

"Às vezes sinto que minha mãe está comigo, às vezes como uma presença convidada, às vezes não. Ela nem sempre vem quando eu chamo, mas sempre aparece em algum momento. Eu chamei por ela, em meio àquele silêncio, e a senti ali, mas não foi ela quem me respondeu.

"Acho que eu só pensava na minha avó Inez de dez em dez anos, se tanto. Ela já era muito idosa quando eu nasci, morreu quando eu tinha onze anos (e só me lembro porque ela morreu no dia do meu aniversário). Nós a víamos uma vez por ano, *pro forma*: era uma velhinha pequenina que não falava inglês e tinha um cheiro estranho. Aprendemos algumas frases em espanhol, que repetíamos para ela como orações em latim na igreja; eram inteligíveis, mas havia pouca comunicação.

"No entanto, naquele momento, ela veio à minha mente. Cabelos brancos, mas com o rosto bastante jovem – e notei que estava com o que pareciam ser seus próprios dentes, em vez da dentadura.

"'*Somos duras*', ela me disse, e depois: 'Somos.'

"Em espanhol, '*duro*', dependendo do contexto, pode significar desde difícil e árduo (a situação está dura) até resistente e resiliente... forte.

"'Tudo bem', eu disse.

"Cheguei ao hospital e parei o carro no estacionamento para visitantes. Eu não precisava ter pressa e não queria ocupar uma vaga que pudesse ser necessária perto da entrada da emergência. Era uma noite amena, muito agradável. Passei por uma mulher sentada em um banco do lado de fora do Centro de Cirurgia Ambulatorial, fumando. Sorri para ela e acenei com a cabeça ao passar.

"Subi a longa rampa até o Centro de Trauma, que fica no segundo andar. Duas das irmãs da minha madrasta estavam do lado de fora, debruçadas sobre o celular como agentes do Serviço Secreto. Toquei no ombro de uma delas, que se virou; seu rosto se contraiu de tristeza e ela me abraçou, me apertando com força e dando tapinhas nas minhas costas.

"'Está tudo bem', eu disse depois de um tempo. 'Eu estou bem.'

"'Mas *eu* não estou!', ela disse, e agarrou-se a mim, soluçando, enquanto entrávamos.

"'*Somos duras*', minha avó repetiu.

"Os pés dele foram a primeira coisa que eu vi. Eram iguais aos meus: curtos e largos, pequenos em relação ao corpo. Não tenho os pelos pretos nos dedos dos pés, e ele tinha um problema crônico nas unhas que as deixava grossas e amareladas. Mas tinha o mesmo calcanhar redondo e um arco curto e alto;

os mesmos dedos largos e pequenos que apontam um pouco para cima quando o pé está em repouso... pés feios, mas pés felizes.

"Havia várias pessoas ao seu redor; ele estava deitado em uma maca, meio coberto com um lençol de flanela. Minha madrasta estava lá, segurando a mão dele; não prestei atenção nos outros. Eu precisava ver seu rosto.

"Estava com a mesma aparência de quando dormia; meu pai tinha o hábito de adormecer em frente à televisão. Nos anos que se seguiram à morte da minha mãe, antes de ele se casar de novo, eu sempre me levantava à meia-noite, quando estava em casa com ele, para acordá-lo e mandá-lo ir para a cama. Acho que ele tinha medo de ir dormir sozinho.

"As orelhas estavam levemente arroxeadas. Meu filho tem orelhas iguais às dele; uma concha lisa com um lóbulo carnudo. Havia um vinco profundo em cada lóbulo; li em algum lugar que isso indica predisposição a doenças cardíacas.

"Pensei que seria tomada pela tristeza quando o visse, e fiquei surpresa quando, em vez disso, tive uma sensação muito peculiar de... conclusão. Ele foi um homem feliz, de modo geral, mas de maneira nenhuma um homem pacífico; tinha bordas afiadas que cruzavam sua personalidade como fissuras em uma geleira. Sempre inquieto, sempre em movimento. Um odiador cruel e hábil, portador de rancores implacáveis. Agora tudo isso tinha chegado ao fim. Não tinha desaparecido exatamente, mas *chegado ao fim*. Agora ele tinha a paz que sempre faltara: estava completo.

"'*Somos*', minha avó disse, bem baixinho, e eu entendi o que ela queria dizer.

"Minha madrasta me abraçou, e eu a ela.

"'O que aconteceu?', perguntei. Ela disse que tinha ido para a cama por volta da meia-noite; meu pai fora um pouco mais tarde. Ela acordou cerca de quinze para as três, porque a respiração dele estava diferente; ele estava roncando muito alto. Ela o cutucou para que ele se virasse, e a respiração mudou outra vez, para 'ruídos horríveis'. Ela acendeu a luz, olhou para o rosto dele e percebeu que tinha alguma coisa errada; correu para o quarto da frente para chamar a irmã e o cunhado, que moram na Califórnia e estavam visitando os dois.

"Os dois foram até ele correndo e tentaram reanimá-lo enquanto minha madrasta chamava uma ambulância. Como eles moram a poucos quarteirões de um grande hospital, os paramédicos chegaram em dois minutos. Prestaram os primeiros-socorros lá e, a caminho do hospital, conseguiram (segundo ela) reativar 'parte do músculo cardíaco', mas não conseguiram reanimá-lo.

"O desconhecido que estava na cabeceira da cama veio apertar a mão da minha madrasta, explicando que meu pai ainda estava 'quente' quando chegou: estava tudo bem. Era o padre, que tinha ido dar a extrema unção; segundo uma crença popular, se o corpo estiver pelo menos morno, a alma ainda está próxima o suficiente para se beneficiar.

"Ele ainda estava quente; todos tocavam alguma parte do corpo dele: o ombro nu, a mão ou o enorme monte redondo de sua barriga – ele sempre esteve acima do peso, mas a gordura toda se concentrava ali. Coloquei a mão nele também por um instante. Quando levantei a cabeça, percebi que estava diante do meu tio Albert, que mora em Albuquerque; o último irmão ainda vivo do meu pai, e meu padrinho. Eu não tinha notado que ele estava lá porque é muito parecido com meu pai; todos os irmãos tinham feições muito semelhantes. Não tinha me causado nenhuma estranheza ver meu pai deitado e em pé ali ao mesmo tempo.

"Naquelas circunstâncias um tanto surreais, a princípio achei bastante natural que Albert estivesse ali. Nossa família é muito grande e, durante toda a minha juventude, sempre que alguém morria, todos os parentes se reuniam, indo de Albuquerque para a Califórnia ou no sentido contrário, e sempre passavam um tempo em nossa casa, já que Flagstaff fica no meio do caminho. Então me dei conta de que fazia menos de meia hora que meu pai estava morto; eu sabia que de Albuquerque até lá era um voo de pelo menos uma hora.

"'O que você está fazendo aqui?', deixei escapar, pensando um pouco tarde demais que esperava soar surpresa, e não parecer indelicada.

"Ele adotou um tom formal, mas não transpareceu estar chateado. É o último dos irmãos e está na casa dos setenta; já viu muitas mortes.

"'Eu estava aqui', ele respondeu, encolhendo os ombros. Tinha vindo, por coincidência – ou não –, para uma visita de ano-novo. Ele e meu pai tinham ficado acordados até tarde, conversando e rindo, e foram para a cama à meia--noite e meia.

"As irmãs da minha madrasta – àquela altura eram três – andavam de um lado para o outro, distribuindo lenços de papel e copos d'água. De tempos em tempos, uma funcionária do hospital, uma jovem discreta e compreensiva, aparecia com formulários a serem assinados e perguntas a serem respondidas.

"Qual necrotério? Enterro ou cremação? E – ela se desculpou, disse que por lei era obrigada a nos perguntar – consideraríamos a doação de órgãos?

"'Sim', eu respondi com firmeza, com as mãos na barriga do meu pai. Eu não tinha a menor dúvida a esse respeito, mas senti minha madrasta hesitar. Ela é a pessoa mais generosa e gentil que conheço – ninguém mais teria suportado meu pai –; mas, por causa disso, às vezes se deixa intimidar. Eu teria feito isso, se fosse preciso, mas ela disse que sim.

"'Mas os órgãos podem ser aproveitados?', perguntei, olhando para ele. 'Ele tem sessenta e sete anos.'

"'Não sei', a jovem respondeu, franzindo a testa, insegura. 'Vou verificar.' Ela verificou. As córneas, disse; eles poderiam usar os olhos e as córneas.

"As cunhadas o tocavam o tempo todo, exclamando de vez em quando: 'Ele ainda está quente aqui!' e agarrando qualquer parte que fosse (a opinião que meu pai volta e meia expressava para minha madrasta, com frequência de forma que elas também pudessem ouvir, era: 'Suas irmãs são ótimas pessoas, *mas*').

"Me afastei um pouco. Perguntaram se eu queria ficar um pouco a sós com ele, e eu respondi que não. Não havia necessidade. Não havia necessidade de tocar o corpo dele de novo; eu não tinha a sensação de que aquele era meu pai. Sabia exatamente onde ele estava; ele estava comigo, com suas esposas, com seu irmão, com sua mãe. *Somos*. Nós somos.

"Não fiquei nem um pouco chateada, embora tenha chorado algumas vezes por uma reação puramente emocional. Depois de um tempo, ficou claro que não havia mais nada a fazer – e mesmo assim parecia impossível ir embora. Albert disse baixinho que ia voltar para casa para descansar. Mais membros da família da minha madrasta chegaram – ela também tem uma família grande, todos são muito leais e solidários.

"Olhei para ele com bastante atenção. O que havia de suas feições em mim e nos meus filhos, isso eu ainda poderia ver. Mas o que era único, o que eu deveria absorver naquele momento porque nunca mais ia ver? Minhas mãos são dele, assim como os pés; minha irmã tem os olhos dele. Os ombros largos que vejo no meu filho desde que ele nasceu; minha filha caçula tem panturrilhas com o mesmo formato.

"Passado um tempo, a jovem voltou e disse baixinho, mas com firmeza, que precisava levá-lo, 'para terminarem de cuidar dele'. Toquei um pé, disse: 'Adeus, pai' e saí sem olhar para trás.

"Na sala de espera, encontramos o rapaz do programa de doação de órgãos e fomos com ele preencher os formulários necessários. Poucas experiências que tive foram mais surreais do que me sentar em um consultório às cinco da manhã e responder a perguntas sobre se meu pai já tinha feito sexo em troca de dinheiro ou drogas, ou se tinha feito sexo com outro homem.

"As respostas (que, a propósito, eram não, pelo menos até onde *eu* sabia) foram todas satisfatórias, e por fim nós fomos embora. Com alguma dificuldade, consegui impedir que uma ou mais irmãs fossem comigo, e voltei para casa atravessando a cidade escura. Parecia importante chegar em casa antes que a noite terminasse, talvez porque eu achasse que tudo aquilo pareceria mais real à luz do dia.

"Então agora havia as feridas abertas e em carne viva, ondas de tristeza que faziam um nó na garganta e no peito. Todas as dificuldades e transtornos de lidar com uma morte súbita.

"E ainda assim eu me lembro daquela grande quietude, e tento tocá-la, como uma pedra lisa no meu bolso.

"Somos.

"Eu estava... atônita."

A Filha do Merengueiro olhava para a contadora da história, balançando a cabeça, visivelmente emocionada, murmurando algo sobre *la familia*. Percebi que nenhum de nós no telhado queria quebrar o feitiço da narrativa de Lala. Como sempre, o silêncio foi interrompido por uma sirene em algum lugar da cidade, sussurrando uma dor distante. Pensei em como, naquele exato momento, por toda a cidade, pessoas estavam sendo arrancadas de seus entes queridos. Pais, tios e cunhadas morriam ao nosso redor, ligados a respiradores ou coisa pior. A maneira como ela descreveu o pai – os pés feios e felizes –, meu Deus, como me deu saudade do meu pai.

— Que história — disse uma voz feminina do outro lado do telhado. — Obrigada por compartilhar. Serve para nos lembrarmos do que estamos perdendo por termos de manter as pessoas longe de seus entes queridos no leito de morte. A perda dos últimos toques, das mãos no corpo ainda quente. É muito triste.

Ela tinha razão. De onde eu estava, não conseguia ver quem era, mas ela falava por todos nós. Aquele maldito coronavírus não apenas nos privava de estarmos juntos em vida, mas também de estarmos juntos no momento da morte, de podermos nos despedir. Um pensamento terrível me ocorreu antes que eu pudesse afastá-lo: o desejo de que meu pai tivesse morrido antes que essa pandemia começasse.

Não. Eu ia dar um jeito de vê-lo de novo.

Eurovision voltou-se para a nova oradora, seu sorriso ávido de mestre de cerimônias parecendo um pouco rígido àquela altura da noite.

— Bem-vinda — disse ele, um pouco animado demais. — Acho que não nos conhecemos. Em qual apartamento você mora?

— 2C.

Fiquei um pouco surpresa. Segundo a bíblia, o 2C estava vazio. Eu também não tinha registrado sua chegada no telhado naquela noite — ela devia ter passado despercebida por mim ou se juntado a nós depois. O rabo de cavalo, a ausência de maquiagem, a camisa de colarinho e a saia xadrez da LL Bean, um tanto juvenil, faziam com que parecesse inadequada, ainda mais ali, no descolado Lower East Side. Além disso, ela estava de máscara — uma máscara cirúrgica de verdade. Onde será que tinha conseguido uma daquelas?

— Eu acabei de chegar — disse ela, um pouco nervosa. — Sou do Maine.

— Maine? — perguntou Eurovision, como se ela tivesse acabado de declarar que viera da Mongólia Exterior. — E se mudou para *Nova York* no meio de uma *pandemia*? Você é maluca?

— Talvez eu seja — respondeu Maine com uma risadinha. — Sou médica e fui chamada para atuar temporariamente na emergência do hospital que fica aqui na esquina. O Presbyterian Downtown. Fiquei surpresa por ter conseguido um apartamento tão próximo do trabalho, na verdade. Sou voluntária em um programa de profissionais de saúde que estão vindo para Nova York para ajudar na crise de covid.

— Ah – disse Eurovision –, desculpe, eu não quis… Obrigado! De verdade. *Obrigado!*

Ele disse isso com toda a sinceridade, ao mesmo tempo que, pouco a pouco, chegava a cadeira para trás, tentando parecer indiferente. Eu não o culpava. Ao olhar em volta, vi outras pessoas fingindo arrumar suas cadeiras e tossir para terem uma desculpa para cobrir a boca, enquanto recuavam sem fazer barulho. Avaliando se já tinham tomado distância suficiente dela. Acho que a máscara não fazia ninguém se sentir mais seguro. Percebi que eu também estava me recostando um pouco mais no sofá vermelho.

— Você é uma das pessoas que aplaudimos todas as noites! – disse a Dama dos Anéis, com um toque extra de entusiasmo, como que para disfarçar a tensão crescente.

— Todo mundo menos Vinagre — corrigiu Flórida com um tom ácido.

— Meu nome é *Jennifer*, e eu também sou grata. Claro que sou. Muito grata. Só não acho que bater panelas e gritar seja uma maneira razoável de agradecer a ninguém. – Ela olhou de cara feia para Flórida e em seguida se virou a fim de sorrir para Maine.

Maine acenou com a cabeça sem se deixar perturbar pelo nosso nervosismo.

— Minha história também é sobre o fim da vida. – Ela fez uma pausa. – Talvez seja meio esquisito? Considerando o quanto estamos cercados de morte hoje em dia.

— Não falar sobre a morte não vai nos impedir de morrer – disse Vinagre, dando tapinhas decisivos nos joelhos –, assim como não vamos ficar ricos se não abrirmos os boletos. Eles vencem quando eles vencem e é isso. – Ela ergueu o queixo e olhou para todos nós. – Então vá em frente e conte sua história porque nada é tabu aqui neste telhado.

Era impressão minha ou até mesmo Vinagre tinha amolecido um pouco depois daqueles últimos dias de contação de histórias?

Maine se recompôs e começou a falar mais alto do que os outros, talvez para compensar o abafamento da máscara cirúrgica.

— Esta história também é verdadeira. Hesito em compartilhá-la porque sou uma pessoa da ciência, formada para acreditar apenas naquilo que pode ser testado e comprovado por meio de métodos científicos rigorosos, e esta história fala de algo que não pode ser comprovado. Alguns de vocês não vão acreditar em mim, e por que deveriam? Sou nova no prédio, sou apenas a moradora temporária do 2C e, como nunca saio do meu apartamento sem máscara, vocês nunca viram meu rosto. Enquanto vocês se protegem tentando ficar em segurança aqui no prédio, eu saio todos os dias para ficar cara a cara com o inimigo. E quando volto, depois do meu turno no hospital, tenho certeza de que vocês ficam temerosos, achando que eu posso ter trazido o inimigo para casa nas minhas roupas, nas minhas mãos, no ar que expiro. Sei que é por isso que me evitam: é porque têm medo, e não é para menos. A cada ambulância que passa, vocês são lembrados de que a morte está bem à sua porta. Podem senti-la, farejá-la, chegando cada vez mais perto.

"Assim como a irmã Mary Francis.

"Ela era enfermeira no hospital católico onde trabalhei trinta anos atrás. Era da ordem franciscana, das freiras que considero "simpáticas", e Mary Francis sem dúvida era simpática: rosto redondo, sorridente, uma mulher pequenina de olhos escuros que usava sapatos ortopédicos desajeitados por baixo do hábito branco de freira. Aos quarenta e poucos anos, tinha o rosto sereno de quem está em paz com as escolhas que fez na vida. Havia uma dúzia de freiras franciscanas que trabalhavam como enfermeiras no hospital e, de início, não prestei muita atenção em Mary Francis.

"Até que descobri o dom secreto dela.

"A primeira vez que me deparei com ele foi durante uma das rondas matinais, quando nós, residentes, acompanhávamos o médico-chefe enquanto ele visitava os pacientes da enfermaria. Quando nos aproximamos de um dos quartos, eu vi a irmã Mary Francis parada do lado de fora da porta com a cabeça baixa. Às pressas, de maneira quase furtiva, ela fez o sinal da cruz e se afastou.

"'Ah, não', sussurrou um dos outros residentes. 'Isso é um mau sinal.'

"'Por quê?', perguntei.

"'Porque a irmã Mary Francis sempre sabe.'

"'Sabe o quê?'

"'Quando alguém está prestes a morrer.'

"Não é tão difícil assim saber se alguém está prestes a morrer. Com certeza não requer nenhum dom sobrenatural. Qualquer médico é capaz de interpretar os sinais, seja um coma cada vez mais profundo, seja um batimento cardíaco irregular, e imaginei que Mary Francis fosse capaz de reconhecer os mesmos sinais que um médico reconheceria. Mas, quando entramos naquele quarto, não vimos uma paciente no leito de morte; vimos uma mulher que parecia muito viva, até mesmo alegre. Ela ia realizar um cateterismo coronário e a previsão era de que voltasse para casa à tarde.

"Mas a paciente não foi para casa. Poucas horas depois, durante o cateterismo, ela sofreu uma parada cardíaca e morreu na mesa de cirurgia.

"Foi então que comecei a prestar atenção na irmã Mary Francis e em suas bênçãos furtivas. Era preciso ficar alerta para flagrá-la, porque ela não fazia alarde. Simplesmente parava, abaixava a cabeça, fazia o sinal da cruz no ar e seguia em frente. Podiam se passar alguns dias, às vezes até uma semana, mas sempre que eu via Mary Francis realizar aquele pequeno ritual silencioso na porta do quarto de um paciente, a morte inevitavelmente fazia uma visita.

"Sei que vocês estão pensando exatamente o que eu pensei: que a irmã Mary Francis era uma daquelas enfermeiras assassinas sobre as quais a gente lê em reportagens sobre crimes reais, um anjo da morte que entra sorrateiramente no quarto do paciente à noite e o sufoca com um travesseiro ou administra uma dose fatal de insulina. É natural supor que haveria uma explicação lógica, porque a alternativa é... bem, não existe alternativa. Não se você acredita na ciência.

"Então fiquei de olho naquela freira. Observei quais pacientes ela escolhia para sua bênção sinistra e como e quando esses pacientes morriam. Tinha que haver um padrão, algo que explicasse como ela conseguia prever a morte deles.

"Só que não havia padrão. Alguns pacientes morriam durante os turnos dela no hospital, outros morriam na sala de cirurgia, onde ela não atuava, ou em dias em que ela nem sequer estava no hospital. A menos que tivesse encontrado uma maneira de cometer assassinato por procuração, a irmã Mary Francis não poderia ter matado aquelas pessoas.

"O mistério começou a me enlouquecer. Eu precisava saber como ela fazia aquilo.

"Uma tarde, enquanto ela e eu estávamos no posto de enfermagem preenchendo prontuários, finalmente reuni coragem para perguntar. Estava claro que já haviam lhe perguntado isso antes, porque ela nem sequer tirou os olhos da papelada quando respondeu.

"'A morte tem cheiro.'

"'Qual é o cheiro?', perguntei.

"'Eu não sei descrever direito.' Ela ficou em silêncio por um momento, pensando. 'Tem cheiro de terra. De folhas molhadas.'

"'Então não é um cheiro ruim?'

"'Eu não diria que é ruim. É só um cheiro.'

"'E é assim que você sabe que alguém vai morrer? Você sente o cheiro?'

"Ela deu de ombros, como se estivéssemos falando de uma habilidade muito normal. Para ela, devia ser, porque tinha nascido assim. Sempre que a porta para a vida após a morte se abria, ela sentia o cheiro do que estava para acontecer. Considerava seu dever preparar a alma que partia para a jornada deste mundo para o próximo, e então a abençoava.

"Eu não sou uma pessoa supersticiosa. Vou repetir: acredito na ciência, então como poderia aceitar aquela bobagem? No entanto, meus colegas médicos daquele hospital acreditavam que a irmã Mary Francis tinha esse dom, que ela de fato conseguia ver através do véu entre a vida e a morte. Talvez já trabalhassem há tempo demais naquele prédio antigo cheio de barulhos estranhos, que todo mundo considerava mal-assombrado. Em uma instituição como aquela, onde os fantasmas são considerados parte da atmosfera, não era difícil acreditar que uma freira franciscana pudesse sentir o cheiro da morte iminente.

"Se havia explicação lógica, eu não consegui encontrá-la. Mesmo assim, continuei cética. Ainda esperava o momento em que ela revelaria seu truque sem querer, o momento em que cometeria um erro.

"E um dia achei que isso tivesse acontecido.

"Vi Mary Francis parar na porta do quarto de um paciente que tinha acabado de dar entrada no hospital. Ela não era a enfermeira encarregada de cuidar do homem e não havia nenhum motivo para que sequer soubesse quem estava naquele quarto, mas algo a fez parar. Ela abaixou a cabeça, fez o sinal da cruz e seguiu em frente.

"Uma semana se passou e o homem ainda estava vivo. Não só vivo: ele parecia estar com uma saúde excelente. Tinha sofrido um infarto de pouca gravidade, mas a função e os batimentos cardíacos continuaram totalmente normais. No dia em que ele recebeu alta, eu o vi andando pelo corredor, sorrindo ao se despedir da equipe. Até que enfim a irmã Mary Francis tinha cometido um erro, pensei. Aquele homem com certeza ia para casa vivo.

"Então o alerta de emergência soou no sistema de alto-falantes do hospital. Disparei pelo corredor para me juntar ao grupo de médicos e enfermeiros que tentavam reanimar um homem que tinha acabado de perder os sentidos. O mesmo homem que sorrira para mim momentos antes.

"A irmã Mary Francis estava certa. Tinha mesmo sentido o cheiro da morte nele.

"Trinta anos já se passaram desde que trabalhei no St. Francis. Ele não existe mais. Os edifícios, assim como as pessoas, têm uma vida útil finita, e aquele antigo hospital, com fantasmas e tudo, foi demolido para dar lugar a prédios residenciais. Ainda penso na irmã Mary Francis às vezes, principalmente hoje em dia. Quando passo pelas pessoas na rua, fico tentando adivinhar quais vão aparecer no meu pronto-socorro com febre e tosse, quais terei que intubar. Quais não vão sobreviver, por mais que eu me esforce para salvar suas vidas. Com tantos pacientes graves chegando ao meu hospital, seria muito útil ter uma irmã Mary Francis ao meu lado. Alguém para me dizer quais vidas devo lutar para salvar e quais já estão perdidas.

"Se ela ainda estiver viva, deve estar na casa dos setenta anos. Gosto de imaginá-la aproveitando seus últimos dias em uma casa aconchegante com suas irmãs. Um lugar com boa comida, funcionários gentis e um jardim cheio de rosas. Em um lugar assim, a morte não seria necessariamente uma visita indesejada. E, quando seu fim chegar, como uma hora ou outra vai acontecer, ela com certeza vai sentir o cheiro. Então vai saber que, dessa vez, a porta se abriu para ela.

"E vai sorrir ao atravessá-la."

Fez-se um silêncio longo e ameno. Pela primeira vez, a cidade estava quieta, sem as sirenes onipresentes, mesmo as distantes.

— Nossa — disse Eurovision. As afetações de mestre de cerimônias o abandonaram por um momento.

— Não consigo nem imaginar como devem estar as coisas no pronto-socorro agora — comentou a Terapeuta.

— Você não faz nem ideia — Maine disse baixinho. — Sou médica há vinte e cinco anos e nunca vi tanto sofrimento. As pessoas estão morrendo sem ar. A UTI é como uma sala cheia de pessoas se afogando, mas a única coisa que se ouve é o sibilar dos respiradores. Dá para sentir a agonia silenciosa da vida chegando ao fim.

Por favor, meu Deus, proteja meu pai disso em New Rochelle.

— *Quando* isso vai acabar? — perguntei. — Daqui a um mês? Dois?

Ela olhou para mim com um cansaço infinito nos olhos e simplesmente fez que não por bastante tempo, o rabo de cavalo balançando como se o movimento pudesse de alguma forma mudar o futuro.

A antiga Catedral de St. Patrick começou a anunciar a hora.

— Ah, os sinos — disse Eurovision. — O que vocês acham de encerrarmos a noite por aqui e nos encontrarmos de novo amanhã? Assim os outros vão ter tempo para preparar suas histórias. E talvez mais moradores se juntem a nós.

Caladas, as pessoas começaram a recolher seus pertences e descer, cada uma para seu apartamento. Peguei casualmente meu celular e apertei o botão para parar de gravar enquanto o colocava no bolso. De volta ao Hades, passei metade da noite transcrevendo as histórias, surpresa por estar quase começando a gostar de alguns daqueles moradores — mesmo a contragosto. Então tive uma ideia: talvez eu pudesse pedir à médica que tentasse descobrir o que estava acontecendo na casa de repouso do meu pai. Eles não podiam ignorá-la como estavam fazendo comigo.

Quando tudo aquilo terminasse e eu pudesse rever meu pai, pensei, *leria para ele meu relato de nossos encontros no telhado*. Isso pelo menos o manteria longe da TV, que, da última vez que estive lá, ecoava pelos corredores do Solar Verde-Pus como as vozes dos condenados.

Quinto dia
4 DE ABRIL

À NOITE, HAVIA UM ENTUSIASMO EXTRA NO ALARIDO DAS SETE horas no telhado. Parecia que todo o Lower East Side havia entrado em erupção, não apenas com o bater de panelas e os assobios habituais, mas com gritos, fogos de artifício e rojões disparados na escuridão, como se estivéssemos celebrando o Quatro de Julho. O dia, claro, não era motivo de comemoração: 113.704 pessoas haviam positivado para a covid no estado de Nova York, o número de mortos havia subido para 3.565, com 4.126 pacientes em UTIs lutando para sobreviver. Cuomo alertou que poderia haver um pico no número de casos dali a quatro a oito dias. "Está se alastrando como um incêndio florestal", disse ele. Também segundo ele, Nova York havia encomendado e pago por 17.000 respiradores, mas os fornecedores não conseguiram atender o pedido e o estado está ferrado. O prefeito disse que, só na cidade de Nova York, serão necessários mais 15.000 respiradores, 45.000 profissionais de saúde e 85.000 leitos hospitalares extras nos próximos dois meses. São números malucos, bárbaros, insanos. Graças a Deus, os moradores do nosso prédio parecem estar respeitando o confinamento. Talvez consigamos manter o velho Fernsby seguro até tudo isso acabar e podermos todos sair de nossos pequenos casulos. Cuomo fala muito em "achatar a curva", mas o que está sendo achatado, na verdade, é a própria cidade. É difícil imaginar o que estaria acontecendo sem o confinamento. Será que lá fora seria como um filme distópico, com todo mundo morrendo nas ruas? Ou será que não fez nenhuma diferença? Será que o fato de estarmos trancados em nosso prédio todo esse tempo na verdade não serve de nada? Será que todo mundo está agindo assim? A impressão era de que não havia ninguém nas ruas além da polícia e das equipes médicas.

Enquanto estávamos nos reunindo, acenei para Maine e perguntei se ela poderia me ajudar a entrar em contato com meu pai. Ela pareceu muito triste quando contei sobre a casa de repouso e compartilhei meus temores sobre o que poderia estar acontecendo lá.

– Estou de licença temporária do pronto-socorro – disse ela. – Vou fazer o possível para falar com algumas pessoas e ver o que consigo descobrir; me dê o nome dele, o telefone e o nome da casa de repouso.

Rasguei uma página do meu caderno, anotei tudo e joguei para ela, mas o papel não a alcançou e caiu no chão do telhado entre nós. Maldito distanciamento de dois metros. Ela o pegou, fez um sinal de positivo com o polegar e abriu um sorriso que enrugou seus olhos e me encheu de esperança.

– Ora, ora – disse Vinagre quando já estávamos todos reunidos –, vocês já viram a nova arte?

Alguém tinha pintado uma casquinha de sorvete logo abaixo do emoji de cocô. Ao lado, alguém pincelara algumas linhas caligrafadas.

– O que é isso? Japonês? – perguntou a Dama dos Anéis.

– O que está escrito? – Algumas pessoas ficaram curiosas.

Por fim, o morador do 4B – o Poeta, de acordo com a bíblia de Wilbur – pigarreou de forma bastante audível.

– É um poema de morte japonês, escrito por Minamoto-no-Shitagō no século X e traduzido por mim.

– O que o poema diz?

– Vou ler em japonês e depois traduzo. – Ele fez uma pausa e em seguida recitou lentamente em japonês:

Yononaka o
nani ni tatoemu
aki no ta o
honoka ni terasu
yoi no inazuma

Após um breve silêncio, traduziu:

Este mundo – a que devo compará-lo?
Aos campos outonais, escurecendo ao anoitecer,
Iluminados apenas por relâmpagos.

Talvez o Poeta tivesse escrito aquilo depois de ouvir todas as histórias envolvendo morte na noite passada: os fantasmas, o pai no hospital, a freira que sentia o cheiro da vida chegando ao fim. Eu vinha tendo dificuldade para dormir e dava para ver, olhando em volta, que quase todos estavam com o rosto encovado e abatido, como se também estivessem marinando na morte que nos cercava.

Por fim, Darrow quebrou o clima:

— Falando de coisas mais prosaicas, quem transformou o monte de merda em um sorvete?

Nós rimos, aliviados.

— Fui eu – respondeu Eurovision, orgulhoso.

— Que solução inteligente – elogiou Vinagre. – Obrigada.

— Vamos começar, então? – perguntou Eurovision, sorrindo. – Espero ver mais arte e boa literatura em nossa parede da covid, ainda tem bastante espaço. Desde já, obrigado! Pois bem, quem tem uma história? Não se acanhem.

— Queremos uma história de amor e beleza – pediu a Dama dos Anéis. – Já ouvimos muitas histórias sobre morte.

Vinagre olhou para a Dama dos Anéis por um momento com uma expressão desconfiada.

— Amor e beleza?

— Algo edificante.

— Histórias de amor só são edificantes quando são inventadas – disse Flórida. – As verdadeiras são sempre tristes.

— Não é verdade – rebateu a Dama dos Anéis. – O mundo está cheio de histórias de amor simples que não terminam mal.

— São histórias que a gente não ouve por causa de pessoas como *essa aí* – interveio Vinagre, olhando para Flórida –, que prefere ouvir sobre desastres, infortúnios e desgostos.

Flórida fez beicinho, mas não disse nada. Eurovision estava prestes a dizer algo quando a voz de Wurly o cortou.

— Eu posso contar uma história de amor que é edificante e verdadeira — disse ele inclinando-se para a frente no banco do piano. — Cresci na Carolina do Norte, em uma comunidade de mulheres negras fortes e fascinantes. Uma delas, uma senhora formidável chamada Bertha Sawyer, morreu quando eu tinha dez anos.

— Ah, espero que tenha música no meio — disse Eurovision, animando-se.

— Tudo tem música no meio. — Wurly soltou uma risada profunda. — Assim como muitos músicos, comecei na igreja, brincando no órgão. A caminho de lá, nós passávamos pela casa da Bertha, e é por isso que sempre a associo ao meu despertar para a música. Às vezes, quando estou tocando um riff lento com acordes de sétima maior, nona e décima terceira, penso em Bertha sentada na varanda. Não sei por que, talvez porque, assim como ela, esses acordes sejam grandiosos, complicados e dissonantes. Ela está lá, nas origens da minha música, assim como muitas outras pessoas do meu passado.

— Às vezes, quando estou cantando, penso em coisas estranhas e em pessoas que já se foram há muito tempo — disse Eurovision. — Quando me deixo levar.

— E, quando sua voz atravessa minha parede tarde da noite — comentou Vinagre em tom glacial —, eu também tenho vontade de me deixar levar. Só que de um jeito diferente.

— Eu lamento muitíssimo — rebateu Eurovision.

— Eu também.

Wurly baixou a cabeça, passou a mão gigante sobre ela, depois olhou para cima outra vez e começou.

———

— Bertha já fazia parte da minha família muito antes de eu nascer. Era namorada de longa data do meu tio-avô Leo. Só muitos anos depois é que fui entender que eles não eram casados. A presença da Bertha na maioria das reuniões de família e nas fotos sugere que ela não era apenas uma pessoa querida. Pela intimidade entre ela e alguns dos meus parentes, dava para perceber que ela era respeitada, como uma matriarca. Na prática, é o que ela era.

"Tenho três lembranças muito vívidas da Bertha, e todas revelam um lado diferente dela. Mas as três me lembram de sua força, de seu amor pelos outros e do quanto ela era amada.

"Minha mãe era membro do conselho de voluntários da Igreja Batista Missionária de Antioquia em South Mills. Muitas gerações da minha família tinham frequentado aquela igreja desde cedo, assim como eu. O conselho de voluntários se reunia todos os meses, quase sempre no sábado, no começo da tarde, e eu volta e meia acompanhava minha mãe. Eu ia por causa do órgão. Durante as reuniões do conselho, eu podia praticar no órgão da igreja sem ter que compartilhá-lo com outras crianças; elas queriam brincar com o instrumento (como se fosse um brinquedo).

"Eu queria *tocar*.

"Em um desses sábados, a caminho da igreja, minha mãe e eu vimos Bertha sentada na varanda da casa onde minha mãe e seus irmãos haviam passado a infância. Bertha morava lá, entre idas e vindas, com meu tio-avô. Sempre que eles brigavam, ela ia para o velho ônibus que ficava estacionado atrás da casa. Bertha passava muito tempo sentada naquela varanda, acenando para quem passava e recebendo vizinhos que iam até lá para conversar ou beber alguma coisa.

"Naquele dia, minha mãe e eu paramos para conversar com ela e, quando chegou a hora de ir para a igreja, perguntei à minha mãe se eu não poderia ficar com Bertha. Não consigo me lembrar do por que decidi perder uma hora no órgão, mas Bertha não pareceu incomodada com a minha companhia. (Se era um incômodo, ela não deixou transparecer.) Então minha mãe concordou, contanto que eu prometesse me comportar. Bertha disse que me daria uma surra caso contrário, o que, naquela época e na minha comunidade, era completamente aceitável. Na verdade, era o esperado.

"A melhor parte do dia que passei com Bertha foi quando ela me levou para conhecer o ônibus por dentro. Todos os assentos tinham sido removidos para acomodar uma cama de solteiro e um sofá de dois lugares. Havia tapetes no chão. As janelas eram cobertas com mantas pesadas e tinha um aquecedor a querosene no centro do ônibus. Onde antes ficava o banco do motorista, havia uma mesinha com uma infinidade de alimentos enlatados, biscoitos, bolachas e coisas do gênero. E também latas de sardinha, algo que eu nunca tinha comido. Perguntei a Bertha qual era o gosto, e ela explicou que sardinha era parecido com atum.

"Então ela preparou um sanduíche de sardinha para mim. Fiquei observando ela espalhar mostarda nas duas fatias de pão branco. Já na primeira mordida, achei o gosto muito estranho. Eu não queria comer o sanduíche, mas tinha aprendido que não se devia desperdiçar comida, ainda mais na casa dos outros.

"Bertha deve ter percebido que cada mordida era um sofrimento para mim. Ela riu. E com sua voz rouca, embora eu ache que ela não fosse fumante, disse algo como: 'Eu sabia muito bem que você não ia gostar de sardinha. Dá aqui.' E ela terminou o sanduíche sem reclamar. Posso estar enganado, mas acho que Bertha valorizou o fato de eu estar disposto a aguentar até o fim. Então ela me salvou da sardinha com mostarda.

"A segunda lembrança vívida que tenho da Bertha é de cerca de um ou dois anos depois do incidente da sardinha com mostarda. Bertha e o meu tio-avô Leo estavam embriagados depois de terem bebido o dia inteiro e estavam meio que brigando. Quando cheguei na casa deles com a minha mãe, ela teve que sair correndo do carro para separar os dois. Eles estavam trocando golpes e xingamentos. Leo e Bertha tinham mais ou menos o mesmo tamanho, e estavam muito bêbados. Não sei direito quem levava mais vantagem sobre quem.

"Infelizmente, naquela idade, eu já havia presenciado discussões entre marido e mulher muitas vezes, mas não estava acostumado com essas brigas em público. Nunca vou esquecer que Bertha não derramou uma única lágrima durante aquela briga. Meu tio-avô, sim. Minha mãe mandou ele entrar e se acalmar, o que significava 'ir para casa e dormir'. E mandou Bertha se sentar no banco de trás do nosso carro. Por mais embriagada que estivesse, ela se esforçou para me distrair: começou a me perguntar sobre a escola, sobre minhas 'lições de casa' e outras coisas do gênero. Mas não chorou. Disso, tenho certeza. A gente não esquece esse tipo de força e determinação.

"Mesmo com a camiseta esgarçada e rasgada e os cabelos desgrenhados, Bertha queria que tudo parecesse normal para mim – a criança.

"A terceira lembrança marcante que tenho da Bertha é muito especial. Foi em junho de 1989, pouco depois do meu décimo aniversário. Ela estava internada em uma unidade de terapia intensiva, e fui visitá-la junto com minha mãe.

Como crianças não podiam entrar na UTI, fiquei um tempo sentado no saguão folheando revistas. Por fim, minha mãe apareceu e me puxou, apressada, passando pelo posto de enfermagem, até o quarto da Bertha. Meu tio-avô também estava lá, assim como algumas outras pessoas que eu conhecia da comunidade. Eles estavam vendo TV e conversando.

"Bertha estava acordada, debaixo de um monte de lençóis e cobertores, só a cabeça de fora. O cabelo estava preso no alto da cabeça em um coque frouxo. Talvez minha mãe tivesse feito isso por ela antes de me levar até o quarto.

"Naquela idade, eu já entendia um pouco mais sobre a morte. Já tinha visitado outras pessoas no hospital com minha mãe e, não muito tempo depois, acabava indo ao enterro delas ou vendo minha mãe ir ao enterro delas. Eu já era atento e pessimista o suficiente, mesmo naquela idade, para entender que talvez nunca mais visse Bertha fora daquele hospital.

"Ela pôs um braço para fora das cobertas e fez sinal para que eu me aproximasse. Minhas respostas a todas as perguntas que ela fez foram 'Sim, senhora' e 'Não, senhora'. Ela segurou minha mão por alguns minutos, o que foi estranho. Mais uma vez, Bertha parecia estar querendo garantir que todos ao seu redor estivessem bem, mesmo quando era ela quem estava sofrendo.

"Ela morreu uns dois ou três dias depois.

"Minha mãe foi à funerária vê-la e me disse que ela estava maquiada e tinha ficado muito bonita. Eu compareci ao funeral, realizado logo depois do culto de domingo. Bertha atraiu uma multidão. Havia mais pessoas no funeral dela do que no culto das onze e meia. Na verdade, foram tantas as pessoas presentes que minha mãe e os outros voluntários tiveram que pegar mais cadeiras dobráveis no depósito da igreja.

"No caixão, Bertha parecia um personagem de novela. Tinha passado por uma transformação completa, mas ainda dava para reconhecê-la. O cabelo estava bem enrolado. E ela estava maquiada. Não dava nem para ver as marcas que os anos de bebida haviam deixado em seus lábios.

"Ela não era professora; não era uma leitora ávida; tampouco foi mãe. Ainda assim, acho que teria sido boa em todas essas coisas.

"Minha mãe tinha razão. Bertha estava linda. Bertha *era* linda. Para mim, para minha família e para muitas outras pessoas em South Mills, Carolina do Norte, Bertha Sawyer era uma estrela."

A Filha do Merengueiro suspirou de satisfação quando Wurly terminou sua história.

– Eu ouvi você tocando ontem à noite – comentou ela. – Qual era o nome daquela música? Era tão bonita...

– Deixe-me lembrar – disse Wurly. – Eu estava improvisando um pouco em cima de uma música de Jimmy Rowles. "The Peacocks".

A Filha do Merengueiro se voltou para Eurovision.

– Ei, Cara da Música, você tem essa aí no seu aparelho?

– Eu tenho tudo. – Eurovision sorriu para ela. Ele procurou no celular e, momentos depois, acordes oníricos de piano se espalharam pelo telhado acompanhados pela linha chorosa de um saxofone. – Wayne Shorter e Herbie Hancock.

O som do sax flutuou pela cidade.

– Esses são os acordes com décima terceira aumentada cheios de dor dos quais eu falei – disse Wurly, balançando a cabeça.

A música chegou ao fim. Naquele momento, um cheiro pungente, terroso e úmido invadiu o telhado: a chuva estava chegando.

– Jazzmeia Horn cantava uma versão fantástica dessa música – disse Wurly. Ele primeiro murmurou e em seguida começou a cantar. – *Hold the memory forever... A mirage is all it's ever been.*

– Já que estamos falando de histórias de amor e tristeza – disse uma voz vinda do lado mais escuro do telhado –, vou contar uma. Sobre ser uma criança muito amada, até mesmo por pessoas imperfeitas. Porque as pessoas imperfeitas são as mais impetuosas e generosas no amor. Tem música na minha história também.

Ela saiu da escuridão: era Pardi, a linda mãe de olhos ferozes que morava com a filha no 6E. Sua voz era extraordinária: grave e poderosa.

– Como resistir? – disse Eurovision. – Somos todos ouvidos.

Instalando-se em uma cadeira vazia, ela começou.

— Eu era a única filha do meu pai, a menina dos olhos dele. Ele teve outros filhos, meninos, com outras mulheres além da minha mãe, meninos que foram bem-criados, mas à distância. Ele me criou sozinho como sua "bebezinha negra, órfã de mãe e de olhos brilhantes" e me chamava de Pardner.

"No início dos anos 1960, não passava uma semana no Texas sem que meu pai anunciasse que eu era sua 'parceira no crime' enquanto estávamos sentados na sala de jantar da nossa casa, com vista para a baía de Galveston. Era raro o dia em que ele não me declarava sua 'melhor parceira de dança' enquanto bailávamos pela sala de estar, eu com minhas pantufas felpudas cor de coral de números cada vez maiores, ele com seus chinelos de couro marroquino sedoso cor de vinho, tamanho quarenta e quatro. E quando Lead Belly cantava '*man*', nós gritávamos bem alto '*pardner*!'.

"O fato de meu pai pronunciar '*partner*'[2] como '*pardner*' era um antigo costume de família. A palavra, como título reverente concedido a um filho amado, tinha sido transmitida do meu avô para o meu pai, que me deu de presente, como uma herança muito valiosa, essa e todas as demais palavras do único poema que meu pai e o pai dele sabiam de cor: 'Lil Brown Baby', de Paul Laurence Dunbar.

"Mas, quando chegou a hora de eu começar a estudar, Bell Britton parou de me chamar de Pardner em público e começou a me chamar de Pardi porque achava que soava mais feminino.

"Meu pai tinha ideias próprias do que era apropriado para homens e mulheres. Resumindo, era o seguinte: ele achava que as mulheres deveriam caçar mais e os homens deveriam cozinhar mais, e todo mundo precisava fazer um pouco de ambos, mas não com qualquer pessoa.

"Ele não acreditava, por exemplo, em casamentos inter-raciais. Esse assunto surgia com a mesma frequência que o nome do boxeador Jack Johnson, ou seja, com muita frequência, em nossa comunidade negra e masculina em Galveston.

---

[2] A palavra inglesa "partner" quer dizer "parceiro(a)", "companheiro(a)". (N. da T.)

"Meu pai me enchia de superlativos, assim como seus amigos. Seus velhos amigos do sul e do oeste do Texas e seus companheiros do Exército me cobriam de elogios exagerados e pitorescos que diziam mais sobre sua alma poética e seu amor por crianças negras do que sobre as minhas virtudes pessoais.

"Quando nos visitavam, os amigos do meu pai dos tempos do Exército costumavam passar pelo menos uma semana com a gente. Eles gostavam de dar caminhadas sem pressa pelas areias marrons das praias perto de Galveston. Essas visitas eram um alento para o meu pai.

"Os amigos dele apareciam em qualquer época do ano, mas em geral nos visitavam no feriado do Juneteenth, o dia 19 de junho, data em que todos os negros do Texas celebram o fim da escravidão e a alegria de finalmente receber boas notícias.

"O melhor amigo do meu pai da época do Exército era um homem chamado Lafayette, que passava uma semana lá em casa no Juneteenth e voltava para passar mais uma semana conosco no fim do ano, no feriado de Ação de Graças. Eu adorava quando Lafayette ia nos visitar. Ele sempre levava de presente para nós os melhores discos recém-lançados; e, só para mim, uma linda bolsa que ninguém mais em Galveston tinha.

"Meu pai gostava de me contar uma história que eu já tinha ouvido inúmeras vezes, a história de como, muito tempo atrás, antes de eu nascer, Lafayette tinha salvado a vida e a sanidade dele em uma cidade coreana chamada No Gun Ri.

"O Juneteenth era importante em nossa casa, e celebrá-lo em grande estilo era o que mais aproximava meu pai dos outros pais de Galveston.

"Em quase todos os outros aspectos, meu pai era uma anomalia na minha cidade natal. Tinha frequentado uma faculdade, a Prairie View, onde conhecera minha mãe; mas, quando terminou os estudos, foi convocado para o Exército e enviado para a Coreia antes que eles pudessem se casar. Quando voltou da Coreia, ele se casou com ela, mas não se tornou pastor, como planejado, nem foi estudar teologia em Yale, embora tivesse sido aceito. Em vez disso, começou a trabalhar em postos de gasolina, para o desgosto da minha mãe.

"Quando não estava chorando de tristeza, ela estava implorando. Mas meu pai dizia que, depois de voltar da Coreia, a única coisa que ele queria fazer na igreja era cantar no coral e ficar cuidando da churrasqueira nos eventos sociais de verão.

"Foi nesse período que meu pai se afastou da minha mãe, que só sabia chorar, e teve meus meios-irmãos, que moravam em Houston e que eu nunca conheci porque as mães deles não queriam mais nada com meu pai. Isso foi na época em que ele ainda não morava em uma casa de dois andares com vista para a baía, mas em um velho chalé de madeira, perto do quebra-mar, com duas palmeiras altas no jardim.

"Foi para essa casa que meu pai voltou comigo ainda bebê nos braços, mas sem minha mãe de mãos dadas com ele. Ela morreu no hospital logo depois que eu nasci.

"Eu suspeito que meu pai acreditava que aquilo era um castigo. Só sei que ele nunca teve raiva de mim por minha mãe ter morrido. Tinha prometido a ela, em seu leito de morte, que seria pai e mãe para mim, e fez tudo o que pôde para cumprir a promessa, começando por me manter sempre bem perto dele e terminando por não se casar de novo.

"Meu pai entendeu a morte da minha mãe como um chamado para que ele tomasse um novo rumo na vida, algo que não fosse a igreja ou o posto de gasolina.

"Ele tinha esperança de que fosse algo relacionado com o mar. Quando criança, ele andava a cavalo, caçava e pescava, além de velejar e nadar, e eu também fazia tudo isso.

"Meu pai amava mais a água do que a terra. Tinha muito orgulho da cidade onde se estabelecera, Galveston. Para ele, o orgulho era um ato de libertação. Nunca era um sentimento egoísta, mas sempre comunitário. Ele tinha mais orgulho de Galveston do que de mim, e isso diz muito.

"Adorava dizer, e acreditava com plena convicção, embora esse não seja um fato comprovado, que os primeiros africanos a pisar na terra que hoje chamamos de Galveston eram piratas. Tinha orgulho das catorze antigas igrejas negras de Galveston e do fato de Galveston ter tido uma escola de ensino médio para estudantes negros antes de Birmingham, de Houston, de Dallas e de Fort Worth. E havia também uma biblioteca para negros. Ele declarava que Jack Johnson era filho de Galveston, e falava sobre o verdadeiro Charlie Brown, não o menino das tirinhas engraçadas no jornal, mas o homem negro que chegou a

West Columbia, Texas, em 1865, tão pobre que não era dono nem de si mesmo – chegou lá escravizado, mas antes da virada do século já possuía terras ao longo do rio Brazos, e fez fortuna vendendo cedro enquanto afirmava com audácia: 'É melhor uma floresta cheia de madeira do que um pasto cheio de cascos.'

"Quando conseguiu sua 'primeira grande jogada', como dizia, meu pai comprou uma casa à beira-mar para nós, mandou fazer uma mesa de cedro e encomendou retratos de Charlie Brown e sua esposa, Isabelle, que pendurou em nossa sala de estar. Não pendurou o retrato da minha mãe porque isso nos faria chorar.

"Ele se orgulhava de Norris Wright Cuney, o primeiro Grão-mestre da Maçonaria Prince Hall no Texas, e foi por causa dele que meu pai também se tornou maçom. Cuney fundou uma empresa de estiva que treinou, preparou e empregou quinhentos homens negros em uma época em que os Lily-Whites, os governantes republicanos, não queriam trabalhadores portuários negros qualificados e não queriam que negros se filiassem ao Partido Republicano.

"Meu pai se orgulhava do fato de seu avô ter tido uma conta bancária no primeiro banco de um negro no Texas, o Fraternal Bank and Trust, fundado por William Madison McDonald.

"Meu pai se orgulhava do avô, o pai de sua mãe, que ele dizia ter a mesma profissão do padrasto de Jesus, José. Vovô era carpinteiro e membro da maçonaria, e a mãe do meu pai se lembrava de ter caminhado entre o pai e a mãe pelas ruas de Fort Worth até o Fraternal Bank and Trust para abrir a conta em 1906, ano em que o banco foi inaugurado.

"A família do meu pai foi fortemente influenciada por William Madison McDonald, e parte dessa influência ficava evidente na consistência com que votavam em chapas totalmente republicanas porque o Partido Republicano era o de Lincoln e o de McDonald. E o partido de Cuney.

"Cuney morreu em 1898. McDonald morreu em 1950. Mas nessa época a família do meu pai já tinha rompido com o Partido Republicano. Em 1948, Hobart Taylor Sr., que tinha se mudado para Atlanta para vender seguros, estava de volta ao Texas ainda mais rico com uma empresa de táxi enquanto participava ativamente do movimento pelos direitos civis e agitava as coisas em Houston de maneiras que seriam benéficas para os negros. Então, em 1948,

Hobart persuadiu meu avô a votar em Lyndon B. Johnson para o Senado, e nós, os Britton, somos democratas desde então.

"Foi por causa do espírito empreendedor de Hobart, Charlie Brown e Cuney, e do fato de meu avô sempre esfregar a vida deles na cara do meu pai, que, depois de voltar da Coreia, ele decidiu que trabalharia em um posto de gasolina até descobrir como ficar rico.

"Meu pai tinha a estranha ideia de que o consumo poderia aliviar o trauma que o atormentava desde a passagem pelo Sudeste Asiático. Ele queria ganhar dinheiro para ele e para mim, mas, acima de tudo, queria ganhar dinheiro para doar. Havia testemunhado em primeira mão em três países diferentes, Estados Unidos, Coreia e México, como a pobreza tem sobre a alma de uma pessoa o mesmo poder de destruição que uma bomba.

"Como não tinha nenhum interesse em ser taxista ou ter uma frota de táxis, em administrar uma funerária ou transportar mercadorias que nem Britt Johnson ou Matey Stewart, ele não sabia como ficar rico sem trabalhar muito. Bombeou muita gasolina e muita dor e limpou sujeira e insetos à beça de muitos para-brisas antes de descobrir o que deveria fazer. Ou melhor, um dos amigos dele descobriu, e a ideia pegou fogo até queimar as orelhas do meu pai.

"Eu estava lá, no carrinho de bebê, mordiscando um pãozinho macio, quando aconteceu. Vi a Polaroid, então sei que é verdade. Era feriado de Juneteenth. Homens negros estavam reunidos no gramado do nosso chalé com duas palmeiras, comendo costela, quando Lafayette disse: 'Cara, você devia envasar isso e vender; é melhor que o do Scatter.'

"Então um dos outros amigos, um sujeito de Cleveland, Ohio, que havia jogado futebol americano no estado do Alabama e sempre usava um moletom do Magic City Classic para lembrar a todos de seus feitos heroicos nos gramados, começou a falar que o churrasco do Texas era 'razoável', era 'bom', era 'muito saboroso', mas o churrasco clássico de Cleveland era 'o alfa e o ômega'.

"No universo do meu pai, chamar algo de alfa e ômega equivalia a uma unção divina que não podia ser questionada – não sem causar feridas graves àquele que a havia concedido ou àquele que a questionava. As únicas opções eram: concordar, minar toda a autoridade do outro sujeito ou deixar que ele minasse toda a sua.

"O grupo não ficou dividido. Todo mundo, inclusive meu pai, estava louco para concordar. Logo todos os presentes se deixaram levar por uma onda de consenso rumo a um mar de nostalgia em relação ao churrasco de Ohio.

"Mas não é porque calou um homem que você o convenceu. Eu ouvia muito isso na minha casa quando era criança. Então meu pai ficou acordado a noite toda, cozinhando, esfregando temperos nas carnes, assando-as em fogo brando, vigiando o fogo e virando as carnes com seu garfo sagrado de dentes longos que ninguém podia tocar, exceto ele. Na tarde seguinte, foi servido um novo churrasco em Galveston.

"O sr. Magic City Classic estava preparado para saborear a carne, já que meu pai havia feito a devida reverência ao churrasco de Ohio. Ele estava pronto para apreciar a carne, mas não estava pronto para o que acabou provando. Balançou a cabeça como se não conseguisse abrir a boca. As primeiras palavras que disse depois da primeira mordida foram: 'Você vai me fazer ficar com cara de caxumba!' Então devorou a costela que tinha nas mãos até o osso ficar tão limpo quanto um objeto sagrado. A essa altura, todo mundo já tinha entendido que ele queria dizer que a carne era tão boa que ele ia acabar com a cara gorda.

"Curioso, Lafayette também pegou um pedaço de costela da churrasqueira do meu pai. Deu uma bela mordida, depois inclinou a cabeça na direção do meu pai enquanto mastigava, engoliu e por fim anunciou: 'Você está prestes a se tornar um homem muito rico. Precisa de um investidor?'

"Meu pai gostava de dizer que nosso dinheiro tinha vindo de um tesouro perdido de piratas negros que ele havia encontrado após uma pesquisa cuidadosa na biblioteca. E algumas pessoas insistiam em acreditar que ele estava envolvido em algo ilícito. Mas as costelas eram muito boas. Então me tornei a princesa do molho barbecue.

"Em pouco tempo, meu pai já podia se orgulhar de saber que era capaz de me dar qualquer coisa que estivesse à venda em Galveston. Ele não se importava se havia coisas no mundo além de Galveston pelas quais não podíamos pagar. Nós não nos aventurávamos muito longe dali.

"Tínhamos uma casa na baía, amigos e comida e, a certa altura, meu pai estava pagando aluguéis atrasados de pessoas que a gente nem conhecia, contas de água, dívidas de jogo e às vezes até traficantes de drogas.

"Ele comprava tanto arroz, feijão e cereais que nunca tivemos que pagar para que alguém passasse as camisas dele ou os meus vestidos ou limpasse nosso quintal. Tinha sempre alguém querendo fazer uma gentileza como forma de agradecimento ao meu pai. E ele sempre deixava que fizessem.

"O que ele fazia não era caridade, e sim ajudar o próximo em dificuldade. Todo mundo que conhecíamos em Galveston me chamava de Pardi e, a cada ano, mais e mais pessoas em Galveston começaram a chamar meu pai de Pardner, porque era assim que eu o chamava. Só que a forma como todos na cidade pronunciavam 'Pardner' tinha uma inflexão diferente da minha, e fazia com que soasse como "*pardoner*", aquele que perdoa. Essa diferença era tão marcante aos ouvidos de Lafayette que ele a mencionou no jantar de Ação de Graças de 1967.

"Eu tinha oito anos, a idade da sorte, de acordo com meu pai e Lafayette. Todos à mesa estavam dizendo pelo que eles eram gratos, e eu disse que era grata pelo meu *single* 'Soul Man', de Sam e Dave, e Lafayette disse, olhando para mim, que era grato pelo fato de 'você ter preparado uma torta de batata-doce deliciosa, Pardi!'. Em seguida, tomou um longo gole de uma bebida marrom de um copo antigo de cristal pesado, apontou o dedo cor de mogno para o meu pai e disse que, quase tanto quanto pela torta, era grato pelo que 'na grande maioria, os cidadãos negros amaldiçoados de Galveston são gratos a você, meu amigo, por ter perdoado seus pecados, assim como perdoou os meus!'.

"Meu pai respondeu: 'Eu perdoo... até não perdoar mais' e Lafayette sorriu diante da mentira. Eu senti um arrepio. Meu pai não estava mentindo. Ou talvez estivesse. Ele mudou de assunto às pressas.

"Na vez do meu pai, ele disse que era grato por mim. Eu disse que era grata pelo molho barbecue, porque sabia que isso faria meu pai rir.

"Meu pai vendia todo tipo de molho e marinada. Mas a maior parte do dinheiro veio da venda da receita e de variações dela para um conglomerado em troca de uma parte dos lucros. Ele sabia tudo sobre royalties de petróleo e gás, e achava que, no fundo, petróleo e gás não eram tão diferentes assim de molho. Em pouco tempo, já tinha ganhado tanto dinheiro que não precisaria mais nem levantar o dedo.

"Só que ele continuou trabalhando, e eu o ajudava a produzir e vender, com uma marca própria, uma versão gourmet e mais cara do molho, enquanto continuava lucrando muito com a venda da versão mais comercial e teimava em afirmar que não estava trabalhando.

"Isso me deixava perplexa. Meu pai nunca mentia. Então eu o questionei, assim como ele tinha me ensinado a fazer quando alguém contasse uma mentira. Achei que talvez ele estivesse me testando para ver se eu ia confrontá-lo. 'Mas você trabalha, Pardner. Eu vejo. Despacha. Vende. Contrata funcionários. Supervisiona.' Ele deu batidinhas de leve com o dedo no meu nariz. 'Encontre algo que você ame fazer, Pardi, e nunca vai ter que trabalhar um dia sequer na vida.'

"Em 1969, o ano em que Armstrong pisou na Lua, fizemos um grande churrasco no Juneteenth. Havia bebidas vermelhas e todo tipo de carne, não apenas costela, mas também frango, carne de porco desfiada e peito bovino. Com a ajuda de senhoras da igreja do nosso antigo bairro, eu tinha preparado tortinhas de figo com massa folhada para todos os meus amigos, pastel doce e biscoitos com recheio de geleia. Os meninos da vizinhança amavam meus pastéis doces. As meninas pareciam preferir os biscoitos.

"Quando dei ao vizinho de quem gostava os pastéis doces mais bonitos e dourados porque ele tinha os olhos dourados mais doces e bonitos, meu pai disse: 'Se você trouxer para casa um menino branco, eu juro que atiro nos dois. A única dúvida vai ser se atiro primeiro em você ou nele.'

"Como eu não conhecia nenhum garoto branco e não me interessava nem um pouco pelos que via na televisão, e como tinha acabado de dar a Lamont Hill meu melhor pastel doce, e mais cedo naquele dia ele tinha me dado uma flor, e como meu pai estava sorrindo quando fez aquela ameaça esquisita, não tive medo. Eu tinha sido *avisada*. Nunca levaria um garoto branco para casa. Meu pai morreria se tivesse que me matar. E eu nunca mataria meu pai. Isso era certo.

"Entre o dia 19 de junho e o meu aniversário de dez anos, no verão de 1969, a Apollo 11 foi lançada ao espaço, entrou na órbita da Lua e enviou para a Terra imagens que foram exibidas na televisão da nossa sala. Meu pai ficou grudado na TV e acompanhou com tensão todo aquele acontecimento, desde a decolagem até o pouso no mar. Eu não estava interessada. Estava com a cara enfiada em um livro, viajando com Gandalf e os hobbits pela Terra-média. Mas meu pai insistiu que eu tirasse os olhos do livro e assistisse à caminhada de Neil

Armstrong pela superfície lunar. Pouco depois disso, subi as escadas e fui para o meu quarto, me deitei na cama de dossel e fiquei lendo até dormir, esperando ver meu pai de novo apenas de manhã.

"Mas não foi o que aconteceu. Pouco depois da meia-noite, vi uma luz no relógio na minha mesinha de cabeceira. Meu pai me acordou, me fez levantar da cama, pegou seu rifle e caminhamos juntos até o píer.

"Depois de nos sentarmos do jeito habitual, com a bunda no píer e os pés balançando no ar logo acima da água, a tranquilidade se instalou novamente quando meu pai aproveitou a ocasião da caminhada na Lua não para celebrar Armstrong, mas para me lembrar de que a primeira pessoa a orbitar a Terra tinha sido um russo.

"Essa observação pareceu acalmar Bell Britton. Naquele momento, ele percebeu que ainda não tinha me contado tudo sobre Alexander Pushkin, e entrou de cabeça na história, explicando que o avô de Pushkin – ou era o bisavô, ele não tinha certeza – tinha sido um negro escravizado de propriedade de Pedro, o Grande. Que o primeiro Pushkin tinha nascido escravizado e sido criado em meio à nobreza russa, e que Pushkin, 'um homem negro brilhante como Cuney, Brown e Taylor', segundo meu pai, que 'escrevia com uma caneta que mergulhava em um tinteiro no formato de um fardo de algodão sustentado por africanos escravizados, esse russo negro talvez fosse mais importante do que Cuney, Brown e Taylor'. Meu pai admitia que era duro dizer isso sobre seus heróis de Galveston, mas que tinha de ser dito, 'porque Pushkin acrescentou mais palavras ao russo do que Shakespeare ao inglês'.

"Ele me dizia tudo isso com palavras que jorravam como petróleo de uma torre. Suas palavras eram cheias de pressão, valiosas e velozes, e eu me sentia rica porque caíam sobre mim. Era bom ficar sentada no píer, sorrindo para meu pai com os olhos e a boca enquanto ele sorria para mim e falava como petróleo jorrando. Nós nos divertimos no píer. Caminhamos de volta para casa e eu dormi profundamente, porque sabia que ele enfim estava bem de novo, como antes do lançamento da Apollo 11.

"Mas de manhã, do nada, enquanto tomávamos o café feito de tortilhas, ovos mexidos e bacon, fiquei sabendo que o fato de Neil Armstrong ter caminhado na Lua havia roubado algo importante para o meu pai.

"Naquele ano, meu aniversário, 29 de julho, foi noite de lua cheia. Fizemos um churrasco no quintal, e todas as crianças marrons, pretas e beges de Galveston e La Marque foram convidadas, além de todas as garotas marrons e espertas de Houston e Fort Worth — elas também foram porque as mães queriam dançar com meu pai, e os pais queriam beber de graça e comer o churrasco do meu pai. Depois que os convidados foram embora, fui dar uma volta com meu pai no píer e contemplar o céu.

"Meu pai disse que aquela lua cheia brilhante era um presente de Deus só para mim. Então ele falou: 'Os brancos têm a lua, os brancos têm a Suprema Corte, o Senado e o Congresso. Você vale mais que a lua, a Suprema Corte, o Senado e o Congresso. Eles têm todas essas coisas, mas eu tenho você, então tenho mais.'

"Mais tarde, já adulta, contei a Jericho a história sobre meu aniversário de dois dígitos, e ele fez o que parecia uma pergunta tola: 'Ele levou o revólver para o píer quando te contou isso?' 'Claro que não. Ele levou o rifle.' Meu pai sempre levava o rifle para o píer quando havia algum motivo para comemorar. E dois dígitos era algo a comemorar. Ele respondeu com silêncio. (Nós seguimos em frente. Eu era muito boa em seguir em frente e ele também. Era uma coisa de que gostávamos um no outro e achávamos que faltava na maioria das pessoas.)

"A comemoração do meu décimo aniversário durou quase um mês e incluiu uma viagem à Cidade do México; então o aniversário acabou e a escola começou pra valer, e me fizeram pular do quarto para o sexto ano. Tudo estava indo muito bem até a morte de Jimi Hendrix. Um mês depois, Janis Joplin morreu. Ninguém imaginaria que isso teria um impacto muito grande em nossa casinha na baía, mas teve.

"Logo depois da morte de Jimi Hendrix, meu pai me disse que a palavra 'neve' também podia significar heroína ou cocaína. Quando Janis Joplin morreu — uma perda lamentada em nossa casa porque Janis Joplin e Stevie Nicks eram as duas únicas cantoras brancas das quais ele gostava —, eu entendi que Lafayette, amigo do meu pai, era traficante de heroína.

"Naquele ano, Lafayette chegou para o Dia de Ação de Graças sonhando com um jantar de peru defumado, folha de nabo refogada e torta de batata doce, e não com o banquete de insultos que só poderia ser preparado por uma criança raivosa e mimada. Quando Lafayette foi embora, na manhã de sábado após o Dia de Ação de Graças, eu me recusei a lhe dar um abraço de despedida. Mas meu pai o abraçou.

"Meu pai tinha compaixão por Lafayette. Naquela manhã de sábado, enquanto tomávamos nosso café na cozinha, a mesa ainda posta com prato, xícara e talheres para Lafayette, que já havia partido, meu me pai explicou que, para entender por que ele amava Lafayette, era preciso ter conhecido o homem que ele era quando chegou à Coreia; saber como ele era antes de ver os cadáveres de civis massacrados apodrecendo ao sol, corpos de crianças sendo devorados pelo calor, por insetos e animais selvagens; saber que, antes de ser capturado, ele tinha tentado salvar todas as crianças que encontrava, norte-coreanas ou sul-coreanas; que certa vez ele havia enfrentado um tiroteio para tirar uma menina da linha de fogo; que mais de uma vez havia se recusado a obedecer ordens de abrir fogo contra civis; e que, quando voltou da guerra, a única coisa que Lafayette conseguia fazer era repetir: 'Um, dois, três, pulem! Um, dois, três, pulem!' Como não entendia o que ele queria dizer, meu pai recorreu a um simples versículo.

"'Perdoai as nossas dívidas, assim como nós perdoamos aos nossos devedores.' Então ele me lembrou de todas as belas tardes que tínhamos passado juntos, durante as quais Lafayette e meu pai contavam histórias que meu pai me explicou, naquele momento, que não eram 'histórias de guerra', mas 'histórias de amor em tempos de guerra', enquanto eles se revezavam dançando comigo pela sala ao som de T-Bone Walker e Billie Holiday e Big Mabel, Big Mama Thornton e Aretha Franklin, Sam e Dave e Jackie Wilson.

"Graças a Lafayette, eu conhecia Billie e as duas Bigs, e Aretha. Eu sentiria falta, mas estava preparada. Eu era uma menininha bem durona quando precisava ser.

"No Juneteenth seguinte, Lafayette não foi a Galveston; também não apareceu no Dia de Ação de Graças. O sr. Magic City Classic e um grupo cada vez maior de outros amigos apareceram, mas Lafayette não. Às vezes, meu pai visitava Lafayette em Detroit. Sempre que ouvia Big Mabel ou Big Mama, eu sentia falta dele. Mas então via no noticiário ou em um programa de TV uma pessoa negra, magra e maltrapilha 'viciada em heroína' e ficava com raiva dele de novo.

"Fiquei sabendo da morte de Lafayette por uma notícia publicada no *Michigan Chronicle*. Meu pai já sabia da morte dele há dias, mas não quis me contar. Ele adorava Lafayette e não queria falar mal dos mortos, mas também nunca tinha mentido para mim; então, quando Pardi Britton, na época com quinze anos, perguntou ao pai, Bell Britton, por que um homem como Lafayette tinha sido morto em plena luz do dia por uma jovem 'sem antecedentes criminais', ele me contou uma história simples e triste.

"A garota, que tinha dezesseis ou dezessete anos, era jovem demais para que Lafayette, segundo meu pai, se envolvesse com ela 'do jeito que fosse'. Ela tinha um irmão viciado em heroína e devia uma pequena quantia a Lafayette... Meu pai achava que era algo bizarro, tipo sessenta e sete dólares, o restante de uma dívida maior. A garota pagou a Lafayette parte do que o irmão devia, mas não tudo, e Lafayette a estava pressionando para pagar o resto – se não com dinheiro, com sexo. A garota precisava de tempo para conseguir mais dinheiro ou para tomar coragem de fazer carícias em Lafayette. Lafayette deu um tempo a ela porque um de seus rapazes tinha levado um tiro e estava no hospital, e ele tinha outros assuntos urgentes para resolver, já que aparentemente alguém estava tentando tirá-lo do trono. Aquele último temor era parte do motivo por que estava tentando se distrair com aquela garota, com quem não deveria estar se envolvendo de forma nenhuma.

"Então ele deu uma semana para a garota levantar a grana ou pagar o que devia com favores sexuais. Dois dias depois, ele foi visitar o camarada ferido no hospital. O paciente estava se recuperando e a liderança de Lafayette não estava mais sendo contestada. Uma trégua frágil fora negociada. Então Lafayette estava descendo as escadas em frente ao hospital ladeado por dois brutamontes leais, cada um com uma arma no bolso do sobretudo pesado, prontos para morrer por ele. Parecia que ia ser mais um dia de 'tudo certo no meu mundo' para Lafayette.

"Mas a garota tinha uma arma de fogo na mão e atirou em Lafayette. Nos degraus em frente ao hospital, bem debaixo do nariz dos guarda-costas dele, que tinham presumido que aquela garota não representava uma ameaça. Lafayette tinha imaginado que aquela garota fosse um prazer inofensivo. Eles a subestimaram, e ela se aproveitou disso."

Um suspiro percorreu o telhado. Acho que nenhum de nós tinha previsto esse desfecho, assim como o próprio Lafayette.

Pardi sorriu.

— Essa história foi o presente do meu pai para mim no meu aniversário de quinze anos.

"Meu pai havia perdoado Lafayette por muitas coisas, mas tinha uma filha adolescente e não poderia perdoar um homem por ter proposto sexo a uma criança… ou por ter sequer sentido desejo por ela. Meu pai disse que, no fim das contas, ela não matou Lafayette; para fazer o que fez, Lafayette já estava morto."

A história havia nos deixado hipnotizados. Quando Pardi se calou, depois dessa última frase, percebi que todos ainda estávamos tentando voltar ao presente.

— Você chama isso de história de amor? — perguntou Eurovision, por fim.

— Ei, tem muito amor na história – interveio a Filha do Merengueiro. – Para mim, parece uma história de amor em tempos de guerra, como disse Pardi. Acho que também dá para dizer que é uma história de ódio. Ou uma história de tudo que existe entre uma coisa e outra. A vida real é muito confusa.

— Você disse que tinha música – queixou-se Wurly.

— E vai ter – respondeu Pardi – no resto da história.

— Bem, vamos ouvir então! – disse a Dama dos Anéis.

— Não. Hoje eu estou cansada. Tenho certeza de que vou ter a oportunidade de contar uma história sobre música… e mentiras. – Ela deu uma piscadela.

— Vocês querem ouvir uma história sobre mentiras?

Era a moradora do 4E, La Reina, que não tinha falado muito até aquele momento.

— Ora, é claro que queremos. Eu adoro mentiras – respondeu Eurovision. – Como dizia Oscar Wilde: "Mentir é contar coisas belas e não verdadeiras, é o propósito da Arte em si."

La Reina riu.

— Eu diria que não é exatamente uma história sobre coisas bonitas e não verdadeiras, mas sim uma história sobre coisas feias e verdadeiras.

— Parece divertido! – exclamou Eurovision.

― Meu ex-marido me obrigava a ir com ele e os amigos dele em umas viagens ridículas voltadas para os homens, sempre por volta do feriado de Quatro de Julho, dia da Independência. Todo verão nós tirávamos uma semana de férias para explorar alguma cidade a uma distância razoável de onde morávamos, mas a maioria dessas viagens se resumia a ele e os amigos bebendo e contando pela enésima vez todas as mesmas histórias do ensino médio, enquanto nós, as mulheres, bebíamos junto e fingíamos prestar atenção. Mais ou menos o que estamos fazendo aqui, só que tínhamos um passado em comum e não estávamos no meio de uma pandemia horrorosa. Acho que não vai ter viagem neste verão, a menos que tudo volte ao normal até lá, e para isso seria preciso que os amigos dele estivessem levando a covid e esta quarentena a sério, o que, para alguns deles, inclusive meu ex, é bem improvável. Mas eu não faço ideia porque estou livre dessa obrigação há três anos, graças a Deus, desde o verão em que fomos para o Maine.

"Estávamos em Portland para o Segundo Campeonato Mundial Anual de Sanduíche de Lagosta, a primeira parada da viagem daquele ano, e cada um de nós tinha desembolsado cem dólares para ser jurado, o que significava provar dez sanduíches de lagosta cada. À primeira vista, se você não pensar muito, parece divertido. No estacionamento, depois de pagarmos mais dez dólares, meu então marido desligou o motor, se virou para mim e disse: 'Tenho a sensação de que a Laura não vem este ano', depois saiu correndo do carro e bateu a porta antes que eu pudesse perguntar o que ele queria dizer com aquilo.

"Laura era a mulher de Marco, e eles estavam casados há mais tempo do que todos os outros casais. Tinham se conhecido na primeira semana de faculdade e estavam juntos desde então, segundo ela contava. Laura era da Nova Inglaterra ― de New Hampshire ou algo assim ―, enquanto todos os meninos haviam cursado o ensino médio na mesma escola de Miami. Foi por causa dela que eu comecei a chamá-los assim: os meninos. Durante os quatro anos em que convivi com ela, depois que me tornei uma das esposas, toda vez que estávamos em Miami nas férias ou nessas viagens de verão, sempre havia um momento em que Laura se recostava na cadeira depois de exagerar no uísque, olhava para os homens, que jogavam dominó e fumavam charutos que meu marido havia levado, mas que eu havia comprado, e dizia com os olhos semicerrados para que a cena ficasse meio fora de foco: 'Olha só os nossos meninos, Mari... você não adora vê-los juntos assim?' Em geral, eu terminava de beber o que ainda restasse no meu copo e murmurava algo como 'uhum' com um cubo de gelo na boca. Nossos meninos eram todos cubanos como eu, e Laura era uma americana branca, então dava para entender por que, não tendo crescido no meio de meninos como eles, ela ficava sentimental em relação a algo de que nunca teve que se proteger.

"Pelo para-brisa – eu ainda estava dentro do carro, me preparando para enfrentar a algazarra dos meninos quando se encontravam –, vi meu marido dar um tapinha nas costas de Marco. Estava mais bronzeado e mais magro do que nunca, e estava usando o tipo de roupa – como se estivesse prestes a embarcar em um iate – que Laura sempre tinha tentado fazer com que aquele menino de Miami usasse, mas nunca tinha conseguido. Os outros meninos se aproximaram e os cinco se revezaram levantando uns aos outros do chão enquanto as outras esposas, todas americanas que eu não conhecia muito bem, porque, ao contrário delas, cresci na mesma cidade que os nossos meninos, Miami, e as outras eram todas de lugares que pareciam mais tranquilos, como o interior da Pensilvânia e de Connecticut, lugares para onde os meninos acabaram se mudando com essas esposas, deixando para trás as mães, que falavam no *meu* ouvido quando ligavam para saber se eu tinha notícias dos filhos delas... Enfim, essas mulheres estavam mais afastadas, se cumprimentando com beijinhos nas bochechas. Desci do carro para me juntar a elas depois de constatar que era verdade: Laura não estava lá.

"Naquele momento, uma mulher saltou do banco do carona do Land Rover de Marco e ficou parada ao lado dele de um jeito um tanto vago. Para ser sincera, o que mais me lembro a respeito dela – mais uma americana, Marco gostava de um tipo bem específico – são as pernas, que pareciam superlongas e finas e não tinham nenhuma marca, em um short minúsculo com a bainha desfiada que revelava que ela era bem mais jovem do que nós. Ele a apresentou ao grupo como uma colega de seu escritório de advocacia e não disse mais nada, nem mesmo o nome dela.

"As outras esposas olharam para a recém-chegada e não esboçaram reação. Deu para perceber que estavam fazendo uma avaliação rápida das implicações e concluindo que a melhor estratégia era fingir que não tinha nada de mais acontecendo e acreditar na palavra de Marco, que dizia que ela era apenas uma colega de trabalho. Além do mais, seria uma burrice perdermos os ingressos, porque os maridos pareciam acreditar nele. Que escolha nós temos, a expressão no rosto delas parecia sinalizar para mim, enquanto puxavam os maridos um pouco mais para perto: não sabíamos que isso ia acabar acontecendo? Não estávamos aliviadas por ter sido Laura e não nós?

"Aquela nova mulher tinha um ingresso na mão, e no ingresso estava escrito meu nome, porque era ele que estava impresso em todos os dez ingressos. Eu tinha ficado encarregada de comprar os ingressos, a tarefa mais fácil de todas as que tínhamos dividido entre os casais, atribuída a mim porque, ao longo dos anos, tinha ficado claro que não podiam depender de mim para escolher hotéis, alugar carros ou qualquer outra coisa que envolvesse a opção de pagar mais barato. Não posso fazer nada se fui criada assim. O que eu *podia* fazer era perguntar a Marco por que aquela mulher – que finalmente nos disse, quando entramos no local do evento, que seu nome era Ashley, nome que metade de nós esqueceu assim que um voluntário uniformizado colocou pulseiras que diziam 'juiz' em nosso pulso esquerdo – estava com o ingresso que eu havia comprado para Laura. Eu tinha aprendido a ficar de boca fechada desde que me tornara esposa do meu marido.

"Os dez competidores do Segundo Campeonato Mundial Anual de Sanduíches de Lagosta haviam montado estandes ao longo das quatro paredes do galpão, com faixas pregadas em painéis de madeira de aparência rústica no fundo. Não faço ideia de como o número de competidores fora reduzido a apenas dez, já que todos os lugares nos quilômetros do caminho até lá anunciavam sanduíche de lagosta. Só cinco dos concorrentes eram locais; os outros cinco, vindos de cidades como Atlanta, Venice Beach e Paris, pareciam completamente deslocados ali com seu material de divulgação profissional demais, claramente terceirizado. Na entrada, havia uma inexplicável banda de *bluegrass* tocando.

"'Peraí, música *bluegrass* é do Maine?', eu perguntei, só para dizer alguma coisa, porque ninguém tinha pronunciado uma palavra sequer desde que tínhamos pegado nossas pulseiras. Eu ri quando ninguém respondeu e disse: 'Brincadeira, é claro que eu sei que não é.'

"Guiei sutilmente nosso grupo até o estande da equipe de Paris, de dois irmãos que diziam ter se apaixonado por sanduíche de lagosta quando crianças durante uma viagem de família ao Maine. Diziam que o sanduíche de lagosta deles era, de longe, o melhor, mas eu tinha quase certeza de que eles não iam ganhar. Quando estava comprando os ingressos, eu li que, no ano anterior, o vencedor do Primeiro Campeonato Anual de Sanduíche de Lagosta tinha sido um sanduíche de um restaurante chamado Salty's, que ficava em Boise, Idaho, e, embora o dono do Salty's tivesse nascido e sido criado no Maine, muitos dos moradores do estado estavam ansiosos para recuperar o título. Deixei meu marido pensar que era ele quem estava nos conduzindo na direção dos franceses.

"Minha esperança era que tudo que os parisienses pareciam estar apresentando – eles tinham contratado uma equipe para filmar um documentário e estavam caprichando nas raspas de limão siciliano, pelo amor de Deus – bastasse para desviar a atenção da presença inexplicada de Ashley por tempo suficiente para nos recuperarmos, embora por algum motivo eu fosse a única que parecesse estar se perguntando sem parar quem ela era e o que estava fazendo ali. Por que nenhum dos meninos parecia tão surpreso e inquieto com a presença dela quanto eu? Por que nenhum deles tinha perguntado de uma vez onde Marco estava com a cabeça para nos enfiar aquela garota goela abaixo? E onde estava Laura?

"Eu estava tentando puxar meu marido para um canto longe dos outros para dar um jeito de fazer pelo menos algumas dessas perguntas. Mas, assim que chegamos em frente ao estande e fomos cercados pela multidão crescente, Ashley se espremeu para ficar ao meu lado, como se alguém tivesse avisado a ela que eu era a líder das esposas. O que não era verdade: os meninos tinham me escolhido (mas só até certo ponto) porque eu lembrava a mãe deles. Porque sabiam que no fim da semana as mães iam me ligar e perguntar: *então, como foi a viagem para o Maine?* As outras esposas nunca me viram dessa maneira, como uma espécie de líder. Elas achavam que já haviam vencido só por terem conseguido fazer com que seus meninos se mudassem da cidade onde crescemos. E não estavam erradas.

"'Então, Marco me disse que você também é de Miami?'

"*Também? Sério? O que mais Marco acha essencial você saber?*, pensei. Em voz alta, apenas respondi que sim.

"Ela acenou enfaticamente com a cabeça algumas vezes, esperando que eu dissesse mais alguma coisa. Tinha olhos azuis, cílios cobertos com uma espessa camada de rímel, pálpebras pintadas de preto com um leve brilho. O cabelo era loiro com mechas ainda mais claras, ressecado de um jeito que a envelhecia. Percebi que usava uma camisa de botão – que era masculina ou talvez apenas parecesse – e olhei para baixo, para seu short desfiado, o forro dos bolsos visível, como duas velas invertidas contra suas coxas magras. Aquela mulher era advogada? Em que mais Marco esperava que nós acreditássemos? Será que ele realmente tinha contado a ela para onde a estava levando?

"'Legal, legal', disse ela, fazendo que sim sem parar.

"E então, enquanto a observava balançando a cabeça, senti algo que nunca havia sentido na companhia das outras esposas: poder. E esse poder crescia a cada segundo que eu recusava a conversa educada que Ashley tentava entabular. Olhei para as outras esposas e seus meninos. Todos os casais estavam de mãos dadas, mas sem olhar um para o outro e evitando olhar para mim e para Ashley; olhavam apenas para os outros estandes. Eu quase ouvia o cérebro de Ashley se esforçando para encontrar a próxima pergunta.

"Ela parecia não precisar piscar. E estava usando tanto bronzeador que me perguntei se estaria tentando zombar de mim e da minha cor de pele ou apenas me imitar.

"'Então, como vocês descobriram esse evento?', ela finalmente perguntou.

"Os meninos vinham brincando sobre ir para lá desde o verão anterior, depois de ouvirem falar no desastre que tinha sido o primeiro campeonato, que na época era um evento ao ar livre. Uma tempestade gigantesca tinha surgido do nada, destruído todas as barracas em meio a relâmpagos que pareciam ter sido enviados pelo próprio Zeus e em seguida se deslocado de volta para o mar com a mesma rapidez. Um dos meninos havia enviado um link para um vídeo no YouTube de um vendedor de sanduíches de lagosta do Maine que nem tinha ficado entre os dez finalistas. Ele reclamava do evento como um todo, e mais especificamente de que um sanduíche de lagosta preparado em Idaho tinha vencido aquela competição realizada debaixo de chuva. A intenção do compartilhamento era nos fazer rir da indignação do sujeito combinada com o sotaque carregado do Maine. E então, como sempre acontecia com os meninos, o vídeo se tornou algo que eles citavam, sampleavam e remixavam sem parar até estar totalmente integrado ao repertório deles, as mesmas frases sendo repetidas à mesa de dominó dos meus sogros meses depois quando estávamos todos em Miami para as festas de fim de ano. No início da primavera, todos cansados do inverno rigoroso na Nova Inglaterra, que era ligeiramente pior do que o nosso em Nova York, meu marido viu uma página na internet anunciando o segundo campeonato anual – *os filhos da puta vão tentar de novo!* – e antes que ele pudesse transformar a notícia em uma nova versão da piada que já estava circulando no grupo de bate-papo há meses, eu disse: 'E se a gente fosse ao campeonato? Por que não vamos para o Maine no verão e todos nos encontramos lá?'

"Eu apenas olhei para Ashley, esperei até ela piscar e respondi: 'Na internet.'

"Ela fez que sim com a cabeça de novo, exclamando pela milésima vez: 'Ah, que legal!' E abriu aquele sorriso de propaganda de pasta de dente. Nunca na vida conheci uma mulher que quisesse tanto que eu gostasse dela. Em geral, era o contrário; e foi por isso que percebi o que estava acontecendo.

"Ou seja, se eu quisesse fazer aquilo direito, estava na hora de voltar minha atenção para um dos homens.

"Meu marido estava atento, de celular na mão, tentando tirar a foto perfeita da fila que havia se formado diante do estande dos parisienses. Mesmo naquela época, eu já sabia que era melhor não incomodá-lo, então me virei para Willy. Desde o ensino médio, chamávamos ele de Guille, diminutivo de Guillermo, mas ele era Willy para a esposa e, portanto, também para nós agora – tentei pensar em uma pergunta que só alguém que nos conhecesse muito bem saberia responder.

"'E então, seu irmão já arrumou um emprego novo?', perguntei, embora já soubesse a resposta graças à minha conversa telefônica semanal com a mãe dele.

"Para minha surpresa, Ashley colocou a mão no meu ombro e disse: 'Ah, é, seu irmão, Lazaro... Laz, né? Aquele que foi demitido da Best Buy há mais ou menos mês?'

"E continuou sorrindo com aqueles dentes perfeitos dela.

"Willy olhou para mim como se, por algum motivo, fosse minha culpa ela saber sobre Laz, sobre a existência dele. Meu marido ainda fingia estar muito empenhado em tirar a foto perfeita da fila, e eu fiquei com tanta raiva que quase arranquei o boné dele pela aba sem dar a mínima para as consequências. Imaginei que o olhar de esguelha de Willy significasse a mesma coisa de quando éramos crianças: ele não ia responder, deixando para *mim* a tarefa de fazer um comentário maldoso. Tipo: vem cá, o Marco por acaso te deu um dossiê completo sobre a gente? É isso que vocês, advogados, fazem? Ou: me desculpe, mas quem diabos você acha que é para sair falando do meu amigo? Ou, mais curta e grossa: dá licença, mas alguém estava falando com você?

"Willy deu um passo para trás, pronto para minha resposta. Todos eles eram iguais: sempre prontos para deixar as mulheres fazerem o trabalho sujo, arrumarem sua bagunça. Assim como eu, ele tinha percebido o poder trocando de mãos e achava que cabia a mim responder, visto que eu era a única latina entre as mulheres e, portanto, quem deveria deixar claro quem fazia ou não parte do grupo, mas Willy estava avaliando a situação de forma totalmente equivocada. Eu me perguntei se ele já sabia que Laura não estaria presente, se sabia de tudo o que havia acontecido entre ela e Marco, e o que isso significava.

"'Você tem dentes muito brancos', eu disse.

"Ela abriu um sorriso ainda mais largo, ajeitou os cabelos, embora isso fosse desnecessário, e disse: 'Ah, sim, obrigada', como se meu comentário tivesse sido um elogio sincero.

"Então relaxou e me olhou de soslaio. Era bonita de um jeito que os meninos cubanos de Miami, como seria previsível, achavam atraente justamente porque tinha tudo que as latinas não tinham: pele clara, cabelos lisos e braços e pernas finos de um jeito que, do ponto de vista fisiológico, mulheres como eu jamais teriam. Eles inclusive achavam aquilo sexy, até deixar de ser novidade, e aí se davam conta de que aquele tipo de corpo, a ausência de quadris e seios, lembrava seu próprio corpo na adolescência. Mas o fato de ser novidade para eles, e de seu short deixar à mostra o que as revistas chamam de *espaço entre as coxas*, foi o suficiente para que Willy abandonasse a desconfiança, ainda mais depois de ter confundido minha resposta como um sinal de que eu havia decidido que estávamos todos no mesmo time. Ashley se aproximou do meu marido na fila, segurando o celular acima da cabeça, e de repente todos se confundiram de uma forma que me fez querer ir embora. Ela baixou os braços e mostrou ao meu marido alguma coisa na tela do celular, e ele riu das palavras que não consegui escutar.

"Eis o que quero dizer sobre poder: no fim das contas, ninguém disse nada sobre a presença inesperada de Ashley naquele dia e, apesar de eu ter observado os dois com bastante atenção durante cada mordida daqueles dez minissanduíches de lagosta, não os vi de mãos dadas nenhuma vez. Marco, na verdade, parecia ignorá-la. Parecia, aliás, ignorar todo mundo. O que fazia com que Ashley se esforçasse ainda mais. Ela passou a tarde indo de esposa em esposa, como se fosse a anfitriã do Campeonato de Sanduíche de Lagosta, certificando-se de que todos tínhamos água e guardanapos suficientes, distribuindo potinhos de plástico com manteiga derretida para mergulharmos nossos últimos pedaços de pão, forçando uma intimidade. Desculpou-se pelo volume da banda de *bluegrass* como se tivesse sido a responsável por contratá-los. Perguntou em quem estávamos pensando em votar depois de provarmos o sanduíche de todos os estandes, analisando conosco as diversas categorias – melhor apresentação, sanduíche mais saboroso, com ou sem maionese –, como se a opinião de pessoas que tinham pagado para serem juízes realmente importasse, como se todo aquele evento fosse algo além de uma forma cara de matar o tempo. O esforço dela me deixou tão distraída que não me lembrei de perguntar ao meu marido como ele sabia que Laura não apareceria. Quando ele havia conversado com Marco sobre a separação. Por que tinha decidido não me contar sobre aquela conversa – sobre um monte de outras conversas, como descobri mais tarde.

"Eu só me lembrava de perguntar tudo isso quando ele já estava dormindo, ou depois que fingia já estar dormindo, ou quando estávamos com todo mundo. E em algum momento percebi que não era mais eu mesma, que tinha um medo instintivo de acordá-lo e insistir para conversarmos, um medo de dizer o que eu pensava de qualquer maneira que pudesse constrangê-lo. Comecei a me perguntar quando aquele medo teria começado e quanto tempo eu havia demorado para entender que aquela hesitação que sentia perto dele era medo. Como ele tinha conseguido me impedir de perceber isso por tanto tempo.

"Antes do verão seguinte (e da viagem da vez, qualquer que fosse), eu decidi me separar. Mas ainda passamos os feriados de fim de ano em Miami.

Ao que parecia, Ashley também estava na cidade com Marco, mas não foi forçada a ficar em volta da mesa de dominó dos meus ex-sogros como nós. E o estranho é que Marco parecia não se importar, dizendo a qualquer um que perguntasse por ela para calar a boca, que isso não era da conta de ninguém. Pelo olhar que meu marido me dirigiu através da nuvem de fumaça de charuto, percebi que era melhor não insistir, nem mesmo fazendo piada: pouco antes de eles se juntarem a nós naquela noite, tivemos uma de nossas piores brigas, e passei a hora que antecedeu a chegada dos outros arrumando as consequências a tempo de tudo parecer bem. Naquela noite, eu não estava com vontade de ficar com eles, e essa foi uma das primeiras ocasiões em que deixei isso transparecer. Fumei meu charuto longe das outras esposas, deixando as cinzas caírem no pátio da casa dos pais dele, e planejei uma maneira de fazer com que meu marido ficasse com os pais por um tempo, uma desculpa que o fizesse se sentir necessário lá para que eu pudesse ter nossa casa aqui só para mim e decidir quais seriam meus próximos passos. Marco contou a mesma piada que contava todos os anos, e eu vi a fumaça sair em baforadas espessas da boca aberta do meu marido, um vulcão prestes a entrar em erupção. Fiquei me perguntando como Laura estaria passando o Natal.

"Da última vez que tive notícias, meu ex-marido ainda estava lá, morando em Miami com os pais. A julgar pelo tipo de cubanos que são, tenho certeza de que estão felizes por tê-lo em casa durante a pandemia. Ele é um sujeito forte, e isso talvez venha a ser útil para a família. Posso imaginá-lo nocauteando alguém para conseguir papel higiênico para os pais sem pensar duas vezes. Ele não sabe que estou morando aqui agora, que saí do nosso apartamento assim que o divórcio foi finalizado. Prefiro que ele pense que ainda moro lá. É mais seguro para todo mundo.

"Mas posso contar como terminou a competição de sanduíches de lagosta? Os franceses foram roubados. As raspas de limão siciliano foram, bem, uma ideia brilhante. Em termos de sabor e apresentação, é óbvio que a maionese era desnecessária, porque não havia nada a disfarçar: os locais não chegavam nem aos pés deles. Mas, no fim das contas, eu tinha razão. Um deles — esqueci qual dos cinco, porque, sejamos realistas, não fazia nenhuma diferença — ganhou a competição e levou o título de volta ao grande estado do Maine, como eu havia previsto. E não dou a mínima para o que o fato de eu ter amado o sanduíche francês diz a meu respeito. Fazia muito, muito tempo que eu não provava nada tão delicioso."

◆

No momento em que La Reina terminou sua história, os sinos da Old St. Pat começaram a tocar, com aquela badalada abafada no final. Com o sabor dos sanduíches de lagosta franceses imaginários ainda na língua, desejamos boa-noite uns aos outros e voltei para cá, para minha escrivaninha descascada e para os passos suaves no andar de cima.

Sexto dia
5 DE ABRIL

— "A MORTE É COMO O SOM DISTANTE DE TROVÕES EM UM piquenique" — citou Eurovision quando chegou ao telhado com sua garrafa térmica e uma manta em um dos braços, parando para ler o novo grafite no mural. — Gostei.

Eu o observei se sentando em sua chamativa cadeira revestida de plástico e organizando um pequeno piquenique ao redor: uma coqueteleira, um copo alto com duas azeitonas em um espeto, uma travessa de prata com queijo e biscoitos, uma panelinha velha e amassada com uma colher para fazer barulho. Ele pendurou a manta no braço da cadeira, pronto para se proteger do frio depois do pôr do sol. Sacudiu a coqueteleira e serviu lentamente o martíni no copo alto até começar a transbordar. Então, com extremo cuidado, ergueu o copo e, com os lábios franzidos, sorveu o excesso antes de pousá-lo na mesinha lateral. Havia algo de reconfortante naquele arranjo preciso de coisinhas ao seu redor, que criava um ambiente doméstico dentro do raio de dois metros.

— Eu gostaria muito que pudéssemos brindar como nos velhos tempos — disse ele —, mas considerem isso uma saudação a todos nós, contadores de histórias e ouvintes!

Ele ergueu o copo, e todos os que já estavam lá repetiram o gesto.

Mais pessoas chegaram. Esta noite havia alguns moradores que não reconheci da minha lista de chamada anterior, pessoas em cujos apartamentos eu ainda não tinha entrado ou com quem ainda não havia cruzado pelos corredores. Acho que a notícia da nossa hora da história está se espalhando. Os moradores dispuseram suas cadeiras em semicírculo, o mais distante possível umas das outras. Todos estavam loucos para sair dos apartamentos abafados, para buscar a companhia de outras pessoas onde fosse possível – se tivessem coragem. Eu me dei conta de que já fazia mais de duas semanas que não saía do prédio, e me perguntei se alguém teria saído.

Esta noite, minha garrafa térmica está cheia de Singapore Sling, preparado com ingredientes do armário de bebidas. Queria algo doce e tropical, um drinque que tivesse sabor de viagem para lugares distantes, malas de couro de crocodilo com adesivos de transatlânticos e hotéis antigos com varandas, ventiladores de teto e garçons usando luvas brancas. Até parece! Quem eu pensava que era?

Vinagre ocupou seu lugar perto de Eurovision, com a garrafa de vinho dentro da capa térmica, a taça e a mesinha; Hello Kitty estava na poltrona-casulo; a Dama dos Anéis com o lenço de leopardo; Whitney na cadeira Bauhaus horrorosa; Wurly no banco de piano que ele carregava para o telhado todas as noites; Flórida com o xale dourado, e assim por diante.

– Saudações a todos – começou Eurovision, levantando-se e ajeitando a gravata-borboleta. Ele consultou o relógio. – Trinta segundos para a hora do show.

Às sete, batemos palmas e assobiamos bem alto e, pela primeira vez, ouvi, vindo de algum lugar lá embaixo, Sinatra cantando "New York, New York". O clamor se dissipou, como acontecia todas as noites, uma espécie de som triste se afastando, como uma onda recuando na praia.

Depois de terminar minhas tarefas diárias de zeladora, eu havia registrado os números do dia: 122.031 pessoas tinham positivado para covid no estado de Nova York, em comparação com os 113.704 no sábado – elevando o número total de casos na região de Nova York-Nova Jersey-Connecticut para 161.431, com 4.159 mortes, um aumento em relação a sábado, quando houve 3.565 óbitos. Como sempre, coloquei o livro ao meu lado e o cobri com o cobertor sem nenhum alarde.

– É uma citação distorcida de W. H. Auden – refletiu Ramboz, sua atenção voltada para o mural. – Deveria ser: "Pensamentos sobre a própria morte, como o ribombar distante de trovões em um piquenique."

– Distante? – questionou Maine. – Bem, não mais. A tempestade está bem acima das nossas cabeças.

– Sim, e está se abatendo com tudo sobre nós – completou Darrow.

– Nós somos os cavaleiros na tempestade – disse Eurovision, bebendo ostensivamente seu martíni. – Ou melhor, somos as baixas de uma guerra.

– Pelo menos ainda estamos vivos – comentou a Dama dos Anéis. – Por enquanto.

– Tenho a sensação de que é só uma questão de tempo até a epidemia nos alcançar – disse Flórida. – Entrar no prédio, infectar o ar, e então vamos todos ser levados para o Presbyterian Downtown naquelas ambulâncias barulhentas. Eu nunca mais quero voltar *lá*.

– Pelo menos temos que reconhecer que estamos fazendo um bom trabalho de quarentena neste prédio: ninguém entra nem sai – argumentou Maine. – Nem mesmo eu, no momento.

Tentei chamar a atenção dela, pois queria saber se tinha tido a chance de dar os telefonemas que prometera. Mas, como Maine não olhava para mim, resolvi falar com ela no fim da noite; não queria que os outros soubessem da minha vida.

– Em breve isso tudo vai ter acabado – disse Eurovision, continuando a conversa com um falso entusiasmo. – Só precisamos aguentar firme. Estamos progredindo no combate ao vírus.

– Você acha? Progredindo? Você chama isso de progredir? – questionou Ramboz. – Essa palavra maldita. O progresso na verdade não passa de uma história fictícia que cada geração conta a si mesma para justificar a ignorância, o medo e o preconceito de seu tempo.

– É muito pior – disse Vinagre. – Na verdade, nós estamos andando *para trás*. Basta ver os racistas desse movimento Make America Great Again, rastejando como baratas no escuro, agora que o Idiota Laranja apagou as luzes dos Estados Unidos.

– Em todas as épocas, a proporção de pessoas estúpidas e retrógradas em relação às pessoas esclarecidas e educadas é de cem para um – acrescentou Ramboz. – E inventaram um sistema econômico perfeito para alimentar isso: o capitalismo.

Eu achava meio ridículo e irritante o fato de aquele homem ser comunista. Ele não tinha a menor ideia do que o comunismo de fato significava. Meu pai tinha um ódio profundo aos comunistas e quando eu era criança enchia meus ouvidos com histórias das atrocidades que cometiam.

— Qual é, não é tão horrível assim — disse Eurovision. — Algumas coisas estão melhorando. Eu detestaria voltar aos anos 1950. Pensem em como eles tratavam pessoas como eu naquela época.

— Você quer dizer como outras pessoas são tratadas até hoje — retrucou Vinagre.

— Eu acho que avançamos bastante desde os tempos em que os sodomitas eram queimados na fogueira e os negros eram escravizados — opinou Darrow.

Ramboz balançou a cabeça vigorosamente para a frente e para trás, os cabelos brancos parecendo uma auréola mole.

— Não, não, não. Ainda somos tão ignorantes hoje quanto éramos quando não passávamos de macacos nus na floresta, comendo cobras e gafanhotos. E continuaremos sendo igualmente bestiais e estúpidos quando vivermos em uma cidade de torres de cristal em Alpha Centauri. A mesma espécie vil e mesquinha de sempre.

— Ah, temos um autêntico cínico entre nós — disse Eurovision, com um quê de irritação na voz. — Bem, vamos continuar?

— É triste que algumas pessoas estejam tão imersas no medo a ponto de não conseguirem mais apreciar a beleza da humanidade — comentou a Dama dos Anéis.

Ramboz continuou balançando a cabeça. "É um homem alimentado pelos próprios remorsos", era o que a bíblia tinha a dizer sobre ele. Eu estava começando a entender o porquê.

— Chega de conversa fiada! — retrucou Eurovision, irritado. — Quem tem uma história para contar?

— Era aí que eu estava querendo chegar, eu tenho uma história — continuou Ramboz, imperturbável. — Uma história sobre o Vietnã. Sobre meu despertar radical. Sobre o motivo de eu ter me tornado jornalista.

— "Despertar radical"? — repetiu o Poeta, desconfiado.

Deu para ver alguns dos outros revirando os olhos.

— Bem, vamos lá, então — disse Eurovision.

— Quando eu tinha onze anos, minha mãe viu um panfleto informando que o *Wellesley News* estava procurando crianças para entregar jornal. Ela começou a dizer que já estava na hora de eu me tornar um membro útil da sociedade, em vez de ficar à toa por aí. Ela foi incansável, não parava de me atazanar, até que, por fim, eu fui até o escritório do jornal depois da escola. Era um prédio que mais parecia um galpão e ficava atrás de uma oficina mecânica. Bati na porta e ouvi um som áspero: era uma voz alta com um forte sotaque de Boston que me pareceu uma ordem para entrar. Lá dentro, um sujeito grande e gordo estava sentado em uma cadeira giratória atrás de uma mesa de metal. A camiseta dele era pequena demais, deixava à mostra a parte inferior da barriga peluda e exalava um fedor de suor horroroso.

"'Sim?'

"'Ouvi dizer que vocês estão procurando entregadores', eu disse.

"'Onde você mora?' Ele apontou para um mapa gigante de Wellesley que cobria toda a parede dos fundos do galpão, mostrando todas as ruas e casas.

"'Ten Vane Street.'

"'Não é para me dizer, pelo amor de Deus, é para me mostrar no mapa.'

"Eu mostrei a ele.

"'Você tem bicicleta?'

"'Sim, senhor.'

"'Preencha este formulário. Você começa na segunda-feira.'

"'Hum, quanto eu vou ganhar?'

"'Cinquenta centavos por dia, seis dias por semana. Folga no domingo. Traga os recibos aqui no sábado, entre meio-dia e duas da tarde, para receber seus três dólares. Deixamos uma pilha de jornais na sua porta às cinco e meia da manhã e você tem que ter entregado tudo até seis e meia. Deixe os jornais atrás da porta de tela ou na varanda, não jogue no gramado. Entendeu? *Nada de jogar.*'

"'Sim, senhor. Nada de jogar.'

"Ele abriu um fichário seboso e consultou o mapa de Wellesley, folheando as páginas e murmurando algo para si mesmo enquanto pressionava o dedo sujo aqui e ali, fazendo uma lista e comparando-a com o mapa. 'Pois bem, você vai entregar quinze *Globes* e um *New York Times*. Um *Globe* é para sua própria casa. Aqui estão os endereços. Peça para sua mãe dar uma volta com você de carro para definir a melhor rota.'

"'Sim, senhor.'

"'E é assim que você deve dobrá-los.'

"O homem gordo pegou um jornal de demonstração engordurado e me mostrou. 'Assim.'

"Em seguida, enfiou a mão embaixo da mesa, pegou uma sacola de lona branca com o logotipo do *Boston Globe* impresso em letras inglesas antiquadas e a jogou em cima da mesa. 'Sua sacola.'

"Eu a peguei, exultante.

"Quando me virei para sair, o homem disse: 'Não quero ouvir nenhuma reclamação. Se você jogar o jornal no gramado, eles vão reclamar. Se o jornal ficar molhado, eles vão reclamar. Se chegar tarde, eles vão reclamar. Se eles reclamarem, você recebe uma advertência. Três advertências e está demitido. Entendeu?'

"Saí do escritório com a sacola, coloquei-a no ombro e fui para casa. Eu me senti importante. Não era um jornal idiota como o *Wellesley Townsman*. Era o *Boston Globe*.

"Liguei para meu amigo Chip para me gabar. Ainda me lembro da reação dele: 'Você vai se arrepender. Vai ter que entregar jornal debaixo de chuva e neve e vai ser perseguido pelos cachorros da vizinhança inteira.' Ele desaprovou minha tolice. 'Sabe, os cachorros não veem a hora de cravar os dentes na sua bunda.'

"Na segunda-feira, acordei tão cedo que ainda estava escuro. Minha nossa, a sensação daquele primeiro dia. Os jornais chegaram ao amanhecer com um baque surdo na varanda da frente, e o entregador foi embora cantando pneu. Abri o pacote, o cheiro de papel e tinta se desprendendo dos jornais ainda quentes, recém-saídos da prensa. Dobrei cada jornal da maneira especial que havia aprendido e os arrumei cuidadosamente na sacola. Pendurei a alça no ombro, fui até o galpão no jardim e peguei minha bicicleta. Tinha passado o dia anterior lubrificando e ajustando cada engrenagem e enchendo os pneus. Parti assim que uma luz pálida despontou sobre os olmos.

"Era uma manhã fresca, e concluí meu percurso em quarenta minutos. Lá em casa, ninguém estava acordado ainda. Por curiosidade, dei uma olhada no nosso exemplar do jornal e uma manchete chamou minha atenção:

SENADOR MURPHY ESCAPA POR POUCO DE ATENTADO À BOMBA

"O artigo começava assim: 'Havia sangue por toda parte, sangue escorrendo pelas paredes, escorrendo até a rua…'

"O artigo descrevia de forma vívida um atentado terrorista em um lugar chamado Vietnã. Um senador americano tinha acabado de escapar por um triz de uma explosão. Claro que eu já tinha ouvido falar do Vietnã e sabia que havia uma guerra acontecendo lá, mas para o meu cérebro de onze anos isso era algo vago e distante. Em Wellesley, no fim de 1967, a guerra não passava de um ruído de fundo, algo que acontecia muito longe, um conflito travado por outras pessoas. Ninguém que conhecíamos tinha ido para lá. Mas o sangue escorrendo pelas paredes não era algo vago e distante. Li o artigo com um fascínio mórbido.

"E então passei para a seção de esportes. Os Red Sox estavam em primeiro lugar no campeonato."

A voz de Ramboz ficou trêmula de emoção com essa lembrança distante.

– Era o início da temporada do 'Sonho Impossível'. Os Red Sox pareciam estar a caminho de conquistar o título da Liga Americana pela primeira vez desde 1946. Vocês não fazem ideia de como isso era importante para um garoto de onze anos.

"Agora que era o respeitado entregador do *Boston Globe* em nossa vizinhança, comecei a me interessar pelas notícias. Todas as manhãs, depois de terminar minhas entregas, eu folheava o jornal para ler as reportagens sobre a Guerra do Vietnã e os Red Sox. Todo sábado eu ia de bicicleta até o Wellesley News e entregava ao homem gordo meus seis recibos, e ele me entregava três dólares, que eu guardava no cofre de lata atrás de um painel secreto no meu quarto. Não tinha ideia do que ia fazer com aquele dinheiro, já que meus pais compravam tudo o que eu queria. Eu só queria dinheiro, muito dinheiro. Estava sendo criado como um belo de um capitalistazinho.

"Mas Chip tinha razão. Os cães me perseguiam. Todas as manhãs, mais ou menos na metade do meu percurso, um terrier feroz saía voando de uma varanda e corria atrás da minha bicicleta. A dona, uma senhora idosa, ficava na varanda, repreendendo o cachorro com uma voz fraca e me pedindo desculpas nem um pouco sinceras, enquanto o maldito pulguento corria ao meu lado, pulando e mordendo a sacola. Às vezes ele se agarrava à sacola e ficava preso pelos dentes, balançando que nem um pêndulo enquanto eu pedalava furiosamente e tentava me livrar dele.

"Todos os dias, o jornal narrava a emocionante trajetória dos Red Sox, que avançavam gloriosamente, partida após partida, rumo ao Sonho Impossível, e todos os dias falava da guerra bizarra, violenta e sem sentido no Vietnã. Havia listas de americanos mortos, histórias de bombardeios de saturação, ataques e contra-ataques, colinas capturadas, colinas perdidas, manifestantes nas ruas. Tudo isso intercalado com notícias de mais um *home run* de Yaz e um *no-hitter* de Lonborg. E então vinham as imagens: bombas caindo, vilarejos incendiados com napalm, meninos aterrorizados em macas, o sangue encharcando suas ataduras, soldados enfiados em buracos na selva com lama até as coxas, políticos gritando com os dedos em riste. O *Globe*, assim como muitos jornais da época, alguns de vocês devem se lembrar, estava começando a cobrir a guerra de maneira muito explícita e com uma precisão implacável.

"Nunca, nem uma vez, em nenhuma das reportagens que li, consegui encontrar uma explicação sobre o que havia motivado aquela guerra. Até meus pais pareciam confusos quando tentavam me explicar, falando sobre dominós e outras maluquices. Tínhamos sido atacados? Havia um motivo para lutar? Quem eram os vietcongues e por que os estávamos matando? Onde *ficava* o Vietnã? Até então, a guerra parecia estar sendo travada em outro planeta, mas de repente lá estava ela, na minha sala de estar todas as manhãs, a morte surgindo das páginas ainda quentes e com a tinta fresca do *Boston Globe*. As manchetes sobre a guerra se sucediam, semana a semana, junto às histórias sobre o Sonho Impossível. Desde então, esses dois eventos são indissociáveis na minha mente. A história dos Red Sox fazia sentido, era uma jornada de herói americana. Tinha começo, meio e fim. Tinha um arco moral claro e havia surgido de um universo ordenado. Quando criança, eu entendia esse tipo de história. Mas o Vietnã era o oposto, diferente de tudo o que já tinham me contado. Apenas uma marcha assassina e sem sentido de tropas por uma geografia sinistra. A história dos Red Sox ficou sombria no final, quando eles perderam a World Series, mas pelo menos era uma derrota que eu *entendia*, por mais que tivesse me chateado. Mas, no Vietnã, estávamos perdendo ou ganhando? Não dava para saber.

"Então, no fim de outubro, veio a manchete que finalmente me deixou atordoado:

SACERDOTE E OUTROS 2 DERRAMAM PRÓPRIO SANGUE EM ARQUIVOS DE RECRUTAMENTO

"Estava estampada na primeira página com a fotografia de um padre católico, o padre Philip Berrigan, despejando sangue de uma garrafa plástica em um arquivo aberto, parecendo tão sereno quanto Julia Child na televisão, despejando leite em uma tigela com farinha para fazer um bolo. A matéria explicava:

"'Antes e depois de derramarem o sangue de garrafinhas plásticas, os homens distribuíram uma declaração dizendo que faziam isso como forma de protesto contra "o lamentável derramamento de sangue americano e vietnamita a dezesseis mil quilômetros de distância. Vertemos nosso sangue voluntariamente no que esperamos ser um ato sacrificial construtivo".'

"Eu mal conseguia acreditar. O próprio sangue! Como ele tinha tirado aquele sangue das veias sem morrer? E um padre, ainda por cima! Fiquei profundamente abalado. Seria possível que os adultos responsáveis não soubessem o que diabos estavam fazendo? Adolescentes não muito mais velhos do que eu estavam explodindo, por um motivo que ninguém sabia direito qual era, em uma selva desconhecida do outro lado do planeta.

"E, com o passar dos meses, a guerra e o caos só pioraram. Os protestos foram se tornando cada vez mais violentos, e as coisas saíram do controle no país. Em janeiro de 1968, houve a Ofensiva do Tet; em março, o Massacre de My Lai; em abril, o assassinato de Martin Luther King; em maio, dois mil jovens americanos foram mortos no mês mais sangrento da guerra; em junho, o assassinato de Bobby Kennedy; em agosto, os tumultos policiais em Chicago durante a Convenção Democrata. Eu estava horrorizado e confuso, mas todos os meus amigos pareciam alheios e seguiam com a vida como se nada estivesse acontecendo. Comecei a me sentir diferente, até mesmo isolado.

"Em 1968, atingi a maioridade. Foi o ano que definiu minha geração. Quando você é criança, a vida parece o início de um Sonho Impossível – nova, maravilhosa e cheia de promessas –, mas então você cresce e percebe que é tudo uma merda. Nós tínhamos acordado da infância e estávamos em um barco pilotado por loucos e canalhas, navegando em águas escuras, à deriva, desnorteados e sem direção."

Ramboz parou, tirou um lenço do bolso e enxugou a testa e as bochechas, depois a boca.

– Nada mudou. Olhem só para o estado do mundo. Olhem os nossos líderes. "Vai passar"– resmungou ele, imitando a voz do presidente. – "Vai ser uma grande vitória."

– Hum, obrigado pela história – disse Eurovision. – Lamento dizer que torço para os Yankees. Mesmo assim, obrigado por nos lembrar de como o mundo pode ser sem sentido e complicado. – Eurovision, o eterno otimista, tinha ficado comovido com o relato, deu para perceber, mas disfarçou com esse comentário ao estilo clube do livro.

Ramboz ergueu as sobrancelhas espessas.

– Torcedor dos Yankees? Meus pêsames.

Eurovision abriu um sorriso, mas a conversa foi interrompida por uma voz estrondosa que eu nunca tinha ouvido antes.

– É, eu entendo o que você quer dizer sobre os horrores da guerra, mas você morava em um belo subúrbio e entregava jornais. Alguns de nós realmente *vivenciaram* aquilo.

– Quem está falando? – perguntou Eurovision, tentando enxergar além da luz das velas. – Não estamos conseguindo ver você.

Um sujeito grande apareceu no espaço entre a Dama dos Anéis e Darrow, segurando uma cadeira pequena demais. Barba Negra, do 3E. Ele a colocou virada para trás e se sentou com cuidado, enquanto os outros se afastavam ligeiramente para manter uma distância segura.

— E agora? Conseguem me ver e me ouvir?

Nós conseguíamos, quase bem demais. Seu tom era sarcástico. Ele não era jovem, devia ter uns quarenta anos, barba preta curta, cabeça raspada e um rosto tão sulcado que parecia ter sido esculpido em madeira.

Barba Negra continuou.

— Eu tenho uma história sobre guerra e sexo... as duas coisas mais estúpidas e destrutivas que os seres humanos fazem. — Ele fez uma pausa e, como ninguém fez objeção, começou.

— Quer estejamos falando de Trump e Stormy Daniels ou de Jeff Bezos com as fotos do pinto dele, o que posso dizer a vocês é que o sexo é o maior inimigo do bom senso, e ponto-final. Certa vez, meu pai me disse: "Tem homem que é capaz de pular de um precipício se achar que vai cair em cima da pessoa certa." Vou dar um exemplo.

"Eu fui mandado para o Iraque em 2004. Tinha vinte anos, estava pronto para ganhar experiência, e vou lhes dizer que aprendi algumas lições. Lá ainda era o Velho Oeste. Todos nos odiavam, os iraquianos, uns mais do que outros, mas não havia como saber quem era o inimigo, se era um jovem garanhão imberbe ou uma vovozinha de burca.

"Em um lugar assim, havia muitas coisas sobre as quais ninguém queria falar, por exemplo, que não havia nenhum iraquiano do nosso lado, que tinha gente que perdeu a mão ou o pé, mutilado por uma explosão no dia anterior, e que ninguém em Washington sabia de fato que porra era aquela que estava acontecendo lá. Então, quando estávamos juntos, os rapazes solteiros falavam muito de trepar, da vontade que tinham de trepar e de como conseguir trepar, como é típico dos soldados. Nem todo mundo queria ouvir essas coisas. Os caras casados e os religiosos, muitos deles simplesmente não queriam nem pensar no assunto, e que bom para eles, e alguns dos oficiais superiores tinham deixado claro que deveríamos ficar de boca fechada quando houvesse soldados do sexo feminino por perto. Mas os caras solteiros se lamentavam uns com os outros, tramavam e planejavam. Uma guerra assim, na qual a gente nunca sabia onde ficava o front, na qual uma bomba de fabricação caseira poderia explodir no meio de um posto de controle, parecia aguçar o apetite de alguns caras, já que até mesmo dormir no dia errado poderia custar sua vida.

"Um segundo-tenente chegou para liderar nosso pelotão. Ele não era um sujeito ruim, se comparado à média dos idiotas que a gente às vezes encontra no Exército, mas era polido demais para gostarmos dele. Tinha vindo direto de West Point e não sabia nada da realidade. Tinha sido mandado para lá só para poderem dizer que ele tinha experiência em combate antes de ir para a Zona Verde, onde poderia passar o resto da guerra sendo o chefe de gabinete de algum coronel de alto escalão.

"Cerca de um mês depois, ele passou a frequentar os alojamentos dos soldados. Estava com alguma ideia na cabeça e, por fim, perguntou: onde um homem conseguiria satisfazer suas necessidades por lá? Eu não respondi, ninguém respondeu; mas, quando ele perguntou uma segunda vez, um rapaz chamado Mallory, que tinha crescido em uma fazenda em Idaho e era muito engraçado, apontou para uma fazenda de cabras perto da base. O tenente olhou para Mallory como se ele tivesse perdido o juízo, mas Mallory continuou acenando com a cabeça, e o tenente simplesmente foi embora, irritado.

"Então, mais ou menos uma semana depois, estávamos juntos uma noite, acho que jogando cartas, e o tenente entrou na tenda, furioso, procurando o Mallory. O sujeito estava com um galo grande e feio na cabeça, com um fio de sangue escorrendo, então Mallory perguntou: 'O que aconteceu, tenente?' e ele respondeu: 'Levei um coice de uma porra de uma cabra, foi isso que aconteceu, sorte que não morri.'

"Não conseguimos nos controlar, rimos tanto que alguns caras chegaram a cair da cadeira. Por fim, um brincalhão, ainda virado para o outro lado, disse: 'Isso foi antes ou depois de transar com ela, senhor?'

"Fazia semanas que não ríamos tanto, e até o tenente estava sorrindo. Mallory começou a gaguejar, e um cabo chamado Jonas percebeu que aquilo não ia acabar nada bem, então passou o braço em volta do ombro do tenente e disse: 'Não os animais, senhor. Vai até a cabana do camponês para ver se uma das quatro filhas dele está por lá e quer ganhar um dinheiro extra.'

"'Nossa', disse o tenente. 'Você podia ter explicado isso, Mallory.'

"'Sim, senhor', respondeu Mallory.

"Então, alguns dias depois, de madrugada, alguém disse que um helicóptero de evacuação médica estava chegando e, quando ele pousou, uns caras saíram correndo com uma maca, e sob a luz eu vi que era o maldito tenente. Ele tinha ido bater na porta do camponês. Trocaram algumas palavras, um não falava a língua do outro, mas o camponês entendeu tudo, pegou uma arma e mandou o tenente dar o fora. E aquele tenente, muito jovem e idiota, não sei com quem ele conversou, mas correu o boato de que o cara estava com tanto tesão que acreditaria em qualquer coisa, e acabou que alguém o convenceu de que tinha sido apenas azar, pois em geral era uma das filhas que abria a porta. Então o tenente voltou e levou um tiro bem no meio daquele corpinho recém-saído de West Point. Quando o helicóptero decolou, nenhum de nós sabia se ele ia sobreviver.

"Bem, depois disso, o comandante se envolveu, porque não podia permitir que um camponês iraquiano atirasse em um oficial do Exército dos Estados Unidos. Um dos suboficiais achou que aquilo já tinha ido longe demais, então foi contar a história toda a ele. Acontece que o tio do tenente era um general de três estrelas no Pentágono, e ninguém ia contar que aquele jovem idiota tinha morrido por ter ido atrás de sexo no lugar errado.

"Então inventaram a história de que a Al-Qaeda havia preparado uma emboscada perto de nossa base no Iraque e que o tenente tinha sido baleado pelos malditos terroristas enquanto liderava uma patrulha. O camponês foi esperto o suficiente para fugir antes de ser localizado pela Inteligência do Exército, mas só Deus sabe quando ele voltou a ver sua fazenda, sua família e até suas cabras. Jonas foi rebaixado a soldado raso, e ninguém soube para onde mandaram Mallory.

"O tenente, que ficou alguns meses em Ramstaad, saiu de lá com um Coração Púrpura, uma bolsa de colostomia e alguma outra condecoração. Foi mandado de volta para os Estados Unidos, e todo mundo se referia a ele como um grande herói. A esta altura já deve ser general. Sei lá. Tudo isso aconteceu um ano antes de os soldados contarem essa história, e eles só falavam disso quando não havia oficiais por perto, e sempre com uma lição de moral: eles também são pessoas, como todo mundo. Porque não importa onde esteja, em Bagdá ou Paris, em Arkansas ou na maldita Beverly Hills, você não pode simplesmente aparecer na porta de um sujeito, oferecer vinte dólares para transar com a filha dele e achar que não vai levar um tiro."

— Isso não é uma história — disse Eurovision, com os olhos lacrimejando de tanto rir —, é uma lenda urbana. Coiceado por uma cabra! Caramba, adorei.

— O Iraque acabou comigo, e eu nem fui ferido em combate — disse Barba Negra. — Só de estar lá sem saber quem era o inimigo, sem saber em qual pilha de lixo tinha uma bomba, sendo odiado por todos. Você atravessa a cerca que delimita a base em um daqueles veículos táticos monstruosos e todas as crianças do vilarejo estão enfileiradas às margens da estrada, atirando pedras em você. Crianças traumatizadas pela guerra que deveria tê-las salvado. *Nós* deveríamos tê-las salvado. Quando você vê esse tipo de coisa, fica com a cabeça fodida.

— A guerra é uma mistura de brutalidade e farsa — comentou Vinagre, com a voz entrecortada. — Ela também ferra a vida de todos os que ficam para trás: filhos, esposas, avós, amigos… todo mundo.

Tive a sensação de que ela tinha motivos pessoais para odiar a guerra.

— Não saber onde o inimigo mortal está… me parece algo bastante familiar neste momento — refletiu a Terapeuta. — A incerteza, o turbilhão de perigo constante à nossa volta, mesmo que o vírus não esteja armado. Isso vai causar muitos traumas duradouros.

Eurovision soltou uma risada desconfortável.

— Acho que vai ser bom para os negócios, hein?

A Terapeuta olhou para ele com um ar de desprezo, e ele tossiu sem jeito, como que para se desculpar.

— Mas é sério. Isso me lembra de uma história sobre trauma — disse ele. — Eu a ouvi faz muito tempo, mas nunca esqueci. Ela me parece bastante relevante hoje em dia. Posso?

— Já não basta de traumas e guerras? — objetou Flórida. — Que tal uma história bonita para variar, uma história edificante?

— Ah, *por favor* — retrucou Vinagre, virando-se para ela. — Uma história *bonita*? Isso não existe. Que se dane o *bonito*. A vida real é, em grande medida, trauma e choque, então, sim, vamos ouvir uma história terrível e cruel.

Houve um silêncio enquanto todos esperavam que Flórida explodisse. Foi como se alguém tivesse acendido o estopim de uma bomba e todos estivéssemos observando o fio queimar.

Flórida se virou lentamente para Vinagre, o rosto contorcido, o corpo tenso de raiva.

— Então você não gosta de histórias bonitas? Você acha que precisamos de mais violência, ódio e racismo? — Ela começou a recolher suas coisas com muita determinação. — Está bem. Vou deixar vocês aqui em cima trazerem mais sofrimento para o mundo com suas histórias. Para mim chega. Obrigada a todos, mas para mim *chega* dessa confabulação ou o que quer que seja que estamos fazendo aqui no telhado.

Depois de um instante de susto, Eurovision falou:

— Espere. Espere. Você não pode ir embora.

— Por que não?

— Talvez algumas histórias tenham ido um pouco longe demais — respondeu ele. — Mas é só que... Podemos melhorar. O que precisamos fazer é demonstrar mais respeito uns pelos outros. — Ele olhou em volta com uma expressão de pânico. Apesar de toda a sua atuação como mestre de cerimônias, ficou claro que realmente se importava com a pequena comunidade que tínhamos construído no telhado. Ele se virou para Vinagre.

— Jennifer. O que você disse foi um pouco duro, não acha? Não vamos estragar esse clima bom que temos aqui.

Lá estava o líder dos escoteiros de novo. A princípio, Vinagre ficou em silêncio, as mãos cruzadas com firmeza. Mas, depois de alguns instantes, ela disparou:

— Não quis ofender.

— Ótimo — disse Eurovision. — Aí está. Um pedido de desculpas.

Flórida continuou a juntar suas coisas.

— Nós somos náufragos — disse a Dama dos Anéis. — Somos um bando de estranhos que sobreviveram a um mundo destruído. E agora estamos presos em uma ilha deserta, gostemos ou não. "Perdoe todos por tudo", minha mãe sempre dizia. Fique, por favor.

Mas Flórida não se comoveu. Momentos depois, carregando todos os seus pertences, ela desapareceu pela porta quebrada.

Depois de um silêncio perturbado, Eurovision começou uma história, com a voz alta e tensa.

— Quando comecei minha pós-graduação, fiz amizade com um jovem casal heterossexual que tinha acabado de adotar um coelho. Quando digo que eles eram jovens, é porque eram recém-formados na faculdade. Em Harvard, para ser mais preciso. A história deles é a seguinte: ela era colunista do *Crimson* e tinha que escrever a resenha de uma montagem de Shakespeare na qual ele tinha um dos papéis principais. Ela assistiu à peça e fez anotações, mas odiou. Na resenha, ela criticou o desempenho dele, chamando-o de exagerado e meloso demais. Isso o magoou. Certa tarde, ele entrou na redação do *Crimson*, onde a encontrou sentada, tomando uma xícara de chá, e defendeu sua interpretação do papel. Ela não se comoveu, dizendo a ele para superar; era apenas uma crítica de uma peça boba, havia coisas mais importantes com que se preocupar. Ele a convidou para jantar, mas ela recusou. Ele insistiu, o que ela deve ter achado irritante, mas no fim concordou, nem que fosse apenas para que ele parasse de encher sua paciência. Três anos depois, os dois estavam em frente à prefeitura de Iowa City, tentando encontrar dois estranhos que concordassem em ser testemunhas do casamento deles. Uma tarefa teoricamente simples, mas parece que as pessoas de Iowa levam o ato de ser testemunha muito a sério. Eles não conseguiram encontrar duas pessoas dispostas a fazer isso, então dirigiram três horas até Illinois, um estado onde, por algum motivo, não é necessário ter testemunhas.

"Essa história, porém, não é sobre testemunhas, persistência, casamento ou amor jovem. É sobre trauma, mas ainda não chegamos lá. Lembrem-se do coelho de estimação que mencionei. Minha amiga e seu novo marido adoravam bichos. Eles já tinham um gato. O gato e o coelho viviam em harmonia, então eles decidiram adotar outro coelho. *O que poderia dar errado?*, pensaram. Ou talvez isso nem tenha passado pela cabeça deles.

"E foi aí que as coisas desandaram: quando chegou em casa com o coelho mais novo, minha amiga o colocou na gaiola que ele ia dividir com o outro e preparou uma tigela de alface e cenouras frescas. Em vez de comer, os coelhos se atacaram. Eles guincharam a tarde inteira, depois durante a noite inteira, se atracando. Alguns dias depois, após um seminário noturno, saímos para beber e minha amiga nos disse que estava ficando maluca. Ela e o marido não conseguiam mais dormir porque tinham medo de que os coelhos se matassem e não sabiam o que fazer.

"Nenhum de nós sabia o que dizer a ela. Uma pessoa sugeriu que ela desistisse e entregasse o coelho mais novo para adoção. Outra pessoa sugeriu continuar com os dois, mas em gaiolas separadas. Talvez, sugeriu outro, eles precisassem de tigelas separadas para comida e água? Não, alguém disse, o que você precisa fazer é levá-los para um campo e deixá-los correr livremente. Afinal de contas, são coelhos. Estávamos, como vocês podem ver, atirando para todos os lados.

"Uma semana se passou. Quando saíamos para beber depois do seminário, algo que tinha se tornado um ritual, ela nos contou que havia revirado a internet e encontrado uma mulher a cinquenta quilômetros de distância que era terapeuta comportamental de coelhos. Ela cobrava duzentos dólares, pagos antecipadamente, e no site, segundo minha amiga, havia vários depoimentos de clientes satisfeitos. Talvez o nova-iorquino que há em mim tenha me ensinado a desconfiar de toda e qualquer pessoa que prometa curas milagrosas, mas fiquei chocado ao ver que dois estudantes de pós-graduação em língua inglesa, formados em Harvard, pessoas que sem dúvida tinham lido Chaucer, estavam prestes a ser enganados por uma charlatã que se dizia encantadora de coelhos. Fiquei furioso em nome dela, mas não disse nada porque, de modo geral, acredito que, quando se trata de um adulto gastando o próprio dinheiro, é melhor guardarmos nossas opiniões para nós mesmos. Se minha amiga e o marido queriam gastar duzentos dólares com uma terapeuta de coelhos, quem era eu para dizer alguma coisa?

"Na semana seguinte, estávamos loucos para ouvir a atualização a respeito da saga dos coelhos. Vou contar a vocês o que a encantadora de coelhos disse: primeiro, compre uma caixa de papelão e faça pequenos furos nas laterais, grandes o suficiente para que os coelhos consigam respirar, mas não muito grandes, para que não fujam; depois, forre a caixa com uma toalha, para o caso de os coelhos urinarem; em seguida, coloque os coelhos na caixa, feche-a, vire-a algumas vezes com cuidado e coloque-a no banco de trás do carro; por fim, dirija pelo seu bairro por mais ou menos uma hora, ou até ficar entediada, parando de tempos em tempos para virar a caixa com bastante delicadeza. Ao chegar em casa, abra a caixa e você encontrará seus coelhos calmos, com um amor renovado um pelo outro.

"A teoria, minha amiga nos disse, era de que os coelhos se uniriam por meio dessa experiência traumática compartilhada e viveriam o resto da vida juntos e em paz.

"Nós perguntamos: 'Funcionou?'

"'Sim', minha amiga respondeu. Eles tinham criado um vínculo verdadeiro.

"A criação de um vínculo entre coelhos por meio de uma experiência traumática compartilhada é algo em que achei que nunca mais teria que pensar. Na verdade, para ser totalmente sincero, já tinha quase me esquecido desse incidente quando, um ano depois, um amigo completamente diferente me ligou de Chicago, onde mora com o marido e o coelho de estimação.

"'Pegamos outro coelho', disse ele. 'E Liam não está aceitando.'

"(Liam é o primeiro coelho deles porque meu amigo é o tipo de pessoa que dá nome de gente a bichos de estimação.)

"'Ah, não', eu disse. 'E deixa eu adivinhar: eles querem se matar.'

"Meu amigo ficou exasperado. Queria saber como eu sabia. 'Liam nunca foi assim. É inacreditável', disse ele. 'Eu não estava esperando isso.'

"'Escute', falei. E em seguida disse que sabia exatamente o que ele tinha que fazer. Ia parecer loucura, mas ele só precisava de uma caixa, uma toalha (que aparentemente era opcional, considerando todo o contexto) e um carro.

"'Nós não temos carro', ele disse. 'Moramos em Chicago. Fazemos tudo de bicicleta.'

"Eu disse a ele que o carro era fundamental para o sucesso do plano, então ele teria que pedir emprestado a um amigo ou alugar um por um dia.

"Dava para ouvir a relutância no suspiro que ele soltou.

"'Confie em mim', eu disse. 'É um exercício de criação de vínculo. Você precisa traumatizar os coelhos.'

"'*Traumatizar* os coelhos?'

"'Você precisa confiar em mim', insisti. E então expliquei a ele todos os detalhes, como se eu fosse um terapeuta comportamental de coelhos certificado.

"Alguns dias depois, recebi uma mensagem de texto: OBRIGADO!!! Meu amigo e o marido tinham colocado o plano em prática com a precisão de um laser de diamante. E funcionou, porque é claro que ia funcionar. Eles ficaram eufóricos. Os coelhos, segundo eles, estavam uns amores, e só de vez em quando causavam confusão ao roer as plantas da casa, que agora precisavam ser deixadas em cima das bancadas. Mas isso, me explicaram, fazia parte.

"'Eu andei pensando nessa coisa de trauma', meu amigo me disse ao telefone.

"'Trauma humano ou trauma de coelho?', perguntei.

"'Não, só trauma comum mesmo. Do tipo compartilhado.'

"'Pesado', eu disse.

"'Você sabia que pessoas que passaram por algum trauma juntas, como sobreviver a um incêndio ou a um acidente de avião, ou até mesmo algo menor, como ficar preso em um elevador que despencou, costumam se reunir de tempos em tempos, todos os anos, por exemplo, para, tipo, comemorar?'

Eu não sabia disso.

– "Bem", ele disse, "é verdade".

"Eu acreditei nele, e essa é a reviravolta final que conclui a história. Vejam, para entender meu amigo e seu interesse por traumas, vocês precisam saber da história de como nos conhecemos e por que ele foi embora.

"Nós tínhamos nos conhecido seis anos antes, em Barcelona. Ambos éramos expatriados americanos trabalhando como professores de inglês depois da faculdade. Eram anos de poucas preocupações e muita liberdade: festas na praia, festas em terraços, festas em casa, onde quer que fosse. Ele era um grande mulherengo, e acho que dormiu com todas, ou quase todas, as americanas do nosso grupo de professores de inglês. Após seis meses de amizade, ele me disse que estava questionando sua sexualidade e perguntou se eu poderia levá-lo a um bar gay. Claro que eu aceitei e o levei a uma das maiores discotecas gays, onde ele usou um pouco de ecstasy no banheiro, mas isso é uma história completamente diferente, para outro dia. Alguns meses depois, fiquei sabendo por outra pessoa que meu amigo tinha ido embora de Barcelona sem se despedir e desativado suas contas nas redes sociais. Fiquei triste por ter perdido um amigo, sem saber se um dia voltaria a ter notícias dele.

"Alguns anos depois, quando voltei para os Estados Unidos para fazer a pós-graduação, ele entrou em contato comigo e me disse que estava morando em Chicago com o homem com quem hoje é casado. Fiquei muito feliz por ele, mas, claro, curioso para saber por que ele tinha deixado Barcelona sem uma palavra. Meu amigo me disse que era uma história triste, e depois de algumas tentativas eu enfim o convenci a me contar o que havia acontecido naqueles últimos meses em Barcelona.

"Ele havia se mudado para um novo apartamento, que dividia com o proprietário, também dono de uma lojinha no térreo. Esse homem tinha uma jovem amante que não era sua esposa. Segundo ele, a esposa ausente tinha caído na prostituição e nas drogas, e ele não queria esse tipo de vida.

"Uma noite, meu amigo precisou fazer uma pergunta ao proprietário. Foi até a porta do quarto do homem, que estava entreaberta, e bateu. Quando a porta se abriu, meu amigo viu a amante no quarto em uma situação comprometedora com o homem. Ela estava chorando, e meu amigo teve a certeza de que o homem estava fazendo alguma coisa ruim com ela. Perturbado por isso estar acontecendo no apartamento onde morava, ele me disse que sentiu, ou melhor, teve a convicção de que precisava fazer alguma coisa, mas não tinha ideia do quê. Sem saber como agir, enviou um e-mail para uma antiga professora de psicologia, alguém que tinha dedicado a vida a pesquisar os efeitos do trauma na psique humana.

"A professora respondeu com empatia e compaixão, mas disse a ele que a realidade era que só havia duas alternativas muito ruins. De acordo com ela, só poderiam acontecer duas coisas: ou a jovem continuaria a morar com o homem ou ia viver por conta própria, sem abrigo ou segurança. Se ela saísse por conta própria, sem recursos para se sustentar, havia grandes chances de cair nas mãos de traficantes de pessoas, sofrer abusos mais graves e, por fim, se voltar para uma vida de trabalho sexual e vício em drogas. Se continuasse morando com o homem abusivo, talvez conseguisse juntar dinheiro suficiente e, com o tempo, encontrar uma saída.

"'Não havia nada que eu pudesse fazer', meu amigo me disse. Ele acreditava que a professora tinha razão. Entre as duas opções, a mulher provavelmente teria mais chances de escapar se ficasse com o agressor, que os abrigava.

"Deu para perceber que isso o deixou arrasado. Eu não tinha ideia do horror que meu amigo estava enfrentando naquele momento.

"Mas, ao mesmo tempo que lhe impunha essa verdade desagradável, a professora lhe oferecia uma tábua de salvação, convidando-o a voltar para Chicago para trabalhar com ela como assistente de pesquisa. Ela precisava fazer trabalho de campo, entrevistando mulheres em Mount Greenwood sobre suas experiências com violência doméstica na classe alta. Ele deixou Barcelona às pressas, sem olhar para trás. E quando estava em Mount Greenwood, conheceu o homem que mais tarde se tornaria seu marido.

"Talvez este seja o estranho lado positivo dessa história: do trauma pode surgir uma oportunidade de conexão. Talvez as coisas tivessem se alinhado da maneira certa para ele, de forma que pudesse se mudar para Chicago e conhecer o homem dos seus sonhos. Às vezes me pergunto se ele ainda pensa naquela jovem de Barcelona. Eu penso. E me pergunto se ela está bem. Não compartilhei o trauma, nem o testemunhei; mas, quando meu amigo me contou essa história, senti o peso de seu fardo ser compartilhado entre nós. Não fazemos encontros anuais para comemorar nossa tristeza, o modo como o mundo, apesar de suas belezas e pequenos milagres, nos revela as maneiras pelas quais as pessoas fazem mal a outras pessoas. É uma triste verdade que temos de enfrentar e que levamos sempre conosco. Não somos coelhos presos em uma caixa forrada com toalha, andando em círculos dentro de um carro, mas ainda assim existem coisas indizíveis que nos conectam em nossa experiência de vida neste mundo.

"Minha pergunta é: se os coelhos conseguem criar vínculos por meio da experiência compartilhada dentro de uma caixa, por que nós não conseguimos?"

⁓

Enquanto a pergunta de Eurovision pairava no ar, sirenes soaram na Bowery, vindas de um trio de ambulâncias que se dirigia para o Presbyterian Downtown. As sirenes eram excepcionalmente altas, quase ensurdecedoras, pontuadas por buzinas estridentes. Ficamos parados, esperando enquanto o barulho, ecoando e distorcido entre os prédios, diminuía e dava lugar aos sinos da Old St. Pat.

Sem dizer mais nada, encerramos a noite.

Passei várias horas transcrevendo tudo o que tinha acontecido, depois apaguei as luzes e me deitei. Esta noite, o andar de cima permaneceu silencioso. Isso me perturbou tanto quanto os passos, e esperar por eles me deixou ainda mais insone. Enquanto estava deitada, fui tomada pela ideia paranoica de que talvez a pessoa que ficava andando lá em cima tivesse morrido.

Depois de algum tempo, como os pensamentos paranoicos ficavam cada vez piores, não consegui mais suportar. Levantei da cama, ansiosa, subi as escadas e entrei no apartamento, só para ter certeza de que não havia um cadáver apodrecendo no chão. Mas estava vazio e intacto: a mesma janela quebrada, móveis baratos, chão empoeirado. Voltei para a cama, mais do que nunca convencida de que havia fantasmas vagando lá em cima, tratando diligentemente de algum negócio do além. Virando nossa caixa de coelhos.

Sétimo dia
6 DE ABRIL

HAVIA UM NOVO TEXTO GRAFITADO NA PAREDE DO MURAL, ESCRITO com uma caligrafia pequena e elegante:

Tumbas ficaram vazias, mortos em mortalhas
Guinchavam e gemiam nas ruas de Roma

Shakespeare. Eu sabia que tinha que ser dele, mas não fazia ideia de qual peça. Adorei a matéria sobre Shakespeare que fiz na faculdade, embora quase tenha sido reprovada por causa de todas as merdas que estavam acontecendo na minha vida pessoal naquele semestre antes de eu abandonar os estudos.

Eu me acomodei no lugar de costume e tentei não fazer contato visual com Eurovision. Dava para perceber que ele estava doido para me pedir para falar e que provavelmente estava ficando irritado com o meu distanciamento, mas eu não tinha a menor intenção de contar uma história na frente de todo mundo. Tinha, no entanto, guardado aquela carta amassada na bíblia, e poderia usá-la caso me encurralassem. Na maior parte do tempo, eu só desejava que eles continuassem me ignorando. O Singapore Sling da noite anterior tinha me deixado de ressaca, então decidi pegar leve e preparei uma sangria com uma garrafa de vinho barato. Reparei que as pessoas andam bebendo muito no telhado. Se essa situação se prolongar por muito mais tempo, vamos todos virar alcoólatras.

Hoje foi veiculada a notícia de que há caminhões frigoríficos estacionados no Queens lotados de cadáveres e um hospital de campanha sendo montado no Central Park. Quanto mais evitávamos falar sobre a pandemia, mais palpável o medo sob a superfície se tornava. As pessoas continuavam aparecendo no telhado, e todos eram muito caxias em relação ao distanciamento de dois metros e à proibição de qualquer contato físico, mas ainda assim eu esperava que não estivéssemos condenando uns aos outros a uma morte invisível ao nos encontrarmos ali em cima, contando histórias todas as noites.

Para piorar a situação, minhas lâmpadas tinham acabado. De jeito nenhum que eu ia sair para comprar mais, e não conseguia falar com o proprietário e seus lacaios administrativos pelo telefone. Talvez estivessem todos no Solar Verde-Merda com meu pai. Acho que as luzes do prédio vão ter que queimar uma a uma. De certa forma, parece adequado. A sensação de hostilidade que eu sentia vinda dos moradores devia estar relacionada ao estado do prédio, e eu tinha vontade de dar na cara deles e gritar que não era culpa minha. Entretanto, preciso reconhecer: ninguém tinha dito nada sobre o assunto. Em circunstâncias normais, um grupo de nova-iorquinos presos em um edifício como o nosso já teria se revoltado há tempos.

Enquanto os outros iam chegando, me concentrei em minha terapia numérica habitual. Hoje o número de infectados no estado chegou a 130.689, com 4.758 mortes. Segundo Cuomo, estamos no momento mais crítico da pandemia. (Todo mundo está encantado com Cuomo e, sim, talvez ele seja melhor do que o sujeito na Casa Branca; mas, para mim, é apenas um falastrão que gosta de aparecer na TV. É um farsante igual ao irmão.) O número de mortes nos Estados Unidos já passa de 10.000, com 347.000 pessoas contaminadas. Os números estão beirando o impensável. O *Times* informou que uma tigresa malaia chamada Nadia pegou covid no zoológico do Bronx. Enquanto isso, na China, pela primeira vez desde o início da pandemia, não foram registradas novas mortes – ou pelo menos é o que eles afirmam.

As mentiras estão ficando mais grosseiras.

Achei que as notícias acabariam afastando as pessoas do telhado, mas esta noite ele estava mais movimentado do que nunca.

Eurovision chegou com o alvoroço habitual, agitado, cumprimentando a todos com *ciao ciao*, acenando para um lado e para o outro, cheio de energia, antes de ocupar seu lugar no trono. Ele é meio exibicionista, mas estou começando a gostar dele e de sua atitude meio Poliana. Com Vinagre na cadeira de diretor ao lado dele, os dois pareciam um rei e uma rainha de antigamente, sentados à cabeceira da mesa de um salão de banquetes medieval. Mas a grande surpresa foi o retorno de Flórida, elegante e séria, sentada o mais longe possível de Vinagre. Seu rosto estava tão tenso que ela parecia uma granada prestes a explodir – não que eu me importasse. Valia tudo para dar um pouco de emoção à Vida em Tempos de Covid.

Como de costume, todos aplaudimos às sete horas, e em seguida Eurovision abriu a noite apontando para o grafite.

– Vejo que temos alguém aqui com inclinação literária. É uma citação de *Júlio César*, se bem me lembro das minhas aulas de inglês no ensino médio, correto?

– Hum, não – disse o morador do 2E, o professor da Universidade de Nova York, Próspero. – É de *Hamlet*. Achei que viria a calhar nas atuais circunstâncias.

– Mas e as ruas *romanas*? – perguntou Eurovision. – Hamlet se passa na Dinamarca.

Eu não tinha certeza, mas pensei ter identificado uma ponta de triunfo se embrenhando em sua voz, o prazer de ofuscar um acadêmico.

– De fato – entoou o professor –, mas a fala é de Horácio, que está relembrando o que aconteceu pouco antes de Júlio César ser assassinado. Ele vê uma semelhança com o recente avistamento de fantasmas e presságios sinistros na Dinamarca. Está sugerindo que algo terrível está para acontecer. – E acrescentou: – Muito adequado à nossa situação atual.

– Ah – disse Eurovision. – Obrigado, professor.

Eu engoli um sorriso.

– Isso me fez lembrar – observou Ramboz – que Shakespeare escreveu *Rei Lear* durante a grande epidemia de peste em Londres. Não tenho dúvida de que os horrores da Peste Bubônica inspiraram a espetacular crueldade e maldade dessa peça. – Ele estremeceu.

Ao ouvir isso, Próspero se virou e olhou para Ramboz com uma expressão exasperada.

— Essa história infundada de novo! Esse meme tem aparecido em tudo quanto é lugar. Mas é *fake news*, como dizem hoje em dia. É uma ideia completamente equivocada. Shakespeare escreveu *Rei Lear* no verão e no outono de 1605, quando não havia peste. Na época, um ano e meio de calmaria já havia se passado desde o fim da terrível pandemia de 1603, que, aliás, tirou a vida de um em cada sete londrinos.

Diante dessa enxurrada de conhecimento, Ramboz congelou com um sorriso meio amalucado no rosto e assentiu gravemente, como se sua declaração tivesse acabado de ser confirmada.

— A mensagem não tão sutil — continuou Próspero — é que, se o Bardo conseguiu escrever uma obra-prima durante uma pandemia, é bom termos alguma coisa para mostrar antes que esta quarentena acabe, e é melhor que seja algo mais impressionante do que assar um pão de fermentação natural! — Ele riu de sua própria piada professoral. — Mas *existe* uma história sobre Shakespeare e a peste, verdadeira e muito mais interessante. E uma que traz uma lição para os tempos atuais.

— Vamos ouvir — disse Ramboz, tentando diligentemente recuperar a simpatia do imponente professor.

— Minha história remonta ao início do verão de 1592, quando Shakespeare tinha quase trinta anos e lutava para se destacar como freelancer. Nessa época, ele vivia e trabalhava como ator e dramaturgo em Londres havia cerca de três anos, tendo deixado a esposa, Anne, e os três filhos pequenos em Stratford-upon-Avon.

"Não sabemos muito sobre a vida de Shakespeare nesse período — em que lugar ele alugava um quarto, com quem dormia —, mas temos algumas informações sobre o andamento de sua carreira. Em 1592, o rabugento Robert Greene alertou seus colegas dramaturgos sobre um 'corvo arrogante que ostenta nossas penas e que, com seu "coração de tigre envolto na pele de um ator", supõe ser tão capaz de tornar grandioso um verso branco quanto o melhor de vocês e... acredita ser o único dramaturgo do país.' O ressentido Greene pinta um retrato vívido de um Shakespeare em ascensão, um ator que se tornou escritor teatral e que devia seu sucesso recente ao que estava aprendendo com os principais dramaturgos da época – ou, na opinião de Greene, ao que estava roubando deles.

"A vida de ator independente, que foi como Shakespeare começou no teatro, não era fácil. Uma companhia teatral elisabetana em geral consistia em meia dúzia de acionistas que dividiam despesas e lucros e empregavam até uma dúzia de 'atores contratados' que encorpavam o elenco, em sua maioria fazendo dois papéis pequenos, dependendo do número de personagens da peça que iam encenar no dia. Meninos adolescentes, em geral aprendizes (os estagiários não remunerados da época), interpretavam os papéis femininos. A remuneração de um autor autônomo, de apenas um xelim por dia, não era alta. Mas, em um bom ano, um ator contratado de confiança conseguia ganhar entre doze e catorze libras – mais do que um trabalhador comum, mas menos do que um professor.

"Como todo dia uma peça diferente era encenada, com cerca de vinte novas peças incorporadas ao repertório a cada ano, enquanto as antigas favoritas também eram apresentadas, esperava-se que os atores tão afortunados a ponto de serem contratados para o dia se apresentassem para o ensaio pela manhã e, depois de uma pausa para a refeição, a encenassem à tarde. Era uma vida instável, ainda mais porque os teatros tinham que fechar de tempos em tempos por causa da peste ou por ordem do governo quando uma peça infame causava indignação. Uma das cartas mais tristes dessa época é do talentoso ator Richard Jones, que implora por um empréstimo para poder se juntar a uma companhia itinerante que estava indo para o continente, 'pois aqui não ganho nada, às vezes recebo um xelim por dia, e às vezes nada, então vivo em profunda pobreza'.

"Doze libras por ano eram suficientes para cobrir o aluguel e as refeições de Shakespeare. Mas ele tinha muitas outras bocas para alimentar além da esposa e dos três filhos em Stratford-upon-Avon. Seu pai idoso estava tão endividado que não podia sair da casa da família na Henley Street por medo de ser preso. Portanto, como primogênito, é provável que Shakespeare tivesse que sustentar o pai e a mãe, bem como os três irmãos mais novos. Para fazer isso, ele precisava ganhar mais, o que significava assumir uma segunda, e não menos precária, carreira autônoma como dramaturgo. Enquanto seus colegas atores relaxavam após um longo dia de atuação, Shakespeare ia escrever peças.

"As companhias de teatro estavam dispostas a pagar a um autor teatral a modesta quantia de seis libras por peça, sobre a qual passavam a deter todos os direitos, incluindo quaisquer lucros provenientes da sua publicação. Havia muitas corporações de ofício na Inglaterra elisabetana, mas nenhuma zelava pelos direitos dos autores. Era quase impossível para os dramaturgos autônomos se sustentarem com o que ganhavam por ano com um punhado de peças, e praticamente nenhum escritor da época conseguiu fazer isso, ou fazer por muito tempo. Era mais lucrativo escrever em colaboração, embora, divididas entre dois ou mais escritores, seis libras não fossem muito.

"Em menos de quatro anos, mais ou menos de 1589 a 1592, Shakespeare escreveu, foi coautor ou contribuiu com cenas para *Arden of Faversham*, *The First Part of the Contention of the Two Famous Houses of York and Lancaster*, *The True Tragedy of Richard Duke of York*, *A megera domada*, *A comédia dos erros*, *Henrique VI*, *Eduardo III*, *Os dois cavalheiros de Verona* e *Tito Andrônico*. Não sabemos a ordem em que foram escritas, e talvez uma ou duas tenham sido rascunhadas um pouco antes ou um pouco depois. O pagamento por todos esses escritos era pouco mais do que ele ganhava como ator, talvez quinze libras por ano.

"Mas o dia não tinha horas suficientes para que Shakespeare ganhasse mais do que isso. A única maneira de progredir era tornar-se acionista, dividindo os lucros das apresentações com o dono do teatro e passando para o lado daqueles que exploravam atores e dramaturgos autônomos. Mas primeiro ele tinha que ser convidado a ingressar como sócio em uma companhia, e não há evidências de que tal convite tenha sido feito em 1592. Mesmo que tivesse sido, para tornar-se acionista de uma sociedade anônima, ele precisaria fazer um investimento de capital de trinta libras ou mais, dinheiro que Shakespeare provavelmente não tinha. E, por mais que estivesse progredindo como escritor, seu caminho ainda era bloqueado por dramaturgos mais célebres que haviam produzido sucessos de bilheteria e cujas novas peças eram muito procuradas: Greene, Christopher Marlowe, George Peele, Thomas Lodge, Thomas Kyd, John Lyly e Thomas Watson.

"Mesmo assim, ele estava indo bastante bem, tão bem quanto se poderia esperar de um profissional autônomo sobrecarregado com dois empregos de tempo integral. Mas isso teve um fim abrupto no verão de 1592, quando a peste de repente chegou a uma Londres que não via um surto tão violento desde a Peste Bubônica de 1348. De início, as autoridades decidiram fechar os teatros até setembro, depois até dezembro, quando o clima mais frio costumava pôr fim à epidemia. Mas o surto persistiu. Embora tivessem reaberto por um breve período, quando as mortes causadas pela peste caíram para menos de trinta por semana, os teatros voltaram a ser fechados em fevereiro de 1593, quando dezenas, depois centenas, de londrinos morriam de peste a cada semana. Em agosto do mesmo ano, os londrinos mal conseguiam enterrar as mil e oitocentas vítimas semanais.

"Naquele mês, Philip Henslowe, dono do Rose Theatre, que estava fechado, escreveu em uma carta ao genro, o famoso ator trágico Edward Alleyn, dizendo que 'a esposa do ator Robert Browne e todos os seus filhos e os funcionários da casa em Shoreditch estavam mortos, e todas as portas estavam barricadas'. Browne estava em turnê pela Europa quando sua família foi dizimada. Provavelmente, a casa dele foi lacrada, com todos os que ainda estavam vivos lá dentro, por quatro semanas; as palavras 'Que o Senhor tenha piedade' devem ter sido pintadas com tinta vermelha na porta da frente. Ao ouvir essa notícia, Shakespeare deve ter ficado aliviado por não ter levado a família com ele para a cidade infectada. O verão de 1593 deve ter parecido o fim do mundo, ou pelo menos o fim do mundo do teatro.

"As dificuldades enfrentadas pelo jovem Shakespeare nesse momento eram enormes. Em uma época de tanta incerteza, ele não poderia escrever peças na esperança de depois conseguir vendê-las, pois elas eram escritas para companhias de teatro específicas e, às vezes, determinados atores famosos. E quem pagaria por elas? As companhias que tinham deixado a cidade para fazer turnês por províncias mais seguras não precisavam de peças novas: elas encenavam as velhas favoritas do público em todas as cidades onde tinham permissão para se apresentar. E ele não poderia ganhar nem um centavo atuando, a menos que saísse em turnê (e a remuneração dos atores itinerantes contratados era notoriamente baixa). Se saísse de Londres, Shakespeare ficaria privado de oportunidades de colaboração, bem como do acesso aos livros que usava como base para suas peças. Por outro lado, permanecer em uma Londres infectada colocava sua vida em risco. À medida que o número de infectados flutuava e os teatros abriam e fechavam de maneira intermitente, deve ter passado pela cabeça dele que era hora de deixar a cidade infectada e encontrar uma maneira melhor de usar seus talentos em outro lugar.

"Ele poderia ter desistido da vida de escritor e ter voltado para Warwickshire, em busca de trabalho como professor ou talvez um emprego no negócio do pai, fabricante de luvas. Mas decidiu continuar em Londres, escrevendo alguns poemas longos extremamente populares, *Vênus e Adônis* e *O estupro de Lucrécia*, que dedicou ao Conde de Southampton, que por convenção deve tê-lo recompensado com algumas libras por cada um. Ambos os poemas venderam muitíssimo bem e tiveram várias impressões, mas foram os editores, e não Shakespeare, que lucraram com seu sucesso. Embora os poemas tenham lhe rendido elogios e atenção, a publicação deles lhe rendeu apenas uma ninharia. Se a epidemia de peste que começou em 1592 e durou quase dois anos tivesse se estendido por muito mais tempo, é difícil imaginar um futuro para Shakespeare no teatro ou como escritor que vivesse de seu trabalho.

"No mês em que Shakespeare completou trinta anos, abril de 1594, o número de mortes semanais pela peste finalmente caiu para menos de trinta, e os teatros de Londres reabriram. A essa altura, mais de doze mil londrinos, dos cerca de 150 mil que estavam vivos quando o surto começou, tinham morrido de peste. Companhias de teatro londrinas importantes, nas quais Shakespeare provavelmente trabalhou como ator contratado ou para as quais havia escrito, como Queen's Men, Sussex's Men e Pembroke's Men, foram à falência por causa do fechamento dos teatros. Quando as peças voltaram a ser encenadas, Marlowe havia morrido, assim como Greene. Watson foi um dos primeiros a morrer, provavelmente de peste, um dos quase duzentos londrinos que sofreram e morreram da doença na última semana de setembro de 1592. Peele, assim como Lodge e Lyly, tinha desistido da dramaturgia. Kyd estava agonizando. A maioria tinha pouco mais de trinta anos.

"Assim, restou Shakespeare... e mais nenhum outro dramaturgo digno de nota. Os atores que não tinham sucumbido à peste se reorganizaram. Uma das companhias recém-formadas foi a Chamberlain's Men, que ostentava o melhor ator trágico (Richard Burbage) e o comediante mais engraçado (Will Kemp) do país. No verão de 1594, um novo acionista havia se juntado à companhia: o ator e dramaturgo William Shakespeare (que, de acordo com documentos remanescentes, junto com Burbage e Kemp, foi pago para se apresentar na corte no fim daquele ano). É difícil entender como Shakespeare levantou o capital necessário para ingressar como sócio na companhia. Talvez tenha sido dispensado de pagar a taxa ou talvez tenha oferecido peças como pagamento. A Chamberlain's Men foi sábia ao garantir os serviços do melhor dramaturgo remanescente, que além do mais também sabia atuar.

"Daí em diante, Shakespeare nunca mais precisou vender suas peças. Convidar um escritor autônomo para se tornar sócio era algo inédito em 1594, e raro desde então, mas acabou sendo uma decisão lucrativa para a Chamberlain's Men. A segurança no emprego acabou se mostrando algo muito bom para o dramaturgo jovem e promissor. Um ano depois de se tornar sócio da companhia teatral, Shakespeare já havia escrito duas de suas peças mais populares, *Romeu e Julieta* e *Sonho de uma noite de verão*. Na década seguinte, livre da peste, ele continuou a escrever duas ou três peças por ano, todas muito melhores do que as que havia produzido antes, quando era autônomo. Em 1598, ele foi convidado a se tornar coproprietário do teatro The Globe.

"Se um rato fugitivo transmissor de *Yersinia pestis* e infestado de pulgas tivesse fugido por uma determinada rua lamacenta em Southwark em vez de outra em 1592, o nome de Shakespeare poderia ter sido relegado a uma nota de rodapé, e poderíamos estar celebrando Thomas Watson como o maior dramaturgo que a Inglaterra já conheceu, ou talvez venerando outro novato, hoje anônimo. Alguns têm a saúde, os meios de subsistência e a família destruídos por uma pandemia; outros têm mais sorte. Por que essa história alternativa sobre Shakespeare e a peste não se tornou um meme da covid, não faço a menor ideia."

— Quanto da história humana terá sido determinada por ratos fugitivos e infestados de pulgas? — refletiu a Dama dos Anéis.

— E quantos jovens escritores estarão morrendo de covid neste exato momento – observou o Poeta –, antes de poderem presentear o mundo com seu talento? Este é o nosso momento "Elegia escrita em um cemitério no campo".

Eu não tinha ideia do que ele estava falando.

— A covid está matando principalmente pessoas mais velhas – retrucou Maine. E então, vendo os rostos chocados das pessoas em sua maioria "mais velhas" no telhado, ela se apressou em acrescentar: – É claro que a morte de uma pessoa mais velha não é menos perturbadora do que a de uma pessoa mais jovem.

— Claro que é – disse a Dama dos Anéis. – Eu tenho sessenta e cinco anos. Se eu morrer, vai ser triste. Se ela morrer – ela fez um gesto com o polegar para Hello Kitty –, vai ser uma tragédia. Ainda mais se continuar fumando esses cartuchos cancerígenos.

Hello Kitty deu uma longa tragada em seu vape e soprou uma nuvem de fumaça na direção da Dama dos Anéis.

— Nós não sabemos que rumo a covid vai tomar – disse Maine. – Os vírus sofrem mutações. É por isso que todos nós deveríamos estar usando máscara aqui. – Ela olhou ao redor. Ainda havia algumas pessoas que não tinham aderido a essa recomendação.

— As máscaras atrapalham na hora de comer, beber e conversar – disse Eurovision, na defensiva. – Sem falar na respiração.

Ele era um dos que estavam sem máscara. Eu também. Onde eu ia conseguir uma? Era para sair e pegar covid brigando com alguém pela última máscara da farmácia? Seria engraçado. Além disso, já imaginou tentar conversar com o rosto coberto?

Nesse momento, a mulher sentada em uma cadeira de vime perto do mural se abaixou e pegou um tecido embolado e amassado ao lado de sua cadeira. Ela ainda não tinha falado, e eu estava curiosa para saber quem era. Imaginei que fosse Tango, do 6B. Ela se levantou e sacudiu o tecido, e vi que era um avental de cozinha feito em casa e mal costurado, estampado com cabeças de galinhas estúpidas.

— Que porcaria é essa? – perguntou Próspero.

— É um avental... e talvez seja uma ideia para este grupo. – Tango sorriu.

— Meu Deus — disse Eurovision. — Essa coisa com certeza ficaria em primeiro lugar no concurso de avental mais feio.

— Obrigada. Eu fiz esse avental na aula de economia doméstica, meio século atrás. O pobre nunca teve a menor chance. No minuto em que me sentei para costurá-lo, no minuto em que minhas mãos tocaram esse tecido horroroso, mescla de poliéster, no minuto em que comecei a gastar o que acabariam sendo dezoito horas tentando passar a linha na maldita agulha, tudo já estava perdido. Eu molhava a ponta da linha na língua para deixá-la bem fina, mas toda vez que fazia isso o buraco da agulha parecia ficar misteriosamente ainda mais estreito. E logo ficou claro para mim que essa experiência de estreiteza e feiura só podia terminar em lágrimas. E que a verdadeira vítima seria este pobre avental.

Ela o ergueu para todos nós vermos. Ao fundo, atrás das surreais cabeças flutuantes de galinhas, havia a imagem de um pequeno galinheiro, tudo fora de perspectiva.

※

— Isso foi na década de 1970, em uma cidade de Long Island da qual vocês nunca ouviram falar. Meninos e meninas tinham seus respectivos interesses e ponto-final. Eu não gostava dos interesses tradicionais das meninas, nem dos interesses tradicionais dos meninos. Este projeto de avental não significou nada para mim.

"Mas a experiência não foi de todo ruim. Havia uma garota que se sentava à minha frente na aula de economia doméstica, vamos chamá-la de Jennifer Esposito. Ela era muito legal. Chegava na sala de aula todos os dias exalando um cheiro como se uma nuvem de maconha tivesse descido sobre nossa cidade como chuva radioativa. Uma vez, quando deveríamos estar costurando nossos aventais, Jennifer me perguntou: 'Ei, você já ouviu aquela música nova, "American Pie"?'

"Na verdade, eu tinha, sim, ouvido a música, graças à minha irmã mais velha, que tinha comprado o disco. Juntas em nossa mesa na aula de economia doméstica, Jennifer Esposito e eu analisamos a letra de 'American Pie', de Don McLean, como se fôssemos duas estudiosas de poesia dissecando o Canto XI da *Divina comédia*.

"'… *And a voice that came from you and me…*', eu recitei em voz alta, com a voz mais poética possível. Então ficamos sentadas ali em silêncio, pensando nessas palavras por um tempo. Eu disse a ela: 'Acho que isso quer dizer que a arte é inclusiva. Que ela vem de todos nós.'

"Enquanto isso, os meninos faziam trabalhos manuais do outro lado do corredor. Eu não tinha nenhuma inveja deles. Os sons que vinham da oficina eram tão altos que parecia até as Quinhentas Milhas de Daytona lá dentro. Até hoje sinto um orgulho inexplicável de mim mesma quando uso o vocabulário mais básico relacionado a ferramentas. Faz pouco tempo, eu disse ao meu marido: 'O puxador da gaveta está frouxo. Acho que precisamos de uma chave Phillips.'

"Adoro esse termo, 'chave Phillips'. Quem é esse Phillip? E como ele deu nome à cabeça de uma chave de fenda? É tipo ter uma estrela ou um cometa batizado com o seu nome, só que muito mais banal. Uma coisa eu sei: nunca vai haver uma cabeça de agulha de costura com o meu nome. Nem um tipo de linha. Este avental é a única coisa que tenho para mostrar como resultado das minhas aulas de economia doméstica tanto tempo atrás. Não me tornei uma daquelas mulheres que adoram costurar ou tricotar, que fazem isso por prazer ou para relaxar, ou porque gostam de um desafio artesanal.

"Fico enjoada só de pensar em entrar em uma loja de artesanato. Se vocês me dissessem agora: 'Toma vinte dólares. Preciso que você vá comprar uma peça de tecido…' (E, assim como acontece com a cabeça de chave de fenda que recebe o nome de Phillips, por que chamamos um pedaço de tecido de peça?) '… estampado com espigas de milho pequenas, então vá até uma loja de tecidos e compre uma peça', eu obedeceria e iria. Mas, no minuto em que entro em uma loja de tecidos, sou nocauteada pelo cheiro de lã, cola e tecido. O cheiro da costura. O cheiro do *artesanato*. Tudo isso me deixa triste.

"Meu avental tinha um cheiro quando ainda era apenas um corte de tecido. Quando era apenas um pedaço de tecido ondulante ainda não transformado em outra coisa. Da mesma maneira que um dia, quando tinha treze anos e estava na aula de economia doméstica sentada de frente para Jennifer Esposito, eu também ainda não tinha me transformado em nada. Eu não gostava de economia doméstica nem dos trabalhos manuais na oficina. Não era boa nem ruim em nada disso. Eu não sabia o que era. Todos nós começamos como um corte de tecido, e nosso trabalho é nos transformar em algo útil ou significativo, em algo bonito ou original. No meu caso, isso levou muito tempo. Nunca gostei desse avental, mas o mantive guardado durante todo esse tempo. Guardei porque, de uma forma estranha, gosto de lembrar de mim mesma quando ainda não era uma pessoa formada.

"E às vezes me vejo de novo naquela sala de aula com piso de ladrilho, paredes de concreto e luzes fluorescentes acima da cabeça de uma garota cheia de esperança que ainda não sabia qual era seu lugar no mundo. E como ela poderia saber? Como alguém pode saber? À minha frente, meu avental estava aberto como (uma espécie de) paciente sedado na mesa de cirurgia. Um avental coberto de cabeças de galinha e seus respectivos galinheiros. Eu o guardei durante todo esse tempo, mas nunca o usei. Nem quando 'preparava' pizza congelada para meu grupo de amigos no ensino médio, nem mais tarde, quando não era mais uma adolescente, e sim uma mulher adulta, uma mãe que preparava refeições inteiras, que tirava travessas do forno e gritava 'Cuidado, cuidado, está quente', enquanto meus filhos me cercavam. Nessa época, eu cozinhava sem avental, como faço agora. Eu corro riscos."

—⁓—

Ela ergueu o avental outra vez.

— Eu estava pensando nisso, e neste avental, ontem à noite, então o tirei do fundo de uma gaveta. Eu me arrisco sem avental, deixo a vida me levar. Mas toda essa coisa da covid, isso mudou. Algo assim costuma nos abrir para mais possibilidades, mas esta doença está simplesmente acabando com todos nós. Então... — Sem cerimônia, ela pegou uma tesoura grande de uma cesta a seus pés e começou a cortar o tecido, retalhando as cabeças de galinha. — Aqueles que sabem costurar, peguem pedaços do tecido, levem para casa e voltem amanhã com máscaras para todos. — Enquanto falava, ela cortava o avental e empilhava os retalhos no braço da cadeira.

Maine examinou os rostos de todo mundo, avaliando quem precisava de mais convencimento.

— É uma inconveniência mínima — disse ela. — Todos deveríamos usar máscaras. Confiem em mim.

— É, e vejam se conseguem centralizar a cabeça da galinha bem em cima da boca, para máxima proteção — disse Hello Kitty, com um sorrisinho sarcástico.

— Para o máximo de ridículo — completou a Dama dos Anéis. — Não, obrigada. Eu prefiro Hermès. — Ela tocou seu xale com estampa de guepardos.

— Se for sacrificar seu Hermès à covid, faça uma máscara para mim também — disse Eurovision. — Eu me *recuso* a usar uma galinha.

— Cortar um Hermès? Só por cima do meu cadáver.

O som da tesoura cortando encheu o ar.

— Quem mais aqui no telhado além de mim — perguntou Wurly de repente — odeia essa música?

— "American Pie"? Achei que todo mundo adorasse — disse La Reina.

— Quatro acordes banais — continuou Wurly —, dedilhado de violão de nível colegial, letra sem sentido com rimas excessivas. Digo, que porra é essa? É para a gente achar essa música profunda? Ouçam música de verdade, cara. Ouçam Satchmo, Billie Holiday, Coltrane. Ou Mahler, pelo amor de Deus.

— É meio que uma música *folk* — disse Eurovision. — A ideia é ser simples.

Wurly sibilou.

— Não. A boa música *folk* nunca é simples, ela nasce da alma das pessoas, de sua vida e suas lutas. "American Pie" era música de elevador para hippies brancos privilegiados.

— Nossa — disse Eurovision, rindo.

Eu não conhecia a música, nunca tinha ouvido falar do cantor e, para ser franca, não dava a mínima.

— Tudo bem — continuou Eurovision, recompondo-se. — Em vez de ficarmos criticando Don, quem tem uma história?

Um silêncio constrangedor se abateu sobre nós, enquanto os olhos de Eurovision esquadrinhavam ameaçadoramente o telhado. Tentei evitar contato visual, fingindo escrever algo em meu caderno.

— Hum! — Senti seu olhar em mim mesmo estando de cabeça baixa. — E aquela história que você nos prometeu?

Ergui os olhos.

— Eu?

— É, você. Conte-nos uma história. Qualquer uma. As aventuras de uma torneira com vazamento, por exemplo! — Ele riu da própria piada idiota.

Por um momento, tive vontade de esganá-lo. Mas tudo bem, eu tinha me preparado para isso.

— Na verdade, não tenho uma história minha para contar — falei. — Mas posso ler uma carta que achei.

Era uma carta louca e engraçada, uma boa maneira de desviar a atenção de mim enquanto eu fingia estar participando daquilo.

— Achou? Onde?

— No lixo.

— Você revira nosso *lixo*?

— Eu estava limpando um dos apartamentos — respondi, indignada. — Acho que a pessoa que morava lá foi para os Hamptons. Estava amassada no chão.

— Ah, uma *dessas* — falou a Dama dos Anéis, com a voz carregada de desaprovação. Por um instante, pensei que ela estivesse falando de mim, até que percebi que ela se referia às pessoas que tinham fugido de Nova York ao primeiro sinal de problema. — Qual apartamento?

Dei de ombros.

— É melhor não dizer.

Eurovision suspirou de uma forma mais teatral do que o necessário.

— Bem, eu estava esperando algo *real*, mais pessoal. Mas tudo bem. Vamos ouvir a leitura da carta.

Ele parecia aferrado à ideia de que havia algo suspeito em mim, de que eu estava escondendo alguma coisa. Eu não ia dar abertura para ele investigar. Peguei as páginas amassadas, alisei-as sobre a coxa e comecei a ler.

SÉTIMO DIA

――⋙⋘――

Queridos Cheryl e Steve,

Feliz dia de casamento!

Pelo menos espero que vocês estejam comemorando o dia em que teriam se casado se essa pandemia não tivesse atrapalhado tudo. Que lástima. Torço para que o dia de hoje ainda seja especial para vocês, mesmo sem a festa de casamento luxuosa naquela linda propriedade à beira-mar que conheço nos mínimos detalhes pelo Facebook e pelo Instagram, mesmo não tendo sido convidada. Envio aqui um vaso.

É meu presente para vocês pelo início de uma nova vida juntos, além desta carta, pela qual tive que pagar a mais, porque vocês valem a pena! Talvez Steve compre flores para você colocar no vaso, Cheryl. Seria tão romântico! Uma vez ele me deu uma melancia. Não foi tão despropositado quanto parece: foi meio que uma piada interna, daquele tipo que você teria que estar lá para entender. Foi fofo e meio engraçado, como as piadas internas são quando se está junto há muito tempo. Era Dia dos Namorados e, bem... Uma melancia. Ainda assim, eu poderia ter levado mais na esportiva. Mas éramos muito jovens naquela época. Tenho certeza de que todos amadurecemos muito nos últimos dezoito meses!

Se ele me desse uma melancia hoje, eu provavelmente cairia na gargalhada em vez de chorar e "dar um chilique".

Principalmente porque agora eu diria: Steve, por que você está me dando uma melancia no dia do seu casamento com minha ex-melhor amiga? Seu palhaço.

Eu o chamava de palhaço às vezes, e ele me chamava de boba. Espero que ele tenha um apelido melhor para você, Cheryl! É claro que tenho um milhão de apelidos para você, alguns dos quais criados na época do segundo ano (Chiclete!) e usados durante todo o ensino médio (você era Unha e eu era Carne, ou era o contrário?), e assim por diante até alguns meses atrás... Caramba, nem queira querer saber os novos apelidos que inventei para você! Ou talvez você já tenha ouvido alguns deles por meio de nossos "amigos" em comum. Sete deles foram convidados para o casamento, então imagino que você não tenha cortado os laços com todo mundo! Uma atitude sensata. É difícil construir uma nova vida totalmente do zero.

Se bem que devo dizer que todas aquelas fotos de noivado de você e de Steve são um bom começo. Quer dizer, você está loira! Essa é nova! Eu lembro de como você zombava das garotas que postavam selfies de biquíni, então entendo a coragem que precisou ter para deixar de lado a hipocrisia e posar para todas aquelas fotos seminua com Steve na praia.

Imagino que sua mãe também esteja surpresa. Ela está bem? Ah, "tia" Jeanie e "tio" Paul. Eles devem estar arrasados com esta recente calamidade, tendo que cancelar o casamento quando organizaram tudo tão às pressas depois que a notícia do seu noivado repentino chocou todo mundo.

Todo mundo, menos o fotógrafo que Steve contratou para documentar cada segundo do pedido de casamento. O que poderia ser mais íntimo e espontâneo do que três dúzias de fotos posadas tiradas de vários ângulos mostrando o momento exato em que Steve se ajoelhou, vestindo calça cáqui e camisa branca combinando com seu vestido branco e novos sapatos de salto bege, que definitivamente não deixam você mais alta do que ele, só quase da mesma altura. Não se preocupem, nenhum dos dois! Ficou muito lindo!

Só espero que vocês estejam bem diante de todas as decepções que estão sofrendo. É claro que há coisas piores acontecendo agora do que o cancelamento de um casamento de contos de fada. Ainda assim, quebrar a perna (como aconteceu no quinto ano — lembra quando eu tive que carregar seus livros de um lado para o outro da escola o mês inteiro? Bons tempos!) ou dar uma topada (nossa, lembra quando eu dei uma topada naquela cadeira esquisita da sua cozinha e, dez minutos depois, quase nos engasgamos de tanto rir com o sorvete que estávamos comendo direto do pote que você colocou em cima do meu dedo do pé?) não é tão ruim quanto, digamos, um câncer terminal — mas eis a verdade: no momento em que acontece, o fato de outras pessoas terem câncer terminal não diminui a dor da topada. (Como nós, em retrospectiva, tivemos a falta de sensibilidade de tentar explicar à sua avó, que ela descanse em paz. Meu Deus, às vezes nós éramos umas bestas.)

Então, o fato de seu casamento estar arruinado ainda é uma grande lástima, meus dois pombinhos, apesar de todas as mortes, de todas as pessoas doentes e do colapso econômico à sua volta. Espero que consigam, de alguma forma, esquecer os sentimentos de todas as outras pessoas e ter uma noite romântica. Não preciso dizer que dá azar deixar um vaso vazio. Como todas as floriculturas estão fechadas por causa dessa praga não metafórica, vocês não vão conseguir encher o vaso – que eu sei que não estava na lista de presentes, mas, para ser sincera, eu não conseguiria lhes dar nenhuma daquelas coisas horrorosas que tenho certeza que alguma vendedora deve ter empurrado para vocês –, portanto talvez devessem enchê-lo de gim e fazer uma festa! Deixei uma garrafa de Hendrick's, o favorito de Steve, no freezer. Era um presente para ele antes de eu encontrar aquelas fotos suas na gaveta de cuecas dele, Cheryl.

Se ainda estiver lá – o gim, quero dizer –, considere-o um presente de casamento extra meu para os dois! Para acompanhar o vaso.

Embora eu tenha ficado sabendo que você agora está tentando não beber, Cheryl. Parabéns, a propósito. Um dia de cada vez. Você e eu nunca mais bebemos gim depois daquela noite, quando tínhamos vinte e um anos e bebemos além da conta. Lembra disso, Cheryl? Pelo menos um pouquinho? Bem, de qualquer forma, é óbvio que alguns detalhes daquela noite nunca serão compartilhados com você, Steve!

Vocês não precisam nem me enviar um cartão de agradecimento, nenhum dos dois. Eu sei como odeiam essas coisas! Eu conheço vocês dois muito bem.

Se cuidem. Ninguém sabe como essa doença pode afetar um feto no primeiro (ou já é o segundo?) trimestre.

Com todo o meu amor!
Boba/Unha-e-ou-Carne

―◆―

Risadas desconfortáveis ecoaram pelo telhado. Atrás de mim, ouvi uma gargalhada estrondosa, que me pareceu vir de Barba Negra. Eu estava me divertindo muito com aquela mulher engraçada e furiosa, fosse quem fosse, mas então notei Eurovision tentando chamar minha atenção. Ele me olhava com desconfiança.

– É verídico?

– Acho que sim. Não sei – respondi. – Como eu disse, encontrei essa carta amassada no chão. Acho que a autora escreveu e decidiu não enviar.

— Exatamente — disse a Dama dos Anéis, fungando. — Não se *envia* uma carta dessas. Ela escreveu para desabafar e depois jogou fora. Ponto para ela.

Fiz que sim e olhei de relance para Hello Kitty. De todas as pessoas no telhado, era ela quem tinha mais probabilidade de ser amiga da autora da carta, mas ela não deu nenhum sinal de tê-la reconhecido.

Os sinos tristes e rachados da Old St. Pat começaram a soar, poupando-me de um novo interrogatório da parte de nosso intrometido mestre de cerimônias.

Depois de transcrever as histórias da noite, apaguei a luz e fui para a cama, prestando atenção e com uma ansiedade embotada, para ver se conseguia ouvir aqueles passos suaves — eles viriam ou não viriam? Estavam de volta esta noite, uma procissão arrastada de condenados, junto com aquele som enigmático de remos na água. Mas o pior foi que também ouvi o que pareciam ser vozes abafadas — assustadas, confusas e balbuciantes. Quantos moradores havia naquele lugar, afinal? Cobri a cabeça com o travesseiro, tentando me isolar de todos os sons. Demorei muito para pegar no sono.

Oitavo dia
7 DE ABRIL

QUANDO CHEGUEI AO TELHADO NAQUELA NOITE, AS MÁSCARAS DE galinhas idiotas de Tango estavam em uma cesta perto da porta. A Dama dos Anéis, por outro lado, estava resplandecente usando uma máscara de seda dourada com estampa de guepardos – ela havia sacrificado seu Hermès, afinal. Ela havia deixado outra máscara no trono de Eurovision, que a pegou com olhos radiantes.

– Em outros tempos, eu te daria um abraço, minha querida – disse ele, colocando a máscara no rosto e ajustando-a. Ele virou a cabeça. – Como estou?

– Fabuloso, claro.

Nem morta que eu ia usar uma máscara de galinha. Preferi amarrar uma bandana de caubói em volta do rosto como uma bandoleira. Combina mais com a forma como me vejo. Havia outras máscaras: Hello Kitty estava com uma máscara da Hello Kitty, é claro, a Filha do Merengueiro usava uma de lantejoulas, Maine com sua máscara cirúrgica parecendo um pouco surrada, e Darrow com uma feita de uma gravata rosa. Vinagre tinha costurado uma máscara de veludo preto com a cabeça de um fantasma pintada.

Na parede do mural havia uma nova pintura: um demônio grotesco com cabeça de morcego e cauda de pavão se contorcendo em chamas; acima dele pairava um anjo de asas em tons de azul e rosa, olhando para baixo com uma expressão de êxtase em seu rosto celestial. Era muito impactante e obviamente tinha sido feita por um artista de verdade.

— Uau — disse Eurovision. Era difícil dizer se o tom era de admiração ou desdém. — Ele ergueu o queixo na direção do mural. — Quem foi que pintou?

— Eu — respondeu Amnésia com orgulho.

— Muito forte.

— Eu ganhava a vida escrevendo e ilustrando histórias em quadrinhos, e de vez em quando imagens estranhas surgem na minha mente do nada. Essa me ocorreu ontem à noite: um anjo se deleitando com o sofrimento de um demônio.

— Uma imagem extremamente cruel — disse a Dama dos Anéis. — Cruel... mas talvez justificada.

— Mas vocês não se perguntam o que os anjos lá em cima estão pensando agora? — questionou Amnésia, tomando um gole de sua bebida. — Quando olham e veem essa pandemia, todos nós escondidos e morrendo. Todas as pessoas nos hospitais. Será que os anjos estão chorando... ou rindo? Será que, para eles, é só mais um ciclo?

— Só Deus sabe — disse a Dama dos Anéis.

— Deus com certeza sabe — retrucou Flórida com rispidez.

— A imagem me veio à cabeça quando fiquei sabendo do que aconteceu naquele dormitório da Universidade Columbia, no norte da cidade — disse Amnesia.

— O que aconteceu? — perguntou Hello Kitty. Ela parecia surpresa por não ter visto essa notícia.

— Depois de evacuarem a universidade, vistoriaram um dos dormitórios e encontraram pessoas mortas em metade dos quartos.

— Isso não é verdade — disse Whitney. — Tenho amigos lá. Eu ficaria sabendo.

— Você tem falado com eles? — perguntou Amnésia.

— Não ultimamente.

— Então como você sabe?

— Teria saído no *Times*.

Isso arrancou uma risada estrondosa da Dama dos Anéis.

— Minha querida, tem muita coisa que não sai no *New York Times*.

— Quando escrevia jogos de computador e histórias em quadrinhos — disse Amnésia —, eu inventava situações malucas todos os dias, mas o que está acontecendo agora supera tudo. Alguém lá em cima está se deleitando com isso, juro. Com todas as coisas malucas que eles veem nós, terráqueos, fazermos.

— Por falar em anjos — comentou uma mulher que ainda não tinha falado, a moradora do 6C, La Cocinera. Ela vinha se mantendo afastada quase desde o início, sempre mexendo no celular depois que os aplausos terminavam, ignorando todo mundo. — Uma vez eu vi um anjo.

— Que tipo de anjo?

— Nem um pouco parecido com aquele ali — disse ela, apontando para a pintura.

— Um anjo *mágico*, de verdade, para valer mesmo? — perguntou Eurovision, deixando transparecer a ironia.

— Em primeiro lugar — disse La Cocinera —, não se trata de realismo mágico. Estamos de saco cheio de realismo mágico. — Ela falava com uma voz grave e um leve sotaque mexicano. — Dito isso, os camponeses do meu país sabem a verdade: estamos cercados de magia. Sou de San Miguel de Allende, mas meu pai me mandou estudar culinária aqui porque acha que isso vai me tornar uma cidadã do mundo. Estou, ou estava, treinando para ser chef no Xochitl, no Brooklyn. Era para eu ter voltado para casa no mês passado... mas aí veio a covid. — Ela fez uma careta. — Alguém aqui já esteve em San Miguel?

Flórida levantou a mão. Whitney também.

— O resto de vocês deveria visitar — disse La Cocinera.

⌒⌒

— Antes da pandemia, as ruas fervilhavam dia e noite. Dava para ir a pé a qualquer lugar a qualquer hora. San Miguel, um reino mágico rodeado pelo século XV. Parece uma obra de arte, meu *pueblo*. É como uma pintura. A maioria dos lugares. Mas, vocês sabem, fora da bolha, além das fachadas coloridas, das galerias e catedrais, é uma terra antiga. Terra chichimeca. E lá as pessoas ainda sofrem como sempre sofreram. Então, para entender a história que vou contar, vocês precisam saber que essas pessoas vão ao centro para vender suas mercadorias, exibir sua tecelagem e suas esculturas. E para ir à missa.

"No centro da cidade tem uma praça. Um Central Park bem pequeno, por assim dizer. Modesto. Nós a chamamos de El Jardín. É cheia de árvores.

No lado oeste da praça, fica a catedral. Ao redor da praça, prédios coloniais agora abrigam lojas, confeitarias e minha sorveteria favorita. Eu tinha o hábito ir até lá todos os dias só para ver as famílias, os casais e os indígenas passeando. Principalmente quando foi chegando o dia da minha vinda para Nova York.

"Era um dia de sol. Faltava uma semana para eu vir para cá. Estava nostálgica, como é comum nesses momentos. Fiquei sentada ao sol, lendo poemas de Lorca. Muito cosmopolita com meus óculos escuros, observei dois rapazes registrando seu noivado com um fotógrafo nas lindas ruas de paralelepípedos. As mães deles estavam lá. Mandei beijos para eles. As meninas indígenas que os rodeavam vendiam burros de madeira que suas famílias haviam esculpido e pintado nas aldeias Otomi, ao pé das colinas. Os sinos da igreja começaram a soar e olhei na direção deles. Foi então que vi o anjo.

"No início, fiquei na dúvida sobre o que estava vendo. Há muitos artistas de rua em San Miguel. Temos um Pancho Villa em traje completo que tira fotos com turistas por uma pequena quantia. Ele até ergue o facão, se a pessoa pedir. Não é incomum ver pessoas com fantasias de papel machê de três metros de altura, gigantes andando pelas vielas. Tudo é possível. E, quando a vi, pensei que poderia ser uma mímica, uma contorcionista.

"Como descrevê-la? Imaginem uma mulher idosa. Não, mais velha do que vocês estão pensando. Menor. Sim? Curvada. Totalmente curvada em um ângulo de noventa graus. E envolta em trapos. Cabelo branco aparecendo por baixo do lenço. Conseguem vê-la? Imaginá-la?

"Que bom. Fico feliz. Porque ninguém mais parecia vê-la. Ela cambaleava pela rua. Eu já disse isso a vocês? Acho que não. Ela se apoiava em duas bengalas. Bengalas curtas. De madeira crua, como se ela tivesse encontrado dois galhos pequenos derrubados por uma tempestade. Ela parecia uma criatura de quatro patas lutando para subir a ladeira, andando por aqueles paralelepípedos de quebrar tornozelos. Os turistas quase a atropelavam. Os cães a atormentavam. Crianças passavam correndo por ela. Um carro, depois um ônibus, pareciam querer empurrá-la. E uma vez, apenas uma vez, ela levantou a cabeça e virou o rosto para a igreja. Depois olhou de volta para as pedras do calçamento e seguiu em frente devagarinho.

"Eu nunca a tinha visto antes. Mas é pior, e vou fazer uma confissão a vocês: talvez eu simplesmente nunca tivesse reparado nela. O que ela tinha a ver com a comida sofisticada, as obras de arte ou as roupas importadas nas lojas? O que tinha a ver com as risadas dos meus amigos ou as minhas paixonites tolas?

"Quando ela se aproximou de onde eu estava, uma coisa terrível aconteceu.

"O anjo chegou à esquina do Jardín e estava se virando para percorrer a última parte da subida até a igreja, a ladeira mais cruel. Entendi tudo naquele instante – ela devia subir a colina todos os dias, fazendo todo aquele esforço, para ir à missa. Devia levar horas. E ninguém via. Ninguém oferecia ajuda. *O que será que ela pedia a Deus?*, eu me perguntei. Por quem será que rezava? Sem dúvida não por si mesma. E então, aconteceu. A bengala esquerda ficou presa entre duas pedras do calçamento e voou, e ela caiu.

"Caiu de cara no chão. Vi que carregava uma bolsa pendurada no ombro, da qual uma laranja rolou para o outro lado da rua. As pessoas olharam. Um homem ficou de pé, encarando-a. Mas ninguém foi até ela.

"A senhora permaneceu caída, como se estivesse morta. Estava a poucos metros de dois carrinhos que vendiam frutas frescas, suco e água. Joguei fora meu sorvete e corri até ela. Mais tarde me dei conta de que fiquei com vergonha ao fazer isso. E corei porque imaginei que todos me observavam. Zombavam de mim, talvez.

"Me ajoelhei ao lado dela e segurei seu braço. Ouvi sua voz fraca enquanto a ajudava a ficar de pé. A carne era flácida, como se tivesse se desprendido dos ossos. Ela cheirava a urina e cebola. Virou o rosto para mim. Seus olhos estavam turvos.

"'Filha', ela disse. 'Deus te abençoe.'

"Eu disse a ela para se mover devagar, ter cuidado, e a ajudei a se levantar o máximo que suas costas curvadas permitiam. Eu mesma tive que me abaixar muito para apoiar seu peso, levei-a até o meio-fio para que ela se sentasse. 'Deus te abençoe, Deus te abençoe', ela repetia. Eu disse a ela para ficar sentada ali e corri para pegar suas bengalas e a laranja. 'Está com fome?', perguntei. 'Água', ela respondeu.

"Corri até os carrinhos e perguntei se eles tinham visto o que tinha acontecido. 'Sim, muito triste', disse um dos homens. Morrendo de raiva, comprei duas garrafas de água e dois copos grandes de salada de frutas. Depois de pegar meu dinheiro, ele simplesmente se virou. Eu quis dar na cara dele. Tive vontade de estapear todo mundo no Jardín porque não tinham visto o anjo cair.

"Quando lhe dei a água, ela bebeu a primeira garrafa inteira quase de um gole só. Colocou as mãos no meu rosto e disse: 'Deus e os espíritos vão te abençoar, filha. Que você receba amor por cuidar dos pobres. Que você receba amor por cuidar dos famintos.'

"Ela fez sinais sobre minha cabeça enquanto eu me curvava para ela, e fez uma cruz na minha testa com o polegar. 'Que você tenha amor para sempre por sua misericórdia.' Todos agora pareciam estar nos observando. Fiquei atordoada. Coloquei o dinheiro que me restava nas mãos dela.

"Comecei a chorar, e eu nunca choro em público. Tive que ir até uma das lojas do outro lado da rua e fingir que estava olhando as roupas na vitrine até me recompor.

"Quando me virei, ela estava lutando para subir a colina novamente. Tentando chegar à igreja."

La Cocinera fez uma pausa e todos esperamos.

– Então como você sabe que a velha era um anjo? – perguntou Flórida.

– Vou chegar lá – disse La Cocinera. – Quero mostrar uma coisa.

Ela pegou o celular, deu alguns toques na tela e virou-o para nós.

– Esse é o Jardín neste exato momento, e essa é a paróquia ao fundo. Um dos meus colegas cozinheiros no Xochitl é de uma cidade próxima, Celaya. Ele me lembrou de que tem uma câmera lá que fica ligada 24 horas por dia, 7 dias por semana. Aqui está, ao vivo.

Ela fez menção de entregar o celular a Vinagre, mas Vinagre recuou. Desculpando-se como se tivesse acabado de se lembrar do pesadelo da pandemia, La Cocinera ergueu o celular para que Vinagre pudesse ver à distância. Depois o ergueu para a próxima pessoa, e para a pessoa seguinte, e todos nós nos revezamos, olhando para a imagem pixelada daquele lugar mágico, a cinco mil quilômetros de distância, naquele exato momento. Eu vi o jardim público vazio, coberto de flores primaveris, atrás do qual se erguia uma fantástica igreja gótica de pedra cor-de-rosa com torres escalonadas.

– Meu amigo disse que a mãe dele ia até lá toda quarta-feira às três da tarde para acenar para ele. Eu nem acreditei. Em meio a toda a agitação de Nova York, tinha me esquecido completamente disso. Foi como uma droga para uma menina com saudades de casa. Assim que saí do trabalho, corri para cá e liguei o laptop. É claro que já passava da meia-noite. E San Miguel fica em outro fuso horário, mas lá também já era noite. Eu não me importava, só queria ver.

"A imagem apareceu e lá estava ela. Toda iluminada com suas luzes coloridas, as fachadas das lojas do outro lado da rua também iluminadas. Casais passeando. Tomando sorvete! Eu parecia uma criança gritando de felicidade!

"Tudo ficou ainda melhor quando os mariachis começaram a tocar.

"Basta um momento. Depois de ver a cidade, você fica com vontade de ir para lá. Virou hábito, sabem? Assim que acordava, eu ligava o computador. Observava os pombos, muito diferentes dos pombos daqui. Os cachorros. E as crianças de uniforme indo para a escola. Era meu ritual diário. Até as ruas vazias eram mágicas. E então, um dia...

"Mas vocês já sabem o que aconteceu.

"Eu estava olhando. E ela saiu da sombra de uma das árvores. Ainda tão devagar que chegava a doer. Era uma lentidão agoniante. Saiu das sombras e foi para o sol. E esta é a história. Ela olhou para cima. Olhou para a câmera bem acima dela, no alto de um poste. Olhou nos meus olhos. Bem nos meus olhos. E sorriu. E não acaba por aí. Juro para vocês, vi sua boca dizer: 'Filha.'"

Ela ficou em silêncio. Ninguém disse nem uma palavra. O momento pairou no ar. Por fim, ela continuou.

— Então veio esta pandemia. E as ruas ficaram vazias, a não ser pelos homens de ficção científica com seus trajes brancos com capuzes e máscaras, pulverizando produtos químicos com um atomizador. As ruas ficaram desertas. Nunca mais a vi. Mas continuei procurando por ela. Eu a procurava todos os dias. Tinha certeza de que ela estava morta. Tentei me conformar com o fato de ela ser apenas humana. Não um anjo. Sei que isso não a torna menos importante.

"Tem dias que fico horas olhando para a tela. Agora que estamos confinados, fico aqui, esperando por ela. Chamando o anjo."

⌁

La Cocinera havia terminado de mostrar a imagem para todos no telhado.

— E agora. — Ela olhou em volta. — Que horas são?

— Quase sete e meia — respondeu Eurovision.

— Talvez, *quem sabe*... hoje ela apareça. — Ela ergueu o celular outra vez para que todos vissem. As pessoas se inclinaram para a frente olhando para a telinha que reluzia como uma joia brilhante na penumbra. Fez-se um silêncio profundo.

Ficamos olhando para a webcam de San Miguel, todos nós esperando um milagre. Meus olhos começaram a lacrimejar por causa do esforço, mas juro que vi: um movimento quase imperceptível, uma sombra curvada aparecendo por trás de algumas árvores na pequena moldura da tela do celular... e então a imagem piscou e o telefone ficou escuro.

Um coro de consternação se fez ouvir. La Cocinera recolheu o braço e olhou para o celular com a testa franzida.

— Droga. — Ela acenou com a mão. — A bateria acabou.

Fiquei muito desapontada. Eu realmente acreditei que conseguiria ver o anjo... não sei por quê.

— Você fez isso de propósito — disse Amnésia.

La Cocinera balançou a cabeça com veemência.

— No meu caso era um anjo bom, mesmo ela sendo velha e feia. Não era lindo e sádico como o seu.

Amnésia riu.

— Nas minhas histórias em quadrinhos, nunca se sabe quem são os anjos e quem são os demônios. Muitas das minhas ideias vêm das pinturas de Hieronymus Bosch. E dos contos de fadas. Se pararem para pensar, os jogos de computador são como os novos contos de fadas.

— Os jogos de computador são piores que os contos de fadas — disse Vinagre. — E mais violentos.

— É aí que você se engana — retrucou Amnésia. — Os contos de fadas antigos são igualmente sombrios. Bruxas canibais, lobos que comem meninas, madrastas cruéis, maçãs envenenadas, mulheres mutiladas. Não sei por que, mas as crianças adoram essas coisas macabras e violentas, desde que o bem triunfe no final. Estou sempre sonhando com histórias estranhas, e muitas delas eu não consigo transformar em jogos de computador ou histórias em quadrinhos porque não têm final feliz.

— Por que você não nos conta uma delas? — pediu Eurovision. — Uma das que terminam mal.

— Posso contar. Vamos ver, tem uma que escrevi há alguns anos, mas foi rejeitada pela minha editora... — Amnésia respirou fundo por trás da máscara. — Era uma vez duas irmãs chamadas Frannie e Tara, que fizeram um favor à deusa da verdade.

— Que tipo de favor? — perguntou Eurovision.

— Não sei. Elas pegaram as roupas dela na lavanderia, encontraram seu orbe perdido ou a salvaram de um monstro das trevas. Não interessa. O que importa é que a deusa da verdade ficou lhes devendo um favor.

⁓

— Então Frannie fez um pedido óbvio à deusa da verdade. Desejou que nunca mais mentissem para ela. Ou as pessoas lhe diziam a verdade nua e crua ou ficavam caladas. Ela não queria que as pessoas fossem obrigadas a lhe dizer toda a verdade... só não queria mais ouvir mentiras. Porque tem uma hora que cansa, sabem?

"Mas e Tara? Ela pediu uma coisa um pouco mais complicada. Queria um feitiço que fizesse com que, sempre que alguém mentisse para ela, a mentira automaticamente se tornaria verdade. Então, se você dissesse a Tara, por exemplo: 'Eu vou lhe dar um dinheiro amanhã', isso se tornaria uma verdade absoluta e imutável. Mas ela teve o cuidado de acrescentar que isso não se aplicaria se alguém estivesse exagerando de propósito para obter um efeito dramático ou fazendo piada — apenas se as pessoas estivessem de fato tentando enganá-la.

"Alguns anos se passaram e Frannie e Tara acabaram morando juntas porque eram as únicas com quem ainda conseguiam conversar.

"Vejam bem, Frannie estava cansada de ouvir a verdade o tempo todo. Se tivesse parado para pensar antes de fazer aquele pedido, ela saberia. Certo? As pessoas eram sempre um pouquinho sinceras demais com Frannie. Sobre sua aparência, seu desempenho no trabalho, o som de sua voz, e assim por diante. Não poder culpar essas pessoas por dizerem a verdade era a pior parte.

"Enquanto isso, Tara descobriu do jeito mais difícil que nem toda mentira que as pessoas contam é suavizada. 'Eu nunca amei você' é tão mentiroso quanto 'Você é a única que eu amo'. Ou: 'Você não tem talento para se dar bem aqui.' Tara podia ser a mulher mais linda do mundo um dia, porque alguém tinha dito isso, e no dia seguinte ser absolutamente brochante.

"Às vezes, os parentes são as únicas pessoas com quem você consegue ter uma conversa sincera. As garotas tinham perdido os pais quando Frannie tinha dezessete anos e Tara quinze, e não tinham um vínculo próximo com nenhum outro membro da família com quem pudessem partilhar esse tipo de sinceridade radical. Tara não se importava de ser forçada a contar apenas a verdade a Frannie; que, por sua vez, tomava muito cuidado para não contar mentiras cruéis demais a Tara.

"Eu poderia contar a vocês que Frannie tentou encontrar um emprego no qual seus dons fossem valiosos – de advogada, gerente de investimentos, policial –, mas descobriu que todos esses empregos exigiam alguém para quem se pudesse mentir de forma satisfatória. Ou que Tara acumulou uma riqueza monumental ao lidar com vigaristas que prometiam montanhas de dinheiro em troca de um pequeno investimento, mas perdeu tudo quando um homem lhe disse que ela nunca seria boa em guardar o próprio dinheiro.

"Eu poderia até contar de quando elas fundaram uma religião. Tudo bem, um culto. Elas começaram um culto, e foi ótimo por três dias. Até dar errado. Elas tiveram que mudar de número de celular, queimar sálvia e contratar um exorcista... foi um drama.

"Essas coisas eram inevitáveis, todos nós sabemos como é. Não há bônus sem ônus. Para tudo é preciso pagar um preço.

"Frannie e Tara compraram uma panela elétrica de segunda mão de alguém em uma venda de garagem ou algo assim. O antigo dono jurou que funcionava perfeitamente e, felizmente, disse isso a Tara, então foi um sonho. E as duas ficaram viciadas em cozinhar na panela elétrica. Tudo, desde a sofisticada carne *sous vide* até sopa de taco e misturas estranhas feitas de couve. A casinha delas estava sempre tomada pelo cheiro de amido e fermento: era a comida do dia seguinte sendo preparada. Juro por Deus que elas eram capazes de passar uma hora inteira falando sobre aquela panela elétrica e todas as coisas que poderiam preparar nela. Era sua grande fonte de satisfação.

"Elas também se ocupavam muito na casa. As duas haviam herdado o imóvel dos pais e eram as únicas donas, então só precisavam se preocupar com a manutenção e os impostos. Era Tara quem falava com encanadores e empreiteiros; Frannie, com a prefeitura. A casa estava sempre em algum lugar entre caindo aos pedaços e perfeita, dependendo de onde se olhava: para as vigas ou para a fundação. Para ser sincera, nenhuma das duas sabia muito sobre ser dona de uma casa, e se preocupavam com isso o tempo todo. Elas achavam que os pais as julgavam pela péssima manutenção (e os mortos podem dizer o que quiserem a você, não importa o que aconteça).

"Um dia as irmãs estavam sentadas em um café na primeira vez que saíam de casa em muito tempo. (Isso foi antes de ser normal nunca sair de casa.)

"'Estou velha pra cacete. Tão velha quanto o tempo', queixou-se Tara.

"'Estou ainda mais velha, mais velha que a avó do tempo', disse a irmã mais velha, Frannie.

"'Perdão', disse o homem na mesa ao lado, dirigindo-se a elas daquele jeito que os homens cis se dirigem a mulheres desconhecidas em cafés. 'Mas vocês duas são muito jovens.'

"Elas o encararam até ele se calar e voltar a falar com o computador.

"Mas… ele tinha falado com as duas ao mesmo tempo, e portanto era impossível que estivesse mentindo. Além disso, Tara e Frannie sabiam muito bem que estavam na casa dos vinte anos (tinham vinte e cinco e vinte e sete, respectivamente).

"'Vamos para casa preparar alguma coisa na panela elétrica', sugeriu Frannie.

"'Eu quero ficar e terminar meu café.' Tara apontou para a caneca, que ainda estava quase cheia e morna. 'Paguei por este café e quero tomá-lo aqui.'

"Frannie não disse nada, apenas ficou pensativa. Ela sabia que era melhor não dizer à irmã que algo estava bem quando não estava. Alguns minutos depois, ela se levantou. 'Não aguento mais ficar aqui. Daqui a pouco as pessoas vão querer falar com a gente e, toda vez que alguém tenta nos dizer alguma coisa sobre nós mesmas, fico ainda mais cansada.'

"'Estou cansada de ficar sozinha', disse Tara. 'Naquela casa no meio do nada com você, cozinhando na panela elétrica. É bom, mas não basta para mim.'

"'Nós poderíamos arrumar um cachorro.' Frannie não estava falando sério até dizer isso, e então estava.

"Outro homem se aproximou, exagerando no uso de peças jeans e com um sorriso desdentado. 'Perdão', disse ele. 'Foi impossível não reparar…'

"'Não', disse Tara ao homem.

"'De jeito nenhum', Frannie concordou.

"'Eu não tive a intenção...', ele protestou. Mas elas o dispensaram, e ele foi embora.

"'Poderíamos comprar uma frigideira', sugeriu Frannie. 'Ou quem sabe até uma *wok*. Poderíamos fritar coisas.'

"'Posso ficar sentada aqui e terminar meu café?', implorou Tara.

"As irmãs tinham apenas um carro, que dividiam. Eu deveria ter mencionado isso antes. E era uma caminhada longa e entediante até a cabana, a maior parte dela pelo acostamento. O carro era um Hyundai cor de champanhe com dez anos de uso, sem muita quilometragem, e o banco de trás estava cheio de CDs, embora o CD player se recusasse a ejetar o CD de Johnny Cash que Tara havia enfiado lá alguns anos antes. Não tinha nenhuma música sobre assassinato, eram só baladas, romance e declarações de amor retumbantes.

"Frannie havia percebido que Tara estava se preparando para deixá-la. E talvez Frannie pudesse contar à irmã caçula o tipo certo de mentira para que ela ficasse.

"Por exemplo: 'Você nunca vai ter coragem de sair sozinha.'

"Ou: 'Você nunca vai ser feliz morando com ninguém além de mim.'

"Mas essas projeções eram algo ruim para se dizer para a única parente de sangue que tinha. E ninguém ia querer ficar vivendo com alguém para quem tivesse dito essas coisas. Além do mais, Frannie também sabia que Tara tinha medo de ir embora porque lá fora, no mundo, as pessoas poderiam lhe dizer qualquer coisa. E realmente não seria preciso muito para assustar Tara a ponto de fazê-la ficar.

"Pela primeira vez na vida, Frannie desejou que seus dons fossem invertidos. Se Tara tivesse o dom de Frannie, então Frannie poderia dizer à irmã: 'Vou ficar de coração partido. Entendo por que você quer seguir seu próprio caminho, mas vou ficar destroçada sem você.' E Tara saberia que era a pura verdade.

"As duas irmãs visitaram o túmulo dos pais, em um cemitério gramado cercado por muros de urtiga e pedra. Depositaram margaridas e açafrões frescos nas lápides de granito e ficaram sentadas na grama sem dizer nada.

"Enquanto caminhavam de volta para o carro, Tara disse: 'E se eu me mudasse para a cidade por um tempo?'

"'Haveria menos carrapatos', respondeu Frannie. 'E mais bobagens.'

"'Eu ouviria tantas inverdades lá que seria capaz de navegar bem pelas mentiras, de manter a calma. Talvez as mentiras de mil pessoas se anulassem, ou talvez eu aprendesse a encontrar o tipo certo de mentiroso. Não sei.'

"Frannie não podia se arriscar a dizer nem metade do que estava pensando. Então se limitou a dizer: 'Talvez.'

"'Eu voltaria para cá sempre', disse Tara. 'Eu visitaria você o tempo todo. Você também poderia me visitar lá, se quisesse. Só quero tentar viver rodeada de vozes e ver o que acontece.'

"'E se você não gostar das mudanças que isso provocar em você?', perguntou Frannie.

"'Então eu volto para cá e você me ajuda a lembrar quem eu realmente sou.' Tara sorriu e deixou a irmã sentar-se ao volante. Ela começou a mexer no rádio.

"'E se eu não quiser que essa seja minha função?' Frannie teve o cuidado de formular tudo na forma de perguntas e suposições, em vez de meias-verdades e inverdades.

"'Mas isso não é uma função.' Tara decidiu tentar ejetar o CD de Johnny Cash, talvez para deixar para a irmã um repertório mais amplo de opções musicais quando partisse. 'Faz parte de sermos irmãs. É uma coisa que você é, e não uma coisa que você faz.'

"'Sim, mas e se você for para a cidade e ouvir tantas inverdades que vão se tornar verdade, e um dia voltar para casa e esperar que eu ajude a juntar os cacos, e eu não conseguir?' Frannie sentia ondas de tristeza, náusea e solidão, e não conseguia deixar de pensar em como Tara havia falado sobre navegar entre as mentiras. Frannie mal conseguia remar para a frente, que dirá navegar.

"'Vai ficar tudo bem.' Tara cutucou o CD player com um alicate. 'Sério. Eu sei me cuidar e, no fundo, sempre sei a diferença entre a verdade e uma mentira que se tornou verdade. Você sabe que consigo lidar com isso.'

"'Para de mexer no CD player', disparou Frannie. 'Eu estou tentando...'

"As irmãs estavam concentradas no som do carro e na tentativa desastrada de Tara de resgatar Johnny Cash, como se o CD preso fosse o grande problema entre elas. E, quando Frannie olhou de volta para a estrada, era tarde demais: ela não viu o cervo grande e musculoso saltando do bosque para a estrada. O carro atingiu o animal com um barulho áspero, som de aplausos confusos por um súbito gol contra, e de repente os cintos de segurança das irmãs se retesaram e almofadas brancas e fofas se inflaram diante delas.

"Pouco tempo depois, as irmãs observaram o cervo, mancando ligeiramente, se afastar dos restos amassados do para-choque dianteiro e do capô.

"As duas ficaram ali à beira da estrada, esperando o reboque. Frannie encontrou um pacote de biscoitos no meio da bagunça do banco traseiro e ofereceu alguns à irmã. Mastigando, ambas observaram a fumaça que se espalhava.

"'Vai ficar tudo bem', disse Tara, chorando de leve.

"'Eu sei que vai.' Frannie já tinha chorado tudo que podia, mas ainda assim chorou mais um pouco. 'É isso que me assusta.'"

―

— E essa — concluiu Amnésia — é a história de duas irmãs que se deram mal ao tentar banir as mentiras de seu mundo.

Ela riu.

— Não era esse o desfecho que eu estava imaginando — refletiu Eurovision, ponderando tanto consigo mesmo quanto para os outros.

Amnésia encolheu os ombros de maneira amistosa.

— Não importa o que aconteça, não há como dar um final feliz a essa história.

— As mentiras são o lubrificante da vida — disse a Dama dos Anéis. — Eu, por exemplo, não gostaria de viver em um mundo feito apenas de verdades. — Ela olhou em volta. — Eu minto todos os dias. Como tenho certeza de que todos fazemos. Na verdade, vivi uma mentira por trinta anos, e durante todo esse tempo fui imensamente feliz. E, quando tudo veio à tona... continuei sendo feliz.

— Conte-nos sobre isso — pediu Eurovision, inclinando-se para a frente, ansioso.

— Ainda não.

— *Eu* adoro uma boa mentira — declarou Hello Kitty.

Flórida bufou e balançou a cabeça.

— Não existe mentira boa.

— Eu conheço algumas — disse uma voz atrás de mim.

Pardi estava de volta, encostada na parede perto da porta, com os olhos brilhando.

— Prometi a vocês a segunda parte da minha história, não prometi? Tem muitas mentiras nela.

Eurovision abriu um largo sorriso.

— É isso mesmo, a senhora prometeu. Sente-se e conte tudo para nós.

Pardi abriu seu sorriso misterioso e acomodou-se novamente em uma cadeira vazia na parte mais distante do círculo. Todos nos viramos para ouvi-la melhor. A última história dela tinha sido tão bizarra que eu nem imaginava o que estaria por vir.

— Onde eu estava? Contei a vocês sobre meu pai e sua história sobre Lafayette no ano em que fiz quinze anos. A história que meu pai me contou sobre Lafayette não foi meu único presente de aniversário. Ele também me deu uma corrente de ouro com um pingente de lua de ouro maciço. E a assinatura de uma revista chamada *Paris Match*, uma publicação francesa de fofocas com fotos, porque ele achava que era a maneira mais plausível de eu aprender um pouco de francês, até que teve uma ideia melhor e contratou um senhora haitiana para cozinhar e faxinar para nós. Ele achava importante que eu aprendesse francês, caso tivéssemos que deixar o país.

"Ficava cada vez mais claro que parte do que motivava o plano maluco do meu pai quanto às aulas de francês era o fato de que eu estava ficando mais velha e ele não queria ter que me matar. Ele achava que devíamos nos mudar para um lugar quente, onde as pessoas falassem francês e os negros fossem a maioria, onde houvesse muitos homens negros bonitos, bem-educados e sensatos. Assim seria fácil eu encontrar um marido negro, e meu pai não teria que me matar primeiro ou logo em seguida, antes ou depois do rapaz branco.

"Eu achava mais fácil não escolher um rapaz branco.

"Por fim, fui parar na Universidade do Texas, em Austin, no outono de 1977. E acabou que me apaixonei por um rapaz branco. E uma hora contei ao meu pai. Ele mudou da água para o vinho. E disse: 'É impossível eu não amar alguém que você ama.'

"Não foi fácil. Meu pai ficou abatido. O olhar dele na noite em que Neil Armstrong pisou na Lua voltou e fixou residência semipermanente em seu rosto. Foi o suficiente para tirar o brilho daquele primeiro amor. O fato de o rapaz ser um típico rapaz, do tipo que não queria a namorada tocando música em bares, ajudou. Aliás, a verdade é que o fato de eu não poder me apresentar em bares foi a única coisa em relação à qual meu pai e o rapaz concordaram antes de terminarmos. Mas continuei me apresentando em bares.

"Ele não foi meu último namorado branco. Durante um tempo, quando frequentava o Driskill Hotel, eu era cercada por um tipo específico de homem branco e por música de homens brancos enquanto namorava homens negros que se preparavam para ser médicos, até que suas mães estranhavam o fato de meu pai ganhar dinheiro com molho de churrasco, estranhavam ainda mais o fato de eu ter meios-irmãos em Houston, e mais ainda o fato eu não ter mãe, ou melhor, para elas, não ter uma mãe que fosse um membro ativo da igreja, uma mulher negra burguesa devidamente respeitável. Aqueles caras queriam que eu tivesse vergonha de tocar violão, de andar a cavalo, de velejar, do meu jeito negro de Galveston. Era impossível.

"Eu estava seguindo os passos de T-Bone. E me orgulhava disso. E talvez, à minha maneira, também os de Jack Johnson. Naquela época, em Austin, ouvíamos Jerry Jeff Walker e Townes Van Zandt, Guy Clark e Steve Earle, Robert Earl Keen e Lyle Lovett, Rodney Crowell e Larry Willoughby. E ouvíamos a Uncle Walt's Band. Essa era a minha playlist, com Charley Pride, Ray Charles, Lil Hardin e Big Mama Thornton; eu adorava ouvir o T-Bone Walker original e aquele cara novo, alto e brilhante, o T-Bone Burnett. E eu me ouvia. Sabia que o mundo precisava de música negra feita por uma espécie de pirata vaqueira, e seria eu quem comporia essa música.

"Uma noite, em Austin, devia ser o meu terceiro ou quarto show na vida, eu me apresentei em um clube não muito pequeno, e apenas três pessoas apareceram.

"Jericho foi uma delas. Suas maçãs do rosto eram tão salientes que as mulheres temiam que o beijo dele lhes cortasse o rosto. As pernas eram compridas. O corpo, esguio. Dava para ver os músculos da barriga tanto quanto as tatuagens nos braços pálidos. Ele se orgulhava de ter os olhos da mãe, não na deslumbrante cor azul-acinzentada-esverdeada, mas olhos que sabiam distinguir o certo do errado. As pessoas falavam de seu vício em drogas, mas ele só usava cocaína para ter mais energia para beber, e só passava a noite bebendo para poder ficar acordado a noite toda escrevendo. Ele era apaixonado por uísque. Enlouquecido. Tinha trinta e sete anos e seu melhor trabalho já havia ficado para trás. Sete álbuns e muitas centenas, milhares de apresentações em clubes ao redor do mundo, em navios de cruzeiro, em estações de rádio, em lojas de discos, e para mim na cozinha de manhã cedinho. Ele transbordava linguagem, assim como meu pai, derramando-a sobre mim.

"Naquele show sem público, exceto um lindo casal de negros e o belo homem branco, Jericho, eu ia tocar o que chamo de minhas músicas Mother Dixie, sobre o Sul como uma mãe abusiva da cultura negra, mas mesmo assim uma mãe. Quando cheguei à última canção, ele aplaudiu por tanto tempo que comecei a balançar a cabeça. Ele me convidou para sair com ele, para procurarmos um bar que ainda estivesse aberto. Mas percebi que ele arrastava as palavras e passava a mão no meu quadril. Então disse: 'Talvez seja melhor procurarmos um café. Você está bêbado e não me conhece, então é provável que tome alguma atitude inconveniente, e aí eu teria que atirar em você.'

"Quando Jericho riu, mostrei a ele minha pistola. Então ele riu ainda mais e disse que conhecia um restaurante que ficava aberto a noite toda e servia um café muito bom, e prometeu se comportar. Acabamos sentados à mesa de uma lanchonete que servia panquecas de fubá, café havaiano e, para clientes assíduos, um bourbon que não fazia parte do cardápio. Jericho era um cliente assíduo.

"Ele tinha ganhado fama como uma espécie de cruzamento entre Kris Kristofferson e Glen Campbell com muito mais energia. Quando eu disse a ele que isso era uma versão moderna de Merle Haggard, ele me deu um beijo na boca. Em seguida, me fez a melhor proposta que já recebi e que receberia nos anos seguintes, propostas de poetas laureados de diversas nações e de vencedores de Grammys em diversas categorias. Talvez porque uma grande alma sente o cheiro de grandes almas mais antigas emaranhado no perfume de seus cachos, Jericho disse: 'Vamos fazer um poeta esta noite.'

"(Se meu pai não fosse meu pai, eu teria aceitado a proposta de Jericho naquela primeira noite, mas meu pai era meu pai, então demorei algumas semanas.)

"Ele me disse que eu era uma poeta vaqueira do Texas, então começou a me contar tudo sobre vaqueiras e vaqueiros negros, como se eu não tivesse crescido no Texas. Conversamos sobre como o Oeste era negro, pardo e nativo americano, e não apenas branco, e como aquele pessoal do Álamo era proprietário de pessoas escravizadas, mas ninguém queria falar sobre isso, e sobre como a Rosa Amarela do Texas devia ter sido uma mulher negra que ajudou os texanos a vencer a guerra, e nos perguntamos por que ela teria feito isso, e eu contei a Jericho o que meu pai tinha dito, e Jericho se perguntou se o Texas ainda pertenceria ao México hoje se o pai da Rosa Amarela do Texas tivesse dito a mesma coisa.

"Pouco tempo depois, eu também estava morando em Nashville, embora estivesse matriculada na Universidade do Texas. Eu era o segredinho dele. Naquela época, no mundo *country*, assim como não podia ser gay, um homem não podia ter uma namorada negra. Só porque não podia não queria dizer que não acontecia, só queria dizer que ninguém podia saber. Então eu era apenas a vocalista de apoio que viajava em turnê com a banda.

"Jericho dizia que 'manter as aparências' era a terceira maior arte performática de Nashville: compor canções era a primeira e dedilhar o violão a segunda. Cantar, de acordo com Jericho, ocupava um distante quarto lugar. Quando me formei em Austin, fui morar em Nashville e consegui um contrato com uma gravadora, estava me preparando para gravar as músicas de Mother Dixie e começando a aperfeiçoar a terceira grande arte performática da Cidade da Música: aparentar ser algo que eu não era. Era uma exigência da gravadora. Eu estava disposta a fazer isso. Tinha um projeto pelo qual estava apaixonada e, quando estamos apaixonados, fazemos qualquer coisa.

"Mais ou menos nessa época, meu pai, Bell Britton, morreu de causas naturais. Ele disse que era um triunfo ser negro e morrer na própria cama, com uma filha amorosa a seu lado, devido a uma combinação da velhice se aproximando e de seus vícios favoritos, e isso me fez rir, desde que eu não precisasse concordar. Depois que meu pai morreu feliz, senti que poderia me casar com Jericho.

"Estávamos em uma cidade pequena. Jericho entrou em uma casa de penhores e saiu com um grande anel de diamante, colocou-o no meu dedo e disse: 'Você não anda mais no ônibus com a banda e as garotas: você liga para a gravadora, diz a verdade e passa a andar de Cadillac comigo, ou pode jogar meu anel no rio.'

"Eu não joguei o anel dele no rio. Entrei no Cadillac verde conversível em Birmingham e ele saiu dirigindo na direção de Jackson, Mississippi. De lá fomos para Shreveport e depois para Dallas. Era uma viagem tranquila. De Birmingham a Jackson não são nem quatro horas, a menos que o carro quebre em um posto de gasolina em Meridian, Mississippi.

"Eu gostava de postos de gasolina. Fui criada em um. Para quem cresce no Texas, a gasolina tem cheiro de sapato novo. Mas não se você estiver viajando com um homem branco e for negra como um grão de café. Uns rapazes bêbados em uma caminhonete vermelha – eram só três, se bem me lembro, e vou chamá-los de Uni, Duni e Tê –, bem, a única coisa que eles viram foi um homem branco e uma garota negra, e começaram a me assediar.

"Nós estávamos no conversível com a capota abaixada, ao lado da bomba, quando eles chegaram na picape. Estávamos juntos no banco da frente, a mangueira de gasolina enfiada no tanque. Uni, o maior dos três, disse: 'Por que alguém faria uma coisa dessas?' Fora do palco, sem chapéu, Jericho não parecia Jericho. E é claro que não parecia ele mesmo estando ao lado de uma mulher negra de macacão, em vez de estar na frente do palco com uma garota negra coberta de lantejoulas às suas costas.

"Jericho abriu seu largo sorriso de Jericho para aqueles motoqueiros do interior que ele conhecia tão bem, pois já havia sorrido para muitos motoqueiros, fazendeiros, policiais estaduais e atendentes de mercearia como eles no palco. Era um sorriso que em geral lhe rendia um sorriso de volta. Em seguida, ele disse algo que era o verso do início de uma de suas músicas mais conhecidas. 'Olá, rapazes, vamos contornar essa situação.' Ele sabia que, se exibisse aquele sorriso e dissesse aquelas palavras, eles o reconheceriam, veriam que ele era Jericho. Então ele abriu um sorriso e disse aquelas palavras. E aí tudo ficou estranho.

"De repente, não era só mais um cara branco com uma garota negra. Era o Jericho deles, o amigo cuja voz estivera presente em todos os momentos íntimos de sua vida, do dia em que enterraram a avó até a noite em que transaram com a primeira garota, passando pela tarde em que deram um soco no melhor amigo sem nenhum motivo, o dia em que receberam o primeiro salário e a primeira vez que faltaram ao trabalho em uma segunda-feira alegando que estavam doentes. Jericho, a voz na cabeça deles durante tudo isso, estava sentado com uma garota negra bem a seu lado. Uni, Duni e Tê vacilaram: Jericho estava no posto de gasolina local e estava *amando* uma garota negra hippie, e não apenas transando com ela.

"Seus cérebros pequenos e cozidos pelo sol não conseguiam entender o que meu homem estava fazendo. Eles não gostaram nem um pouco. Prefiro pensar que foi o meu jeito hippie que incomodou os fãs de Jericho. O sujeito mais alto disse: 'Vou para casa e vou quebrar todos os seus discos.' O mais gordo disse: 'Você está gastando o dinheiro que ganhou comigo, com a gente, três homens brancos honestos que arriscam a vida para tirar petróleo do mar, com uma biscate negra de macacão?'

"'Cala a boca', Jericho disse em voz alta, com firmeza e sorrindo. Ele era um artista hipnotizante. Ninguém disse nada quando Jericho saiu do carro e tirou a mangueira de gasolina do nosso tanque. Ele pegou a carteira. Todos observaram enquanto ele enfiava uma nota de cem em uma fresta que havia na bomba. Ainda estávamos todos observando quando ele jogou três notas de cem, uma após a outra, na direção da picape.

"Uni, Duni e Tê ficaram ofendidos. Tê disse algo horrível para mim. Por que ele tinha feito aquilo? Eu gritei para Jericho: 'Entre no carro!' Mas Jericho já havia começado a beber naquele dia, então receber ordens ou recuar estava fora de cogitação para ele. Vocês têm que entender que teve um verão em que ele atingiu um metro e oitenta e cinco e ganhou músculos. Tinha sido baixo e gordinho durante todo o ensino médio, o tipo de garoto sobre o qual as pessoas diziam: 'Não é o tamanho do cachorro na briga, é o tamanho da briga no cachorro.' Havia uma briga gigantesca dentro de Jericho, e agora ele tinha um metro e oitenta e cinco de altura e ombros largos. Acertou um soco na cara de Uni, e Tê partiu para cima dele, e parecia que os dois estavam tentando brigar de maneira justa, porque ninguém mais se intrometeu. Mas o desgraçado do Duni estava de olho em mim. Então comecei a chorar. Jericho percebeu isso imediatamente e deu um passo para trás na minha direção. Ninguém estava prestando atenção em mim a não ser aquele sádico desgraçado, Duni.

"Eu soube que ele era sádico porque seus olhos brilharam ao ver minhas lágrimas. Mordi o lábio e me certifiquei de que ele me visse fazer isso. Meus dedos se contraíram como se eu estivesse agarrando o banco do carro para ter força. Duni gritou para Jericho: 'Sua cadela me quer.' Nesse momento, o sádico e desprezível do Duni desviou o olhar para ver a reação de Jericho, e eu aproveitei a oportunidade para pegar as duas pistolas que mantinha carregadas embaixo do banco do carro, as armas que eu já estava apalpando enquanto me perguntava como aquela situação ia terminar, e, em um piscar de olhos, tinha atirado em Duni com seus olhos azuis e arrancado um pedaço de sua orelha.

"Eles foram pegos de surpresa por isso. Jericho não, ele me conhecia. No momento em que as lágrimas brotaram dos meus olhos, ele começou a voltar para o carro. No momento em que mordi o lábio, sua mão já estava na porta. Ele me conhecia. Meu pai tinha me ensinado a atirar direito, rápido e antes de qualquer coisa. Saímos de lá comigo atirando nos pneus da picape daqueles caipiras usando as duas armas. Só paramos para comprar mais munição. Chegamos a Jackson rindo e cantando Johnny Cash.

"Fizemos um show em Jackson. Um em Shreveport. Um em Dallas. Não fomos de Cadillac; fizemos os shows e fomos de ônibus até Dallas, depois voamos de primeira classe de volta para Nashville. Não recuamos. Não ficamos com medo. Não esqueci meu presente de aniversário de quinze anos. Eu tinha minha lua da sorte pendurada no pescoço e o anel de Jericho no dedo.

"Mas, quando voltamos para casa, em Nashville, todas as coisas boas que Jericho tinha faziam com que se lembrasse de pessoas sorrateiras, sádicas e maldosas. Ele não conseguia mais enxergar nada bonito em sua casa, mal me via – a única coisa que via eram as pessoas que tinham pagado por tudo que tinha. E ele não gostava mais delas. Eu era a única coisa naquela casa que ele ainda amava.

"Ele decidiu parar de compor e tocar e, em vez disso, começou a escrever romances para conseguir novos fãs que gostassem de nós dois. Veio para Nova York sem mim e alugou um apartamento sob um pseudônimo. Parou de fazer shows em estádios e em grandes clubes e passou a tocar apenas em lugares como o Bottom Line, o Cellar Door e o Birchmere, e só quando eu me apresentava também.

"O álbum Mother Dixie se tornou um pequeno fenômeno cult, mas ele me garantiu que era uma obra-prima subestimada e colocou todos os seus Grammys do meu lado da estante.

"Então ele parou de se apresentar, e nós nos tornamos, por um breve período, pessoas que frequentavam os clubes como artistas performáticos em tempo integral. Antes de se mudar para Nova York, a única música que ele conhecia era *country*, *bluegrass* e um pouco de jazz. Quando nos mudamos para cá, começamos a comer salmão defumado do Russ and Daughters e a ouvir punk, jazz e *glam rock*. Nós íamos do Club 57, do CBGB e do Bitter End para o Gerde's Folk City e o Bottom Line. Entrávamos em todos os lugares sem esforço e com olhar determinado. Ele tinha o dinheiro dos discos e eu o dinheiro do molho *barbecue*; e, se nas salas VIP achavam que os discos dele eram uma merda, pensavam que eu estava fazendo algo tão estranho a ponto de ser interessante. Não sabiam nada sobre os cowboys negros e as prostitutas negras do Oeste, então tudo o que dizíamos era uma revelação. E ficávamos lindos juntos, como uma escultura – foi o que Basquiat disse. Na noite em que nos conheceu, ele ficou maravilhado com a combinação de altura e retidão com curvas pequenas e voluptuosas, a envergadura sensacional dos braços de Jericho, que protegiam o imenso volume de meus cabelos encaracolados e meus seios empinados de maneira autêntica e improvável. Ele previu que seríamos bem-vindos em todos os lugares e raramente chegaríamos em casa antes do amanhecer. E estava certo.

"Não tínhamos um clube específico; andávamos por todo o East Village assim como meu pai e eu em Galveston, mas havia um lugar aonde nunca íamos: o Harlem. Nenhum de nós dois queria correr o risco de que o que havia acontecido conosco com o povo dele no Mississippi acontecesse conosco em Nova York com o meu povo.

"Um dia, acordei ao meio-dia e meu anel tinha sumido. Passei a tarde inteira procurando. Perguntei a Jericho se ele tinha visto o anel. Então tive que sair. Ia entrevistar guitarristas. Estava pronta para gravar mais um álbum de estúdio. Quando voltei, no meio da noite, ele estava largado em uma cadeira, morto. Foi como naquela música 'Whisky Lullaby': ele levou a garrafa à boca e apertou o gatilho. Teve a gentileza de não usar uma das minhas armas. Descobri logo que ele havia penhorado meu anel e comprado uma pistola. Deixou um bilhete. Sua caligrafia continuou bonita até o fim. Dizia: 'Quando aluguei este lugar, coloquei o contrato no seu nome. Eu disse que era porque você tinha mais crédito. Mas não foi por isso. Estou cansado do mundo e do meu povo. Você está pronta para o mundo e para o seu povo. Este é o meu testamento. Deixo para você um violão com muitas músicas e a chave de um quarto com muitas histórias.'

"Jericho não sabia que nós íamos ter uma filha. Eu a chamo de Pardner. Dei o violão a ela quando fez dez anos e a chave do apartamento quando ela fez vinte e cinco. Jericho estava enganado a respeito de muitas coisas. Mas havia músicas no violão e livros no quarto. Quanto a isso, ele tinha razão."

─⌇─

Pardi parou.

— Essa é a minha história de amor, de ódio e de tudo que existe entre uma coisa e outra. — Ela se virou para Wurly. — Tem música suficiente para você?

— Ah, sim.

— Em se tratando de histórias de amor — opinou Eurovision —, essa também não teve um final muito feliz.

— Foi feliz o bastante — retrucou Pardi. — Feliz o bastante é melhor do que nada. E essa história me deu uma filha linda.

Nono dia
8 DE ABRIL

ENCERREI MINHAS TAREFAS MAIS CEDO PORQUE O PRÉDIO ESTAVA ficando cada vez mais impraticável e, além disso, ninguém parecia notar ou valorizar meu esforço para manter os corredores limpos. Passei a hora livre que ganhei vasculhando o armário de bebidas e arrumando as garrafas. O antigo zelador tinha uma coleção surpreendente de bebidas alcoólicas, aperitivos, digestivos e *bitters* em garrafas estranhas de vários formatos. Eu já tinha provado as mais comuns; então, por curiosidade, comecei a provar aquelas das quais nunca tinha ouvido falar. Algumas eram misturas de ervas amargas e de fato intragáveis, provavelmente preparadas por monges em mosteiros distantes. Acabei enchendo minha garrafa térmica com uma mistura de *ginger ale* e um licor chamado Malört. Era tão ruim que tive a sensação de ter sido submetida a uma sessão de eletrochoque, porque depois minha mente ficou completamente vazia.

Quando cheguei ao telhado, já não sentia dor. Estava atrasada e perdi os aplausos das sete horas. Me esgueirei para meu sofá desbotado, me sentei da forma mais discreta possível e liguei o gravador do celular. Eurovision estava dando início à noite, como de costume, fazendo muitos gestos teatrais com as mãos enquanto olhava em volta com um ar alegre e esperançoso, instando alguém a contar uma história.

Nesse momento, notei uma novata no telhado, uma jovem que parecia nervosa, não fazia contato visual e tinha uma linguagem corporal tensa. Fiquei assustada. Como ela havia entrado? Eu verificava a porta todos os dias para ter certeza de que estava trancada. Ela não estava na bíblia, eu tinha certeza. Me perguntei se também estaria pagando aluguel, mas me lembrei de que nenhum de nós devia lealdade ao proprietário ausente. Tomei mais um gole da minha bebida.

Eurovision também a havia notado.

— Saudações — disse ele, enquanto ela se sentava em uma cadeira vazia, cruzando as mãos no colo. — Como vai?

— Bem — respondeu a jovem, hesitante. — E você?

— Acho que nunca tinha visto você aqui no telhado.

— Eu não conheço muito bem a cidade — disse ela.

A mulher tinha um sotaque carregado: o inglês claramente não era sua língua materna. Suspeitei de que fosse chinesa.

Eurovision abriu um sorriso radiante para a mulher, ignorando o *non sequitur*.

— Seja bem-vinda ao telhado. Temos vindo para cá para nos distrairmos um pouco enquanto estamos todos trancados no prédio. Você tem uma história para nos contar?

— Na verdade, não — respondeu ela, gaguejando. — Mas talvez vocês possam me ajudar? Estou procurando um amigo. Mas me pergunto se não é hora de parar.

A expressão de Eurovision foi de perplexidade; mas, antes que ele pudesse dizer qualquer coisa, ela continuou.

— Faz oito meses que cheguei a Nova York, para o início do ano letivo. Antes, só tinha visto a Estátua da Liberdade, o Empire State Building e as lojas da Quinta Avenida em fotos. Não fazia ideia da grandiosidade do Central Park, um retângulo enorme bem no meio da ilha, com suas próprias florestas e lagos, e, de tempos em tempos, uma ave de rapina. Eu tinha me imaginado morando em um apartamento com vista para o parque e para um daqueles arranha-céus icônicos, talvez um lugar que também vendesse camisetas nas quais estivesse escrito 'I Love New York' e bagels de gergelim. Duas janelas grandes, eu havia imaginado, mas acabou que meu conjugado tinha só uma. A janela dá para uma escada de incêndio e não tem nenhum parque ou arranha-céu à vista. Eu tinha lido em um site de viagens que não se leva mais de vinte minutos para chegar em qualquer ponto da cidade. O site devia estar falando de ir de carro, porque, embora no Google Maps o ponto mais ao sul, Battery, parecesse muito próximo, eu levei quarenta e cinco minutos para chegar lá a pé. Fui saudar a Estátua da Liberdade, que fica presa em sua própria ilha, e acenar para o Touro de Wall Street no meio da rua.

Antes ela olhava para as próprias mãos, mas nesse momento olhou para Eurovision e encolheu os ombros.

— Então, isso é os Estados Unidos da América. Uma mulher verde solitária. Um touro banhado em bronze.

"Como muitos jovens do meu país, eu passaria dois anos aqui com visto de estudante, para estudar análise de dados, e depois ia dar entrada em um visto de trabalho e me candidatar a um emprego na área de finanças ou análise corporativa, atuando nos bastidores.

"No aeroporto, no portão de embarque, me despedi dos meus pais sem saber quando íamos nos ver de novo, então não falamos sobre isso e eles me deram os últimos conselhos.

"Não coma demais, disse minha mãe, segurando meu braço com firmeza. Não vá ficar gorda e irreconhecível sem se dar conta. Não fale com homens estranhos, e não se preocupe com a gente.

"Concentre-se nos estudos, meu pai disse, segurando meu outro braço com mais firmeza ainda. Ouça seus professores e sua mãe; e, sim, não fale com homens estranhos.

"Na universidade, os professores eram diferentes, a gente podia chamá-los pelo primeiro nome e ir com eles a bares, e muitos eram homens estranhos. A irreverência americana… tive dificuldade de me acostumar. A cordialidade americana. 'E aí, tudo bem?' Para o que a única resposta correta é 'Tudo, e você?'"

Olhei para Eurovision, cujo sorriso tinha congelado com o último comentário. Enquanto a mulher continuava a contar sua história, tive vontade de rir.

— Por que "filho pródigo", e não filha? Porque a filha nunca deveria ir embora. Há um ditado no meu país que diz que uma filha é a rede de proteção dos pais, uma filha é como um cobertor quente no inverno.

"No primeiro dia de aula, eu não conhecia ninguém. No segundo dia, outro estudante estrangeiro me abordou para perguntar sobre uma tarefa que nosso professor não havia explicado direito porque começou a fazer uma longa digressão sobre a Segunda Guerra Mundial. O estudante estrangeiro, que também estava confuso sobre a tarefa, era da mesma região que eu, mas não da mesma província ou cidade; e, se não tivéssemos saído de nossa terra natal para estudar aqui, nunca teríamos nos conhecido. Havia algo de familiar nele, o que era reconfortante, e seu cabelo era bem cortado. Ele usava um suéter de tricô feio (preto com Vs roxos entrelaçados) e, durante todo o tempo em que convivemos, não o vi com nenhum outro suéter nem com nenhuma outra roupa. Fizemos a tarefa juntos. Nós dois tiramos notas medíocres. O professor gostava de escrever comentários nas margens. De forma tortuosa, inescrutável, mas às vezes apenas pontos de exclamação ou 'não, não, não'.

"Havia muitos restaurantes na área em que morávamos que serviam comida típica da nossa região e, aos fins de semana, escolhíamos um deles para ir. Mas, em comparação aos pratos que eu comia no meu país, os daqui aqui eram mais salgados, mais gordurosos, e as porções eram tão grandes que beiravam a indecência. Meu amigo e eu muitas vezes comíamos em silêncio, passando os melhores pedaços de carne da tigela de um para o outro. Eu pensava na minha mãe, no meu pai, mas não falávamos das nossas famílias, porque a história delas devia ser igual. Ele quis saber dos meus hobbies, na esperança de que gostássemos das mesmas coisas. Infelizmente, eu não jogava RPG online nem saía para correr à margem do rio depois de escurecer.

"'Por que você faz isso?', perguntei e lembrei a ele que a cidade ainda era perigosa.

"Ele perguntou o que haveria de tão perigoso em uma corrida. Ele era rápido. Na pior das hipóteses, era só sair em disparada.

"'Mas digamos que alguma coisa realmente aconteça com você.'

"'O quê, por exemplo?', ele perguntou, desafiando a mim e à minha pergunta, que para ele provavelmente soava como algo típico de uma garota. Garotas têm mais a temer do que garotos. Garotas têm que temer garotos, por exemplo, e o próprio útero todos os meses.

"Ele me convidou para correr com ele; mas, para começar, eu não era muito rápida e, se ele saísse em disparada, eu ficaria para trás como uma presa.

"Aos domingos, eu ligava para meus pais e durante uma hora eles apareciam no meu computador como rostos desfocados que se revezavam movendo a câmera para si mesmos enquanto falavam. Eles me contaram que nosso gato havia morrido e fiquei sem ar porque ele tinha sido meu gato por catorze anos. Minha mãe disse que, desde que fui embora, o gato ficava me esperando na cama todas as noites.

"'Tentei explicar a ele', disse ela. 'Mas não deu certo porque eu não falo gatês.'

"Uma noite, o gato decidiu não esperar mais e, na manhã seguinte, estava enrolado como uma bola na varanda, morto.

"De velhice, esclareceu meu pai. Catorze anos de gato equivalem a mais ou menos setenta e dois de um ser humano.

"Quando chegaram as férias, meu primeiro Dia de Ação de Graças e meu primeiro Natal nos Estados Unidos, eu me distraí com os prédios lindamente decorados, a cantoria e o espírito natalino, as árvores exageradas e o clima festivo em geral. Nos feriados, os alunos que não iam para casa se reuniam no apartamento de alguém em torno de uma mesa dobrável emprestada e de uma panela de comida cheirosa. Eu aparecia com meu amigo, que tinha feito outros amigos durante o semestre e se tornado mais extrovertido na companhia de outras pessoas. Sempre que chegávamos juntos, as pessoas faziam piada sobre sermos um casal, sobre nos casarmos. Ele então colocava o braço em volta de mim, mas não me tocava, não colocava o braço no meu ombro nem na minha cintura. Eu não precisava que ele me abraçasse, não me sentia atraída por ele dessa forma; mas, por outro lado, não teria me importado com o gesto, já que ele e eu fomos os primeiros amigos um do outro aqui.

"As férias de fim de ano duraram um mês e, várias vezes durante esse período, tive um desejo incontrolável de tomar chocolate quente, mas não tinha leite nem cacau em pó em casa. Então eu me enrolava em um casaco que batia no pé e envolvia minha cabeça em um cachecol. Ao me olhar no espelho, via que tinha ficado como minha mãe temia, gorda e irreconhecível, e beber chocolate quente não ajudava em nada. Em uma dessas idas ao mercado, avistei meu amigo por acaso do outro lado da rua. No escuro, o roxo de seu suéter parecia brilhar, quase como uma luz néon, e os Vs pareciam setas, apontando na direção dele. Ele estava com outra pessoa, os dois parados à sombra de um prédio, os corpos muito próximos, fumando. Eu não sabia que meu amigo fumava. Ele tinha deixado o cabelo crescer, e o prendia em um coquezinho preto na parte de trás da cabeça, como um guerreiro milenar. O outro homem eu nunca tinha visto. Não era um estudante estrangeiro do meu país nem um rosto que eu reconhecesse da faculdade. Comecei a andar na direção deles, mas mudei de ideia no meio do caminho. Puxei meu cachecol para cima e tratei de andar mais rápido. Passei por eles sem olhar para o lado.

"Quando as aulas recomeçaram, meu amigo e eu continuamos estudando juntos e tirando notas medíocres. Ele me pediu para dar uma olhada no currículo dele. Eu pedi dicas de entrevistas de emprego.

"'Você precisa praticar mais seu contato visual', ele me disse, apontando dois dedos para os próprios olhos e em seguida apontando para os meus.

"Eu disse que estava olhando para ele.

"Ele disse que eu estava olhando para um ponto de fuga. Algum lugar no infinito atrás dele, onde linhas paralelas convergiam.

"Isso levou a uma discussão sobre linhas paralelas e pontos de fuga, o que, por sua vez, levou a uma discussão sobre imigrantes e assimilação.

"Ele disse que nós nos esforçávamos demais para nos adaptar, e que esse era o nosso problema.

"Eu disse que não achava que tínhamos um problema, e ele disse que esse era mais um dos nossos problemas, o fato de nunca discutirmos nem admitirmos os nossos problemas.

"'Bem, talvez nós não tenhamos nenhum', sugeri. Todos os imigrantes têm que ter problemas? E, se não temos, por que discutir sobre coisas que não existem?

"'Você quer dizer nunca falar sobre nada?'

"'Quero dizer, o que se ganha falando sobre tudo? Não podemos guardar algumas coisas para nós mesmos?'

"Meu amigo não respondeu, apenas me esquadrinhou do outro lado da mesinha de café da manhã. Temi que ele revelasse alguma coisa sobre si mesmo, o que também me obrigaria a revelar algo pessoal. Mas, antes que eu falhasse explicitamente no teste, o celular dele tocou e, sem ler a mensagem, ele se levantou e disse que precisava ir.

"'Ir?', perguntei. 'Mas você acabou de chegar.'

"O que não era bem verdade, porque já fazia algum tempo que nós estávamos discutindo. Era difícil discutir sobre assimilação, um processo inevitável que exigia que apagássemos grandes partes de nós mesmos. Eu não sabia se já tinha sido apagada ou se isso já havia acontecido no meu país, quando comecei a pensar em vir para cá.

"Ele nunca me ligou para terminarmos o trabalho que estávamos fazendo e, na semana anterior ao recesso de primavera, parou de me encontrar no portão da universidade antes da aula. Procurei por ele na sala de aula. Guardei um lugar para ele, assim como meu gato fazia. Quando realmente não consegui mais falar com ele, a primeira coisa que me ocorreu foi que alguma coisa devia ter acontecido em uma das corridas noturnas. Que ele tinha caído no rio ou sido sequestrado. Ou que tinha feito algum mal contra ele mesmo ou sido forçado a desaparecer. Por que eu pensei todas essas coisas em vez do óbvio? Que, enquanto eu tomava a iniciativa de procurá-lo, ele tomava a iniciativa de não me procurar."

———

A narradora voltou a cruzar as mãos, sinalizando que havia terminado. Dava para ver em seu rosto a mesma solidão que a história exprimia. Eu estremeci. Mesmo tendo crescido no Queens, soube imediatamente o que ela estava querendo dizer quando falou sobre resistir à assimilação, sobre o sentimento de não querer se moldar aos outros. Era um sentimento que eu tinha carregado durante quase toda a vida.

No silêncio, uma aranha grande de repente saiu de uma rachadura no parapeito e andou pelo telhado, desaparecendo sob uma aba solta de papel alcatroado.

— Eca — disse Eurovision, balançando os dedos, com nojo.

— Quando você vai poder voltar para casa? — perguntou Hello Kitty à narradora.

— Eu ia terminar a pós-graduação aqui primeiro, mas agora tudo é remoto. Não sei. Só posso voltar para a China depois que essa pandemia acabar.

— Talvez leve algum tempo — disse La Cocinera.

A narradora fez que sim.

— Bem, eu sempre fui viciado em viajar — comentou Eurovision. — E detesto ficar trancado assim. Eu daria tudo para estar no Grace Hotel em Santorini agora.

— Larga de drama — disse Flórida. — A gente só precisa aguentar mais algumas semanas. Em junho isso tudo já deve ter acabado.

— Espero que sim — disse La Cocinera. — Estou no mesmo barco... morrendo de vontade de ver minha família em San Miguel.

— Quando essa pandemia acabar, vou viajar o mundo todo e ver tudo que há para ver — disse Hello Kitty.

Whitney riu.

— Mesmo depois desta pandemia, ninguém nunca mais vai poder viajar pelo mundo com a mesma liberdade que tínhamos quando eu era da idade de vocês.

— Como assim?

Whitney sorriu.

— Estou falando de uma época em que ainda era possível conhecer pessoas que nunca tinham visto um ocidental, em que uma pessoa ainda podia ir para lugares e desaparecer da face da Terra sem que ninguém em casa jamais soubesse o que tinha acontecido.

— Até parece. Tipo onde? Quando?

Dessa vez não consegui identificar se Hello Kitty estava falando sério ou se estava sendo sarcástica como de costume.

— Tudo bem. Cada palavra da história que vou contar é verdadeira. Ela aconteceu durante a soberania do último rei do Afeganistão.

— Afeganistão?

───

— Sim. Eu estava lá no verão de 1972. Certa manhã, estava sentada perto de uma fogueira ao ar livre, em um planalto afegão árido e deserto, cercado por cadeias de montanhas. Comigo em torno da fogueira estava um grupo de seis ou sete jovens europeus e americanos. Não éramos voluntários do Corpo da Paz, nem diplomatas em missão, nem naturalistas, cientistas, arqueólogos, mochileiros experientes ou mesmo andarilhos. Éramos apenas um grupo heterogêneo de jovens de vinte e poucos anos que tinham ganhado algum dinheiro no país de origem sem ter feito nada digno de nota. Tínhamos nos conhecido em Cabul e decidimos viajar juntos para aquela área remota no centro do Afeganistão.

"Naquela manhã em particular, estávamos sentados ao redor de uma pequena fogueira, comendo tigelas de mingau de aveia, quando, de repente, uma visão surgiu: do outro lado da planície deserta, uma mulher vinha cavalgando em nossa direção, os cabelos castanhos e lisos flutuando ao vento, o longo vestido vermelho ondeando ao seu lado.

"Antes de continuar, explico que eu nunca teria ido para o Afeganistão se não estivesse na companhia tirânica de um espanhol que tinha conhecido alguns meses antes enquanto acampava em uma caverna no sul da ilha de Creta. Eu o notei pela primeira vez no dia em que sua van branca surrada chegou à vila costeira que ficava abaixo da caverna. Ele usava calças de camurça com franja e botas de couro preto. O que chamou minha atenção foi seu modo de andar, com um passo alegre e entusiasmado. Nós nos conhecíamos havia poucos dias quando ele perguntou, com seu sotaque carregado: 'Quer vir comigo em uma viagem ao Oriente?' Como me considerava uma grande conhecedora das religiões orientais (afinal, tinha lido Hermann Hesse e Alan Watts), respondi que sim.

"Juntei meu dinheiro com o dele (o montante chegou a cerca de setecentos dólares, o que valia muito mais na época do que vale hoje) e levei minha mochila da caverna para sua van caindo aos pedaços. A van só dava partida se uma pessoa a empurrasse enquanto a outra soltava a embreagem para ligar o motor. Como eu não estava acostumada com câmbio manual, era sempre ele quem dirigia. Eu passava muito tempo tentando recrutar estranhos para me ajudar a empurrar.

"Da cidade de Heraklion, pegamos uma balsa para Atenas. Em Atenas, o espanhol contratou um carpinteiro para fazer uma caixa grande de madeira. Os caras que fizeram a caixa nos ajudaram a amarrá-la no teto da van. Em seguida, compramos vários sacos enormes de aveia, que colocamos na caixa porque o espanhol disse que não passaríamos fome se conseguíssemos encontrar água e preparar mingau de aveia no fogareiro da van.

"E então partirmos para o Oriente.

"Ao longo dos dez meses seguintes, empurrei a van ao lado de homens da Grécia, da Turquia, do Líbano, da Síria, do Iraque, do Irã, do Afeganistão – e mais tarde do Paquistão, da Caxemira (onde tivemos onze pneus furados!), da Índia e do Nepal. Tenho uma lembrança desagradável de empurrar o veículo: em um desses países, um homem idoso escorregou e caiu enquanto me ajudava a empurrar e, quando os amigos riram dele, ele começou a me bater. Mas isso só aconteceu uma vez.

"Enquanto atravessávamos o país, passando por cidades, povoados e vilarejos e por locais remotos e desabitados, em busca de lugares para acampar, ouvíamos música no toca-fitas da van. O espanhol tinha uma grande coleção de fitas, mas só me lembro de *After the Gold Rush*, de Neil Young. Até hoje, sempre que ouço 'Till the Morning Comes', 'Tell Me Why' ou 'Cripple Creek Ferry', sinto aquela sensação empolgante de estar em uma aventura novamente.

"Devo acrescentar que o encanto de fazer uma viagem ao 'Oriente' com um espanhol obscureceu o fato de ele e eu não falarmos a mesma língua. Eu não falava espanhol, e o inglês dele era muito ruim. Então, durante a maior parte de nossa viagem de dez meses, eu não tinha ideia do que ele estava dizendo. Uma coisa que pensei ter entendido foi que ele era médico e tinha abandonado a medicina para viajar, mas ele insistia que eu nunca perguntasse nada sobre isso, porque abandonar a profissão tinha sido uma experiência muito dolorosa. Ele tinha apenas vinte e três anos, o que deveria ter me levado a questionar sua história. Mas pensei que talvez uma pessoa pudesse se formar em medicina mais cedo na Espanha do que nos Estados Unidos.

"Nossa aventura rumo ao Oriente teve vários momentos previsíveis de medo e perigo. Sobrevivemos a uma tentativa de extorsão pelos guardas na fronteira da Turquia, a um interrogatório noturno pela polícia turca, a uma viagem acidentada pela terra de ninguém que era o deserto entre a Síria e o Iraque (por trilhas de areia, não havia nem mesmo uma estrada!), e, quando chegamos ao Afeganistão e montamos nosso acampamento perto de um riacho ao pé de uma montanha, peguei um peixe com a mão pela primeira vez e vivenciei meu primeiro terremoto.

"Depois que comemos o peixe, o chão começou a tremer. Eu me encolhi em posição fetal. Só conseguia pensar que, se morresse na margem daquele rio, esmagada pelas pedras que caíam, ninguém jamais saberia que eu tinha estado ali. Minha família nunca mais teria notícias minhas. A ideia de fazer isso com meus pais me deixou apavorada. Eu não tinha deixado de manter contato com eles. Havia enviado vários cartões-postais alegres, só que a comunicação internacional era tão inconstante que eu tinha quase certeza de que eles nunca sabiam exatamente onde eu estava.

"Mas o espanhol e eu sobrevivemos ao terremoto, e seguimos para Cabul, um destino popular para jovens viajantes ocidentais em 1972. Estacionamos a van em um acampamento na cidade e caminhamos até o centro para comprar comida e água. Comprei um par de botas de couro feitas à mão por cinco dólares e um vestido com bordados em vermelho e preto, que ainda está pendurado no meu armário.

"Nossa estadia de dois meses em Cabul chegou a um fim afoito quando uma briga de trânsito sem muita importância entre o espanhol e um motorista afegão acabou desencadeando um pequeno tumulto. Lojistas locais invadiram nossa van, arrancaram nossos alto-falantes e roubaram todas as nossas fitas! Outros saíram em nossa defesa e, na confusão, o espanhol fugiu. Tive que encontrar alguém que me ajudasse a empurrar a van e levá-la de volta ao acampamento, onde o espanhol estava me esperando.

"Com medo de sermos presos, fugimos da cidade naquela mesma noite e seguimos para o norte em uma caravana com alguns outros colegas do acampamento, e isso nos leva de volta ao início desta história: com o grupo sentado ao redor da fogueira em uma planície deserta, comendo mingau de aveia, quando a misteriosa mulher de vestido vermelho esvoaçante se aproximou a cavalo...

"Como eu disse antes, seus cabelos lisos e castanhos eram soprados pelo vento enquanto o cavalo se aproximava de nós a galope. Outros no grupo ficaram tão hipnotizados quanto eu. (Não me lembro exatamente o que eles falaram, mas provavelmente foram coisas como: 'Minha nossa', 'Olha isso', 'Quem é essa garota?')

"Mas, quando por fim consegui ver o rosto dela, lembro muito bem do que eu disse:

"'Meredith!'

"A mulher a cavalo era uma das minhas colegas da época da faculdade. Eu achava que ela ainda estava em Chapel Hill, na Carolina do Norte. Não fazia ideia de que também estava viajando pelo Oriente. E ela ficou igualmente surpresa ao me ver ali.

"Meredith desmontou do cavalo e se juntou a nós para comer uma tigela de mingau de aveia.

"Muitos meses depois, meus pais receberam um telefonema do gabinete do congressista em que votavam na Carolina do Norte, informando que a embaixada americana no Nepal tinha enviado uma mensagem dizendo que a filha deles estava em um hospital em Katmandu, recebendo tratamento para septicemia e desnutrição. Providências foram tomadas para que eu fosse transferida de avião para os Estados Unidos.

"Muitos anos depois, a única coisa de que me lembro do que minha mãe disse sobre minha grande aventura foi que ela teve um sonho muito comovente durante minha ausência no qual eu saltitava por um campo, espalhando flores ao meu redor. A única admoestação de que me lembro vinda do meu pai, coronel do exército sulista, foi: 'Querida, você precisa manter os pés no chão.'"

— Isso tudo realmente aconteceu? — Hello Kitty parecia impressionada, mesmo que a contragosto.

Whitney fez que sim com a cabeça.

— O que aconteceu com Meredith? Ela ficou com vocês?

— Não. Depois do nosso breve encontro, ela seguiu para a Índia. Faz vinte e cinco anos que trabalha como fotógrafa em Paris.

— Nossa. E o que aconteceu com o espanhol?

— Eu fiz de tudo para trazê-lo aos Estados Unidos. Me casei com ele. Então ele enlouqueceu e tentou me matar. Mas isso é outra história, para outra ocasião.

— Ah! Conta! — pediu Hello Kitty, agora com um entusiasmo verdadeiro. — Eu adoro histórias de assassinato.

— Não é uma história de assassinato — interveio Vinagre, secamente. — Ela não está morta.

— Uma história de tentativa de assassinato, então.

— Posso sugerir que passemos para outra história? — disse a Dama dos Anéis. — Eu, por exemplo, não estou interessada na história de um espanhol que enlouqueceu e tentou matar alguém. Ninguém tem uma história sobre a vida comum, para variar?

— Eu tenho uma história sobre passear com cachorros — respondeu Hello Kitty.

— Passear com cachorros? — Eurovision bufou.

— Isso mesmo. Eu era passeadora de cachorros profissional até algumas semanas atrás, quando começou o *lockdown* — disse Hello Kitty. — Me ajudava a pagar meus estudos na Universidade de Nova York.

— Fascinante — disse Eurovision. — Mal posso esperar para ouvir essa história nos mínimos detalhes.

— Imaginem o seguinte… — Hello Kitty largou o vape, pulou da poltrona-casulo e fez uma pose teatral. — Estou em um apartamento no Upper East Side, na cozinha. Tudo preto e branco, superfícies foscas, vocês sabem de que tipo de cozinha estou falando. — Ela fez um movimento amplo com os braços. — E lá está, é claro, a geladeira de aço escovado, e eu estou bem na frente dela.

Hello Kitty fingiu abrir a porta da geladeira e dar uma espiada lá dentro.

— No início, não era muito. Um punhado de amêndoas cruas, uma maçã esquecida, um pote de iogurte desnatado de uma prateleira repleta deles. Produtos que normalmente passariam despercebidos, de que ninguém daria falta.

"Buster olhava para cima, inclinava a cabeça para o lado e me observava como um gato.

"Ele tinha o mesmo cheiro da dona, uma advogada de quarenta e poucos anos que se banhava com hidratante de chá verde. De vez em quando, eu também usava essas coisas. Hidratante, cremes, manteigas. Minhas mãos merecem algo sofisticado, ainda mais agora que temos que lavar as mãos o tempo todo.

"Ela também devia ter um pouco do cheiro do Buster, um sheepdog branco, cujo hálito na verdade não me incomodava. Essa é a coisa mais difícil de se acostumar com um novo cliente. Depende muito do que eles comem.

"A comida do Buster também vinha em porções individuais, maiores que os iogurtes desnatados, empilhadas na prateleira logo abaixo deles. Ele também devia ter problema de peso, já que os recipientes eram cheios de cubos de cenoura cozida e pedaços de peito de frango. Esses potes não têm rótulo, então é provável que ela cozinhe para ele. Ela poderia comer a mesma comida que Buster, se quisesse. Era só acrescentar um pouco de aipo picado e salsinha, uma ou duas xícaras de caldo e pronto! Canja. Já pensei em levar um pouco para fazer em casa, mas *isso* ela teria notado.

"Depois da nossa entrevista, no início de janeiro, não a vi mais. Ela me envia e-mails e, nos últimos tempos, deixa bilhetes escritos à mão na bancada da cozinha:

"'Se nevar hoje à tarde, as botas do Buster estão no armário do hall, em uma bolsa de lona, onde também está o casaco de náilon dele.'

"O mais recente:

"'De agora em diante, o Buster NÃO DEVE interagir com estranhos e outros cães. Entrei em contato com o veterinário para saber se é aconselhável ele usar máscara. Minha amiga que mora em Hong Kong disse que o cachorro dela está usando. Para a segurança do Buster, compre uma máscara cirúrgica e use-a sempre que estiver com ele, dentro e fora do apartamento.'

"'A não ser quando estiver comendo, é claro.'"

"Claro, tem uma câmera para vigiar a cozinha. Ou, no caso dela, uma câmera para vigiar a passeadora de cães.

"Eis o que aprendi em anos de trabalho para os ricos e seus cachorros: eles gostam de observar, de assistir aos outros cuidando deles e de seus entes queridos. Monitorar os outros faz com que se sintam úteis.

"Eu não me importava. E comia mesmo assim. Enfiava amêndoas secas na boca como se fossem caramelos salgados. Passava a língua nos lábios depois de algumas mordidas na maçã azeda. Revirava os olhos e minhas pálpebras tremiam a cada colherada de iogurte aguado.

"Não é furto se eu fizer isso abertamente.

"Não é roubo se eu não sentir culpa.

"Se Buster ganha guloseimas, por que eu não deveria ganhar também?

"Sabe quem pensa assim? Uma passeadora de cães que precisa encontrar uma nova maneira de ganhar a vida.

"Buster concorda comigo, mas ele, claro, não é dedo-duro.

"Tudo começou com uma tortinha, tão delicada que em cima dela só cabia uma framboesa. Isso foi em fevereiro, pouco antes do Dia dos Namorados.

"Quando Buster e eu voltamos de nossa caminhada habitual até o Guggenheim, a tortinha estava esperando por mim na bancada da cozinha. Uma colmeia vermelha em miniatura em um delicado prato azul-claro. Não estava lá antes de sairmos para nossa caminhada. Acreditem, eu teria reparado.

"Olhei em volta, meio que esperando vê-la. Ou um hóspede, quem sabe a amiga de Hong Kong?

"Olhei para a tortinha.

"Buster me olhou. Ele soube antes de mim.

"Comi a torta. A framboesa estava fria quando tocou o céu da minha boca, assim como o creme de confeiteiro por baixo. A crosta de massa derreteu na minha língua. Tive que agarrar a borda da bancada de mármore para não perder o equilíbrio.

"Dei uma olhada na geladeira, esperando que houvesse mais. Nada além das proteínas magras dele e dela, como sempre.

"Durante a entrevista, perguntei a ela se haveria crianças em casa à tarde, quando eu levaria Buster para passear. Ela respondeu com um rápido e duro *não*. Em seguida, declarou que o sheepdog não tinha sido escolha dela. Baixou a voz no fim da frase. Buster era o cachorro de um ex, que tinha ido para Oslo em uma viagem de negócios programada para durar um mês e tinha decidido ficar por lá.

"'Você pode até jogar fora as roupas do ex, mas não dá para jogar fora o cachorro dele.'

"Ela disse isso para me mostrar que tinha coração. Os ricos têm medo de não ter sentimentos. É por isso que eles têm cachorros – e filhos – que depois deixam aos cuidados de outras pessoas.

"Na verdade, Buster estava sendo mantido como refém, preso naquele apartamento de dois quartos no Upper East Side, com terraço espaçoso e vista para o Central Park, na esperança de que, um dia, o sr. Oslo volte, sinta o cheiro do hidratante de chá verde, mude de ideia e fique.

"Buster é a cauda vestigial de um homem, a parte final do amor, o rabo que um dia desviou a atenção de um relacionamento fracassado.

"Foi isso que ela quis dizer, na verdade.

"Desde o início, tentei diferentes variações do nome dele para ver a qual delas ele ia responder, qual delas o faria latir algo revelador sobre seu verdadeiro dono.

"'Buster Keaton, vem cá, Buster Keaton!'

"'Ghostbuster, quer um petisco?'

"'Bom menino! Flibusteiro, você é um bom menino!'

"Buster Poindexter? Buster Scruggs? Buster Douglas?

"Fiquei decepcionada, e ainda estou, ao descobrir que Buster é apenas Buster.

"Uma criança escolheria um nome como esse, não um homem adulto. Isso não é novidade para ela, tenho certeza.

"Espero que ela nunca o chame de Bosta quando estiverem sozinhos.

"Durante duas semanas seguidas, as tortinhas continuaram aparecendo, e sempre havia uma a mais. E eu comi todas elas. No início, eu ia devagar, esperando um ou dois minutos antes de pegar a próxima. Mas, em pouco tempo, estava devorando todas, uma em cada mão. Quando o número passou de meia dúzia, decidir parar de usar as mãos e simplesmente inclinar o corpo para a frente, meu rosto quase tocando o mármore, a língua fazendo todo o levantamento de peso não tão pesado, no estilo Buster."

―◆―

Ficamos esperando que ela continuasse, mas Hello Kitty simplesmente fez uma pequena reverência, se sentou na poltrona e voltou a usar o vape.

— E…? — Eurovision perguntou por fim.

Hello Kitty piscou para ele, tragando.

— Isso de novo não — disse ele.

Quando ficou claro que Hello Kitty não ia continuar, Vinagre interveio.

– É óbvio – disse ela – que a dona do apartamento estava testando você. Deixando as tortinhas bem à vista, como se a desafiasse a roubá-las. E depois ficava assistindo na câmera de segurança enquanto você as devorava. Ela fazia isso para obter uma satisfação doentia.

Hello Kitty não respondeu. Eu me perguntei se essa história, assim como a anterior dela, também seria uma mentira. Mas, por mais estranha que fosse, parecia verdade.

– Dá para imaginar o que aconteceu em Oslo – disse a Dama dos Anéis, com uma gargalhada libertina. – Todas aquelas garotas escandinavas, altas e loiras… Elas não precisam de hidratante de chá verde. E tudo que restou para ela foi um cachorro peludo. Não estava com raiva à toa.

– Quem disse que ela estava com raiva? – rebateu Hello Kitty. – Pelo contrário, ela era fria como um cubo de gelo.

A Dama dos Anéis acenou com a mão.

– Acredite, o cubo de gelo estava fervendo por dentro. Assim como alguns de nós aqui no telhado, tentando ser gentis com os outros, pois que outra opção nos resta? – Ela lançou um olhar enfático ao redor, demorando-se, pensei, em Vinagre e Flórida, que estavam bastante caladas nas últimas noites depois do confronto. – A verdade é que, em circunstâncias normais, não olharíamos duas vezes uns para os outros. Não temos quase nada em comum, não é? – Ela olhou em volta e chacoalhou de leve os anéis para dar ênfase.

– Nada.

Os sinos da Old St. Pat nos salvaram outra vez, marcando o fim da noite.

Décimo dia
9 DE ABRIL

Ninguém aprende o que não quer saber — Jerry Garcia

ESSE FOI O NOVO GRAFITE COM O QUAL NOS DEPARAMOS NAQUELA noite no telhado, escrito com displicência na parte superior do mural com uma caligrafia descuidada. Vinagre perguntou quem tinha feito aquilo, mas ninguém se manifestou. Enquanto nos sentávamos, Eurovision perguntou:

— Vocês sabiam que, quando tinha cinco anos, num acidente, Jerry Garcia teve o dedo médio decepado por um machado? Restou só um toco. Mas, mesmo com quatro dedos, ele foi um dos maiores guitarristas de sua geração.

— Sem dúvida — disse Darrow. — Eu vi um show do Grateful Dead uma vez, e Jerry Garcia mostrou o dedo do meio para o público com aquele cotoco dele. A plateia veio abaixo.

— Isso me lembra de Big John Wrencher — disse Wurly —, o grande gaitista do blues. Ele perdeu o braço em um acidente de carro e teve que reaprender a tocar o instrumento. Descobriu como tocar com apenas uma das mãos, e era tããão bonito...

— E Paul Wittgenstein — acrescentou Ramboz —, o pianista que perdeu o braço na Primeira Guerra Mundial devido a um ferimento à bala. Wittgenstein conseguiu que vários compositores famosos escrevessem peças para ele tocar apenas com a mão esquerda.

— Por que estamos falando de músicos com membros amputados? — perguntou Hello Kitty.

— Já ouviram falar de Elijah Vick, o músico de blues? — perguntou Maine.

— Claro — respondeu Wurly. — Completamente maluco, mas muito bom. Você o conheceu?

— Ah, sim. Anos atrás — respondeu Maine.

— Foi um dos casos mais estranhos de que já tratei. O cara quase perdeu o braço e a carreira de guitarrista. Durante a faculdade de medicina, fiz estágio na unidade de terapia intensiva do Hospital St. Joseph, em Memphis, uma instituição histórica e, infelizmente, o local onde, em 1968, o Dr. Martin Luther King Jr. foi declarado morto. Ao longo de décadas, vi todo tipo de sofrimento e emoção, todo tipo de tragicomédia passar pelas portas daquele pronto-socorro. Mas nunca vou esquecer Elijah Vick.

"Quando o conheci, Elijah tinha quarenta e cinco anos, era um promotor musical bem-sucedido, com uma barriga incipiente, que tossia com frequência devido a anos fumando muita maconha; mas, fora isso, um cara saudável. Tinha cabelos ralos que tinham ficado grisalhos cedo e um cavanhaque bem-cuidado no queixo. Tinha uma guitarra Gibson de corpo oco tatuada no braço esquerdo.

"Ele me contou que tinha nascido e crescido em Memphis, e não conseguia se imaginar deixando a cidade. Talvez o que mais gostasse lá, além da música, fosse o rio Mississippi, a maneira como serpenteava e se agitava pelas margens. Ele morava em um loft bem próximo da margem alta e muitas vezes passava horas olhando para o rio imenso que corria lá embaixo, perplexo, hipnotizado, completamente maravilhado. A um quilômetro e meio de distância, do outro lado da água, ficavam as planícies aluviais do Arkansas, um mundo de ácaros, patos e cobras-d'água que faziam ninhos nos lagos pantanosos das curvas do leito. Nos longos bancos de areia, porcos selvagens corriam entre cemitérios de madeira flutuante e tocos apodrecidos de cipreste. Nas clareiras além dessas margens selvagens, se estendiam centenas e centenas de quilômetros quadrados de plantação de algodão, algodão até onde a vista alcançava... ouro branco, extraído dos solos aluviais mais férteis do mundo.

"A vida inteira, Elijah tinha ouvido que nunca, jamais deveria entrar nas águas imundas e fétidas do Poderoso Mississippi. O rio era o cólon nacional, diziam a ele, uma vala de esgoto repugnante repleta de todo tipo de perigo: galhos submersos, redemoinhos, lodo industrial, dejetos químicos, linhas de pesca emaranhadas, coliformes fecais, sem falar de uma correnteza feroz que tentava arrastar tudo que estivesse em seu caminho.

"As leis da hidráulica não pareciam se aplicar àquela torrente traiçoeira. Sem dar nenhum sinal, disseram a Elijah, o rio podia sugá-lo, engoli-lo e sufocá-lo em seu abraço miasmático. Era basicamente uma esteira rolante de areia movediça.

"E havia também a história do *Sultana*, o pior desastre náutico da história dos Estados Unidos. O navio a vapor condenado havia passado por Memphis no comecinho da manhã de 27 de abril de 1865 com quase dois mil e quinhentos passageiros a bordo, muitos dos quais eram soldados unionistas recém-libertados de vários campos de prisioneiros de guerra dos confederados. Alguns quilômetros rio acima, por volta das duas da manhã, as caldeiras do *Sultana* explodiram. Centenas de pessoas foram cozidas vivas imediatamente. Passageiros pularam no Mississippi gelado, mas muitos dos soldados estavam fracos e emaciados demais para nadar – ou nem sequer sabiam como. No fim das contas, mil e setecentas pessoas morreram queimadas ou afogadas naquela noite, mais almas do que as que afundaram com o *Titanic*.

"Monstros também habitavam a escuridão do Mississippi. Elijah, um ávido apreciador de atividades ao ar livre e pescador desde a adolescência, era fascinado por um peixe gigantesco que geralmente pesava centenas de quilos e vivia nas águas rasas do rio. Era o peixe-jacaré, *Atractosteus spatula*, uma criatura pré-histórica de focinho comprido, dentes de aparência maligna e escamas afiadas tão duras que os pescadores precisam usar cortadores de arame para atravessá-las e chegar à carne. Os guerreiros chickasaw usavam as escamas do peixe-jacaré para fazer armaduras e escudos de batalha. Esses peixes bizarros eram carnívoros escorregadios, parecidos com dragões, que cresciam até atingir tamanhos bestiais e viviam muito – em alguns casos, mais de um século. Não costumavam atacar humanos, mas podiam ser predadores ferozes que armavam emboscadas, empalando a presa com seus dentes longos e pontiagudos. Outra coisa estranha que impressionou Elijah foi que o peixe-jacaré tinha guelras e também uma espécie de pulmão, o que lhe permitia respirar tanto debaixo d'água quanto fora dela.

"Elijah uma vez me mostrou uma fotografia famosa de um desses colossos, tirada em 1910. O peixe-jacaré havia sido capturado ao sul de Memphis, em um canal secundário do Mississippi, perto de Tunica; a fotografia mostra um homem com expressão estupefata sentado atrás do leviatã espinhoso. A criatura tinha cerca de três metros de comprimento e devia pesar meia tonelada. Algo naquela bizarra forma de vida, que parecia metade peixe metade réptil, fascinara Elijah. Era como se houvesse um dinossauro vivo nadando naquele rio bem próximo de sua cidade natal.

"Mas ao longo dos séculos o peixe-jacaré foi demonizado; era chamado de peixe-praga, peixe-lixo. Os caipiras o caçavam à noite, à luz de faroletes, e atiravam neles na lama rasa. Ou disputavam os maiores espécimes e os vendiam por milhares de dólares no mercado clandestino – ao que consta, os empresários ricos de Tóquio gostavam de tê-los como raridades em seus aquários. Elijah achava que o mundo moderno havia injustiçado profundamente o pobre peixe-jacaré só porque era um animal feio, bizarro e estranho, um habitante monstruoso de um mundo pré-histórico.

"Depois que se divorciou da esposa, Florence, Elijah ficou obcecado com a ideia de atravessar o Mississippi a nado. Descobriu que precisava de um projeto, uma aventura que o distraísse para lembrá-lo de que ainda estava vivo e ainda era capaz de correr riscos de vez em quando. Havia desistido da carreira musical e agora gerenciava e promovia as carreiras de outros músicos. A boa música parecia extravasar de todos os poros da cidade, mas para Elijah, que já tinha sido um guitarrista conhecido nos estúdios e bares da cidade, a música havia se tornado uma busca de segunda mão, algo que havia passado a odiar. Estava aos poucos morrendo por dentro.

"Ele tinha continuado muito próximo de Florence, mesmo depois de enfim se darem conta de que não poderiam ser felizes vivendo juntos. Ela achava a obsessão dele pelo Mississippi estranha e perturbadora. Ele ficava acordado a noite toda lendo Mark Twain. Tinha se tornado um exímio nadador. Estudara mapas do Corpo de Engenheiros do Exército. Fizera amizade com os velhos ratos do rio que conheciam cada curva e reviravolta, cada fato e lenda daquele trecho do Grande Lamacento. Para ele, o Mississippi tinha se tornado mitológico, como Cila e Caríbdis, algo maligno, mas ao mesmo tempo infinitamente sedutor.

"Como seria, ele se perguntava, pular naquelas águas turbulentas? Mergulhar e boiar no rio, sentir a água lamacenta e cheirando a peixe contra sua pele? E, o mais importante, enfrentar a velocidade de sua correnteza principal e atravessá-la de margem a margem?

"Imaginava que seria um ato catártico, que a travessia extenuante o transformaria em outra pessoa. Era como uma fase ou etapa pela qual tivesse que passar. Os moradores de Memphis eram chamados de menfianos, e parecia correto. Tinham algo de anfíbios, criaturas elásticas da água e da lama, organismos que no começo eram uma coisa e tinham se transformado em outra. Ele não sabia muito bem por que se sentia tão atraído pelo rio, mas tinha a sensação de que atravessá-lo a nado era algo que simplesmente precisava fazer. Até certo ponto, era para superar os medos da infância, mas talvez houvesse também algo maior em jogo, algo mais metafórico. Era como se ele acreditasse que o simples ato de atravessar o rio o levaria a outro mundo, um mundo melhor.

"Na noite anterior à aventura, Elijah acampou em sua velha picape International Harvester às margens do rio no Arkansas, a dezesseis quilômetros de Memphis. O local era conhecido como Hipódromo do Diabo, assim chamado (em mapas antigos e até mesmo em *Life on the Mississippi*, de Twain) porque aquele trecho já tinha sido famoso por seus obstáculos que naufragavam barcos a vapor.

"Ao adormecer, ouviu coiotes uivando nos canaviais. A lua crescente surgiu no céu, e os pesados jatos da FedEx – um, depois outro, e mais outro – rugiam acima dele a toda a velocidade, voando para o sul, rumo ao complexo de triagem em Memphis, transportando pacotes de todo o mundo.

"Ao amanhecer, Elijah tomou uma caneca de café instantâneo, depois caminhou à beira da água, analisando a correnteza, testando a temperatura, examinando a margem oposta com binóculos. Vestiu a roupa de mergulho, fechou o zíper e colocou nas costas uma mochila à prova d'água na qual havia guardado sapatos e uma muda de roupa.

"'É agora ou nunca!', ele murmurou, então se jogou na água, que estava surpreendentemente fria. Sentiu o coração disparar, a pele formigar, os nervos à flor da pele. Olhou para o outro lado do rio, para a margem do Tennessee envolta em uma névoa vegetal.

"Durante os primeiros trinta metros, mais ou menos, Elijah deslizou com facilidade pelas águas tranquilas. Então cruzou uma linha de demarcação, adentrou a correnteza principal, e de repente foi lançado rio abaixo como se tivesse sido disparado de um canhão. Percebeu que seria impossível lutar contra aquela correnteza, mesmo que por um segundo. Era enervante ser levado por algo tão poderoso; mas, depois de se render, Elijah sentiu uma intensa alegria.

"Agora a superfície da água estava encrespada e agitada, açoitando-o com correntes contrárias, pontuada de redemoinhos. Ele sentia a pressão do rio por todos os lados, lutando contra a impertinência de sua presença. Ali, no canal, perdeu toda a noção da velocidade da correnteza. Às vezes, achava que não estava se movendo, mas então olhava para a margem e via que, pelo contrário, estava, como descreveu, *sendo tragado* – deslizando sem esforço pela goela da nação.

"O gosto era igual ao de qualquer rio: levemente metálico, cheio de nutrientes, com um leve toque de algas e peixes que não chegava a ser desagradável. Ele não sabia se era possível sentir o gosto da dioxina, mas suas papilas gustativas não notaram nada de estranho, nenhum traço tânico da gigante da agricultura Monsanto, nenhum gosto residual acetinado dos produtos químicos da Dow.

"O incomum, na verdade, eram os detritos. Elijah nunca havia nadado em águas tão turvas de sedimentos com toda aquela areia do norte sendo levada para o sul. Era apenas isso, claro – areia boa, limpa –, mas entrava nos olhos, cobria a língua e as narinas e era esmagada entre seus molares cerrados. Ele tinha lido que, antigamente, os pilotos de embarcações fluviais se orgulhavam de beber um copo grande daquele líquido granuloso todas as manhãs para ter boa saúde. O regulador intestinal da natureza!

"Debaixo d'água, o som era como o de mil tigelas de flocos de arroz crocante estalando ao mesmo tempo. Elijah concluiu que era o som de incontáveis toneladas de sedimentos rodopiando no fundo do rio, um redemoinho fervilhante abaixo dele.

"Estava progredindo bem àquela altura. Para ele, era um exercício pesado e revigorante; mas, se atravessar a nado o rio Mississippi era uma façanha, tratava-se mais de uma façanha mental do que física, algo mais conceitual do que aeróbico. Qualquer nadador com alguma experiência era capaz de fazê-lo.

"Ainda assim, Elijah podia ouvir a si mesmo rindo. Não conseguia acreditar que estivesse ali, fazendo algo tão exótico, algo que também era, considerando seu passado, muito óbvio, no fim das contas. Era como se ele fosse um sujeito de Pamplona que tivesse decidido, talvez um pouco tarde na vida, seguir em frente e participar daquela corrida de touros insana. Ele estava atravessando... o rio... Mississippi... a nado. E tinha uma sensação estranha de estar em casa, como se estivesse destinado a estar ali, como se o rio fosse dele e ele fosse do rio.

"Elijah se arrastou em direção à margem coberta de vegetação, onde aglomerados de salgueiros e ciprestes eram sufocados por gavinhas de uva muscadínea. Então, com a mão esquerda, tocou o Grande Estado do Tennessee. Havia levado quase uma hora para atravessar e tinha sido arrastado vários quilômetros rio abaixo na travessia. Olhou para trás, para o estado do Arkansas, e saboreou sua conquista. Estava exausto, tossindo um pouco de água do rio, mas exultante.

"Poucos minutos depois, enquanto caminhava pela parte rasa e começava a tirar a roupa de mergulho, viu algo com o canto do olho – um vislumbre, respingos de água, um movimento lateral repentino. Em meio à confusão, uma criatura surgiu e agarrou seu braço. Ele perdeu o equilíbrio e caiu na água. Por um instante, sentiu a presença de algo gigantesco e muito pesado.

"Então a coisa, o que quer que fosse, o soltou. Elijah viu apenas uma cauda e uma barbatana dorsal enquanto a criatura desaparecia em um borrão de espinhos cor de oliva e escamas viscosas. Nunca teria certeza, mas seus instintos lhe disseram o que era: tinha pisado em um peixe-jacaré adormecido e aquele dinossauro assustado havia abocanhado seu braço.

"Quando tirou a roupa de mergulho, a única coisa que Elijah viu foi um padrão de perfurações profundas no braço. O animal havia deixado uma marca nele na forma de um ferimento impecável, uma fileira longa e regular de marcas de dente. O estranho é que não havia nem uma gota de sangue e ele não sentiu dor nenhuma.

"Durante o resto do dia, Elijah caminhou até a cidade mais próxima, pegou carona até Memphis, depois voltou de carro com Florence pela ponte rumo ao Arkansas para buscar sua caminhonete e seus equipamentos de acampamento. Quando chegou em casa, a ferida estava começando a arder e inflamar. As longas fileiras de marcas de dentes tinham se tornado irregulares, coçavam e sangravam. Elijah achou que a coisa ia se resolver sozinha. No dia seguinte, porém, acordou com pontadas de dor e faixas vermelhas assustadoras que se estendiam por todo o braço. A mordida do peixe tinha aberto pequenos portais perfeitos que, por sua vez, tinham servido de entrada para uma infecção muito grave.

"Poucas horas depois, o antebraço estava terrivelmente inchado, a pele rígida e quente ao toque. Elijah começou a respirar com dificuldade. Estava tonto e febril, e desmaiou.

"Mesmo assim, conseguiu ligar para Florence. Ela correu até lá e o levou às pressas para o Hospital St. Joseph, onde diagnosticamos um choque séptico. 'Eu avisei a você para não nadar naquele rio de merda', reclamou Florence, furiosa.

"Depois de uma bateria de exames, descobrimos que Elijah tinha uma infecção rara, causada por estreptococos devoradores de carne. Tecnicamente conhecida como fasciíte necrosante, a infecção parece algo saído de um livro de Stephen King: exércitos vorazes de micróbios devoravam a carne de seu braço, enchendo os tecidos subcutâneos de exotoxinas.

"Peguei uma caneta preta e desenhei uma linha no braço de Elijah. Disse a ele que, se a vermelhidão ultrapassasse aquela linha, ele teria problemas sérios. Uma hora depois, a infecção havia ultrapassado a marca de caneta e estava chegando à mão de Elijah. Metade do braço tinha sido devorado. Era como nos tempos da Guerra Civil, quando as pessoas pegavam toalhas e cestas de piquenique e iam assistir, à distância, ao desenrolar da batalha de hora em hora. Só que a batalha estava acontecendo ali mesmo, dentro do corpo dele.

"Então Elijah começou a vomitar, ter convulsões, a pele pegajosa de suor por causa de febres erráticas. Eu disse a Florence que os dois deviam se preparar: talvez eu tivesse que amputar o braço dele. Talvez essa fosse a única maneira de salvá-lo.

"Em seu delírio, Elijah já ouvia o ranger distante de uma serra de osso medieval, e se viu fazendo perguntas: será que é assim que termina? Será que eu vivi uma vida minimamente decente? Se sair dessa, será que vou viver de outra forma?

"Tive que fazer incisões no braço dele diversas vezes para irrigar e desbridar os tecidos, e o que saía era algo de uma nojeira inimaginável: uma gosma preta coalhada, uma sopa de cheiro azedo, poças de pus. Administramos vários antibióticos intravenosos, mas nada adiantou. Achei que era uma causa perdida. Perdendo e recobrando a consciência, Elijah pensou muito nos convidados indesejados que corroíam seus tendões e suas células. Ele parecia ao mesmo tempo enojado e fascinado pela ideia de que aquelas cepas de superbactéria existissem, a uma espessura de pele de distância, vagando aos milhões pelas superfícies do mundo, esperando por um pequeno corte ou arranhão, alguma porta de entrada para a praça de alimentação da nossa carne.

"Eu disse a Elijah que tínhamos uma última carta na manga, um antibiótico de preço astronômico.

"'Este', eu disse, 'pegamos emprestado com Deus.'

"Funcionou. Passado um dia, os exércitos vermelhos começaram a recuar. Em poucas semanas, o braço de Elijah voltou mais ou menos ao normal. Mas a cicatriz vai ficar com ele pelo resto da vida, uma marca indelével, deixada pelos dentes afiados de um peixe ancestral e incompreendido. Elijah encara sua aventura no rio como um tempo bem gasto, e me disse que vê o resto de seus dias como um tempo a mais emprestado por Deus – ou pelo menos por seu departamento de antibióticos.

"Elijah Vick logo voltou a tocar com força total e se tornou um dos músicos mais lendários da cidade. Nunca mais pôs nem sequer o dedo do pé no Mississippi."

— Uau, essa história é assustadora – disse Wurly. – Se ele tivesse perdido o braço, muita música boa não teria existido. Dá para imaginá-lo no palco, dizendo: 'Foi mal, gente, um dinossauro comeu meu braço.'

— Uma vez, meu pai quebrou o pulso e continuou tocando, mesmo morrendo de dor – disse a Filha do Merengueiro. – Ele dizia: '*Toco o muero.*' Toco ou morro.

— Que sabedoria – comentou Vinagre. – Tocar ou morrer. Essas pessoas não passaram o resto da vida choramingando, reclamando de Deus e do destino. – Ela lançou um olhar penetrante para Flórida.

Bebi o resto da minha mistura de Coca-Cola e Cynar com gelo e me servi de mais uma dose da garrafa térmica. Como diabos a conversa tinha se voltado para homens de um braço só? Era como se Deus estivesse zombando de mim, procurando maneiras de me punir.

— Chorões reclamam de chorões – disse Flórida – porque não gostam de concorrência.

Ao ouvir isso, Vinagre se virou e a encarou por um longo tempo.

— Por falar em concorrência, quando é que aquele seu filho idiota vai parar de gastar o dinheiro da sua indenização para você me pagar os cinquenta e sete dólares e dezessete centavos que me deve?

Eurovision bateu palmas.

— Gente, gente! Vamos continuar! Quem vai contar a próxima história?

A Dama dos Anéis disse:

— O que precisamos agora é de uma história sobre reconciliação. Para nos acalmar e nos levar para outro mundo.

— Eu estou muito calma, obrigada – disse Vinagre. – É outra pessoa que está se exaltando.

— Quem tem uma história que nos leve para longe daqui? – perguntou Eurovision em voz alta.

— Eu tenho uma história sobre imaginação – declarou Tango. – Levar as pessoas para outra vida, é assim que eu ganho meu sustento.

Todos olhamos para ela.

— Tenho uma imaginação fértil desde criança – disse ela. – Quando olho para as pessoas, imagino sua vida interior e exterior. Invento o que elas pensam, o que sentem... e, principalmente, o que desejam. Então embrulho isso de tal forma que outras pessoas possam experimentar essa vida. Como meu falecido marido costumava dizer, isso paga as contas.

— Que profissão incomum é essa, se me permite perguntar? – disse Eurovision.

— Sou romancista. Escrevo histórias de amor.

— Ah, minha nossa. Que interessante. Nunca conheci ninguém que escrevesse romances de amor.

— Os escritores de ficção têm que imaginar muito mais do que se vê de fora — disse Tango. — Temos que expor pensamentos íntimos. Para mim, tudo remonta à Mulher de Branco.

— Nós *adoraríamos* ouvir sobre a Mulher de Branco — disse Eurovision.

— Obviamente, acabei vindo parar em Nova York, mas não comecei minha vida aqui. Vim do outro lado do país, de Los Angeles. Nasci em Inglewood e morei lá por um tempo. É um lugar do qual minha mãe se lembra com carinho por causa das casas em estilo espanhol com telhas vermelhas. Não me lembro de nada a respeito da cidade. Minhas lembranças mais antigas são de quando morávamos em Redondo Beach, em uma rua que a prefeitura decidiu chamar de via.

"O apartamento para onde nos mudamos ficava na Carnegie Lane, entre a Rockefeller e a Vanderbilt. Havia muitos prédios residenciais na rua, todos com telhados planos e paredes pintadas em tons de café: espresso e latte, e muito cappuccino e mocha para completar. Os carros estacionados junto ao meio-fio eram quase todos em tons de dourado, cor de nogueira ou abacate, tons semelhantes aos dos utensílios de cozinha.

"Eu morava com minha mãe em um apartamento no térreo. Duas de minhas amigas, que eram irmãs, moravam no prédio ao lado, um edifício estreito e profundo, onde os veículos ficavam abrigados no térreo e os apartamentos ficavam em cima. Passávamos o tempo na larga faixa da entrada da garagem, jogando bola ou brincando de pique-esconde entre os carros.

"Uma tarde, não estávamos fazendo nem uma coisa nem outra: estávamos sentadas, esperando o caminhão de sorvete com seus adesivos desbotados pelo sol e sua musiquinha estridente. Estávamos sentadas de pernas cruzadas na entrada da garagem, contando quantas unidades ainda havia em nosso maço de cigarros de mentira. Os meus eram chicletes embrulhados em tubos de papel. Os delas eram de açúcar, com pontas vermelhas. Estávamos cercadas pelos sons da vizinhança: latidos de cachorros, o burburinho das conversas e duelos entre televisões e aparelhos de rádio.

"O sol estava alto no céu sem nuvens. Ondas sufocantes de calor se desprendiam do asfalto, fazendo o Corvette branco-gelo que entrou na nossa rua parecer ainda mais impressionante.

"Elegante e alongado, com curvas exageradas sobre as rodas e capô inclinado, era o carro mais lindo que eu já tinha visto. Reluzente, o conversível era o veículo perfeito para a deslumbrante mulher ao volante, os cabelos escuros presos em um coque volumoso.

"Ela também estava vestida de branco, criando um contraste lindo com o belo tom marrom-claro de sua pele. Óculos escuros enormes protegiam seus olhos dos raios implacáveis do sol. Os lábios carnudos e largos estavam pintados de um tom bordô profundo, e a mandíbula elegante era acentuada pelos ombros estreitos e por um pescoço gracioso. Assim como o carro que ela dirigia, eu nunca tinha visto ninguém tão bonito na vida real.

"O Corvette deslizou até a vaga reservada a possíveis locatários. Nós três assistimos, incrédulas, enquanto a mulher emergia do banco do motorista, revelando uma figura tão curvilínea quanto o veículo que dirigia. Com um vestido branco justo, as alças finas amarradas na nuca, e seus saltos agulha, ela se aproximou do escritório do administrador com passos calmos.

"'O sr. Hogan', minha amiga Tara sussurrou, com os olhos arregalados.

"Nós rimos, imaginando o sr. Hogan, que era o administrador e síndico, levantando a cabeça e vendo aquela deusa entrar. Ele era um homem bom, casado e feliz, e não muito rígido conosco quando brincávamos perto dos carros estacionados. Ainda assim, não conseguíamos imaginá-lo nada menos que embasbacado diante de uma mulher com aquela aparência.

"Não era com muita frequência que víamos algo tão extraordinário assim na Carnegie Lane. Na verdade, não víamos nunca.

"Tara, Torrie e eu nos levantamos e fomos dar uma olhada no Corvette. O rastro persistente de um rico perfume floral almiscarado ainda pairava ao redor dele, um aroma de riqueza, beleza e mistério. O interior estava impecável, sem nenhum indício de nada que não pertencesse ao carro.

"Ficamos ali por cerca de vinte minutos, enquanto ela estava lá dentro, e voltamos a ficar alertas quando ela reapareceu. Por um segundo, antes que ela recolocasse os óculos escuros, pudemos ver todo o seu rosto. Olhos grandes e escuros, emoldurados por cílios longos e delineador preto. Sempre que a descrevia, anos mais tarde, as pessoas mencionavam Sophia Loren ou Raquel Welch. Eu sempre as remetia a Nefertiti, uma mulher que imaginamos como majestosa e sublime.

"'Você vai se mudar para cá?', perguntei, mal ousando acreditar. Ninguém como ela morava em nosso bairro com ruas batizadas com os nomes dos homens que haviam construído os Estados Unidos.

"'Por um tempinho', respondeu ela, com um leve sorriso e voz suave.

"Momentos depois, o Corvette estava rodando pela Carnegie e, alguns dias mais tarde, voltou, parando na entrada da garagem com um caminhão de mudança logo atrás.

"Minhas amigas e eu nos preparamos para o show e observamos, fascinadas, enquanto carregadores musculosos transportavam móveis baixos, curvos e brancos pela escada estreita até o apartamento dela. As mobílias eram muito diferentes das peças de madeira escura e dos tecidos florais em tons de âmbar que predominavam em todas as casas que eu conhecia. Ela também estava vestida casualmente de branco, com calças largas e uma camiseta raglan tão ampla que deixava um dos ombros à mostra. Seu cabelo estava preso no alto da cabeça por uma faixa branca trançada. Minha mãe tinha algumas roupas parecidas no armário, mas seu básico confortável nunca foi promovido de casual a elegante.

"Durante a semana seguinte, fiquei de olho na Mulher de Branco e em seu carro. Na maior parte do tempo, o Corvette ficava estacionado direitinho ao lado de sedãs e caminhonetes empoeirados. Mas sua dona continuou fugidia. Então, um dia, vi através da porta de tela que a porta da frente estava aberta.

"'Vamos falar com ela', sugeri.

"Tara fez que não. 'Nem pensar.'

"'Por que não?' Torrie, sempre a mais aventureira das duas, jogou os ombros para trás. 'Mamãe conversou com ela algumas vezes. Disse que ela é legal.'

"Tentei imaginar a sra. Bracken, uma mulher de coração generoso que fumava muito e tomava muito chá gelado com adoçante, conversando com a Mulher de Branco. Decidi arriscar e fui em direção às escadas.

"Precisei de um pouco mais de coragem do que eu esperava para bater na porta, mas valeu a pena quando ela apareceu no corredor, os cabelos presos em um turbante de toalha branca e um quimono de seda branco enrolado frouxamente em volta do corpo. Estava sem maquiagem, o que a fazia parecer mais jovem, mas não menos deslumbrante.

"'Hum, você não quer se juntar a nós?', perguntei.

"Ela me encarou de olhos arregalados e sobrancelhas arqueadas. Demorou alguns longos segundos para responder. 'É muito gentil da sua parte me convidar, mas estou me arrumando para um encontro.'

"'Você vai a um encontro?' Eu não conseguia imaginar nenhum homem à altura dela. Não conhecia ninguém que tivesse o mesmo controle silencioso, os movimentos calmos e refinados, a impressão de que nada seria capaz de perturbá-la, surpreendê-la ou pegá-la desprevenida.

"Sua boca se ergueu de leve. 'Vou. E estou um pouco atrasada, então tenho que me apressar. Talvez outra hora?'

"'Claro', concordei, agora ainda mais curiosa para saber quem seria confiante o suficiente para convidar uma mulher como ela para sair.

"Torrie, Tara e eu nos sentamos na mureta perto da rua, ansiosas para ver quem seria o homem e como ela estaria vestida. Quando o vimos, torcemos o nariz e balançamos a cabeça. Era um sujeito comum. Mediano. Cabelo escuro, paletó marrom, calça larga. Lembro-me de pensar que ele não dava o devido valor a ela, aparecendo daquele jeito. O carro dele não era tão especial quanto o dela.

"Desapontada, gritei: 'Ela é muito bonita.'

"Ele se assustou, em seguida franziu a testa.

"Quando os dois saíram, ela estava deslumbrante; o cabelo finalmente solto em uma cortina grossa de cachos pretos que iam até a cintura.

"Nunca mais a vi. Uma semana depois, soube que ela havia se mudado na véspera; tinha morado lá por um total de duas semanas. Mas nunca a esqueci.

"Quando comecei a escrever, muitas vezes ela me serviu de inspiração. Mistérios não solucionados, em especial aqueles que remontam à infância, permanecem com você. No início, ela era a *femme fatale*, a outra ou a ex. Mais tarde, passou de antagonista a heroína, mas era a amante de um chefe do submundo do crime que cruzava o caminho de um policial bonitão ou a esposa troféu que renascia depois de ser trocada por uma mulher ainda mais jovem.

"Com o tempo, porém, reavaliei minha forma de pensar nela. Eu ia mesmo ser uma mulher que perpetuava histórias nas quais outra mulher não era dona do próprio destino, mas alguém que se deixava levar pelos caprichos de homens que a objetificavam? Decidi que não queria mais isso. Por que limitá-la a ser um rosto bonito? Por que fazer de sua beleza extraordinária seu principal atrativo ou algo que ela precisasse superar? E em meus livros, o par dela acabou tendo um papel heroico mais de uma vez. É isso que os escritores fazem: transformam o que veem e sentem em algo diferente, algo novo.

"Então, a Mulher de Branco se tornou uma escritora de best-sellers que trabalhava em casa, uma agente da CIA que estava na cidade para cumprir uma única missão e uma empresária de sucesso que tinha se cercado de uma equipe que não exigia mais supervisão constante. Seu acompanhante às vezes é seu agente literário, seu mentor no serviço secreto ou seu irmão. Às vezes, ela está morando em um lugar temporário porque está esperando a hipoteca ser finalizada, e às vezes é uma sobrevivente superando um trauma e entrando em um novo capítulo de sua vida.

"Nunca vou saber sua verdadeira história, mas nas tramas que invento agora ela tem a dignidade e o respeito que todos merecemos. Esse é o poder da imaginação."

Quando terminou, Tango recostou-se na cadeira, colocando a máscara mais uma vez sobre a boca. Olhei em volta. Àquela altura da noite, a maioria de nós já estava meio embriagada, e ninguém parecia saber o que dizer depois dessa história. Assim que os sinos da Old St. Pat começaram a tocar, marcando as oito da noite, todos começamos a recolher nossas coisas.

Antes que qualquer um de nós saísse dali, no entanto, notamos uma jovem que tinha aparecido de repente entre nós. Não era ninguém que eu tivesse visto antes, nem no prédio nem no telhado. Tinha certeza de que, se estivesse na bíblia de Wilbur, eu teria me lembrado dela. A garota tinha uma aparência estranha, mesmo para Nova York. Pela maneira como todos a olhavam, percebi que ninguém mais sabia quem era ela. Eu não tinha visto quando ela entrou pela porta do telhado, então devia estar escondida em algum lugar nas sombras o tempo todo. E *não* estava de máscara.

Tinha cabelo curto e espetado, tingido de verde, com bijuterias pretas presas nele. Os braços nus eram longos e magros, com dedos finos, e os olhos eram redondos e brilhantes, tão escuros que pareciam consistir apenas de pupilas. A pele era pálida, quase esverdeada; o vestido também era verde-claro, com saia bulbosa; o tecido tinha uma textura áspera, como uma pelagem rala. O efeito era curiosamente assustador, mas, de certa forma, bonito.

– Boa noite – disse ela. Sua voz era leve e seca. – Vim agradecer pelas histórias. Aprendi muito com elas! Eu não sabia nada sobre o pianista de um braço só, ou sobre vingança, ou sobre fantasmas, ou sobre o cheiro da morte.

Nós nos entreolhamos. Será que ela estivera lá o tempo todo? A semana toda? Sério?

– Ah, sim, eu também moro no prédio – disse ela, como se tivesse lido nossos pensamentos. – Mas sou especialista em passar despercebida. – Ela se sentou em uma das cadeiras vazias, dobrando os joelhos por baixo da saia, e nos olhou atentamente com seus olhos negros e redondos. – Suas histórias costumam ser bastante inusitadas, mas suspeito que a minha seja a mais incomum de todas.

Eurovision olhou para ela como que hipnotizado.

– Nós íamos dar a noite por encerrada, mas... – Ele olhou para o restante de nós, como se pedisse permissão. – Mas é claro que gostaríamos de ouvir sua história.

– Obrigada – disse ela. Soltou um suspiro que era quase um sussurro e começou.

– Durante o dia, trabalho para uma empresa de dedetização de percevejos. Todo mundo deveria trabalhar com alguma coisa na qual seja bom, uma coisa que ame, concordam? E essa é a minha vocação. Sou capaz de enxergar e capturar esses invasores domésticos incômodos com uma velocidade e uma precisão que deixam meus colegas exterminadores maravilhados. Eles dizem que devo ter olhos na parte de trás da cabeça. Ainda não contei a eles que, de fato, tenho olhos na nuca mais ou menos assim: três olhos de cada lado, além dos dois da frente, ou seja, um total de oito.

"Não se assustem, não sou alienígena. Vocês já vão entender melhor.

"Trabalho sem pesticidas, o que muitos dos meus clientes mais preocupados com o meio ambiente consideram uma vantagem. Percevejos são um grande problema nesta cidade. Eles podem arruinar a vida de uma pessoa, segundo me disseram; é um estigma, então as pessoas que sofrem com eles não têm mais ninguém em quem confiar, exceto eu. Fico feliz em ajudá-las; é o que digo a elas. Além disso, não me oponho a incrementar minha dieta com um lanche nutritivo quando a ocasião se apresenta.

"Além do meu trabalho oficial, tenho feito aulas na Universidade de Nova York, ou pelo menos fazia, antes da pandemia. Eu tenho uma imunidade natural a esse vírus específico, mas a maioria das minhas aulas foi adiada. Vinha me interessando pelas ciências humanas, pois desejava explorar o que significa ser 'humano'. Então, filosofia e mitologia, principalmente.

"Em uma dessas aulas, ouvi que os gregos antigos contavam a história de uma menina chamada Aracne, que era uma excelente tecelã. Ela irritou uma deusa qualquer, que a transformou em aranha. Era para ser um castigo terrível, o que me fez rir, porque eu mesma já fui aranha. Se pudesse escolher entre ser uma garota ou uma aranha, quem não optaria pela aranha? Uma aranha fêmea, é claro. As garotas são sempre presas de humanos do sexo masculino, mas com as aranhas é o contrário. A propósito, não devoramos todos os machos: isso é um exagero estereotipado. Comemos apenas os menores e os mais lentos.

"Uma pitada de ameaça mantém um homem alerta, não acham? Coloquei isso no meu perfil do Tinder: uma pitada de ameaça. Vocês ficariam surpresos com as respostas que recebo.

"Sei que minha história parece bizarra, e vocês devem estar achando que sou maluca, mas o que contei é a mais pura verdade. Não tenho certeza de como ou por que fui transformada. É bem provável que tenha sido por um deus, como na história grega: os deuses são caprichosos. Ou talvez tenha sido um experimento de engenharia genética que saiu do controle. Será que eu era uma humana à qual foi acrescentado material genético aracnídeo, ou terá sido o contrário? Mas não podemos perder muito tempo nos preocupando com nossas origens, não é mesmo? Nas minhas aulas de filosofia, aprendi que os humanos se preocupam muito com coisas que nunca vão saber, como o verdadeiro significado da vida. Pessoalmente, acho que os ovos são o sentido da vida, mas talvez eu seja muito antiquada.

"Vamos voltar à minha história. Um dia, eu não estava mais correndo pela folhagem. Eu estava sentada em um trem de Cambridge, Massachusetts, indo para a cidade de Nova York. Felizmente, eu tinha roupas íntimas, uma mala na qual guardá-las e um cartão de crédito: os deuses podem ser caprichosos, mas são atentos aos detalhes.

"Também tinha recebido um nome: estava no cartão de crédito. Gabriella Cambridge. 'Cambridge' faz sentido, já que é lá que fica o MIT, onde fazem sequenciamento genético; Gabriella pode ser uma referência ao anjo Gabriel, o mensageiro que, ao tocar sua trombeta, vai anunciar o fim do mundo. Será esse o segredo da minha metamorfose nesta forma híbrida? Será que fui enviada como mensageira? Se sim, qual será a mensagem? Será que o mundo como vocês o conhecem está chegando ao fim? Não faço ideia, mas espero que em algum momento alguém me diga; se vai ser um deus ou um cientista, não sei.

"Enquanto isso, passo meus dias nesse confinamento – quando não estou combatendo percevejos – pesquisando a história e a pré-história da parte aracnídea da minha linhagem. Nós, aranhas, somos muito antigas; aparecemos em lendas de muitas tradições. Em algumas, uma aranha teceu o mundo; em outras, somos trapaceiras, astutas, mas às vezes imprudentes e tolas, e neste último modo, tecemos seres humanos. De acordo com alguns, protegemos vocês de pesadelos; de acordo com outros, fazemos chover. Sempre, e enfatizo isso, sempre dá azar matar uma aranha.

"Do ponto de vista prático, algumas de nós controlam pragas em casas, outras são especialistas em jardins. Sim, é verdade que algumas de nós são muito venenosas, sobretudo na Austrália, mas que grupo de seres deseja ser julgado pelos seus membros mais temíveis? Todos os seres humanos são Calígulas e Condessas Báthory? É claro que não!

"Como vocês são contadores de histórias, permitam-me salientar humildemente que muitos dos termos que usam – como desfiar uma história, tecer uma trama, seguir um fio – são emprestados da nossa cultura aracnídea. 'Texto', é claro, vem de 'têxtil'. Nós, aranhas, nos opomos a um ditado humano bastante pejorativo, a saber: 'Ah, que teia emaranhada tecemos/Quando pela primeira vez tentamos enganar.' Vocês também falam de 'teia de mentiras'. As aranhas não mentem nem enganam quando tecem uma teia, nós só queremos nos alimentar. Embalagens de carne no supermercado: isso sim é enganoso! As crianças pequenas crescem acreditando que os bifes crescem em uma embalagem plástica, em vez de serem cortados do corpo de vacas mortas. As aranhas não são hipócritas quanto às suas práticas de alimentação. Não nos preocupamos em esconder os cadáveres das moscas que sugamos.

"Mas toda essa conversa sobre comida me deixou com fome. Tenho um compromisso em um prédio aqui na rua, outro problema preocupante com percevejos, e preciso me ausentar, embora espere estar de volta antes do fim da noite: como já disse, trabalho muito rápido. Algum de vocês gostaria de me acompanhar para ver como trabalho? Vale a pena estudar meus métodos. Você, senhor? Não? E você?"

Ela gesticulou para Darrow, que balançou a cabeça com um sorriso nervoso.

— Não precisa desconfiar de mim, senhor — disse ela, com um sorriso que pretendia ser tranquilizador. Nos cantos de sua boca, apareceram as pontas de dois dentes pretos e curvos. — Você é grande demais para me atrair como presa.

— Aposto que você diz isso para todos os homens — retrucou Darrow, olhando em volta.

Algumas pessoas riram, como se quisessem apoiá-lo.

Ela estendeu as pernas finas por baixo da saia bulbosa.

— Como assim? Não digo isso para todos os homens, porque alguns são bem menores que você. — Ela esticou os braços e flexionou os dedos. Será que estava com raiva? — Está me acusando de mentir de novo? Eu nunca minto.

Darrow tentou responder com naturalidade.

— Ei. Eu não quis ofender. Foi só uma piada.

— Ah. Nós, aranhas e parentes, temos dificuldades com esse importante conceito humano de 'piada'. Mas estou tentando desvendar isso. Vejo vocês mais tarde!

Em um segundo, a mulher pálida e esverdeada estava lá, tão tangível quanto você e eu, e no segundo seguinte sua cadeira estava vazia. Estava escuro e enevoado nos cantos do nosso telhado, então talvez ela tivesse se misturado às sombras. Olhamos uns para os outros: o que tinha acabado de acontecer? Ela era real? Será que era alguém usando uma velha fantasia de Halloween, invadindo nosso espaço? Será que estava se aproveitando da nossa embriaguez para nos enganar só por diversão?

Ou... Mas é claro que não. Seu palpite vale tanto quanto o meu.

Ela não voltou, no entanto. O que quer dizer alguma coisa. Pelo menos é o que eu acho.

Décimo primeiro dia
10 DE ABRIL

QUER FOSSE UMA BRINCADEIRA OU UMA ALUCINAÇÃO INDUZIDA pelo álcool, passei o dia todo pensando na inusitada garota-aranha. Estava curiosa para saber se isso iria afugentar algum dos nossos contadores de histórias; mas, quando cheguei ao telhado, a maioria dos frequentadores habituais parecia ter voltado. Fiquei secretamente aliviada.

Embora ninguém mais parecesse disposto a trazer à tona a garota-aranha, no mural alguém havia pintado dois coelhinhos aterrorizados e de olhos arregalados em uma caixa com buracos nas mãos de um velho barbudo sentado em uma nuvem.

— Estou vendo que o próprio Deus decidiu se juntar a nós esta noite — comentou Eurovision enquanto se acomodava em sua cadeira e se servia de uma taça de martíni até transbordar.

— Não. Um velho branco sentado em uma nuvem, puxando os fios de nossas marionetes? — disse Vinagre, bufando. — Esse não é o meu Deus. Muito obrigada, mas não.

— Uma vez, escrevi uma história em quadrinhos na qual Deus aparece como personagem — disse Amnésia. — Fiz ele roxo, de nariz grande, bigode e barba por fazer. Ah, e tentáculos.

— Deus é só um garoto idiota fazendo experimentos científicos com a gente — disse Hello Kitty.

— Pelos quais ele vai receber nota zero — acrescentou Darrow. Ele olhou para Amnésia. — Estou meio curioso a seu respeito. Você escrevia histórias em quadrinhos?

— Sim, até ser contratada para criar jogos de computador. Foi depois que eu ganhei um prêmio Ringo pela minha série de quadrinhos *Poliporo*, que me rendeu meus quinze minutos de fama e fortuna.

— *Poliporo?* — perguntou Eurovision. — Sobre *o que* era?

— Era uma série de terror e ficção científica sobre um cogumelo que colonizava o pênis humano. Houve uma enxurrada de ofertas, convenções de quadrinhos e cosplays, esse tipo de coisa, e fui contratada pela Frictional Games para um trabalho como freelancer com uma remuneração colossal. Não fui eu que criei o *Amnésia*, mas trabalhei no roteiro de versões posteriores. Tudo aconteceu muito rápido... Fui milionária durante um ano até contrair HIV e, como eu era uma idiota, não tinha me preocupado em fazer um plano de saúde. Gastei todo o meu dinheiro aqui na rua mesmo, no Presbyterian. Minha vida toda desabou, aí veio a covid e, quando recebi alta do hospital, a única coisa que podia pagar era esta espelunca. Enfim... durante meus dias gloriosos de fama e fortuna também me dediquei ao teatro.

—※—

— Consegui um papel em *Os monólogos da vagina* no Westside Theatre em Nova York. Eu nunca tive ambição de ser atriz, mas fui convencida pela produtora e pela roteirista. Acabou sendo uma experiência muito interessante. Escritores vivem sozinhos. Atores estão sempre envolvidos com os outros. O dia de um ator é completamente diferente do dia de um escritor. Você acorda tarde, toma o café da manhã tarde e promete a si mesmo que vai fazer alguma coisa, como escrever ou fazer ligações; mas, como sabe que tem que sair para o teatro às cinco, acaba não fazendo mais nada. Às cinco, se tiver sorte, entra em um táxi que os produtores do espetáculo mandaram para te buscar e vai para o teatro. Chegando lá, você faz a maquiagem, veste qualquer que seja o figurino e conversa e fofoca com os outros atores. Essa é a melhor parte do dia, porque é nessa hora que você fica sabendo dos testes, ouve todas as fofocas da indústria e deseja que aquele momento dure para sempre. Sinceramente, planejar o que vai fazer depois do espetáculo enquanto faz a maquiagem é maravilhoso. E então chega a hora. Batem na sua porta.

"'Esteja pronta para entrar em cena a tal e tal hora.'

"E você retoca a maquiagem mais uma vez e vai para a coxia, se preparando para entrar, o coração batendo acelerado. Nesse momento você sempre tem certeza de que vai esquecer suas falas; mas, mesmo assim, quando entra no palco, tudo volta. O humor, a voz, a loucura de estar diante de um público de rostos invisíveis no breu. É como ter uma segunda vida separada da sua vida normal. E ela é ainda mais intensa do que a vida normal. Você não pode comer antes do espetáculo, e a fome meio que te dá energia. Quando tudo acaba e as luzes se acendem, revelando os rostos das pessoas na plateia, você está morto de fome, e a única coisa que quer fazer é sair para comer. Não gosto de comer antes de me apresentar – porque a comida me pesa –, mas depois da apresentação me sinto livre e só quero beber um vinho e bater um pratão. Mesmo que o restaurante seja ruim, a comida é a mais saborosa que você já provou, e a companhia é maravilhosa porque as pessoas com quem você contracena são totalmente abertas. Depois da primeira taça de vinho, elas te contam tudo.

"Então, embora eu nunca tenha tido a intenção de ser atriz, eu adorava o ritmo do dia de um ator – o fato de você ir para casa depois da apresentação e cair na cama, exausto, dormir até as onze da manhã seguinte, totalmente em êxtase. Como escritor, você está sempre duvidando de si mesmo; mas, como ator, você está sempre dizendo um texto que não é seu, então incorpora o personagem com uma espécie de irreverência e alegria. Quando fiz *Os monólogos da vagina*, alguns dos meus amigos atores e diretores foram assistir e me disseram que eu 'não era ruim'. Ainda assim, não trocaria minha vida difícil como escritora pela vida mais social de atriz. Fico feliz por ter conhecido o ritmo de suas vidas. Um dia, vou escrever uma peça.

"A coisa mais marcante que aconteceu durante as apresentações foi que, enquanto recitava meu texto sobre a vagina, alguém na plateia, um homem, caiu morto! É claro que só fiquei sabendo depois do espetáculo. Não me culpo pela morte dele, mas talvez o texto fosse um tanto chocante demais."

Amnésia parou de falar, e Hello Kitty caiu na gargalhada.

– Adorei – disse. – *Os monólogos da vagina* mataram um homem! – Ela não parava de rir. – É impagável. Você diz que "não era ruim"? Aposto que era brilhante! Uma grande escritora e uma grande atriz! Quantos atores podem dizer que seu talento avassalador deixou alguém na plateia de fato *sem fôlego*?

Ninguém mais pareceu achar graça.

– Você descobriu de que ele morreu? – perguntou Darrow a Amnésia, fazendo questão de ignorar a explosão de Hello Kitty.

– Disseram que foi um infarto.

Ela parecia um pouco desconfortável com o rumo inesperado que a conversa sobre sua história havia tomado. A morte do homem me interessava menos do que saber como Amnésia havia contraído HIV, embora, é claro, eu não fosse fazer perguntas que chamassem a atenção para mim. Mas, caramba, é uma doença horrível. As coisas devem ter ficado muito difíceis para ela ter ido parar no Fernsby Arms.

Hello Kitty ainda estava rindo, embora com menos entusiasmo agora que tinha percebido que os outros não estavam achando aquilo tão engraçado quanto ela.

– Me desculpe, mas não vejo muita graça nisso – disse Maine. – Você deveria ir ao pronto-socorro um dia para ver como é quando alguém infarta.

Em vez de responder, Hello Kitty apenas deu uma tragada profunda em seu vape e, com um ar desafiador, dobrou as pernas, acomodando-se na poltrona-casulo.

A Dama dos Anéis tomou a palavra.

– Adorei o que você contou sobre a rotina de um ator. Nunca fui atriz de teatro, não exatamente, mas… Bem, talvez seja hora de contar minha história.

Àquela altura, eu já tinha começado a perceber a destreza com que a Dama dos Anéis lidava com as tensões que surgiam no telhado.

– Sim! – exclamou Eurovision. – Você não disse que viveu uma mentira? Estou morrendo de vontade de saber o que quis dizer com isso.

— Sim, bem, primeiro deixem-me dizer que comecei como artista. E eu era boa. Bem... — A Dama dos Anéis fez uma pausa, acenando com a cabeça para Vinagre. — Talvez não tão boa quanto você. Mas fui aceita no Pratt Institute. E, naquela época, isso tinha relevância. Eu realmente pensei... bem...

A Dama dos Anéis balançou a cabeça de forma quase imperceptível.

— Vejam bem, meu irmão, meu querido e ingênuo irmão, Glenn, se considerava dramaturgo *e* produtor... — Ela riu baixinho. — As peças dele não eram *boas*, que fique bem claro. Então tinha que produzi-las ele mesmo. Esse sempre tinha sido seu sonho e quando, na noite de estreia, um de seus atores decidiu que precisava de um emprego de verdade e o deixou na mão, Glenn me convenceu a substituí-lo. Só uma noite. Apenas um golpe de sorte. Glenn estava tão... desesperado, disse que tinha "um possível patrocinador, um cara cheio da grana, *por favor...*".

"Eu interpretei logo 'o Mordomo': apenas algumas falas, apenas uma noite."

A Dama dos Anéis riu baixinho, passando os dedos longos pelo queixo enquanto se lembrava.

— Imaginem a seguinte cena: uma peruca desgastada, um bigode espetado que me dava coceira e um smoking velho e surrado que Glenn tinha arranjado em uma loja de coisas de segunda mão em Red Hook. Tive que amarrar meu peito com bastante força para esconder meus... bem, meus seios — disse ela, sorrindo.

"Em algum momento durante o segundo ato, me ocorreu que eu não esperava que alguém fosse assistir à peça de Glenn, muito menos patrociná-la. Ele tinha jurado que um investidor estaria lá; mas, com o peito amarrado daquele jeito, só me sentia tonta e irritada por ter concordado em ajudá-lo. O cara responsável pela iluminação tinha a mão tão pesada que eu mal enxergava o público. Mas eu enxergava e principalmente sentia o cheiro dos adereços de segunda mão de Glenn ainda úmidos do porão inundado onde ele os havia encontrado. Os atores que andavam ao meu redor em trajes de época pareciam comicamente frágeis. Talvez fosse apenas minha tontura por ter amarrado os seios com força demais. Além disso, a cola barata do bigode tinha secado e me causava uma coceira infernal. Ainda assim, na terceira fileira, consegui distinguir meu querido e doce Glenn, fazendo sinal de positivo com o polegar e sorrindo como se tivesse acabado de receber o pagamento. Percebi então que os 'patrocinadores' deviam estar na plateia. Então, cocei o lábio superior, acrescentando uma elegante torcida no bigode, e declamei minha grande fala: 'Madame, o policial chegou.'

"O terceiro ato foi um caos. À altura em que meu personagem foi inocentado das suspeitas e foi revelado que a culpada era uma babá chamada *Agnes*... esperem só... *Butler*,[3] a maior parte do público já tinha aproveitado a escuridão para sair de fininho. Como estava, eu só via halos ao redor de todas as luzes e só queria afrouxar as ataduras que prendiam meu peito antes que desmaiasse.

"Mas primeiro tínhamos que agradecer os aplausos. Houve uma segunda rodada de agradecimentos, graças a Glenn, que liderava as palmas. Onde ele tinha encontrado público para aquela farsa repleta de trocadilhos sem graça? O Red Hook Playhouse era um antigo depósito de produtos hortifrutigranjeiros que tinha ficado inutilizado depois das enchentes provocadas por um furacão. O espaço só tinha sido financeiramente viável porque meu querido irmão estava tão desesperado que se dispusera a pintar ele mesmo as manchas de umidade e fizera seus atores gritarem uns com os outros em meio ao zumbido de ventiladores gigantes. As paredes e o piso tinham demorado uma semana para secar.

"Desde que tinha se formado, dois anos antes, Glenn vinha encenando suas peças em faculdades da região, em geral com estudantes e um grupo de amigos do teatro. Ele classificava suas peças como 'teatro experimental'. Nenhuma delas fazia sentido; dinheiro, muito menos. Mesmo assim, seus amigos pareciam determinados a apresentá-las. Então, reciclavam figurinos e improvisavam cenários, e não importava onde ou quando as histórias de Glenn fossem ambientadas. Acho que nenhuma das peças dele durou mais do que duas ou três apresentações.

"O que eu sabia era que cada produção consumia todo o dinheiro que Glenn ganhava trabalhando como bartender e pintando casas durante a semana. Quando éramos crianças, eu era a protagonista de todas as peças dele, desde

---

[3] Butler é a palavra inglesa para mordomo. (N. da T.)

a sua interpretação de *Mulher Maravilha, prelúdio*, no quarto ano, até sua paródia de *Cantos da Cantuária*, que ele encenou na sala comunitária do nosso prédio em Park Slope quando estava no primeiro ano do ensino médio. O elenco chegou a arrecadar fundos para essa montagem.

"Acho que a maior parte do público da época era atraída pelos doces grátis que distribuíamos no intervalo.

"Eu era sua cúmplice voluntária. Mas isso era naqueles tempos. Depois que fui aceita no Pratt, precisava ter pelo menos dois empregos por semestre para pagar meus estudos. O pouco auxílio financeiro que recebia mal dava para pagar os materiais de arte. Minha grana era curta e meu tempo mais curto ainda. E tinha deixado claro para Glenn que *não* era atriz... Naquela época, estava muito focada na minha arte. Então, bem..."

Encolhendo os ombros, a Dama dos Anéis afastou o pensamento.

– O que mais eu poderia fazer quando o protagonista de Glenn deu para trás no último minuto, deixando-o na mão? O cara tinha escolhido um trabalho "de verdade" em vez dos holofotes de Red Hook. E seria apenas por uma noite.

"Assim que os aplausos cessaram, fui direto para o depósito que Glenn havia reservado para mim, sua estrela. Eu não me importava de interpretar um homem, faria quase tudo por ele, mas precisava de privacidade para tirar aquele figurino de mordomo e vestir minhas roupas. Eu tinha até cortado o cabelo curto para vestir bem a peruca e acrescentado aquele bigode incômodo para ficar mais masculina. Tinha misturado lascas de giz pastel, meus preciosos Caran d'Ache, que eu tinha ficado uma semana sem almoçar para conseguir comprar, com vaselina, passei a mistura viscosa no queixo e no pescoço e, *voilà!*, barba por fazer e um pomo de adão. Mas achatar meu peito? Era exaustivo. Eu precisava respirar.

"No caminho para o depósito, ouvi Glenn gritar: 'Espere!' Ele estava sorrindo, muito satisfeito, ladeado pelos dois homens que eu tinha visto sentados com ele na plateia. Não havia a menor possibilidade de que aquele papo de investidores fosse sério. Afinal, estávamos em Red Hook. E meu doce, determinado e delirante Glenn, o irmão que eu adorava e incentivava, daquela vez tinha escrito uma verdadeira porcaria. Mas eu nunca ia dizer isso a ele. Então, prendi meus seios com gaze, coloquei um bigode e entrei na brincadeira, como fazia quando ainda estávamos na escola. E de alguma forma ele tinha convencido outras pessoas, que *não* eram parentes consanguíneos, a assumirem os outros papéis. Mas atrair alguém para investir dinheiro de verdade naquela peça? Impossível.

"'Jeremy, Chaz, gostaria de lhes apresentar minha estrela', disse Glenn com orgulho. Ele me deu uma piscadela entusiasmada.

"Os dois homens acenaram com a cabeça, apertos de mão foram trocados, elogios foram distribuídos. Minha dicção, meu *timing*, meu carisma... simplesmente magistrais, elogiou Jeremy. Sério? Seu amigo Chaz não disse nada, apenas analisava meu rosto. De repente, tive consciência da umidade e do mofo que cobriam as paredes daquele corredor, de quanto elas pareciam próximas uma da outra. Sinceramente, se não conseguisse me livrar daquele figurino logo, temia que fosse usar o pouco ar que me restava para gritar.

"Glenn me conhecia muito bem; ele sabia que eu estava morrendo de vontade de dar o fora dali. 'Encontramos vocês lá na frente em dez minutos, combinado?', ele disse a seus novos amigos, que não viram ou ignoraram de propósito o olhar de soslaio que eu estava dirigindo a Glenn.

"'Eu tenho que tirar essa coisa dos meus peitos primeiro, Glenn', insisti assim que eles saíram.

"'Não. Poxa, Alex', disse ele. 'Você tem que vir com a gente. Por favor? Esse cara, Chaz, é podre de rico. Tipo, dinheiro de verdade, antigo, sabe? Ele pode levar essa peça direto para a off-Broadway!'

"Fiquei feliz por ele. Feliz por ele estar tão confiante. E disse isso a ele. 'Quero saber de tudo, mas primeiro tenho que me trocar, está bem?', eu me lembro de dizer. Só falar já era uma dificuldade.

"Glenn se aproximou, embora a porta de saída estivesse muito bem fechada depois da saída de seus novos amigos. 'Escuta, mana. Sabe o Chaz, o cara cheio da grana? Acho que ele pensa que você é homem. É sério. Tipo, parabéns, tiro o chapéu para você, garota, excelente desempenho!'

"'Ok, e daí? Eu fico com o papel principal quando ele levar sua peça para a Broadway... Sério? Sem ofensa, irmãozinho querido, mas eu não dou a mínima. Não sou atriz, lembra? E não quero ser.'

"Glenn revirou os olhos. 'Não, poxa. Claro que não. Ele tem um trabalho para você. Muito bem pago, acho', ele acrescentou. 'Ei, você sabe que isso é uma ótima notícia. Venha com a gente a um evento no East Village.'

"Olhei bem para o meu irmão. Sim. Eu precisava de dinheiro. Ainda tinha um semestre pela frente no Pratt e nenhuma perspectiva de emprego. Tinha cento e trinta e oito dólares na poupança e não havia dinheiro suficiente na minha conta corrente para fazer um saque no caixa eletrônico. Além disso, o aluguel ia vencer. Bem, o que fazer? Não recebia o pagamento do estágio na WE Press Books havia duas semanas, então tinha parado de ir. O que tornava bastante improvável que eles me pagassem o que me deviam tão cedo. Sim, seria bom ganhar um dinheiro.

"Mesmo assim, me aproximei do ouvido dele para deixar as coisas bem claras. 'Eu. Não. Consigo. Respirar. Nesta. Porra.'

"'Você é muito dramática', ele se limitou a dizer.

"Pegamos um táxi, seguindo a limusine de seus novos amigos, e no carro Glenn teve tempo de me contar que Chaz estava disposto a financiar sua peça, a 'fazê-la acontecer'. Eu me lembro de pensar em quantas mentiras boas e bem-intencionadas contamos uns aos outros. A oferta de seu novo amigo disparou um alarme em meu cérebro. Observei o rosto de Glenn. Eu queria alertá-lo. Mas ser sincera parecia cruel. Meu irmão estava animado demais para aceitar a verdade sobre sua peça. Enquanto cruzávamos a ponte de Manhattan, as luzes acima de nós incidiam de forma intermitente sobre seu rosto. Acendiam e apagavam. Ele acreditava que aquela era sua grande oportunidade. E eu queria que fosse. Caramba, eu queria o mesmo para mim. Mas quando as pessoas diziam que eu era talentosa, eu tinha o bom senso de duvidar. Afinal, os outros também podiam contar mentiras bem-intencionadas.

"Quantas vezes eu tinha protestado contra a ética situacional? Mas aquele caso era diferente. Era Glenn. E a ética situacional parecia melhor do que mentir.

"Cada irregularidade no asfalto da ponte, cada buraco pelo qual passamos enquanto percorríamos a Bowery teve um efeito salutar, os solavancos afrouxando o tecido que eu havia enrolado em torno do peito. Tentei me concentrar na respiração. Era melhor que aquilo valesse a pena.

"A festa era no terraço de um prédio anódino e sem elevador na East Third Street."

A Dama dos Anéis olhou de maneira reveladora para todos no telhado, todos nós que olhávamos para ela com a respiração suspensa, curiosos para saber que rumo aquela história ia tomar.

— Um cordão de luzes tinha sido estendido ao redor do telhado, e a maioria das pessoas estava reunida nas sombras, as silhuetas se fundindo e se separando, contornadas pelas luzes da cidade atrás delas. Havia um bar improvisado em um canto, mantas, almofadas e cadeiras, e alguém tocava o que parecia ser uma estranha mistura de rap e cítara.

"Glenn foi até o bar e voltou com dois copos plásticos de um vinho bem insosso. Em seguida, foi procurar os amigos. Encontrei um lugar perto do parapeito do prédio que margeava o telhado do prédio vizinho, o lado que não sugeria uma queda de sete andares até a calçada. Me encostei no parapeito e fiquei bebericando meu vinho.

"'O Glenn disse que eu tenho um trabalho para você?' De repente, Chaz estava diante de mim com uma taça de champanhe pela metade na mão. Estava claro que Glenn não tinha encontrado o bar com as bebidas boas.

"'É, ele mencionou', eu disse, esperando parecer rouca, apesar de ter sido pega de surpresa. Com distância e maquiagem suficientes, eu tinha conseguido parecer um homem no palco e naquele corredor escuro. Mas agora estava preocupada com os postes de luz alguns andares abaixo. Quanto ele conseguiria ver sob aquela luz?

"'O que eu tenho para você é um, bem... não é, ah... não é exatamente um trabalho convencional de atuação.' Chaz soltou uma risada abafada, uma risadinha meio falsa. Seus olhos se estreitaram e ele me estudou como se não tivesse certeza se deveria continuar.

"Olhei para meu copo de plástico e girei lentamente o que restava do vinho fazendo questão de manter o rosto contra a luz. Meu Deus. O que aquilo significava? Palhaço em festas infantis? A parte de trás de um cavalo? Algum jogo pervertido envolvendo sexo? Será que Glenn sabia qual era o trabalho e não queria me contar? Isso importava? O aluguel ia vencer dali a dois dias.

"'Do que se trata exatamente?', perguntei.

"'Bem', respondeu Chaz, sentando-se ao meu lado na beirada do telhado, 'para começar, você teria que tirar esse bigode, *Alexandra*.'"

DÉCIMO PRIMEIRO DIA   261

Estávamos na beirada de nossas cadeiras, atentos a cada palavra dela, quando de repente ouvimos um estrondo na outra extremidade do telhado. Alguém começou a gritar, e um homem desgrenhado, sem máscara, coberto de suor, com os olhos vidrados, correu para o centro do nosso círculo.

— Ei, eu achei que não ia encontrar ninguém aqui. Pensei que estaria sozinho.

— Quem é *você*? — perguntou Flórida, levantando-se da cadeira. Vi Vinagre e Eurovision trocarem olhares alarmados. Estávamos todos em choque.

—Vocês nunca me viram, não é? Não me conhecem. Claro que não. Quem me conhece? Ninguém. Era por isso que eu vinha para cá. Já que estão me olhando como se eu fosse uma espécie de animal desconhecido, vou contar a verdade. Eu vim aqui para pular. Sim. Queda livre. Do telhado. Rá, rá. Estou rindo da cara de vocês. O horror. Como se estivessem atuando em um filme ruim. Podem fechar a boca. Eu só estava brincando. Quer dizer, é isso que eu faço. Sou brincalhão. Nenhum de vocês nunca me assistiu, não é? Morty Gund. Comediante de stand-up. Alguém já esteve no Stewie's na Segunda Avenida na noite do microfone aberto? Claro que não. E no Comedy Shack, na Ninety-Sixth Street?

Ninguém estava sequer tentando dizer alguma coisa. Olhei para a Dama dos Anéis, que havia sido interrompida de maneira tão rude. Ela estava tão perplexa quanto todo mundo. Quem era aquele sujeito?

— Morty Gund. Esse nome não significa nada para vocês. E também não é meu nome verdadeiro, claro. Martin Grunwald. Quem iria querer assistir a um comediante chamado Martin Grunwald? Martin Grunwald teria que ser o gerente da funerária que oferece a todos suas condolências.

"Então é por isso que me chamo Morty Gund, embora ninguém tenha perguntado.

"Morty Gund, o comediante mais rápido do Oeste. Rá, rá.

"Minha ex-mulher não achava isso engraçado. Ela não me achava engraçado. Minha ex-mulher é a principal razão para eu estar aqui fazendo piada sobre pular do telhado.

"Eis mais coisas que vocês não querem ouvir. O nome dela é Annie. Mas eu a chamo de Annie, a Bigorna. Porque ela tem sido como uma bigorna, um peso que me puxou para baixo durante toda a minha carreira.

"Ei, muita gente me acha engraçado. No Ray-Jay's, em Hackensack, eu era a estrela da noite. Era para um caçador de talentos do *The Tonight Show* estar lá, mas acho que o carro dele quebrou. Me apresentei nesse clube três vezes e arranquei gargalhadas da plateia.

"Não da minha ex-mulher, claro. Ela gritava. Gritava comigo dia e noite porque eu não ganhava dinheiro. Gritava sem parar que eu não era engraçado.

"Ela abalou minha autoconfiança, mas eu sei que sou engraçado. Vocês não me conhecem, mas talvez conheçam meu bordão. Todo comediante de stand-up tem que ter um bordão, não é? Como Rodney Dangerfield: 'Ninguém mesmo me respeita.' Até vocês devem conhecer esse.

"Bem, meu bordão é: 'Verdade verdadeira, pessoal.' Digo isso de forma irônica, sabe, depois da piada. Tipo, eu conto uma piada maluca sobre minha ex-mulher, depois digo: 'Verdade verdadeira, pessoal.' Isso faz as pessoas rirem.

"Sabem, no momento, está difícil fazer as pessoas rirem. Eu não sou o único que está com dificuldade. As pessoas não querem rir hoje em dia. Preferem ficar ofendidas.

"Todos estão sempre ofendidos. As pessoas se ofendem com tudo que ouvem e com cada piada que alguém conta.

"Meu esquete do dentista gay era um sucesso. Verdade verdadeira, pessoal.

"Mas tentem fazer uma piada de gay hoje em dia. As pessoas vão olhar para você como se você tivesse cometido um crime.

"Todo mundo está muito tenso.

"Eu tinha uma piada ótima sobre minha ex-mulher. Eu dizia: 'Ela é tão gorda que quando fica parada na esquina as pessoas enfiam envelopes na boca dela.' Rá, rá. É hilário, não é?

"Eu adorava quando havia uma mulher gorda na plateia. Eu ia com tudo para cima dela, e todo mundo ficava louco. Então eu dizia: 'Brincadeira. Eu estava brincando. Só que não.' E as pessoas morriam de rir.

"Não dá pra fazer isso agora. Ninguém mais tem senso de humor.

"Que tipo de mundo é esse onde não podemos mais fazer piada sobre gordos?

"Os tempos estão difíceis. Acreditem em mim. E eu sempre fui engraçado.

"Quando estava no segundo ano, participei de uma peça idiota. Eu tinha que ficar no palco diante de uma plateia cheia de pais. E minha fantasia caiu. Quando me abaixei para pegá-la, ouvi gargalhadas ecoarem pelo auditório.

"Ainda me lembro daquelas risadas. E me lembro de ter pensado: 'Que divertido. Fazer as pessoas rirem é divertido.' Isso foi há muito tempo. Desde então, tento ser o palhaço. E as pessoas riam. Verdade verdadeira. Todos menos a bigorna, minha ex-mulher.

"Vim para Nova York para fazer stand-up. Minha ex-mulher fez de tudo para me desencorajar e me fazer duvidar de mim mesmo. Eu sabia que seria difícil. Sabia que seriam duzentas noites de microfone aberto e dezenas de clubes decadentes em cidades horrorosas no meio do nada. Mas eu estava disposto a fazer tudo isso porque sabia que era engraçado. Sabia que poderia ter sucesso.

"E sim, no início tive um mentor. Alguém que me ajudou a definir minha personalidade e a elaborar meu número até que tudo funcionasse.

"Buzzy Gaines.

"Vocês conhecem Buzzy Gaines, né? Não é possível que vocês não conheçam Buzzy. Ele é um grande sucesso. Ganhou um programa próprio de meia hora na Netflix ano passado.

"Bem, conheci Buzzy no Jokery, em San Jose, e nos tornamos amigos logo de cara. Fiquei lisonjeado quando ele se ofereceu para me dar dicas e me ajudar a melhorar meu número. Ele era profissional. Tinha estudado a fundo a comédia e o público e sabia muito bem o que funcionava e o que não funcionava.

"É muito importante quando um veterano do ramo se interessa por você e tenta te dar um empurrão na direção certa. Buzzy e eu fomos próximos por mais de um ano. Até uma noite em Hoboken.

"Ele era a atração principal do Sammy's Joint e resolvi fazer uma surpresa. Entrei de fininho no clube e me sentei em uma mesa no fundo. Estava muito escuro ali perto do bar, então eu sabia que Buzzy não me veria.

"Meu plano era importuná-lo. Sabem como é. Interromper ele o tempo todo. Eu sabia que ele iria se divertir com isso. Mas, quando ele subiu ao palco, mudei de ideia. E fiquei sentado lá em silêncio, atordoado.

"Buzzy estava apresentando o meu esquete.

"Ele tinha roubado meu número. Cada palavra.

"Nunca mais falei com ele.

"Acho que fiquei amargurado depois dessa traição. Mudei meu número. A apresentação agora era toda sobre minha ex-mulher. Mas eu não podia mais fazer piadas sobre gordos. Então fazia piadas sobre magros.

"'Minha ex-mulher é tão magra que eu a viro de cabeça para baixo e a uso como vassoura. Minha ex-mulher não tem peito. Quando ela vira de lado, não dá para vê-la!'

"Ótimas piadas. Mas o público não quer mais rir. As mulheres começaram a demonstrar desagrado a cada piada e os homens começaram a vaiar e a assobiar. E Stewie me pediu para não ir mais à noite do microfone aberto.

"Annie, a Bigorna, disse: 'Eu avisei.' E foi então que decidi fazer de Annie minha ex-mulher. Foi então que decidi matá-la.

"Eu elaborava todo tipo de plano maluco, mas depois concluía que não dariam certo. Achei que não teria forças para simplesmente estrangulá-la com minhas próprias mãos.

"Annie tinha minado toda a minha autoconfiança. Eu não acreditava mais em mim mesmo.

"Mas, para minha grande surpresa, acabei encontrando forças.

"E foi assim que ela se tornou minha ex-mulher.

"Não. Não se levantem. Eu já estou indo embora. Não vou pular do telhado.

"Deixem-me apenas dizer: obrigado a todos, vocês foram um ótimo público. Boa noite, dirijam com cuidado e que Deus os abençoe.

"E não se preocupem comigo. Estou trabalhando em um número totalmente novo e acho que vai ser um sucesso."

Tão rápido quanto tinha surgido, ele se foi. Estávamos cercados por terrenos baldios, então ele não poderia ter pulado para um telhado adjacente. Tinha que ter saído pela porta, mas nenhum de nós a ouviu se fechar. As pessoas respiravam alto por trás das máscaras, totalmente perplexas.

– Que porra foi essa? – Eurovision enfim explodiu. – Quem era aquele cara? – Ele se virou para mim com uma postura quase acusatória. – Ele é morador?

– Eu nunca o vi na vida – respondi, na defensiva. – As portas estão trancadas. Ele deve ter arrombado.

– Para onde ele foi? – gritou Eurovision, levantando-se de supetão. – Ele pulou?

– Ele disse que não ia pular – respondeu Wurly.

– Ele *deve* ter pulado – disse Eurovision. – Não está aqui e também não saiu pela porta! Estava parado e de repente desapareceu. Pelo amor de Deus, alguém olhe lá para baixo. – Ele fixou os olhos em Darrow, que estava mais próximo.

– Nem pensar – disse Darrow. – Eu não vou olhar. Não vou acabar no banco das testemunhas. Outra pessoa que olhe.

– Nós teríamos ouvido o baque se ele tivesse caído no chão – comentou a Dama dos Anéis.

– Como você sabe? – perguntou Vinagre. – Não me diga que você empurrou Chaz do telhado!

– Isso não tem graça – retrucou a Dama dos Anéis.

Por fim, com um suspiro exasperado, Hello Kitty levantou-se da poltrona, foi até o parapeito e olhou para baixo, enquanto nós observávamos paralisados de medo.

– Está escuro demais para ver qualquer coisa – disse ela, voltando para sua poltrona-casulo.

– O que a gente faz agora? – perguntou Wurly.

– Nada – respondeu Hello Kitty, encolhendo os ombros. – Um sujeito pirado invadiu nosso telhado e desapareceu. Não. É. Problema. Nosso.

— O problema *é* nosso se ele estiver estatelado na calçada lá embaixo, morrendo! — disse Vinagre.

— Se você está tão preocupada — interveio Flórida —, por que não desce e faz respiração boca a boca nele?

— Mas como ele entrou? — perguntou Whitney, virando-se para mim. — A porta do saguão não fica trancada?

— Claro que fica trancada! — repeti. — Alguém provavelmente abriu para ele. — Olhei em volta para ver se conseguia identificar o culpado. — É assim que as pessoas que não deveriam estar no prédio costumam entrar.

— Talvez ele *ainda* esteja no prédio — disse Wurly. — Alguém deveria verificar.

Senti os olhares todos em mim e minha indignação aumentou.

— Eu sou a zeladora, não uma maldita segurança.

O grande e taciturno veterano do Iraque, Barba Negra, se levantou.

— Vou fazer uma varredura.

Ele saiu. Por um momento ninguém se pronunciou, e então Amnésia disse:

— Será que não podemos ouvir o final da história sobre Chaz enquanto esperamos?

Os murmúrios pareceram ser a favor de que a Dama dos Anéis terminasse a história. Todos estavam chateados demais para ficarem sentados em silêncio, processando o que tinha acabado de acontecer.

— Onde eu estava mesmo? — perguntou a Dama dos Anéis.

— Chaz tinha um trabalho para você.

— Ah, é. — Ela juntou as pontas do cachecol e apertou-o com mais força para se proteger do frio. — Quando Chaz Cavanaugh me chamou de Alexandra e me disse para tirar o bigode, eu obedeci na hora e relaxei um pouco... E, quando me mostrou suas fotos, finalmente entendi o que ele queria de mim. O que ele queria que eu *fosse*.

Ela ajeitou os cabelos com a mão coberta de anéis. Ficamos esperando.

——◆——

— Bem. Deixem-me explicar a situação: trinta anos depois. Outra noite, em outro mundo, eu ia dar uma festa. Os fornecedores tinham sido muito bem recomendados, mas estavam atrasados. Assim como Glenn. Ele havia prometido vir direto do teatro com uma ou duas estrelas a reboque, e seu espetáculo deveria ter terminado quarenta minutos antes. Eu tinha feito o cabelo, estava usando um vestido elegante, tinha testado cinco opções de sapatos, trocado minhas joias, trocado de novo, e ainda tivera tempo de dar instruções a Hervé sobre a disposição dos sofás em torno da fogueira no terraço: perto o suficiente para conversarmos, mas não tão perto do fogo que as pessoas ficassem com calor. Lembro que era uma noite fria como a de hoje.

"Fui até a varanda para observar o fluxo de táxis na Park Avenue lá embaixo. O ruído do trânsito nunca chegava lá em cima. Do alto, debruçada sobre o parapeito, admirei a arte dos jardins que enfeitavam o canteiro central da avenida. Alguém devia coordenar as flores e os arbustos, decidir quais árvores plantar e onde. Alguém tinha que fazer a curadoria das esculturas que mudavam a cada estação. Eu teria sido boa nisso. Escolher cores, temas. Sempre me disseram isso: que eu tinha um ótimo senso de coordenação de cores. Eu raramente olhava por cima daquele parapeito sem pensar no terraço da East Third Street, naquela noite, muitos anos antes.

"'Os fornecedores chegaram, sra. Cavanaugh', Hervé anunciou da porta do terraço. O indispensável Hervé. A ironia de ter um mordomo nunca me passou despercebida. Atrás dele, minha governanta conduzia um pequeno grupo de trabalhadores com bandejas e carrinhos, mostrando-lhes o caminho para a cozinha.

"Naquele momento, por mais intrincada, improvável e suspeita que sua aposta tivesse parecido, percebi que tudo tinha dado certo. Chaz Cavanaugh nem piscou quando tirei aquele bigode. Ele apenas me encarou. Com um olhar longo, frio e perturbador, para ser sincera. Mas, quando me mostrou as fotos da irmã, entendi o que ele queria. Jessa Cavanaugh poderia ter sido minha irmã gêmea. Era como olhar fotos de mim mesma, só que vestida de maneira diferente e em locais que não me lembrava de ter visitado. Depois que concordei, tudo aconteceu muito rápido. Nos dias seguintes, Chaz me contou todos os detalhes relevantes da infância dele e da irmã. Me deu documentos para estudar; li e reli cartas que ela havia escrito. Sentei-me a uma escrivaninha antiga no apartamento da irmã dele, uma escrivaninha que teria pagado meu último ano no Pratt, e pratiquei sua caligrafia. Ensaiamos a história de para onde Jessa tinha fugido, quando ela tinha voltado e por que tinha se isolado depois disso. Não eram mentiras, eu disse a mim mesma. Eram *possibilidades*.

"De tempos em tempos, é claro, isso me incomodava, a certeza que Chaz tinha de que a irmã não ia voltar. Mas quem estava sendo prejudicado por isso? Os advogados foram pagos. Chaz recebeu sua herança. Eu fiz questão de que Glenn fosse para a Broadway. Adotei o estilo de vida de Jessa.

"Chaz está morto. Como nunca se casou nem teve filhos, herdei tudo dele também."

A Dama dos Anéis olhou atentamente para os vizinhos.

– É claro que volta e meia penso nele e naquela noite em que tudo mudou. O que mais me lembro são seus olhos. E o alívio que senti quando olhei dentro deles: alívio por *pensar* que poderia parar de fingir... e alívio por não estar empoleirada na beirada do telhado de um prédio de sete andares.

– Então o que aconteceu? Você *viveu* como a irmã de Chaz por trinta anos? – perguntou Darrow. – Descobriu para onde ela foi?

A Dama dos Anéis sorriu novamente.

– Naquela época não havia fotos espalhadas pela internet permitindo rastrear as pessoas. Glenn era o único parente próximo e sabia de tudo. Portanto, não havia ninguém para me questionar ou se perguntar para onde eu teria ido. Nós não éramos próximos dos nossos pais. A mudança de endereço, até mesmo a mudança do meu nome, eles atribuíram ao nosso estilo de vida "artístico". Mas o dinheiro me permitiu fazer minha pós-graduação em artes plásticas na School of Visual Arts. Abri uma galeria pequena no centro da cidade, contratei funcionários e organizei principalmente exposições de obras de artistas conceituais negros... David Hammons, Senga Nengudi e até Elizabeth Catlett. Uma vez por ano, expunha meu próprio trabalho. Ah! Que delícia passar no meio das pessoas e ouvir comentários sobre a misteriosa artista Alex Chimère, que nunca comparecia aos próprios vernissages. Na verdade, Alex foi uma espécie de sensação por um tempo. Chaz adorava. Um pouco de maquiagem, algumas perucas... e *voilà*! Eu também exibia fotos da enigmática sra. Chimère em cada exposição. A artista 'tímida' que nunca concedia entrevistas.

"Minha vida fictícia como Jessa seguiu sem intercorrências. Apenas nós três sabíamos, e era do nosso interesse manter a farsa. Houve momentos em que pensei em desistir... mas eu superava, sabem? Quando Chaz morreu, tive medo de que um velho amigo ou um parente distante me desmascarasse no funeral. Para responder à sua pergunta, não. Eu nunca soube o que aconteceu com Jessa. Eu poderia ter insistido. Sem dúvida tinha os recursos necessários para descobrir. Mas…"

A Dama dos Anéis fez uma pausa. Ela endireitou as costas e desviou o olhar.
– Nunca tentei.

─────

A porta do telhado se abriu com um estrondo e todos nos sobressaltamos. Barba Negra surgiu.
– Não tem ninguém no prédio – disse ele. – A porta da frente está trancada, tudo parece seguro. A menos que o cara tenha entrado em um apartamento e se trancado, ele não está mais aqui.
– Você deu uma olhada na calçada? – perguntou Vinagre.
– Porra, claro que não. Eu é que não vou lá fora.

Com isso, ficou claro que todos estavam prontos para voltar para seus apartamentos e trancar bem as portas. Antes que a Dama dos Anéis deixasse o telhado, porém, fui até onde ela estava, recolhendo sua taça de vinho, porque uma suspeita me ocorreu. Decidi confrontá-la.
– Chaz matou a irmã dele, não foi? Foi por isso que ela nunca apareceu.

A Dama dos Anéis hesitou e uma expressão parecida com a de dor cruzou seu rosto por um momento.
– Chaz me disse que algumas pessoas simplesmente desaparecem da face da Terra: viajam para lugares remotos com alguém em quem confiam, mas *não deviam*… e acabam tendo um fim trágico sobre o qual ninguém nunca fica sabendo. Às vezes, ele descrevia em detalhes curiosamente minuciosos o que poderia ter acontecido com Jessa. Mas Chaz era assim, enigmático, insondável. O homem que mudou minha vida. – A Dama dos Anéis balançou a cabeça lentamente. – Não, eu não acredito que ele tenha matado a irmã.

Mas eu ainda ouvia certa dúvida em sua voz. Ela tinha o rosto de uma pessoa satisfeita com a forma como as coisas tinham acontecido em sua vida, mas me perguntei se realmente teria paz, tendo construído uma vida talvez, quem sabe, em cima de um assassinato. Não que eu tivesse o direito de falar alguma coisa.

– Então, considerando todo esse dinheiro – disse Eurovision, surgindo de repente às minhas costas –, como diabos você veio parar *aqui*, no Fernsby?

– Essa – ela respondeu com um ar sombrio – é uma história que acho que vou guardar para a próxima pandemia.

━━⌇━━

Nós encerramos a noite. Desci para o meu apartamento, mas estava tão exausta que, em vez de transcrever as histórias malucas daquele dia que eu ainda estava tentando entender, decidi fazer isso na manhã seguinte. Deitei na cama, mas não consegui pegar no sono. Meu Deus, como eu odiava essa insônia que me acometia ultimamente. Não conseguia parar de pensar na Dama dos Anéis. Se tinha todo aquele dinheiro, por que estava morando nesta espelunca de prédio? Será que ela era mesmo quem dizia ser ou tinha inventado toda aquela história? Mas eu gostava dela. Gostava muito dela. E me perguntei quantos de nós lá em cima tínhamos algo a esconder.

Os rangidos e estalos do prédio antigo preencheram o silêncio, e então vieram os passos na mesma hora de sempre. Um rascar suave, como se alguém com meias grossas estivesse arrastando os pés no chão. Um pensamento repentino e aterrorizante me ocorreu: *talvez aquele sujeito maluco, Morty Gund, esteja se escondendo lá.*

Depois de alguns momentos travando uma luta com minha consciência, me levantei, peguei as chaves-mestras e o taco de beisebol que o antigo zelador deixava perto da porta e saí para o corredor. O porão estava escuro e frio, metade das lâmpadas do teto queimadas, mas a lanterna do meu celular fornecia iluminação suficiente. Algumas baratas fugiram, o que me lembrou de outra coisa que tinha acabado: inseticida. Subi as escadas até o primeiro andar. O longo corredor estava silencioso.

Fui até a porta do apartamento e encostei o ouvido nela. Silêncio.

Enfiei a chave na fechadura, girei e empurrei a porta com o pé, com o taco de beisebol em punho, e apertei o interruptor de luz ao mesmo tempo.

Tudo permaneceu escuro. Claro, como não havia morador, a energia tinha sido cortada. Recuei, abaixando o taco, peguei meu celular e acendi de novo a lanterna, que lançou um leve brilho azulado pela sala. Nada além da mobília desgastada. A poeira no chão permanecia intacta; havia apenas minhas próprias pegadas, que eu havia deixado quando fui verificar se havia vazamentos. Atravessei a sala segurando o taco em uma das mãos e o celular na outra, passei pela cozinha e entrei no quarto e no banheiro, iluminando todos os cantos com o celular. O lugar tinha um cheiro estranho, de mofo e folhas úmidas. A janela do quarto, bem fechada e trancada, dava para o terreno baldio ao lado, coberto de entulho e tijolos quebrados, e depois dele uma cerca de arame e um trecho da Bowery. Parei para escutar por um momento, mas só consegui ouvir os murmúrios do prédio antigo que pareciam nunca se silenciarem.

O apartamento estava claramente desocupado. Baixei o taco, me sentindo uma idiota.

De volta ao meu apartamento, caí na cama, completamente vestida. Poderia jurar que ainda ouvia aqueles passos arrastados.

Fiquei acordada na escuridão até o dia amanhecer, e só então enfim adormeci.

Décimo segundo dia
11 DE ABRIL

OS DIAS ESTAVAM FICANDO MAIS LONGOS E A COMOÇÃO DAS SETE horas agora acontecia pouco antes do pôr do sol, e não quando anoitecia. Aquela tarde era a mais bonita de que me lembrava em anos, com nuvens vermelho-sangue cobrindo a cidade e banhando as ruas com um brilho ardente enquanto batíamos panelas e aplaudíamos. Era como se estivéssemos embaixo de um enorme incêndio.

Depois que a cidade ficou em silêncio e o espetáculo de cores atingiu o auge, uma comoção veio da rua lá embaixo. Na Bowery, um homem gritava ao celular. Em um primeiro momento, me perguntei se alguém teria acabado de encontrar o corpo de Gund, afinal. Mas, pelas frases desconexas que chegavam até nós, parecia que a companheira do homem em um apartamento próximo estava morta ou morrendo de covid e ele tinha corrido para a rua para chamar uma ambulância. Os rostos de todos foram tomados pela consternação quando nos demos conta do que estava acontecendo, quando a voz fraca e desesperada chegou ao telhado. Não demorou muito para ouvirmos a sirene de uma ambulância vindo pela Bowery e parando ali perto, seguida pelo som estridente de rádios e vozes de paramédicos gritando uns com os outros. Ninguém foi até o parapeito para olhar. Dez minutos depois, a sirene começou a soar e foi se afastando lentamente pela Bowery até que tudo ficou em silêncio outra vez.

— Deus acabou de dar outra virada na caixa do coelho — falou La Reina baixinho.

Depois de um tempo, Monsieur Ramboz pigarreou.

— Acho que estamos fazendo algo extraordinário aqui ao contar histórias uns aos outros durante essa maldita epidemia. — E acrescentou: — Talvez devêssemos começar a gravá-las para a posteridade.

— Gravá-las? — repetiu Vinagre. — Nem pensar.

— Eu entendo sua reação — disse Próspero. — Mas o que está acontecendo neste telhado é uma afirmação de nossa humanidade diante do horror e da banalidade de um vírus. Isso não deveria ser esquecido.

— Ah, cala a boca — disse a Dama dos Anéis. — Eu, por exemplo, vou boicotar o telhado se alguém começar a gravar.

Eu não a censurava, depois da história que tínhamos acabado de ouvir.

— Se Boccaccio ou Chaucer não tivessem escrito as histórias que ouviram durante a vida — insistiu Ramboz —, teríamos perdido algumas das grandes obras do cânone ocidental.

Ao ouvir as palavras "cânone ocidental", algumas pessoas reviraram os olhos. Ninguém mais interveio para concordar com a proposta de Ramboz. Eu, é claro, fiquei de boca fechada e deixei a gravação continuar.

— Não dou a mínima para o seu cânone ocidental ou para o seu Chaucer — retrucou Vinagre. — Se quiser deixar algo para a posteridade, escreva ou pinte na parede. Deixe nossas histórias em paz.

— O *Decamerão* — anunciou o Poeta em voz bem alta, recostando-se na cadeira. Cabeças se voltaram em sua direção. Ele sorriu, um pouco presunçoso. — É isso que estamos fazendo aqui. Estou sentado, ouvindo todos vocês, enquanto nos escondemos da peste, contando histórias. Como tudo isso poderia *não* nos lembrar do *Decamerão*?

— Tudo bem, mas o que é o *Decamerão*? — perguntou La Cocinera.

— Um dos clássicos do cânone dos Homens Brancos Mortos — respondeu Amnésia.

Diante disso, o Poeta soltou uma risada longa e baixa que soou quase como um assobio e teve o efeito de calar a boca de todos.

— Sim.

O Poeta olhou em volta.

—Vou lhes contar uma história sobre o *Decamerão*. Aconteceu no início deste ano, quando ninguém esperava que a pandemia atingisse os Estados Unidos dessa maneira. Estávamos todos começando a ouvir as notícias de Wuhan, e um desastre global parecia mais uma história de ficção científica do que esta realidade patética na qual estamos presos agora. Bom, foi aí que surgiu o *Decamerão*.

"O semestre havia começado na faculdade experimental aqui da cidade onde dou aula, e meu curso de poesia tinha entrado em um certo ritmo. Cerca de um quinto dos alunos abandonou o curso. Metade não entregou os trabalhos no prazo. Dois ou três tiveram seus trabalhos publicados. A cada cinco semestres, mais ou menos, um aluno matriculado na minha turma fica famoso. Alguns deles se formaram e escreveram best-sellers, enquanto eu, aos cinquenta anos, ainda sou um poeta experimental, uma espécie de membro boêmio sênior de uma família de workaholics cujos integrantes estão sempre competindo para ver quem faz mais hora extra. Somente nas artes é possível ser 'experimental' sem obter resultados. Se eu fosse cientista, teria perdido minha bolsa de pesquisa anos atrás.

"Meus irmãos são bem-sucedidos. Têm carreiras. As esposas deles também. Seus filhos têm QI alto. Eles têm casas nas montanhas nos arredores de Nova York. São bem relacionados porque são membros da Igreja Anglicana. Um deles é até diácono. São donos de imóveis no Harlem. Um dos meus irmãos, Jack Caldwell, é muito rico e me provoca por causa da minha profissão. Ele volta e meia é fotografado por Bill Cunningham quando comparece a bailes beneficentes e inaugurações de museus, a única ocasião em que põe os pés nesse tipo de instituição. O conceito que Jack tem de poesia é 'batatinha quando nasce/esparrama pelo chão'. Minha mãe, que comprou o imóvel no Queens antes que as pessoas que não conseguiam bancar um imóvel em Nova York tivessem que se mudar para lá, me pergunta quando vou arrumar um emprego de verdade. Quando vou me casar? Será que ela pode mandar a cabeleireira dela para cortar meu cabelo? Quando vou me mudar do meu apartamento, que é do tamanho dos closets dos meus irmãos? Minha mãe e meus irmãos internaram meu pai. Não, ele não tinha demência. Só não conseguia mais acompanhar o ritmo acelerado deles. O que havia de errado com ele? Consultaram um amigo psiquiatra e, juntos, inventaram algo baseado no *Manual Diagnóstico e Estatístico de Transtornos Mentais*, segundo o qual todo comportamento é a manifestação de uma doença mental, e o colocaram em um desses lares para idosos que mais parecem um clube de campo. Ele parece estar gostando de lá.

"Com meu salário de professor, tão baixo que me força a dar aulas a cada dois semestres, mal consigo me sustentar na cidade cara que Manhattan se tornou, uma tendência que começou na década de 1980. (Sou um desses escritores 'cult', o que significa que meus livros não vendem.)

"Meu agente disse que o mercado hoje em dia quer livros 'femininos' de autoras negras e, enquanto tomávamos um drinque certa vez, me disse cinicamente que as editoras e as críticas literárias feministas brancas estavam promovendo esses livros como uma forma de reparação literária, porque essas mulheres brancas se sentiam culpadas pelas condições nas quais as empregadas domésticas negras eram mantidas por suas famílias. Essas empregadas domésticas negras tinham dado mais atenção a essas futuras críticas literárias, editoras e donas de livraria quando eram crianças do que seus pais, que eram o tipo de pessoa que Woody Allen ridicularizava filme após filme. Pessoas que passavam mais tempo em sessões de terapia do que com os próprios filhos. Uma dessas mulheres escreveu que havia tido experiências 'formativas' com uma mulher negra, ao que uma dessas feministas negras imprevisíveis e fora da curva reagiu perguntando: 'Ela quer dizer que cresceu em uma casa onde havia uma empregada negra?' Por sua insolência, essa feminista negra foi condenada pelo movimento, cujas líderes, mulheres brancas, defendiam a linha de que deveria haver solidariedade entre feministas latinas, negras e brancas. Ela teve dificuldade para encontrar um emprego até surgir uma oportunidade: um cargo de professora assistente mal remunerado em uma faculdade comunitária em Town Creek, Alabama. Depois que os departamentos de vendas das grandes editoras começaram a ditar as tendências da literatura negra, a coisa ficou tão feia que uma excelente poeta, Rita Dove, ex-poeta laureada dos Estados Unidos, ficou em nonagésimo nono lugar entre os cem livros de poesia negra mais vendidos. Nonagésimo nono! Como ervas daninhas roubando água e nutrientes de uma orquídea.

"Meu agente é um hipócrita. Ele poderia comprar um casarão no norte do estado de Nova York com o que ganha com as mulheres negras mais vendidas de seu portfólio. E essa ladainha sobre o sucesso das escritoras negras estava longe da verdade. A maioria das escritoras negras que conheço está falida ou tem que trabalhar como professora, como eu, para se sustentar. Só que, ao contrário delas, eu recebi algum apoio financeiro.

"Dois dos meus alunos, um casal que trabalhava como administradores de arte, sugeriram que eu me candidatasse a uma bolsa de alguma fundação para ficar um ano inteiro sem precisar dar aula. Assim, eu poderia escrever um livro de não ficção para ensinar brancos a conviverem com negros. Treinamento para a vida. (Esse é o gênero negro – além dos livros 'femininos' – que vende bem.) Seria uma variação do antigo comércio de indulgências que havia ajudado a Igreja Católica a amealhar parte de sua fortuna nos séculos XI e XII. Se você comprar meu produto, terá que passar apenas um ano no Purgatório. As novas indulgências propostas eram: compre meu livro e eu o absolverei por seu racismo, um discurso brilhantemente comercializado pelo falecido James Baldwin. Hoje em dia, há mais imitadores de Baldwin do que imitadores de Elvis. Mas eles não têm a mesma fúria aveludada e o mesmo olhar de pintor para os detalhes. Depois de dar aulas sobre os livros de Baldwin, descobri que a maioria de seus fãs o conhecia mais por sua atuação do que pela leitura de suas obras. Ele estudou no Actors Studio e, no livro que o fez perder o patrocínio da 'Família', o establishment literário nova-iorquino, o personagem principal é ator. É seu melhor romance. *Tell Me How Long the Train's Been Gone*: diga-me há quanto tempo o trem partiu.

"Eu estava entrando na Starbucks da Delancey Street para comprar meu café de sempre, com uma dose de *espresso*, quando encontrei esses alunos. Foi em janeiro, um ou dois meses antes de o governo declarar estado de emergência nacional – o mesmo governo que nos disse que a covid não era motivo de preocupação. Que ia desaparecer sozinha. É claro que os primeiros sinais de infecção já tinham surgido em dezembro, como todos sabemos, mas as autoridades do governo nos garantiram que não era uma ameaça e que só os estados de maioria democrata seriam afetados. O tipo de coisa que acontece quando você deixa seu genro encarregado das coisas.

"O pedido de bolsa, que meus alunos apresentaram em meu nome, era uma obra-prima. Eles tinham se esmerado para responder a todas aquelas perguntas complicadas para determinar se eu estava apto, um verdadeiro labirinto de papel feito para desencorajar a candidatura de organizações artísticas pobres. A única coisa que tive que fazer foi descrever meu projeto. E, se as academias fechassem devido à emergência nacional, a leitura de livros sobre como se relacionar com negros seria uma boa substituta para a aeróbica. Enviei ao casal um resumo e um orçamento. Por exemplo: (1) na primeira vez que nos encontrar, não comece a falar sobre atletas negros; (2) não pergunte a uma mulher negra quanto ela cobra para lavar roupa; (3) não pergunte a um homem negro se ele já usou henê nos cabelos; (4) não comece a falar sobre Elvis Presley, não comece a falar sobre Oprah; (5) não conte sobre a primeira pessoa negra que conheceu; (6) ensine seu filho a nunca dizer 'cor de cocô' para descrever uma pessoa negra; (7) não peça a uma mulher negra para ser sua psiquiatra. E, se o fizer, esteja disposto a pagar duzentos dólares por hora.

"Se antes as organizações incipientes recebiam capital para que pudessem crescer, hoje em dia uma organização já precisa ter um grande orçamento para obter uma subvenção. Isso favorece organizações artísticas como a ópera e o balé. Mas, com a ajuda dos meus alunos, bastou que eu assinasse e rubricasse meu nome em vários lugares.

"Eles estavam segurando copos enormes de café.

"'Aonde vocês vão com todo esse café?', perguntei.

"'Estamos organizando um clube de leitura de clássicos sobre a peste agora que foi declarada emergência nacional.'

"Achei que a ideia devia ter sido do marido. Toda vez que eu tentava apresentar poetas latinos, negros, asiático-americanos, nativos americanos ou feministas aos meus alunos, ele se opunha e me acusava de baixar o nível ou de estar tentando ser politicamente correto. Acho que ele estava caçando um emprego de crítico no *City Journal*. O sujeito é um desses idiotas pedantes de Manhattan. Estava sempre interrompendo os outros alunos e fazendo manobras intelectuais desonestas. Além disso, tinha a mania insuportável de ficar citando gente famosa desnecessariamente. Ninguém diria que seus dois bisavôs eram radicais que chegaram aqui no início da década de 1850. Eles se alistaram na Guerra Civil e faziam parte de um grupo de imigrantes que lutou contra o exército confederado na Batalha de Gettysburg.

"Apresentava poemas que de tão abstratos e herméticos eram ilegíveis. Se você perguntasse o que queriam dizer, ele respondia com sarcasmo: 'Isso é algo que cabe a mim saber e a você descobrir.' Os poemas do marido mais pareciam enigmas; mas, ao contrário dos enigmas, se um leitor exasperado dissesse: *OK, desisto*, era considerado um filisteu. Enquanto isso, a esposa usava poesia para se vingar do pai, diretor de uma empresa de rede social. Em um de seus poemas, ela o repreendia por ter se esquecido de enviar a limusine para levá-la à sua escola de elite. A escola ficava a três quarteirões do apartamento deles na Park Avenue.

"'Por que não vem com a gente, professor Caldwell? Vamos servir almoço.'

"*Por que não*, pensei. Eu ia almoçar com meu agente, mas ele tinha cancelado. Disse que tinha uma reunião com um cliente 'importante'. Duvido que meu agente tenha lido os livros que lhe proporcionavam uma vida tão confortável. Tinha se tornado agente literário por acaso. Trabalhava como garçom em um restaurante elegante onde os executivos das editoras almoçavam quando os 'livros de revolta' eram populares, assim classificados pelo cínico departamento de vendas de uma editora. Eles estavam procurando editores negros e, enquanto ele servia água para um dos executivos, um editor famoso, já bêbado, disse, referindo-se a ele: 'O que vocês acham do Jake?' Eles o tiraram do restaurante e o transformaram em editor. Passado um tempo, ele pediu demissão e virou agente literário. Estava na casa dos sessenta.

"Perguntei ao meu aluno onde seriam realizadas as leituras. Ele disse que na Kenkeleba House, uma galeria de arte na East Second Street.

"O prédio onde ficava a galeria tem uma história fabulosa. 'Conhecido como Henington Hall e localizado no número 214 da East Second Street, foi construído em 1907 como um prédio de seis *e* de dois andares, de acordo com a licença de construção. Projetado pelo arquiteto Hermann Horenburger para Solomon Henig, provavelmente foi planejado como um centro comunitário para os moradores judeus do bairro. Desde 1974, abriga a Galeria Kenkeleba.' O curador da Kenkeleba disse que os alunos poderiam utilizar o espaço da galeria para suas reuniões. Ao que tudo indica, isso foi fundamental na obtenção de subsídios para a galeria.

"Seriam leituras após o almoço, seguindo o modelo dos contadores de histórias que haviam fugido da Florença assolada pela peste para o campo, onde a contação de histórias original também acontecia após o almoço.

"Até a refeição seria oferecida. Pizza vegetariana, abacate, sanduíche de pepino, brócolis, cenoura, aipo, queijo, chá verde e Starbucks. Bolos e morangos de sobremesa. Resolvi participar de uma das reuniões. Sentados ao redor de uma mesa comprida, os participantes refletiam a composição racial e de gênero do Lower East Side, que poderia ser chamado de Cidade Nerd. O casal distribuiu o texto das leituras acompanhado de notas que às vezes ocupavam mais espaço do que a própria história.

"A mulher falou primeiro. 'Isso foi ideia minha e do meu amor. Com as notícias que chegam de Wuhan, decidimos ler literatura clássica sobre epidemias anteriores – o *Decamerão*, de Boccaccio, além de Chaucer, Shakespeare e Defoe – e aproveitar para nos conhecermos.' Virando-se para o companheiro, ela perguntou: 'Querido, você quer dizer alguma coisa?'

"É claro que houvera epidemias anteriores que haviam devastado Nova York; mas, como produto de uma educação eurocêntrica, aqueles dois achavam que apenas os europeus produziam clássicos.

"'Vamos começar com o *Decamerão*.' O marido então falou de Boccaccio, de sua época e da história da peste florentina. Ele tagarelava sem parar enquanto lançava olhares lascivos às mulheres presentes. Depois de recebermos as instruções, alguns participantes ficaram conversando por um tempo. Examinei algumas das pinturas nas paredes da galeria.

"Na reunião seguinte, os demais já haviam lido os trechos do *Decamerão* que o casal havia fornecido. O marido perguntou: 'Alguém quer comentar algo sobre o que leram?'

"Um dramaturgo negro gay falou. 'É homofóbico. O amor entre gays é chamado de "antinatural".'

"'Onde você encontrou isso?'

"'Em "Primeira jornada, segunda novela". Quando ele envia Abraão, o judeu, a Roma, Abraão encontra uma corte papal, "cometiam o pecado da luxúria de forma muitíssimo desonesta; pecavam não somente com a luxúria natural, mas também com a sodomia; e tudo isso feito sem freio de remorso ou de vergonha". Este texto diz que ser gay é algo do qual deveríamos nos envergonhar?'

"'Em 'Segunda jornada, terceira novela', acrescentou uma curadora branca trans de um grande museu, 'quando o abade se prepara para fazer amor com Alexandre, que ele pensa ser homem, mas depois descobre que é mulher. Em Boccaccio, alguns personagens são travestis que escondem sua identidade. Lutamos muito pelo direito à nossa verdadeira identidade, e vocês nos apresentam uma história na qual os personagens têm medo de revelar a sua.'

"O marido tentou argumentar. 'Senhora, nós não sabíamos que...'

"'Meus pronomes são elu/delu. Você é tão atrasado quanto Boccaccio, seu idiota.'

"Ao ver aquele esnobe se contorcer diante dos questionamentos, pensei comigo mesmo: 'Isto aqui vai ser divertido.'

"Um dançarino em uma cadeira de rodas entrou na galeria. Ele era um protegido de David Toole, que defendia maior visibilidade para atores e dançarinos com deficiência. Seu rosto estava vermelho. Ele mal conseguia falar de tão furioso que estava. 'Fiquei enojado por ele usar a palavra "aleijado".'

"'Onde?', a esposa perguntou.

"'Em "Segunda jornada, primeira novela". Vou explicar como. Fingirei que sou aleijado; você por um lado e Stecchi pelo outro, como se estivessem me apoiando por eu não poder caminhar. Serão meu apoio, como se quisessem me levar até o altar para ser curado pelo santo.'

"'Na história, nessa passagem, as pessoas com deficiência são ridicularizadas. Tendo escolhido essa passagem, vocês concordam que as pessoas com deficiência são ridículas e que as pessoas podem fingir ter deficiência para trapacear? Eu sou ridículo para vocês?'

"Antes que os dois organizadores pudessem se defender, o diretor de uma companhia de teatro de esquerda radical no centro da cidade apresentou suas objeções.

"'As histórias são todas de pessoas ricas. Reis e rainhas, gente com dinheiro. Exatamente como agora, se esse novo coronavírus chegar ao país, os ricos vão fugir para os Hamptons ou para seus iates e deixarão os pobres enfrentarem a epidemia. Os ricos vão receber tratamentos experimentais pelos quais a população em geral não pode pagar. Enquanto esses poucos contavam suas histórias em uma *villa* em Florença, carrinhos de mão cheios de cadáveres tomavam as ruas e as famílias tinham de manter distância umas das outras. Boccaccio defende os ricos. Por que vocês escolheram esse bajulador de endinheirados? Acho que vocês escolheram esses personagens porque refletem os valores libertários da sua geração. Vocês se dão ao luxo de nos fazer perder tempo lendo histórias.' Ele se sentou.

"O editor de um semanário de artes do Brooklyn tomou a palavra. 'Só vim para dizer que não vou mais comparecer a essas reuniões.' Ele caminhou até os estudantes de pós-graduação e ficou parado diante deles. Se eles tinham sido designados 'rei e rainha' da reunião — títulos dados aos que moderavam as leituras originais do *Decamerão* —, uma revolta já estava em curso. O editor tremia. 'Boccaccio, Dante, Chaucer no seu *Conto da prioresa*, no qual judeus assassinam um jovem estudante por cantar uma canção em louvor à Virgem Maria, e todo o restante desses vagabundos eram antissemitas. Em "Primeira jornada, segunda novela", lemos que "a alma de um homem tão digno, sábio e bondoso deve ser levada à perdição por conta de sua falta de fé cristã. Por isso, passou a pedir, gentilmente, que abandonasse os erros da fé judaica e abraçasse a religião de Cristo. Abraão, argumentava Giannotto, bem via a religião, tão santa e generosa, prosperar e difundir-se, enquanto a religião judaica, ao contrário, o que ele também percebia, reduzia-se a nada."'

"'Os erros da fé judaica? A religião de Cristo? Para terem escolhido essa leitura, vocês devem endossar essa visão antissemita do judaísmo.'

"'Mas isso é o melhor da literatura mundial', argumentou o marido enquanto o diretor ia embora, furioso.

"Seguiu-se uma explosão de murmúrios. Eu estava curtindo. Peguei uma xícara de café e recostei-me em uma das cadeiras para assistir. Estava se tornando um espetáculo e tanto.

"A editora do periódico feminista *Représailles* tomou a palavra. Ela escrevia muito bem; mas, quando se apresentava diante de um grande público de mulheres, destroçava os homens, e a plateia clamava pelo sangue da espécie, havia batidas de pés e aplausos, e os homens que estivessem presentes eram alvo de olhares furiosos, se é que eles ainda não tivessem se retirado. Ela disse, com a voz trêmula: 'Acho Boccaccio um grande misógino. As mulheres são chamadas de "volúveis, briguentas, desconfiadas, fracas e medrosas" e "os homens são a cabeça das mulheres; sem suas ordens, raramente alguma obra nossa chega a algum fim digno. Como poderemos, porém, encontrar esses homens?"' Como vocês se atrevem a nos pedir para ler esse lixo misógino? *Il Corbaccio* é ainda pior no que diz respeito à misoginia. E depois o plano é ler Chaucer? Outro escritor que vocifera contra as mulheres. Foi ele quem traduziu o *Romance da rosa*, no qual as mulheres são, como disse um estudioso, "contenciosas, orgulhosas, exigentes, queixosas e tolas; são indisciplinadas, instáveis e insaciáveis". Ele traduziu essas diatribes contra as mulheres e teve que se desculpar em seu poema "A lenda das boas mulheres".' Virando-se para a esposa, ela perguntou: 'Como você pode viver com um homem que nos pede para ler essas porcarias misóginas?'

"Uma mulher negra, figurinista que já havia trabalhado em vários espetáculos da Broadway, se manifestou. 'Por que vocês não escolheram um autor americano? Como William Wells Brown, um dramaturgo negro que escreveu uma peça chamada *The Escape; or, a Leap for Freedom*, sobre médicos que ganharam dinheiro com a epidemia de febre amarela. Não é isso que está acontecendo com a Moderna, a Pfizer, a Kodak, a Johnson and Johnson? Competindo para produzir uma vacina. Uma vacina que vai gerar lucro para seus acionistas. Em vez de escolher Wells, vocês escolhem esse *Decamerão* racista.'

"O marido falou novamente. 'Como pode ser racista? Não há negros na história.'

"'É exatamente esse o problema. Havia mulheres negras em Florença naquela época, mas elas não aparecem na história. Boccaccio não ligava para as mulheres negras.' Ela se sentou.

"Outros expressaram objeções à maneira como Boccaccio tratava o grupo ao qual pertenciam. A hora do almoço virou hora do jantar. Eram cinco da tarde, e um muralista descendente de porto-riquenhos estava criticando o casal. Ele reclamava da ausência de representações visuais das epidemias. 'E as representações indígenas das consequências das doenças trazidas ao continente americano pelos europeus? É possível encontrar doentes e moribundos nos desenhos astecas.'

"O casal definhava diante de todos aqueles ataques. A esposa estava abatida. O marido arrogante continuava a defender os textos. Ele classificou as críticas à sua lista de leituras como parte de um golpe de Estado literário inspirado na cultura do cancelamento e com o objetivo de demolir o cânone ocidental. Um após o outro, os críticos explicaram que eram suas culturas que estavam sendo canceladas.

"Um escritor negro tomou a palavra. 'Basta dar uma olhada no diretório de, digamos, Princeton e Harvard, e você vai ver que o corpo docente dedicado à cultura ocidental é tão numeroso quanto a lista de funcionários da General Motors. Mesmo assim, vocês sempre agem como se tivessem a missão de salvar a civilização ocidental, que nem existiria se os estudiosos muçulmanos não tivessem salvado obras consideradas pagãs pelos vândalos cristãos.'

"Depois de tudo isso, comecei a sentir pena 'do rei e da rainha'.

"Pensei em como eles tinham preparado a inscrição naquela bolsa de estudos para mim, para que eu tirasse um ano de licença das salas de aula para escrever meu livro de não ficção. Meu livro de *coaching* para a vida, no qual eu ensinaria os brancos a se dar bem com os negros. Eles nunca tinham me cobrado nada. Eu sou um cara que acredita que, se você me estende a mão, eu tenho que estender a mão para você. É assim que fazemos as coisas no Tennessee, de onde meus pais vieram. Eu me levantei.

"'Acho que vocês estão sendo injustos com esses jovens. Por que botar a culpa neles? Passaram a vida toda ouvindo que não existe civilização para além daquilo que os professores americanos chamam de civilização ocidental. O reino de tudo o que era digno de estudo e reflexão. Com a geração '*woke*', houve o que poderíamos chamar de um *recall* da civilização ocidental, assim como um fabricante faria o *recall* de um automóvel cujos freios não fossem confiáveis. Não nos desfazemos do carro inteiro por causa de freios com defeito, não é mesmo?' Dirigindo-me 'ao rei e à rainha', tentei atuar como um mediador. 'Seus críticos estão basicamente dizendo que, quando discutimos a postura preconceituosa de seu autor contra judeus, negros, pessoas com deficiência e pessoas *queer*, não devemos isentá-lo do tipo de crítica que receberia se estivesse aqui hoje.' Alguns participantes concordaram com a cabeça.

"'Mas isso não é censura?', o marido perguntou.

"Lá estava eu jogando para ele um bote salva-vidas. Por que ele não podia ficar de boca calada? Eu respondi: 'Bem, se alguns de nós estão interessados em censura, o *Decamerão* está carregado de didatismo. Muito proselitismo cristão.'

"'Ele tem razão', disse alguém. O homem se identificou como um poeta russo que estava ali em uma espécie de programa de intercâmbio artístico. Ele tinha sotaque.

"Levantando-se, disse: 'O professor está correto. O *Decamerão* é cheio de didatismo. O casal que organizou esta leitura reconhece o didatismo no trabalho de outros, mas não nas obras do seu cânone ocidental. Eles são imunes a essas acusações, e é por isso que vocês não incluíram em sua lista a obra de uma das grandes escritoras epidêmicas, Marina Tsvetaeva.' Ele ergueu o livro de poemas dela, *Moscou no ano da peste*. 'Vocês, ocidentais, acham que os artistas russos se limitam a produzir pôsteres de propaganda para os planos quinquenais. Ao contrário de Boccaccio, com sua bela educação e criação de classe média, ou de Chaucer, que sempre teve um bom emprego, ou de Dante, que foi prior da cidade de Florença, ela não apenas escreveu sobre a peste de Moscou como também teve a vida marcada pela miséria, algo que os americanos privilegiados nunca vão entender.'

"'Nosso povo foi testado, enquanto vocês ficavam cada vez mais moles e frouxos. Mesmo que o coronavírus crie raízes aqui nos Estados Unidos, sejamos realistas. O sacrifício nunca chega às costas americanas. Se houver uma pandemia global, vocês vão continuar aproveitando a vida em restaurantes e bares e lotando praias enquanto trocam ares cheios de fluidos de morcego. Será que vocês teriam suportado o grande número de baixas que sofremos durante a Segunda Guerra Mundial, quando nossas cidades foram cercadas por tropas inimigas durante o inverno congelante em Leningrado, onde permanecemos firmes por mais de oitocentos dias? Não, para vocês, americanos, nada deve interferir no seu direito de celebrar. De observar um dos seus feriados capitalistas sagrados, como a Black Friday, um retrato perfeito de sua sociedade, um dia em que você pode ser pisoteado se não for rápido ou ganancioso o suficiente. Vocês, americanos, não sabem o que é passar dificuldade. Ficaram inchados. As companhias aéreas tiveram que criar assentos maiores para acomodar suas bundas gordas, mas vocês estão sempre dizendo nas pesquisas que o país está indo na direção errada. Preguiçosos. Mimados. Para nós, russos, a vida nunca foi mamão com açúcar. A vida não era um evento social para Marina, mas ela produziu poemas com estrofes de quatro e seis versos que eram pequenas joias. Seu poema sobre o Domingo de Ramos, "1920", por exemplo.' Ao recitar o poema, ele fechou os olhos como Andrei Voznesensky quando recitava. Tinha o mesmo rosto tenso e intenso de Voznesensky.

"'Caí tanto em desgraça, e você está tão infeliz/tão isolado e sozinho/ Vendidos, os dois, por uma ninharia, apesar de nosso bom caráter/Não possuo nem mesmo um galho seco/Ela usou a nota para acender o fogão.'

"'Ao contrário dos burgueses que vocês escolheram, homens que tinham patronos como Petrarca, Marina era tão pobre que, em 1919, um homem que estava prestes a roubá-la, vendo a condição miserável em que vivia, ofereceu-lhe dinheiro. Enquanto seus heróis Dante, Boccaccio e Chaucer tinham ligações com a aristocracia, Marina escreve que tinha só um vestido durante a peste de Moscou. Ela faz piada sobre isso.' Ele começou a recitar mais uma vez.

"'Meu dia: me levanto – um tênue brilho através da claraboia – frio – poças – serragem – baldes – jarros – espanadores – saias e blusas de menina por todos os cantos. Corto madeira. Acendo o fogo. Lavo as batatas em água gelada e cozinho-as no samovar, que mantenho aceso com as brasas do fogão. (Dia e noite, uso o mesmo vestido de fustão, feito para Asya, em Alexandrov, na primavera de 1917 enquanto ela estava fora, e que, um dia, encolheu terrivelmente. Há buracos de queimadura por toda parte, de brasas e pontas de cigarro. Antes, eu prendia as mangas com um elástico. Agora estão arregaçadas e presas com um alfinete.)'

"'Marina não pôde ficar com as filhas. Mandou as meninas para um orfanato. Uma delas contraiu malária. A outra morreu de desnutrição.'

"'Da próxima vez que escolherem um autor que tenha escrito sobre uma epidemia, escolham alguém que tenha sido vítima dela, mas que ainda assim escreva com alegria e humor. Não um desses homens que conviviam com a realeza. A propósito, sobre os direitos das mulheres?' Ele olhou para a feminista que tinha protestado contra a misoginia de Boccaccio e Chaucer. 'Estamos muito à frente de vocês. Existe maneira melhor de empoderar as mulheres do que armar oitocentas mil delas, que é o número de mulheres que lutaram ao lado dos homens na guerra contra a invasão nazista? As russas lutaram lado a lado com os homens para repelir o inimigo em Stalingrado. Os alemães, que colocavam as mulheres alemãs em um pedestal e as tratavam com muito cavalheirismo enquanto assassinavam milhões de mulheres "não arianas", ficaram chocados ao ver mulheres lutando lado a lado com os homens. Uma delas, Lidiya Vladimirovna Litvyak, a "Rosa Branca de Stalingrado", derrubou grandes pilotos alemães e continuou lutando contra eles mesmo com sua aeronave em queda, o que causou sua morte. Tem quem diga que ela não morreu e foi vista pela última vez escapando de aviões nazistas que a perseguiam em alta velocidade. Foi uma das duas únicas mulheres aviadoras de guerra do mundo.

Vocês, americanos que se sacrificaram durante a Segunda Guerra Mundial, esqueceram o que é sofrer. O que é passar fome.'

"Ele se sentou. Todos ficaram em silêncio. Eu estava pensando em Litvyak. Será que as pessoas da nossa nação egoísta defenderiam umas às outras contra o vírus da mesma maneira que homens e mulheres se uniram para defender Stalingrado? Tenho certeza de que outras pessoas estavam pensando no único vestido que Marina possuía. Tornou-se uma espécie de correlativo objetivo da reunião. Talvez fosse por isso que a feminista que havia se manifestado de maneira tão dura contra o marido estava olhando para os próprios sapatos, que devia ter comprado com setenta por cento de desconto na Saks Fifth Avenue. No guarda-roupa masculino, vi itens da Calvin Klein, Ralph Lauren e Nike. Roupas provavelmente produzidas com mão de obra infantil. Ao saber das condições de vida de Marina, talvez a figurinista negra estivesse pensando no belo plano de saúde que tinha graças à sua filiação ao sindicato. Seus filhos nunca contrairiam malária nem morreriam de fome. O dançarino cadeirante devia saber que tinha apresentações agendadas nos Estados Unidos e no exterior, em parte por causa do movimento para promover os direitos das pessoas com deficiência, que também ajudava a chamar atenção para excelentes poetas como Jillian Weise. Todos os prédios da universidade tinham rampas e elevadores. Assim como os outros que estavam lendo sobre a epidemia, ele tinha uma vida confortável.

"Ao ouvir as palavras impactantes sobre Marina, parte da plateia chorou em silêncio. O marido deu sinal de compaixão ao segurar a mão da esposa. O sol cor de melaço se punha no Hudson e, como eu havia previsto, algumas pessoas sugeriram que precisávamos jantar. Eu tinha ligado para a Grubhub no início da noite e o entregador finalmente tinha chegado. Ele colocou três sacolas grandes em cima da mesa e saiu. Elas continham o que pareciam ser quiches congeladas, mas em vez disso as tortas eram feitas com ingredientes diferentes. *Poi. Poi* é um alimento havaiano feito com o caule subterrâneo, o bulbo, do taro. Os participantes começaram a se servir e, depois de provar, levantaram o polegar em sinal de aprovação.

"'Por que você pediu isso?', alguém perguntou.

"'Bem, porque tem a ver com a nossa discussão', respondi.

"'Como assim?'

"'O *poi* de uma pessoa é o veneno de outra.' Grunhidos. 'Eu sei que pode ser uma péssima metáfora, mas vocês não percebem que isso se aplica à arte? A censura de uma pessoa é o didatismo de outra.'

"O marido pedante interveio. 'Mas a arte não deveria ser universal?'

"Citando T.S. Eliot, respondi: 'Nem todos os escritores étnicos são grandes, mas todos os grandes artistas são étnicos.'

"Isso fez com que ele se sentasse, mas então sua esposa falou. 'Não podemos simplesmente aplicar os valores de nossa era iluminada a Boccaccio, Chaucer e Dante.'

"Essa observação provocou risadas. Alguém disse: 'Nossa era iluminada? Milhões elegeram um homem que acredita que a água flui dos oceanos para as montanhas e que é possível combater incêndios florestais varrendo as florestas.'

"Outra pessoa disse: 'Um quarto dos americanos acredita que o Sol gira em torno da Terra.'

"Mais uma pessoa começou a falar, mas foi interrompida pelo doce dedilhar de um violão. O músico de blues residente começou a cantar depois de lembrar aos presentes que as narrativas originais do *Decamerão* terminavam com uma *canzone*. Uma canção. Ele começou uma música de Blind Willie Johnson. O músico de blues tinha uma voz parecida com a de Taj Mahal. Rouca e robusta. Ele começou a cantar.

"'*Well, we done told you, our God's done
    warned you, Jesus comin' soon
We done told you, our God's done warned
    you, Jesus comin' soon
In the year of 19 and 18, God sent a
    mighty disease
It killed many a-thousand, on land and on
    the seas
We done told you, our God's done warned
    you, Jesus comin' soon
We done told you, our God's done warned
    you, Jesus comin' soon*

> *Great disease was mighty and the people*
>   *were sick everywhere*
> *It was an epidemic, it floated through the air*
> *We done told you, our God's done warned*
>   *you, Jesus comin' soon*
> *We done told you, our God's done warned*
>   *you, Jesus comin' soon*
> *The doctors they got troubled and they*
>   *didn't know what to do*
> *They gathered themselves together, they cal-*
>   *led it the Spanish'in flu*
> *Well, the nobles said to the people, 'You*
>   *better close your public schools*
> *Until the events of death has ending, you*
>   *better close your churches too'*
> *We done told you, our God's done warned you, Jesus comin' soon*
> *We done told you, our God's done warned you, Jesus comin' soon*
> *Read the book of Zacharias, bible plainly says*
> *Said the people in the cities dyin', account of they wicked ways'*[4]

"Ele terminou alcançando uma daquelas notas graves profundas à maneira de Paul Robeson.

"O grupo continuou comendo seu *poi* enquanto o músico cantava outra canção sobre epidemia. O *poi* foi um verdadeiro sucesso. As pessoas começaram a enfiar a mão na sacola do Grubhub para repetir pela segunda e terceira vez. Uma nuvem escura encobriu a lua, que pairava sobre a Union Square. Começou a chuviscar. Eu me levantei e me alonguei. Outros fizeram uma pausa para

---

[4] Em tradução livre: "Bem, nós lhes dissemos, nosso Deus avisou, Jesus virá em breve/ Nós lhes dissemos, nosso Deus avisou, Jesus virá em breve/ No ano de 1918, Deus enviou uma doença poderosa/ Que dizimou muitos mil em terra e mar/ Nós lhes dissemos, nosso Deus avisou, Jesus virá em breve/ Nós lhes dissemos, nosso Deus avisou, Jesus virá em breve/ A doença foi poderosa e pessoas adoeceram em toda parte/ Era uma epidemia que flutuava pelo ar/ Nós lhes dissemos, nosso Deus avisou, Jesus virá em breve/ Nós lhes dissemos, nosso Deus avisou, Jesus virá em breve/ Os médicos ficaram confusos e não sabiam o que fazer/ Eles se reuniram e a chamaram de gripe espanhola/ Bem, os nobres disseram ao povo: 'É melhor fecharem suas escolas/ Até que as mortes cheguem ao fim, é melhor fecharem suas igrejas também'/ Nós já lhes dissemos, nosso Deus avisou, Jesus está chegando/ Nós já lhes dissemos, nosso Deus já avisou, Jesus virá em breve/ Leiam o livro de Zacarias, a Bíblia diz claramente/ Disse que as pessoas nas cidades estão morrendo como castigo por sua má conduta." (N. da T.)

ir ao banheiro. Olhei para o escritório da Kenkeleba. Corrine Jennings, a curadora, estava sentada diante do computador em meio a pilhas de papel. Estava decidida a dar continuidade ao legado iniciado com seu parceiro, Joe Overstreet, o grande pintor.

"Na galeria, pinturas de artistas haitianos estavam em exposição. Alguns dos pintores eram autodidatas; outros, como Jean Dominique Volcy, Michele Voltaire Marcelin e Emmanuel Merisier, tiveram educação artística formal. Uma das pinturas chamou minha atenção. Era sobre o terremoto de magnitude sete que atingiu o Haiti em 12 de janeiro de 2010, às quatro e cinquenta e três da tarde. Rostos cheios de horror. Braços semelhantes a varas erguidos. No centro, uma figura matronal escura, rodeada por duas crianças, contra um fundo amarelo.

"Os americanos vão vencer a covid. Temos a ciência e o dinheiro. Enquanto o Haiti vai continuar a sofrer como Jó."

―

Quando o Poeta encerrou sua história, Próspero assentia.

— Assim como no *Decamerão* original — disse ele. — Os príncipes e princesas fugiram da cidade para uma *villa* nas montanhas onde contavam histórias enquanto metade de Florença morria com pústulas supurantes.

— Eu não tinha certeza de onde você estava querendo chegar com essa história… — acrescentou Flórida. — Os tais administradores de artes sem dúvida pareciam uns idiotas e, a meu ver, seus críticos tinham bons argumentos. Mas, no fim das contas, Deus fez uma advertência aos *pobres* — disse ela. — Os ricos simplesmente foram para os Hamptons. Foi isso que esta pandemia fez: os ricos deram o fora da cidade e nos deixaram aqui para morrermos sufocados. Quaisquer que sejam as nossas diferenças, como os nova-iorquinos que ficaram, agora estamos todos no mesmo barco.

— Isso é o dia do juízo final — concordou Vinagre, com acidez na voz. — Essa pandemia deixou tudo às claras, não foi? Nada como uma epidemia para mostrar que os pobres são tratados como lixo neste país. Aposto que metade do Upper East Side está vazia. Abandonada. Aquelas mansões todas, as casas geminadas e prédios com um apartamento por andar cheios de móveis antigos e pinturas, vazios e mortos. Enquanto seus donos instalaram suas bundas gordas em casas com gramados de cinco acres em Southampton, bebendo vésper e falando de Damien Hirst.

Ninguém perguntou quem era Damien Hirst. Por fim, Whitney falou.

— Eu conheço essas mansões – disse ela. – Quando tinha vinte e poucos anos, trabalhei em uma casa de leilões na Madison Avenue. Vendíamos obras de arte, mas também fazíamos avaliações, às vezes para venda, às vezes para seguro ou inventário. Então íamos a essas casas e examinávamos coleções incríveis. Às vezes, elas tinham sido reunidas com muita ponderação por alguém que realmente amava os materiais, e outras vezes tinham sido selecionadas por um curador contratado por um cliente que queria status. Quando o colecionador morria, nós intermediávamos a venda do espólio, a coleção era desfeita e as peças iam para outros colecionadores, negociantes e museus.

— Tem uma lição aí – disse a Dama dos Anéis. – Todos esses bens reunidos... para quê?

— Bem – disse Whitney –, eu acho que a arte é importante. Ela amplia nossa vida. Amar a arte é importante. Colecionar coisas de que você gosta é importante. Mas colecionar não é tudo.

— Deus leva tudo no final – disse Flórida. – "Ouçam agora vocês, ricos! Chorem e lamentem-se, tendo em vista a miséria que lhes sobrevirá. O ouro e a prata de vocês enferrujaram, e a ferrugem deles testemunhará contra vocês e como fogo lhes devorará a carne. Vocês viveram luxuosamente na terra, desfrutando prazeres, e fartaram-se de comida em dia de abate."

Essa súbita citação bíblica, feita por Flórida com a voz enérgica de um profeta, calou a boca de todos por um momento – até mesmo de Vinagre.

Mas Whitney sorriu.

— Essa introdução vem a calhar para minha história, que é uma narrativa de terror sobre riqueza deteriorada bem nessa linha.

—⚫︎—

— O escritório da casa de leilões ficava em um belo edifício que ocupava um quarteirão inteiro.

"Acima da ampla entrada, havia uma escultura *art déco* em baixo-relevo: uma musa pairando sobre um artista desejoso, para mostrar que a arte, e não o comércio, era a divindade que cultuávamos. Na época, tínhamos acabado de ser adquiridos por uma casa de leilões inglesa, o que nos conferia certo prestígio internacional, mas já éramos antigos e renomados, e nossa reputação era considerável. Praticamente todas as grandes vendas de arte públicas passavam por nós. Vendíamos Rembrandts, ovos Fabergé, móveis Luís XV, Bíblias de Gutenberg e tapetes Aubusson. Nossas vendas mais importantes eram realizadas à noite, em eventos black-tie apenas para convidados. Vendíamos objetos de grande beleza e raridade a conhecedores de grande erudição e riqueza; lidávamos com o ápice da cultura e da opulência. Na parede do nosso departamento, havia quatro relógios marcando a hora local em Tóquio, Los Angeles, Nova York e Londres. Tínhamos conquistado um lugar nesse mundo e estávamos bem no centro dos acontecimentos. Tínhamos uma opinião muito positiva sobre nós mesmos.

"Eu trabalhava no Departamento de Pintura Americana. Cada departamento fazia suas próprias avaliações para os clientes, mas também havia um Departamento de Avaliações separado, que lidava com clientes corporativos – bancos, escritórios de advocacia e museus. O Departamento de Avaliações reunia uma equipe e nos mandava avaliar um patrimônio ou uma coleção.

"Grant Tyson era o chefe do departamento. Era um britânico alto e bonito, na casa dos quarenta anos, de rosto corado, robusto, distinto, experiente e impecavelmente bem-educado, com um senso de humor ferino. A assistente dele era Priscilla Watson, que tinha estudado na Smith e vinha de uma família tradicional da Filadélfia. Seu cabelo tinha sempre um corte perfeito, preso com uma faixa de veludo, e os sapatos sempre combinavam com a bolsa. Ela era afetada, exigente e muito inteligente, e tinha uma língua afiada como uma navalha. Tinha trinta e poucos anos: embora a casa de leilões fosse antiga, as pessoas que trabalhavam lá eram surpreendentemente jovens. Muitos dos chefes de departamento estavam na casa dos quarenta, e muitos dos funcionários em cargos menos importantes, como eu, tinham menos de trinta anos.

"Grant nos pediu uma avaliação: tratava-se de uma grande coleção em uma propriedade em Nova Jersey. Eram principalmente bronzes europeus do século XIX. Havia também alguns bronzes e pinturas americanos, por isso fui enviada. Tudo tinha que ser avaliado, embora não esperássemos encontrar muita coisa boa além dos bronzes. Colecionadores têm arte boa ou móveis bons, é raro que tenham ambos.

"A especialidade de Grant eram os Grandes Mestres, e a de Priscilla era porcelana, mas eles também eram generalistas e podiam avaliar uma ampla gama de obras e objetos. Rex Miller, de nossa filial, também foi conosco. (Rex Miller tinha um jeito categórico, muito aristocrático, e um senso de humor inescrutável. Certa vez, quando Grant estava dando uma palestra sobre Grandes Mestres, Rex colocou um slide pornográfico no carrossel. A sala escura estava repleta de estudiosos e colecionadores, que, de repente, se depararam com um vislumbre de carne rosada. Então Grant disse, imperturbável: 'Próximo slide, por favor.')

"A filial era onde vendíamos objetos de menor importância, em sua maioria decorativos, e não obras de arte. Os espólios sempre continham uma raridade inesperada: um ovo de avestruz do século XVIII com o Pai Nosso gravado em holandês ou uma travessinha de madeira rústica que pertencera a um ancestral durante a Revolução. E todo espólio incluía objetos pequenos demais para serem vendidos. Alguns deles nós levávamos para casa: os chamávamos de '*haggies*', da palavra escocesa '*haggis*', nome dado em homenagem aos miúdos dos animais abatidos, as partes que eram distribuídas pelo chefe aos membros do clã depois que ele tomava os cortes bons para si. Para nós, um *haggie* podia ser uma peça de roupa, um utensílio de cozinha, modeladores de sapatos feitos de madeira ou algo frágil e danificado que não tinha conserto. Certa vez, avaliamos um espólio que continha uma coleção de cuecas samba-canção de seda feitas sob medida, todas em tons de rosa-claro e verde-limão. Levei para casa uma cor-de-rosa. Era ao mesmo tempo elegante e esquisita: apesar de lindamente costurada, ainda era a roupa íntima de um defunto. Pensei em usá-la uma vez só, por diversão, mas a oportunidade nunca surgiu. Durante muito tempo, a cueca ficou em uma gaveta da minha escrivaninha, mas depois não consegui mais encontrá-la em lugar nenhum.

"Naquela manhã, estávamos esperando em frente às portas de vidro da entrada. Os advogados nos buscaram em uma longa limusine preta e partimos todos para a parte rica de Nova Jersey. A dona da coleção era uma viúva, Grant nos informou. Tinha sido a única herdeira de uma grande fortuna norte-americana e havia se casado com o único herdeiro de outra. Vocês sem dúvida reconheceriam os nomes. A riqueza deles era inconcebível. Tinham uma mansão na esquina da Quinta Avenida com a Sessenta e um. A mansão não existe mais, mas era um casarão de seis andares em estilo federal, toda linhas retas, sombria e imponente, com venezianas de metal escuro nas janelas. A sra. Herdeira morava em uma propriedade em Nova Jersey. Não tinha filhos.

"Durante o caminho inteiro, ficamos em silêncio por causa dos advogados. Eles tinham cabelos curtos e usavam ternos risca de giz e gravatas estreitas. Achávamos que eles tinham uma vida enfadonha, presos em um tedioso labirinto de questões jurídicas. Não eram como nós, pessoas alegres e interessantes, nadando em uma corrente reluzente de arte e riqueza. Não queríamos conversar com eles. Fomos condescendentes com eles como éramos com todos: nossa erudição nos colocava acima dos ricos e nossa posição social, acima dos estudiosos de arte.

"Chegamos à parte de Nova Jersey que é cheia de casas antigas de pedra, terrenos amplos e cavalos pastando. Na entrada da propriedade, passamos por um portão com pilares de pedra altos e, atrás deles, encontramos uma paisagem pastoril idílica. Ao passarmos pelos campos ondulados, o advogado apontou para um conjunto de prédios baixos.

"'Ali ficam os canis', disse ele. 'Sempre que fico para almoçar aqui, pergunto o que vai ser servido na casa principal; se não me agradar, vou comer no canil. Lá eles sempre servem bife.'

"Sorrimos educadamente, mas não rimos; não permitiríamos tal intimidade.

"Os Herdeiros criavam cães de exposição, assim como faziam as pessoas glamorosas dos anos 1930 e 1940. Eu adoro cachorros e estava curiosa para saber que raça os Herdeiros haviam escolhido, mas não queria puxar conversa com os advogados. Além disso, já tínhamos passado pelos canis, onde os cães estavam, lá dentro, invisíveis, comendo bife.

"Avistamos a casa ao longe: enorme e imponente com suas torres e chaminés. O acesso de automóveis serpenteava até lá passando por amplos gramados e terminava em um enorme círculo diante da porta da frente. Os advogados nos levaram até o hall de entrada. Era grande e sombrio com painéis de madeira escura, pé-direito alto e uma escada curva que levava ao andar de cima. Um homem de terno veio nos receber e guardar nossos casacos.

"Os advogados explicaram que a coleção estava espalhada pela casa. Teríamos que examinar todos os cômodos, tanto no térreo quanto no andar de cima, todos os corredores e todos os armários. Eles nos encontrariam para almoçar às 13h na sala de jantar. Concordamos com a cabeça e partimos com nossas pranchetas e fitas métricas.

"A casa era enorme e magnífica. As paredes das salas formais do térreo eram revestidas de painéis de madeira com sancas ornamentadas e enormes lareiras de pedra esculpida, além de grandes pinturas com molduras douradas. A maior parte da arte era europeia, embora também houvesse algumas paisagens impressionistas americanas de menor importância e alguns bronzes americanos.

"Comecei pela sala de estar. As pinturas eram medíocres. Muitas vezes facilmente identificáveis – paisagens fluviais oníricas de George Inness ou o cubismo fragmentado de John Marin –, mas às vezes você se enganava. É surpreendente como é difícil identificar uma obra não assinada, seja ela uma obra antiga ou tardia de um artista conhecido, uma cópia de baixa qualidade ou uma falsificação. Às vezes, há um desenho europeu no meio de uma coleção americana ou um feito por um americano que trabalhou na França. Às vezes, um quadro adorado de um artista importante se revela 'incorreto', isto é, não era de sua autoria, o que sempre causa considerável consternação.

"Às vezes, essas avaliações revelavam tesouros inesperados: uma enorme paisagem de Albert Bierstadt foi descoberta em um salão nos fundos de uma escola na Inglaterra. Em geral as descobertas eram mais modestas: em uma avaliação, revirei uma caixa de pequenas pinturas emolduradas em um porão e encontrei uma gravura de Whistler com sua assinatura em forma de borboleta. Quando contei aos clientes, eles não demonstraram nenhum interesse; me perguntei se eles sequer sabiam quem era Whistler. Mas eu fiquei feliz. Era sempre emocionante encontrar obras-primas – era sensacional, na verdade –, mas naquela coleção não havia nada disso, pelo menos não no meu departamento, e eu não esperava nada empolgante.

"Os móveis da sala de estar eram franceses: sofás estofados rígidos e cadeiras com pernas finas, mesas com tampo de mármore. Grant vinha me seguindo; Priscilla tinha ido para o andar de cima. Rex também entrou, parou perto de mim e pegou um vaso com detalhes dourados. Ele o virou de cabeça para baixo para ver o selo.

"'Nicolau II', disse ele. 'Muito interessante, não acha, ter a porcelana de um homem assassinado na sua sala de estar.' Ele falou em um tom exasperado. Gostava de dizer coisas chocantes.

"'Foi mesmo do czar?', perguntei. 'Ou foi apenas produzido durante o reinado dele?'

"'Aqui, veja o selo.' Ele estendeu o vaso, mas eu não olhei. Não sei nada sobre porcelana. 'Eu não teria objetos de uma vítima de assassinato na minha mesa de jeito nenhum', disse ele.

"Balançando a cabeça, Rex colocou o vaso de volta no lugar e continuou andando. Pensei na cueca de seda na gaveta da minha escrivaninha, em todos os objetos que tínhamos levado para casa e que pertenciam a pessoas mortas, mas não assassinadas. A procedência era importante no nosso mundo; um longo histórico de proprietários conhecidos aumentava o valor de uma peça. Por que era um sinal de distinção possuir algo que tinha séculos de idade, que havia sido propriedade de gerações de pessoas já falecidas, mas sinal de mau gosto ter algo de alguém que havia morrido recentemente?

"Fazia sentido pensar nisso?

"A sra. Herdeira tinha bronzes por toda parte, em todas as mesas, em todas as estantes, em pares na cornija de pedra de cada uma das lareiras. Eram peças escuras e pesadas, animais presos em garras mortais, humanos torturados em *contrapposto*, sem graça, deprimentes ou piegas. Rosa Bonheur e Louis Barye. Verifiquei cada uma para ver se eram americanas, mas a maioria era europeia, então deixei-as para Grant.

"Tinha terminado os ambientes do térreo e subi as escadas. Grant estava parado ao lado de uma mesa no corredor e ergueu uma estatueta pequena quando me aproximei.

"'Aí está você', disse ele. 'Se quiser ver como um boi repousa, é assim.'

"'Essa peça é o *Boi em repouso*?'

"'*Boi em repouso*', confirmou ele, assentindo. 'Ela foi ao abatedouro para ver como eles ficavam.'

"'Não imagino que houvesse muitos bois em repouso em um abatedouro', eu disse. 'É mais provável que seja, na verdade, o *Boi moribundo*.'

"'De qualquer forma, Rosa Bonheur estava lá fazendo esboços', disse Grant. 'Só para você saber.'

"Caminhei até o fim do corredor, onde havia outro bronze. Uma mulher nua, parecida com uma ninfa, inclinada. Ela havia levantado o torso do chão, sustentando o peso com as mãos e pressionando os dedos dos pés contra a nuca.

A pose era claramente romântica e secretamente erótica. Me lembrou uma escultora americana que eu conhecia, então peguei a escultura para dar uma olhada na parte de baixo, mas não havia marcas. Procurei Grant, mas ele tinha ido na outra direção. Estávamos agora quase em extremidades opostas do corredor; então, quando falei, minha voz saiu muito alta. Os advogados estavam lá embaixo e não havia mais ninguém na casa que eu pudesse incomodar.

"'Você viu essa mulher nua saída de um filme de *soft porn*? Parece uma Harriet Frishmuth, mas não estou vendo nenhuma marca.'

"Grant se virou e, em vez de responder, atravessou o corredor depressa. Quando chegou até mim, pegou a estatueta.

"'Europeia', disse ele, 'Já dei uma olhada nela.' Ele colocou a estátua de volta no lugar e se aproximou, inclinando-se, a voz em um tom reservado e urgente. 'Ela está aqui.' Ele olhou para mim com expectativa.

"'Ela quem?', perguntei, mas por sua maneira de se comportar percebi a quem ele se referia. Foi um choque. 'Aqui?' Apontei para o chão. 'Aqui na casa?' Agora eu estava sussurrando.

"'No quarto', respondeu Grant.

"'No quarto', repeti, absorvendo a informação.

"'No oxigênio. Praticamente vivendo com a ajuda de aparelhos.'

"Eu achava que a sra. Herdeira estava em outro lugar, sei lá onde. Achava que estávamos livres para perambular por aquele grande mausoléu repleto do espólio da família rica, livres para julgar sua coleção, seu gosto, sua casa. Senti um aperto no peito.

"'Ela está...' Eu não sabia como terminar a frase.

"'Não', respondeu ele. 'Está em coma.'

"Ela estava ali, deitada na própria cama, no próprio quarto, silenciosa, mas presente naquela casa onde tinha vivido por décadas, reinando sobre tudo, os cães nos canis e seu cardápio, as colinas onduladas, o grande círculo de cascalho junto à porta principal, a sala de estar com sua enorme lareira de pedra, a arena de exposições de cães de Westminster... tudo isso tinha feito parte de sua vida. Todas aquelas coisas ainda eram dela, deitada na cama de olhos fechados, a mente se obscurecendo, o oxigênio sibilando para dentro de seus pulmões, uma agulha penetrando profundamente sua carne flácida, o corpo imóvel apenas uma elevação sob os lençóis da cama ornamentada. Havia quanto tempo ela estava daquela maneira? Quando os advogados tinham decidido que era hora de nos chamar? Estávamos avaliando o espólio de uma mulher ainda viva. A ideia era mórbida.

"'Onde?', perguntei, sussurrando.

"Grant apontou para uma porta no meio do corredor.

"'Tem obras de arte lá dentro? Eu tenho que entrar?'

"Ele fez que sim. 'Algumas aquarelas. Não vai levar muito tempo. Tem uma enfermeira lá.'

"Grant me olhou fixo até eu assentir. Então devolveu a ninfa de bronze ao lugar dela e se afastou pelo corredor.

"Tive medo de entrar no quarto.

"Vistoriei o resto do corredor primeiro. Dei uma olhada nos quadros – a maioria deles gravuras francesas –, aqui e ali uma estatueta de bronze sobre as mesas. Então criei coragem para entrar nos quartos. Havia apenas três portas. A primeira era de um quarto de hóspedes. Duas camas de solteiro com cabeceira de treliça francesa, luminárias espalhafatosas com cúpulas de tecido plissado. Uma grande escrivaninha francesa, uma *chaise longue*. Os quadros eram europeus, aquarelas, paisagens, duas francesas, uma espanhola. Senti o coração acelerar quando abri a porta ao lado. Outro quarto de hóspedes: uma cama de casal com cabeceira francesa entalhada, uma cômoda de mogno e uma escrivaninha francesa, austera e elegante. Nas paredes, aquarelas. Eram todas francesas, do século XIX, à exceção de uma gravura do americano Joseph Pennell. Eu a tirei da parede para medi-la e anotei as informações. Já tinha terminado aquele cômodo, mas fiquei protelando a saída. Havia algumas fotografias em cima da cômoda, e me abaixei para examiná-las. Eu sempre dava uma olhada em fotos de família.

"A primeira mostrava um menino montado em um pônei com as orelhas voltadas para trás. O garotinho semicerrava os olhos por causa do sol, as perninhas gordas mal compridas o bastante para que os pés alcançassem os estribos. A foto seguinte talvez fosse do mesmo menino, agora mais velho, vestindo roupa de tênis branca e um suéter com gola em V, segurando uma raquete de madeira. Em seguida, uma foto de formatura com beca preta e capelo. Me aproximei da foto para ver onde ele havia se formado. Abaixo da foto estava escrito: Universidade de Princeton. *Dei Sub Numine Viget*.

"Ao lado da cômoda havia uma estante. Curiosa, dei uma olhada nos títulos. *The Cruise of the Cachalot*, de Frank Thomas Bullen. *Roughing It*, de Mark Twain. *Moby Dick*. Hemingway e Fitzgerald. Muitos títulos dos quais eu nunca tinha ouvido falar, encadernações antigas e escuras das décadas de 1930 e 1940. Alguns livros de engenharia. Fui até a escrivaninha: mais fotos. Uma equipe de remo de camiseta e short, todos segurando um remo comprido, descalços em um píer. A foto oficial de uma equipe de remo, agora mais velha, todos sentados, vestidos com blazer branco e chapéu de palha. Aquela foto era em Oxford, de acordo com a legenda, e o barco deles tinha o nome inacreditável de *Indolente*. Devia ser o sr. Herdeiro na juventude. O quarto parecia ter parado no tempo, sem uso; mas, é claro, a sra. Herdeira era muito idosa, e o quarto de hóspedes não devia ser usado havia décadas. Pensei nela, imóvel sob os lençóis, no sibilo do oxigênio, e estremeci.

"Restava apenas uma porta. Girei a maçaneta com cuidado. A porta se abriu sem fazer barulho, e eu entrei. Havia uma cama enorme encostada na parede perto de uma janela do tipo *bay window* que dava para o gramado. Centralizada à janela, havia uma penteadeira e ao lado dela uma poltrona, na qual uma enfermeira de uniforme estava sentada. Quando entrei, ela olhou para cima e nos cumprimentamos em silêncio. A enfermeira estava com uma revista no colo. Tomando o cuidado de não olhar para a cama, comecei a examinar os quadros. Havia uma cômoda alta na parede oposta à cama, uma estante baixa e uma *chaise longue* forrada de tecido azul. Caminhei devagar junto às paredes, verificando cada quadro. Pensei ter reconhecido um Childe Hassam; mas, quando olhei no verso, a assinatura era de um artista francês do qual nunca tinha ouvido falar. Tive que ficar atrás da enfermeira para examiná-lo, e pedi licença em um sussurro. Ela assentiu rápido e continuou olhando para baixo: estava fazendo palavras cruzadas. De cima, percebi que seus cabelos escuros estavam cobertos por uma rede fina; dava para ver a trama entrecruzada.

"Acima da cama havia uma aquarela pendurada, uma grande paisagem assinada por Harpignies. Era francesa, portanto não precisava avaliá-la. Mas, ao olhar para a aquarela, não pude deixar de ver o que havia abaixo. Tentei não olhar diretamente, mas meu olhar se desviou e vi de relance uma cabeça apoiada em um travesseiro, cabelos brancos e olhos fechados, rosto amarelado. Estava parcialmente bloqueada por um suporte alto de metal do qual pendia uma bolsa de soro com uma cânula transparente que serpenteava até a cama. Também havia algum tipo de máquina conectado à mulher, emitindo um som ofegante regular. Era como uma mistura infernal de hospital e laboratório. Meu coração batia acelerado. Assustada, olhei de novo para a enfermeira. Ela acenou com a cabeça para mim e me afastei da cama. Ao me virar, vi a mão, enrugada e amarelada, horrível, imóvel sobre o lençol limpo.

"Terminei de examinar os quadros na outra parede e apertei meu bloco de anotações amarelo contra o peito. O quarto estava silencioso, exceto por aquele chiado ofegante. O quarto estava agora repleto do que acontecia nele. Os quadros, os móveis, os tapetes, todas as razões pelas quais eu estava ali tinham perdido o sentido. O que importava ali agora era uma marcha lenta e sombria que não podia ser detida.

"Caminhei até a porta sem fazer barulho e pus a mão na maçaneta. Olhei para a enfermeira e acenamos uma para a outra mais uma vez, como se tivéssemos nos tornado parceiras silenciosas em uma aventura. Abri a porta, saí, fechei a porta silenciosamente e me afastei. Meu coração estava acelerado, como se eu tivesse escapado por um triz de alguma coisa.

"Já passava de uma da tarde. Eu não tinha ousado olhar o relógio enquanto estava lá dentro, mas sabia que estava atrasada para o almoço. Desci apressada a escada curva, movendo-me sem fazer barulho, como se isso fosse necessário. Ouvia os outros na sala de jantar. Fui me juntar a eles: Grant, Priscilla e Rex. Os advogados também estavam lá, então o que quer que fôssemos comer seria melhor do que bife.

"Sentei-me no lugar vazio ao lado de Priscilla. Os quatro homens estavam sentados em uma fileira: Grant e Rex ombro a ombro, ladeados pelos advogados. É claro que os advogados queriam se sentar junto às pessoas importantes, e isso significava outros homens. Uma vez, fui atender uma cliente que tinha levado uma pintura para ser avaliada. Quando me viu, seu rosto mudou e ela perguntou se não poderia ser atendida por um homem.

"Grant estava sendo profissional. 'É uma coleção muito importante', disse ele ao Advogado nº 1. 'Há algumas peças muito boas. Excelentes bronzes.'

"É claro que eram apenas advogados, não colecionadores de verdade. Não saberiam diferenciar um bronze de um bronzeado.

"'Sim, é o que eu ouvi falar', disse o Advogado n° 1. 'Vários museus manifestaram interesse.'

"Grant fez que sim. 'Era de se esperar', disse ele. Mas não estaríamos lá se um acordo não tivesse sido assinado. Mas talvez estivéssemos apenas fazendo a avaliação para o inventário, e não para venda. 'Claro que um museu não aceitaria todo o espólio, apenas os bronzes.'

"'Provavelmente', disse o Advogado n° 2.

"'E provavelmente não estaríamos interessados no espólio sem os bronzes.'

"O advogado assentiu.

"'E os móveis?', perguntei a Priscilla. 'Alguma porcelana boa?' Eu ansiava por uma distração. Não queria pensar no corpo deitado na cama no andar de cima. Não ousei mencioná-lo na frente dos advogados.

"'Tem alguns móveis franceses muito bons, algumas excelentes porcelanas alemãs e algumas coisas simplesmente horríveis.' Ela fez uma careta e balançou a cabeça com pequenos movimentos rápidos. Desprezávamos as pessoas com dinheiro e bom gosto que podiam comprar coisas refinadas, mas preferiam comprar coisas de baixa qualidade. 'Um belo serviço de Meissen, um magnífico jogo de jantar de Sèvres, contei cento e setenta e oito peças. E também algumas imitações de Luís XVI, direto da loja de departamentos Sloan's.' Balancei a cabeça, concordando.

"A comida estava deliciosa. Primeiro tomamos uma sopa de pepino aveludada, depois comemos frango assado com ervas. Eu ainda estava pensando na figura deitada na cama no andar de cima, mas estava satisfeita por ter sido puxada de volta para aquele mundo tranquilo da arte e da fofoca. Os primos de Priscilla moravam nas redondezas, e ela começou a nos contar sobre a política do clube de caça local, a dificuldade de tornar-se membro e o comportamento escandaloso das pessoas para conseguir entrar.

"'Esses recém-chegados não sabem nem montar, sabe', disse Priscilla, como quem conta um segredo. 'Eles se inscrevem para serem membros e mal sabem andar de bicicleta.'

"'Que tipo de cães eles criam?', perguntei. 'Aqui. Os que almoçam filé.'

"'Schnauzer', respondeu Priscilla. 'Aqueles cães terríveis e nervosos que mordem as pessoas só de olhar para eles. Não suporto. E também rottweilers e dobermans. Ela gostava de raças alemãs.'

"'Schnauzer', repeti.

"'Prefiro retriever', disse Priscilla. Ela falava rápido e com muita convicção. 'Ou cães de pastoreio. Não essa criatura neurótica que late sem parar e, quando não está latindo, está mordendo.'

"Eu também não gostava de schnauzer, e essa era mais uma forma de me afastar do quarto no andar de cima.

"'Eu gosto de border collies', falei. 'E poodles grandes.'

"'É, se você não se importar de gastar seu salário inteiro com a tosa', Priscilla rebateu na hora. Ela tinha opinião sobre tudo.

"Eu não queria discutir com ela.

"'Não, os schnauzers deles eram famosos e ganharam zilhões de prêmios, mas também tinham alguns cães de estimação. Uns vira-latas e... o que mais, corgis? Não lembro. Estivemos aqui há alguns anos, quando os cachorros viviam correndo pela casa. Eram de uma raça que o filho adorava.'

"'O filho?', perguntei. 'Pensei que eles não tivessem filhos.'

"'Não, eles tiveram um filho', disse Priscila. Ela agradeceu rapidamente à empregada que retirava os pratos de sobremesa. 'Não, eles tiveram um filho. Ele morreu.'

"Então o filho era o menino montado no pônei, o que estava se formando. Aquele era o quarto do filho.

"'O que aconteceu com ele?', perguntei.

"'Ele morreu', Priscilla repetiu. 'Ele morreu e os dois nunca superaram a perda. Queria ser piloto e ingressar na Força Aérea. Eles não deixaram – ela não deixou –, ela achava muito perigoso, e então o mandaram para a França para se tornar engenheiro. Eles amavam a França, dá para perceber pela coleção.'

"'Como aconteceu?', perguntei. 'Ele morreu na guerra?'

"Priscila fez que não. 'Nada tão grandioso. Acidente de carro. Ele bateu em uma árvore. Morreu na hora. Isso quase destruiu a mãe. Ela recebeu a notícia por telegrama, em francês. Dizem que ela leu várias vezes, tentando fazer com que significasse outra coisa. Ela nunca se recuperou de verdade. Foi aí que fecharam a casa em Nova York.'

"Ela olhou em volta. 'Eu gostaria de tomar mais um pouco de água. Não quero vinho; não se deve beber em uma avaliação.' Enquanto ela falava, um homem apareceu com uma jarra de água gelada. Ele se inclinou por cima do ombro dela e encheu a taça.

"'Obrigada!', disse Priscilla, abrindo um sorriso instantâneo. 'Perfeito.' Ela tornou a se virar para mim. 'Eles ficaram arrasados, e a morte foi uma notícia de repercussão nacional, porque eles eram muito conhecidos. Naquela época, você sabe, as pessoas amavam os ricos. Todos aqueles filmes sobre homens de cartola e mulheres com colares de esmeralda. Fred Astaire e casacos de pele. Então todos conheciam a família, embora eles fossem discretos e detestassem aparecer. Exceto quando os cães venciam em Westminster. Disso eles tinham orgulho. Quando o filho morreu, não queriam que ninguém descobrisse, mas mesmo assim o país todo ficou sabendo. Então eles se tornaram reclusos.'

"Achei tudo aquilo terrível, chocante.

"Pensei na mãe lendo o telegrama várias vezes, naquela linha de palavras digitadas em francês recusando-se a se traduzir em qualquer outra mensagem. O menino com seu remo no cais. Os livros na estante: eu já o conhecia como pessoa.

"'A propósito', disse Priscilla, baixando a voz, 'a tampa do caixão está aqui.'

"'O quê?', perguntei.

"'Aqui na sala', disse Priscilla. Ela bateu na mesa com as unhas bem cuidadas. Tínhamos terminado o *crème brûlée* e era hora de voltar ao trabalho, andar pelos cômodos e avaliar itens.

"'Como assim aqui?', perguntei.

"'Vou te mostrar', disse ela, e abriu um sorriso radiante para o homem que servia o café. 'Não, muito obrigada.'

"Ninguém queria café, ninguém queria continuar ali, todos se levantaram. Enquanto os outros saíam da sala, Priscilla me conduziu rapidamente até uma porta que dava para uma espécie de jardim de inverno. Nós duas entramos e ela fechou a porta. Na parte de trás estava pendurada uma tábua grande de madeira polida. O formato era inconfundível: estreito na parte superior, mais largo na altura dos ombros, depois uma linha afunilada em direção à parte inferior. Os pés. Na madeira havia uma placa de metal com o nome e as datas. Ele tinha vinte e dois anos.

"A tampa estava pendurada na porta. Durante todas as refeições ela ficava ali, escondida, presente. Era o único objeto da casa que era verdadeiramente deles, insubstituível, de valor inestimável.

"Fiquei admirando a tampa pelo que pareceu um longo tempo. O terrível brilho suave da madeira – era carvalho –, o polimento do latão. Aquele objeto representava toda a vida dela, na verdade. Era o objeto mais valioso do mundo para ela. Todos aqueles bronzes de animais e todos os móveis franceses, nossos comentários inteligentes e depreciativos. Tudo isso se esvaiu como espuma numa torrente. Eu não conseguia dizer uma palavra sequer e não queria olhar para Priscilla porque estava com lágrimas nos olhos.

"Em seguida, peguei minhas coisas e fui para os cômodos dos fundos terminar minha avaliação. Não havia muito o que ver nas cozinhas, nas despensas e nos armários de louça. Havia apenas reproduções emolduradas nas paredes. Mas meu humor tinha mudado. O que havia de errado em pendurar um belo quadro na parede? Que importância tinha se era uma reprodução? E, durante toda a tarde, enquanto andava de cômodo em cômodo, abrindo portas, examinando quadros, não parei de pensar naquele pedaço de carvalho polido. A implacabilidade arrepiante de seu formato. As datas. Pensei na casa da Quinta Avenida, nas venezianas de metal.

"Depois disso, por anos a fio, sempre que ia fazer uma avaliação em algum lugar, eu me lembrava daquela mulher deitada na cama no andar de cima, do chiado ofegante da máquina. De sua mão amarelada e do pedaço de madeira polida pendurado na porta da sala de jantar."

O som da voz de Whitney pairou no crepúsculo que se aproximava.

– Meu Deus – sussurrou Eurovision. – A tampa do caixão.

– Vocês acham que o enterraram sem a tampa? – perguntou Hello Kitty lentamente. – Que maluquice.

– *Por favor* – disse Eurovision, voltando-se para ela. – Você tem que ter um comentário sarcástico para tudo? Essa é uma história trágica à beça. Você faz alguma ideia do que significa não *julgar* tudo o tempo todo?

Pensei em todas as coisas que o ex-zelador havia deixado para trás e, de repente, me ocorreu um pensamento chocante – não sei por que não pensei nisso antes – de que talvez ele não tivesse deixado o prédio: talvez ele tivesse *morrido*. Que outra razão teria para não ter levado embora as cinzas de seu bicho de estimação? Olhei em volta. Será que eu teria coragem de perguntar? A maioria dos moradores devia saber da morte dele. Mas, antes que eu pudesse me decidir a falar ou não falar, Próspero começou a rir.

— Negação. Negação do significado das palavras do telegrama. Negação da morte e do sepultamento do filho. Negação da própria morte. Assim como agora. Os necrotérios estão lotados, os cadáveres se amontoam na Ilha de Randall, em contêineres refrigerados nos campos de futebol. Nada de vigília junto ao leito de morte, nada de funerais, nada de enterros. É tudo uma grande negação.

— A covid acabou com nossas cerimônias em torno da morte — disse a Dama dos Anéis, assentindo para La Reina, claramente ainda pensando na história da morte do pai dela, muito tempo antes, no "somos" sussurrado pela avó.

— Mas que imagem a da mulher idosa deitada, em coma — disse Darrow —, cercada por seus objetos, seu dinheiro, sua arte e tudo que preenchia e protegia sua vida. Mas a coisa mais importante que ela tinha se fora: a lembrança do filho. Desaparecida de seu cérebro arruinado. Para onde foi?

— De acordo com os físicos, a informação no universo não pode ser criada nem destruída — disse o Poeta com os olhos semicerrados. — Então tudo ainda está por aí, em algum lugar. O filho dela, as lembranças que ela tem do filho, as lembranças que ele tem dela... tudo ainda está por aí, em algum lugar entre as estrelas.

Flórida balançou a cabeça.

— *Santo cielo*, que discussão sem sentido! Vocês complicam demais as coisas! Se quiserem respostas, vão à igreja. É simples.

— Por aí, em algum lugar — repetiu uma jovem na penumbra da nossa reunião. Ela disse isso de novo, mais alto. — Em algum lugar por aí.

Eurovision me lançou um olhar acusatório, como se fosse eu quem estivesse convidando todos aqueles estranhos para o telhado. Ele mudou de expressão e se virou para a recém-chegada.

— Sim, seja bem-vinda. O que... Hum, em que apartamento você mora?

— 6E. Eu sou a Pardner. Acho que vocês conhecem minha mãe. — Sua voz era suave, calma e sonhadora.

— Você é a filha? — perguntou Eurovision. — Das histórias de Pardi?

A jovem fez que sim.

— Há histórias dentro das histórias nas histórias da minha mãe. E histórias no apartamento onde morávamos. Jericho, meu pai, escondia diários nas paredes. Encontrei pelo menos três. E encontrei um bilhete que ele escreveu para minha mãe, mas não deixou para ela encontrar. Dizia: "Tenho vergonha do que me fez quem sou. Amar uma mulher negra não muda isso. Cantar blues não muda isso. Obrigado por não me recriminar por minha gente." Depois ele contava uma história sobre o avô dele e mangueiras de jardim.

"Por fim, escreveu: 'Perguntei a você sobre o rifle porque sabia o que você não sabia, o que seu pai estava pensando naquela noite no píer. Mas ele se apoiou em você e morreu de causas naturais na própria cama. Eu não vou fazer isso. Não posso separar você do meu desejo de ser negro. É muito difícil ser um cantor de blues texano e não ser negro. E ao mesmo tempo é muito mais fácil ser um cantor de blues texano e ser branco. Estou fodido.' Fico feliz que ele não tenha deixado esse bilhete para ela. Se minha mãe estivesse aqui, eu não contaria nada disso a vocês.

"E também não contaria sobre os fantasmas.

"Tem dois fantasmas no meu apartamento. Um deles veio comigo do Mississippi. O outro já estava aqui. Rosie fala em versos e está farta dos brancos. Está farta dos brancos desde que nasceu, no Mississippi, provavelmente noventa anos atrás. O outro eu chamo de Branquelo Fantasma. É uma espécie de profeta. Branco, e bem caipira, e de certa forma também está farto dos brancos. Às vezes, se acha o mais negro de todos. Rosie o detesta.

"Branquelo Fantasma diz que é difícil ter nascido em um mundo onde só o fato de ter pele branca e um pau já te dá uma vantagem, mas aí você acorda um belo dia e descobre que quem tem buceta de repente está em vantagem. Ou pessoas de pele negra estão em vantagem. Pessoas negras e com buceta? Nem queiram saber. Ficar pensando nisso, em como pessoas que começam atrás de você acabam na sua frente, acaba com qualquer um. Ou, se você for Branquelo Fantasma, acaba morrendo.

"Rosie diz que ele é só um fantasma que quer virar anjo, e pensa que eu sou o caminho para ele dar no pé. Eu adoro a Rosie. Ela sempre diz a verdade, doa a quem doer.

"Uma noite dessas, derrubei uma taça de vinho tinto no chão – Branquelo Fantasma estava fazendo profecias malucas de novo – e Rosie mergulhou em uma espécie de devaneio. Começou a fazer perguntas.

Pode um som acender as luzes?   *Ha!*
A luz
se curva   sobre o corpo dela por tempo   suficiente
para medir sua presença   ali?
Ó,   a madeira preserva

                              o sabor?

"Branquelo Fantasma adora Rosie. Ele acha que está na igreja do blues. Acha que aquilo é um canto responsorial.

"'Continue falando sobre o sabor da madeira, garota.' Seu dente de ouro brilha. Ele acha que tem um charme desbocado. Eu fiquei só esfregando o chão e ouvindo.

"Rosie baixou a voz e foi até ele.

Quanta madeira do Sul carrega o gosto
do suor das coxas   de uma mulher negra?   Que
madeira não gostaria de carregar?

"Nesse momento, penso na gota que escorre pela parte de trás da minha perna enquanto limpo o vinho – tentando remover a mesma mancha vermelha e pensando em como Rosie e eu, tão longe e ao mesmo tempo ainda não, chegamos do Mississippi até essa perspectiva de homem branco que é Nova York. Será que vou deixar meu sal neste solo? Será que herdei da minha mãe algum tipo de suor de sobrevivência? Será que deixa em mim um sabor diferente quando não estou no Sul? Será que a madeira tem um sabor diferente no Norte? Suspeito que Branquelo Fantasma pudesse me dizer, imagino-o pressionando a língua nos veios da madeira, na parte interna da minha coxa, se eu permitisse...

"*Ooh terra e carne*, Rosie diz.

"*Ooh madeira e água*, agora ela está empolgada. Seus olhos estão fechados. Uma flor no cabelo. O vestido pende sobre o corpo, ajustando-se aos quadris, e ela se balança durante o sermão. Branquelo Fantasma abaixa a cabeça. Ele sempre faz isso quando sabe que ela está prestes a começar um sermão que se eleva acima de sua própria voz até personificar o próprio Delta – o nome desse lugar significa mudança.

Acontece que eu afundo, reluzente, sob seu joelho dobrado
acontece que eu me encho sob a pressão do seu pé calçado   e me agito,
acontece que suas mãos vermelhas de dor   continuam   cantando sangue
em minhas águas – acontece que

eu   preciso   da srta. Rosie,
*   Certo?*
Ela. meu. alimento.   Certo?

Sua doce música/anima/meus sinais vitais. Nutre-os. Pode um lugar
ter uma preferência? O Senhor
sabe que este lugar não é como Deus –

equânime –
Sim, embora eu me alimente dela,
Seu sofrimento me dói, ainda assim.

"Quando acaba, eu e Branquelo Fantasma estamos encostados um no outro no sofá, e nós dois enxugamos uma lágrima ou coisa do tipo. Desejando ter o dom da palavra ou coisa do tipo.

"Rosie deixa um pequeno e agudo 'Rá!' escapar dos lábios.

"Branquelo Fantasma estremece e estica as pernas. 'Não dá para acreditar nessa merda.'

"Rosie ainda está encostada na porta do meu quarto, parecendo viva em seu vestido vermelho, e agora está fumando. 'Você não nos merece, branquelo.'

"'Claro que mereço. Esse não é meu violão... não é o violão de um branquelo que dá à senhorita de-branca-não-tenho-nem-um-fio-de-cabelo todas as suas músicas? Os sons que mantêm a luz acesa, como você diz?'

"Então meus fantasmas começam a rir juntos de mim. Eu não me importaria, não fosse o fato de que é deles que tiro todas as minhas palavras, e não quero que minha própria voz me assuste ou me magoe.

"'Rosie', digo. 'Posso ser a terra agora? Posso falar um pouco por ela?'

"'O que você sabe sobre a terra, morena?' Branquelo Fantasma pensa que por ser do campo ele sabe mais sobre corpos negros do que poderia ou deveria. Ou pelo menos mais do que eu. Meu Deus, como ele se engana. 'O que você sabe sobre a terra, garota da cidade?'

"'Ela sabe o suficiente', Rosie me defende. 'Vá em frente, minha menina. Vamos ouvir o que você trouxe.'

"Veio de algum lugar fora de mim, ou de uma parte dos meus ossos e do meu sangue que já estava decidida antes mesmo de eu nascer. Talvez de Meridian, como minha mãe conta. Do ritmo, como Branquelo Fantasma me ensinou. Como aprendeu com Rosie quando ainda estava vivo – ele precisava da ideia dela todos os dias de sua vida –, acho que ela o assombrava sem saber. Na maioria das vezes eu sou a forma que eles têm de se comunicar. Um psicopompo de pantufas. Esta noite sou um tipo diferente de testemunha.

Me chame
de berço
e de ninho –

"'É um começo, é um começo.' Branquelo Fantasma acha que tem o direito de dizer algo a respeito.

"'Cale a boca, garoto.' Rosie sabe que ele não tem, e eu também sei. Eu continuo.

Me chame de   Mississippi

"'Merda!', ele sussurra.
"'Mmm. Shh.' Ela sabe.

*Eu sou
todo   o mal
do Éden
e toda a esperança que ele abriga   antes
e depois —*

                    de caírem,
*digo,
Alimente-me, Mississippi*

*digo,
Descanse-me, Mississipi.   Está vendo isso,
meu punho? Está vendo isso, meu crescimento furioso?*

"Branquelo Fantasma balança a cabeça. Acende um cigarro.

*Digo
Do anoitecer ao anoitecer,
Mississippi — Veja-me
cultivar
esses feijões
do anoitecer. Penso,
feijão branco
e bacon salgado
macios   quase doces
e com pimenta.
Deslizam pela sua língua*

                    anoitece

"Sinto meus pés começarem a bater em uma cadência, minhas mãos tamborilam meu esterno, a lateral da minha coxa.

para impedir que meu ventre
encoste na espinha

                        anoitece
por um tempo.   Digo
Ó Deus, me ajude a comer
para sobreviver
Digo
Ó Senhor, deixe esta colher me alimentar,
este lábio curvado
que contém
sua pequena aliança – hoje
vou comer.
Sim, comi todos eles,
como
todos eles.   Deixei
o mato crescer
e crescer e crescer
e crescer e
esta planta verde

                    me adora,
                    me adorna,
e eu a deixo   viver,
viver e se alimentar de coisas
que as pessoas tentam
proteger.
Esta casa – rá!
Seus alicerces – não são nada.
Eu a deixei comer
esses corpos negros – sim

              me veja criar
um mosquito – sim,
que vai comer e comer e comer

um homem vivo
e ainda assim
deixo viver e viver
e viver.

"Enquanto eu falava, Branquelo Fantasma deslizou no sofá, todo magro e solto.

"'Vocês, garotas de pele marrom', ele diz do chão. 'Sua hora chegou.' Ele se deixa cair aos pés de Rosie.

"'Do que ele está falando, minha menina?' Ela deixa a fumaça do cigarro sair pela boca e pairar sobre os olhos fechados dele como uma longa arma fantasma.

"'Vocês, garotas cor de caramelo. Não me refiro às de pele morena muito clara, mas às médias', ele abriu os olhos e ergueu um brinde a nós duas, 'chegou sua hora. O mundo está pronto. É hora de mostrar ao mundo o que o mundo não pode ver. Diga comigo, garota. Eu sei que você sente que está chegando.'

"E ele tem razão. Ele também pode me defender quando quer. Encontramos juntos as palavras —

Dê-me um pouco de sal fresco, Rosie —
Goteje em mim esse suor bom, Rosie —
Sim, dê-me do seu lábio superior, do seu joelho dobrado, do meio dos seus seios —
Encha-me do sal do seu trabalho duro e dos seus lamentos, Rosie —
Alimente-me com o sangue da suas mãos, que lava em meu rio —

"Branquelo Fantasma fica de joelhos. Agarra-se ao vestido de Rosie. Olha para o rosto dela e me dá a última palavra.

Eu conheço você, garota. Eu sou você, mulher. Venha e veja.

"Rosie coloca a mão na bochecha dele e se desvencilha de seu abraço.

"'Não seja como eu, boneca', diz ele. 'Não consigo ficar parado e não consigo ficar em nenhum lugar agradável por muito tempo.'

"Rosie não diz nada, mas sei que ela o ouviu. Ela se serve de uma bebida e fica mexendo o copo por um bom tempo.

"'Não. Nenhum lugar agradável por muito tempo. Nem mesmo minha mente ou meu coração. Veja, primeiro você corre para casa, corre para cá, para longe de todos os lugares e rostos lá fora. Depois você se afasta dos lugares agradáveis em sua cabeça.'

"'Todo vício e nada de bom.' Eu sorrio. 'Ainda vai acabar morto, perseguindo a morte desse jeito, em vez de viver como deveria.'

"Pela primeira vez, Branquelo Fantasma não tem nada a dizer para nenhuma de nós duas. Ele apenas se levanta e pega o violão.

"É incrível vê-lo tocar, a maneira como a mão se movimenta pelo braço do violão. Ele tem razão, às vezes não consegue ficar parado. Não consegue nem sequer manter os dedos imóveis por tempo suficiente para tocar um acorde à moda antiga. Sempre tem que acrescentar uma nota dobrada, uma nota fora e, às vezes, acho que até Rosie reconhece que ele sabe tocar o blues.

"Esta noite ela começa a cantar, dá-lhe a sua bênção em forma de compasso:

Faça o que eu digo, garotinha, não, não, por Deus, não o que faço,
Faça o que eu digo, minha querida, e não o que eu faço,
Você precisa de um perdão nesta vida,
Então aceite este que estou oferecendo a você.

"Branquelo Fantasma termina de tocar, mas continua segurando a caixa do violão como se fosse um objeto delicado, e Rosie molha os lábios com o copo, e eu amo os dois. Viver com fantasmas significa que você nunca vai temer, ou ser, seu primeiro fantasma."

—◆—

Ela havia terminado. À medida que sua voz se extinguia, uma frase foi gravada em minha mente: *Viver com fantasmas significa que você nunca vai ser seu primeiro fantasma*. Eu estava vivendo com fantasmas. Talvez todos nós estivéssemos ali compartilhando nossas lembranças.

— Eis um tipo diferente de história de fantasma — comentou Vinagre em meio ao silêncio geral. Talvez Rosie e Branquelo Fantasma estivessem ocupando o 2A à noite. Esse pensamento quase me fez sorrir.

— Essa Rosie — disse Wurly de repente — é a srta. Rosie de quem sua mãe falou, da música "Midnight Special", de Leadbelly?

— É — confirmou Pardner.

— E esse seu Branquelo Fantasma, o cara branco, você disse que ele sabe tocar blues? Não é pouca coisa esse elogio.

— Não, não é mesmo.

— "Midnight Special" — disse Wurly. — Não consigo pensar em nenhuma outra música que tenha viajado tanto o mundo e tocado tantos corações. Paul Evans. Johnny Rivers. Creedence e Little Richard. Até ABBA.

— É um sentimento humano — disse Pardner. — Estamos todos na prisão, esperando que a luz nos ilumine. Leadbelly conheceu essa música quando estava na prisão de Texas Sugar Land, perto dos trilhos do trem. Quando a cela dele era iluminada pela luz do trem, que entrava pela janela, a srta. Rosie estava vindo em seu socorro para lhe conceder o perdão e libertá-lo.

Ela ficou em silêncio por um momento, respirou fundo e cantou, com a voz suave e melodiosa:

Yonder comes Miss Rosie, how in the world do you know?
Well, I know her by the apron and the dress she wore.
Umbrella on her shoulder, piece of paper in her hand,
Well, I'm callin' that Captain, "Turn a-loose my man".

Let the midnight special, shine the light on me,
Let the midnight special, shine the ever-lovin' light on me.[5]

---

[5] "Lá vem a Srta. Rosie, como é que você sabe?/Bem, eu a conheço pelo vestido e pelo avental. Sombrinha no ombro, pedaço de papel na mão,/Bem, vim falar com o capitão: "Solte meu homem."/Que o Midnight Special me ilumine,/Que o Midnight Special nos ilumine com a luz do amor eterno." O Midnight Special era um trem que passava pela prisão estadual da Louisiana. (N. da T.)

— Já ouvi histórias demais sobre fantasmas — disse Eurovision, irritado, começando a arrumar seu alto-falante e beber enquanto os sinos da velha Saint Pat começaram a tocar. — Amanhã vamos contar histórias sem mortos e fantasmas, pode ser?

— Como se você pudesse falar alguma coisa com toda aquela sua bobagem sobre a "importância do trauma". — Hello Kitty revirou os olhos. Ele a ignorou.

Enquanto recolhíamos nossas coisas, ouvi Pardner dizer, sem se dirigir a ninguém em particular:

— Tenho que encontrar minha mãe.

Ela pareceu sumir nas sombras. Enfiei a garrafa térmica e o caderno na bolsa, desliguei o gravador do celular, coloquei-o no bolso e corri para sair com os outros. Eu estava tão ansiosa quanto Eurovision para sair do telhado esta noite. Acho que estávamos todos nos sentindo um pouco rodeados de fantasmas. Descemos a escada estreita mantendo dois metros de distância um do outro, de volta ao prédio em ruínas, para fazer sabe-se lá o que cada um de nós fazia naquelas longas noites de covid.

Talvez estivéssemos todos voltando para nossos fantasmas.

Décimo terceiro dia
12 DE ABRIL

CANSADA DO MEU MAUSOLÉU NO PORÃO, FUI A PRIMEIRA A CHEGAR ao telhado de noite, levando uma garrafa térmica cheia de Moscow Mule bem forte. A primavera já deveria estar em flor, mas um dia escuro e chuvoso dera lugar a uma noite ainda mais escura, e um vento intermitente soprava no telhado, que estava coberto de poças e cheirava a alcatrão e terra úmida. Em algum lugar, havia um pedaço de metal solto, e cada rajada o fazia chacoalhar.

Eu me sentia desequilibrada. Tinha ventado o dia todo, as correntes de ar povoando o prédio de rangidos e estalos. Eu tinha esquecido que era domingo de Páscoa até ver que alguém havia pintado no mural, ao lado de Deus e de Sua caixa de coelhos, um outro coelho, de olhos grandes e sentado em um ovo de Páscoa. Meu pai sempre dera muita importância à Páscoa. Em geral a celebrávamos só nós dois, mas comíamos cordeiro assado e fazíamos uma competição de batidinhas de ovos. É uma tradição romena: você decora ovos cozidos e depois bate uns contra os outros, e o que não quebrar vence. Meu pai dizia que bater ovos com entes queridos na Páscoa garantia que você os veria de novo após a morte. Parece bobagem, e eu gostaria de ter perguntado a ele o porquê. Eu me senti péssima ao pensar na Páscoa sem meu pai. Mas, depois das histórias de morte e fantasmas de ontem, e de uma longa noite de insônia, hoje decidi adotar um novo mantra: *meu pai está morto*.

Suponho que este seja o momento de dizer que finalmente parei de tentar ligar para o Solar Verdejante. Do ponto de vista mental, eu já não aguentava mais: o som interminável do toque do outro lado da linha, a voz robótica: "Este número está desligado ou fora de área..." As notícias sobre o número impressionante de mortes em lares de idosos não param de chegar. Maine também tinha passado esse tempo todo tentando me ajudar, e ela está tão angustiada quanto eu por também não ter conseguido falar com ninguém. Estamos todos isolados, perdidos, à deriva, pulverizados e separados.

Então, já que não tinha como saber se meu pai estava vivo ou morto, tive que escolher. Esta manhã, decidi: ele estava morto. Se está morto, está seguro. Eu esperava que isso pusesse fim às horas olhando para o teto, tentando afastar as imagens terríveis da minha cabeça. *Ele está morto.* Simples e de um horror surpreendente, mas pelo menos um fato ao qual posso me agarrar. Tentei imaginá-lo passeando por aquele ridículo céu ortodoxo romeno do qual o patriarca sempre falava, com nuvens e anjos cantando e todos olhando para Deus em adoração infinita – o mundo no qual meu pai acreditava com tanto fervor. Eu não conseguia sentir isso. Outro problema era que eu *não sentia* que ele estava morto – ele continuava sendo uma presença muito vívida na minha cabeça. Mas antes que perdesse a cabeça de tanto me preocupar, presa ali sem nenhuma maneira de falar com ele, eu tinha que fazer algo a respeito, dizer a mim mesma alguma coisa que funcionasse. Pode me julgar, se quiser.

Ao chegar ao telhado, Eurovision parou ao lado do coelho recém-pintado e recebeu os elogios de todos sorrindo e cumprimentando-os com a cabeça como um padre na porta da igreja na liturgia dominical. Eu não fazia ideia de que ele celebrava a Páscoa. Talvez apenas gostasse de coelhos. Em caixas ou fora delas. Flórida cumprimentou-o de maneira particularmente simpática e fez o sinal da cruz diante do mural.

A Dama dos Anéis estava usando um lenço novo no pescoço, não o Hermès que havia sido sacrificado para fazer a máscara, mas uma bandana turística barata "Eu [coração] Nova York". Em vez de se sentar, ela foi até o parapeito e olhou para fora. Apontou para os terrenos baldios cheios de entulho que circundavam o prédio, onde novos arranha-céus seriam construídos.

– Olhem só isso – disse ela. – Estão destruindo tudo. Um admirável mundo novo se avizinha.

Tomei um gole da minha bebida, e depois outro, e logo senti a primeira onda de álcool subir à cabeça. Tinha sido mais um dia de mortes e sirenes: com

188.694 casos, o estado de Nova York tinha agora mais registros de covid do que qualquer *país* do mundo. Mais até do que a Itália e a China. Cuomo ordenou que todas as bandeiras fossem hasteadas a meio mastro, e não disse quando serão erguidas novamente. Ele e todos afirmaram que o surto está começando a se estabilizar, que já atingiu o pico, que agora vai diminuir. Fiquei me perguntando por quanto tempo ainda vamos bater panelas e frigideiras. Estou cansada disso. De tudo isso.

Olhei em volta, mas não vi a jovem, Pardner, que havia contado a história de fantasmas na noite passada, nem Pardi. Estava preocupada com ela, para ser sincera. Além disso, queria perguntar sobre os passos que ouço no 2A. Os fantasmas dela andavam na ponta dos pés usando meias?

— Saudações a todos... Bem-vindos ao telhado — disse Eurovision, quando os elogios ao seu coelho começaram a diminuir.

— Mais alguém acha que o prédio é mal-assombrado? — perguntou Darrow de repente.

Isso chamou a atenção de todos.

Ele enfiou as mãos nos bolsos do terno elegante, parecendo estranhamente inadequado.

— Eu, ah, enfim peguei meu binóculo e dei uma olhada no canteiro de obras lá embaixo, onde acho que aquele tal de Gund pode ter caído — continuou Darrow. — Não tem nada lá. Mas ele veio e foi embora sem usar a escada, né? O que me leva a pensar que talvez ele fosse... um fantasma.

— Pensei que não fôssemos falar de fantasmas — disse Eurovision.

— Às vezes ouço passos e barulho de água correndo no apartamento abaixo do meu, que tenho certeza de que deveria estar vazio — disse Wurly, que mora no 3A. Ele percebeu quando levantei a cabeça, sobressaltada. — Ei, o seu apartamento não é o 1A? Você ouve alguma coisa no apartamento de cima à noite?

— Ouço — respondi, gaguejando. — Mas já fui ao apartamento algumas vezes. Está vazio.

— Talvez seja o fantasma do velho que morreu no 4C — disse Hello Kitty.

— Às vezes sinto uma presença fria passando pelos corredores — confessou Flórida.

— É por causa das correntes de ar — disse Vinagre.

Eurovision zombou.

— Façam-me o favor. Não tem fantasma nenhum no prédio. — Seus olhos se fixaram em mim. Senti uma onda de pânico. Por que eu tinha respondido? Por que não conseguia simplesmente ficar de boca fechada? — Ainda não ouvimos nenhuma história da nossa zeladora — disse ele.

— Já ouviram, sim! Eu contei uma história.

— Você leu uma carta que encontrou. Eu quero ouvir uma *história*.

— Eu já disse que não tenho história nenhuma.

— Claro que tem! Você deve ter um baú cheio de histórias.

Peguei um documento que encontrei na pasta sanfonada do antigo zelador.

— Eu não tenho uma história, mas tenho isto.

— O que é isso?

— Um informe científico sobre um animal raro. É muito bizarro...

— Não, não, *não* — disse Eurovision. — Uma história. Sobre você. Você fica sentada aqui todas as noites ouvindo nossas histórias, mas nunca conta nada seu. Pode entrar em nossos apartamentos quando quiser e saber tudo sobre nós. Mas e você? Ninguém aqui sabe nada a seu respeito. Você simplesmente apareceu aqui um dia.

— Não estou escondendo nada — me apressei em dizer.

— Eu não estou dizendo que está. Só estou dizendo que você é a única pessoa neste telhado que ainda não contou uma história de verdade.

Ele cruzou os braços e se recostou no assento, esperando. Olhei em volta e vi rostos desconfiados me encarando. Eu sabia que não tinha causado uma boa impressão. Talvez fosse o péssimo estado do prédio, ou o fato de que estranhos pareciam estar entrando, ou o fato de eu ser muito reservada. Pensei em mandar todos eles se foderem, mas soube de imediato que seria uma péssima ideia, considerando que só Deus sabia quanto tempo ficaríamos trancados naquele vagão de transporte de gado do coronavírus. De repente, fiquei com raiva de mim mesma por ter começado a gostar daqueles idiotas, por ficar ansiosa para passar um tempo com eles. Talvez fosse porque eu estava meio bêbada ou porque detestava que me olhassem com condescendência, como tinham feito com meu pai durante toda a vida, mas um impulso selvagem tomou conta de mim. Eu queria chocá-los. Vê-los horrorizados e finalmente colocar aquilo para fora. Então, sim, eu tinha uma história.

— Está bem. Eu tenho uma história — eu disse. — Mas não é sobre mim. É só uma história que ouvi. Na verdade, é a história de uma pessoa que conta histórias. Quer dizer, sobre a pessoa que contou a história que ouvi, então é uma história sobre uma narradora contando uma história.

— Conta logo — disse Eurovision.

Respirei fundo.

— Sabem aqueles eventos que acontecem às vezes em bares nos quais as pessoas se levantam e contam histórias?

— Claro — disse Vinagre. — Cada pessoa tem dez minutos, não pode usar anotações e a história tem que ser verídica. Esse tipo de coisa?

— Exatamente — respondi. — Bem, eu nunca tinha ido a um evento desses, e há mais ou menos um ano uma amiga minha... Uma amiga me disse para encontrá-la lá. Acho que não ficava muito longe daqui, na verdade. Vocês se lembram de quando os bartenders do Burp Castle se vestiam de monges e não falavam? Bem, por um tempo houve um estabelecimento temporário bem ao lado, e era lá que acontecia o evento de contação de histórias... como se fosse para ser a antítese do bar do silêncio. Cada um tinha que levar sua própria bebida. Então cheguei lá com Moscow Mule em uma garrafa térmica. A mesma coisa que tenho aqui. — Levantei minha garrafa e a balancei como uma idiota. Controle-se, Yessie. — Quando o evento começou, no entanto, percebi que minha amiga havia me dado um bolo. Estava prestes a voltar para o Queens, mas então uma mulher subiu ao palco. Imaginei que cada história duraria mais ou menos dez minutos, então decidi ficar e ouvir.

— Espere. Pelo menos descreva-a um pouco. Alta, baixa, velha, jovem? — perguntou Eurovision.

— Ela era muito alta, devia ter um metro e oitenta — respondi. — O cabelo era comprido, mas mais parecido com uma cabeleira desgrenhada do que mechas bem cuidadas. Estilo Jesus Cristo, na verdade. Usava uma camiseta lisa de manga comprida, escrito apenas "Beach Vibes", e uma calça jeans. Eu me lembro de pensar que me pareceria natural vê-la segurando tanto um violão quanto um laço de vaqueiro. Ela tinha uma aura de vaqueira *hippie* que era encantadora. E disse que se chamava Priya.

— Sério? Uma vaqueira chamada Priya? — perguntou Eurovision.

— Fique quieto — disse Vinagre. — Pare de interromper.
— O evento de contação de histórias tinha mestre de cerimônias — continuei.

— A mestre de cerimônias era uma mulher cheia de energia chamada Senga. Ela usava um vestido estampado azul-claro que me lembro de ter achado muito deslocado no Lower East Side. Estava encarregada de controlar o tempo das apresentações e de se certificar de que, de maneira geral, nada saísse dos trilhos. Eu tinha ouvido dizer que às vezes os contadores de histórias estavam bêbados, ou tinham a intenção de caluniar alguém, ou simplesmente demoravam demais. Então Senga ficava nos bastidores para manter tudo sob controle.

"Com um olhar muito caloroso na direção de Priya, Senga a apresentou como uma pessoa nova no local e no evento de contação de histórias, e Priya se posicionou timidamente sob os holofotes. Ela demorou um segundo para elevar o microfone cerca de um palmo e meio, a fim de ajustá-lo à sua altura, e acho que o público aproveitou esse tempo para examiná-la. Não tinham muitas mulheres em Manhattan parecidas com ela.

"'Olá', disse ela, por fim, baixando a voz, como se zombasse de si mesma ou da ideia de dizer olá. Então olhou para cima, para a luz suave dos holofotes, e seu rosto cumpriu a promessa inerente ao olhar risonho da mestre de cerimônias.

"Ela era uma mulher de beleza surpreendente, de cabelos claros, algo entre o loiro e o castanho, olhos escuros e ângulos por toda parte: queixo afilado, maçãs do rosto acentuadas, pescoço longo e ombros largos e fortes.

"Então ela sorriu. E foi o sorriso dela, mais do que qualquer outro fator, que fez as cabeças da plateia se aproximarem e cochicharem. Era o sorriso de uma vaqueira, um sorriso inocente, mas que de alguma forma a fez parecer mais forte do que antes.

"'Obrigada por me receberem e por me ouvirem. Agradeço desde já', disse ela, e pigarreou de um modo que soou quase dissimulado. 'Como acho que já mencionei, meu nome é Priya e vou contar uma história.' Ela limpou a garganta de novo, e dessa vez isso pareceu parte da performance. 'Quero avisar a todos que a história começa meio sombria, mas tem um final feliz. Então tenham paciência. Sei que todos estão aqui para se divertir, e não quero desanimar ninguém. Então saibam que o final é bom.'

"Ela disse isso de um jeito que fez grande parte do público sorrir. Eu me lembro de ter pensado: 'Eles vão adorar qualquer coisa que essa mulher diga.'

"'Tudo bem', começou Priya. 'Muito tempo atrás, eu estava saindo com uma jovem. Eu também era uma jovem, então tudo era perfeitamente, hum, correto.' Isso provocou uma onda de risadas cautelosas.

"'Vamos chamá-la de Lynn. Uns seis meses depois que começamos a sair, enquanto fazíamos uma caminhada por um bosque perto de onde morávamos, Lynn disse que tinha uma coisa para me contar. Era outono, tudo estava laranja e marrom, e ela ficou muito nervosa só com a ideia de me contar aquilo. Imaginei o que qualquer pessoa teria imaginado – que ela ia terminar comigo. Não teria me surpreendido. Ela era linda e muito mais bem-sucedida do que eu jamais seria.'

"'Mas ela me contou sobre um homem que tinha conhecido em outros tempos, um homem com quem tinha tido aula na faculdade. Eu diria professor, mas ele não era professor de verdade, nunca seria. Estava lá na qualidade de visitante, e Lynn se matriculou em uma matéria ministrada por ele. Uma noite, no fim do primeiro semestre, ele convidou todos os alunos da turma para irem à casa dele. Ela foi; e na festa havia maconha e bebida alcoólica, e todos estavam muito felizes por estarem na universidade, por terem terminado o semestre e por serem tão queridos por aquele docente visitante.'

"'No final da noite, enquanto todos iam embora, o homem pediu à minha namorada que ficasse. E ela ficou, porque gostava dele. Qualquer estudante de dezenove anos, ela disse, teria ficado depois do fim da festa para ter a atenção daquele homem.'

"'Eles tomaram outra taça de vinho e então o homem foi para cima da Lynn. Quando ela protestou, ele riu, imobilizou-a e disse para ela colaborar. Essa foi a palavra que ele usou: colaborar. Ela tentou resistir, mas ele era muito forte e conseguiu segurar as mãos dela sobre a cabeça com um dos braços. Lynn chorou o tempo todo, chorou, segundo ela, pela própria estupidez.'

"Houve acenos de reconhecimento entre o público e suspiros sufocados, mas a maior parte da plateia havia se esquecido de respirar.

"'Depois disso, Lynn e esse homem continuaram se cruzando no campus, e cada vez que se encontravam ele a cumprimentava com profissionalismo. Não parecia nem um pouco envergonhado de nada que tivesse feito, mas não a abordou novamente. Para ele tinha sido uma transação. Ele a havia convidado para ir à sua casa, havia tomado o que achava que merecia e ela que lidasse com isso.'

"'Lynn não lidou bem com isso. À medida que o verão se aproximava, foi ficando tão mal que faltou às provas finais e acabou abandonando a faculdade. Mesmo que o professor visitante não fosse mais dar aulas lá, ela concluiu que não conseguiria voltar àquele campus. Passou um ano em casa, na mais profunda depressão, e só graças a um milagre dos pais conseguiu se recuperar e voltar a estudar em outra universidade, muito distante, quase dois anos depois de ter sido estuprada por aquele homem.'

"'Lynn me contou tudo isso enquanto caminhávamos pelo bosque, e agora estávamos sentadas em uma árvore caída e ela estava soluçando. Apoiei a cabeça dela no meu peito e disse a ela que sentia muito, disse a ela o que gostaria de fazer com aquele homem, que gostaria de matá-lo em plena luz do dia, na frente de todas as pessoas que ele conhecia. Achei que isso a faria se sentir melhor, mas ela ficou ainda mais angustiada. Perguntei por que ela estava ficando mais angustiada, e ela me disse que, depois de me contar aquilo, estava com medo de que eu a deixasse. De que eu a visse como uma mulher destruída, suja, indesejável.'

"'Eu disse a Lynn que não achava nada disso. Que jamais acharia uma coisa dessas. Nós voltamos para casa e tentei abraçá-la, ininterruptamente, pelas vinte e quatro horas seguintes. Não queria que ela se sentisse frágil nem sozinha, e queria que ela soubesse que eu a amava mais do que antes porque, quando conta algo assim a alguém, você conta por amor, e isso só pode aumentar o amor ainda mais.'

"Priya olhou para os sapatos e eu achei que a história tivesse acabado. Não era o tipo de história que eu esperava ouvir em um evento como aquele. De modo geral, as histórias envolviam algum constrangimento cômico. Algumas pessoas aplaudiram Priya, mas ela ergueu os olhos de novo e fez um gesto ligeiro com a mão, indicando que não havia terminado.

"'Mas, enquanto a abraçava', ela continuou, 'eu também pensava em machucar aquele homem e em como poderia fazer isso.'

"Houve risadas dispersas. Mas Priya não sorria.

"'Essa experiência com o professor visitante', ela continuou, 'tinha acontecido cinco anos antes de Lynn me contar a respeito dela. Então, encontrar aquele sujeito deu um pouco de trabalho. Comecei as buscas no dia seguinte. Isso foi antes de as ferramentas da internet serem o que são hoje, então tive que fazer algumas investigações com cautela, e tive que fazê-las sem que ela soubesse. No fim das contas, acabei encontrando o homem, e descobri que ele estava na cidade de Nova York fazendo a mesma coisa de quando ela o conheceu, atuando como professor visitante ou algo assim em uma das faculdades da cidade.'

"'Na época, eu morava com Lynn a algumas centenas de quilômetros ao norte de Nova York, nos bosques de Vermont que mencionei. Então, durante alguns dias, não fiz nada com essa informação. Afinal, o sujeito não estava morando em uma cidade vizinha. Era meio desanimador saber que ele estava tão longe.'

"'Ou pelo menos foi assim no início. Então, o próprio fato de ele ainda existir, e existir em um campus universitário, com acesso a jovens mulheres como minha namorada tinha sido, começou a canalizar outra vez minha raiva.'

"'Então...' E nesse momento Priya começou a sorrir como uma vaqueira descrevendo um bezerro enlouquecido que ela não conseguisse laçar. 'Quando dei por mim, eu estava no meu carro, no meio do caminho até Nova York, depois de horas dirigindo sem parar. Lynn estava na Austrália a trabalho e ficaria dez dias fora, então esse me pareceu o momento perfeito para, bem, não sei o que tinha planejado. Tinha algumas ideias, mas nada concreto.'

"'Então me lembro de dirigir sobre o Tappan Zee, a poucos minutos da cidade, e pensar: "O que vou fazer quando encontrar esse cara?" Quer dizer, já me envolvi em um ou dois confrontos físicos na vida, mas foram no ensino fundamental, e perdi ambos. Mais tarde, no ensino médio, fiquei mais alta e ganhei corpo, mas não sou uma pessoa violenta. Enfim, eu ia mesmo perseguir o homem?'

"Nesse momento, o público pareceu relaxar. Todos davam como certo que a história de Priya estava prestes a terminar e que se encerraria com algum tipo de interação frustrada, alguma paz interior alcançada e o reconhecimento de que há coisas que podemos mudar e corrigir, e outras coisas que não podemos.

"'Mas então eu vi o cara', continuou Priya. 'Eu o encontrei naquele primeiro dia. Foi muito fácil. Pesquisei o nome dele na internet, descobri onde ele estava dando aula, verifiquei o horário das aulas e fui até o prédio. Fiquei esperando do lado de fora e, como imaginava, ele saiu dez minutos depois do término da aula. Eu sabia, depois de uma rápida pesquisa na internet, que ele morava a apenas vinte quarteirões dali, em um prédio residencial qualquer perto do East River. Então presumi que ele iria nessa direção.' Priya encolheu os ombros. 'E comecei a segui-lo. Essa foi a primeira vez que segui alguém, garanto a vocês.'

"'É empolgante, devo dizer. Pelo menos no início. Você sabe de uma coisa que sua presa não sabe. Os dois estão caminhando, mas você está vivendo em dois níveis ao mesmo tempo. Tem um propósito que ele não tem. Ele está apenas voltando para casa, mas você é um míssil. Os dois estão caminhando, mas a sua vida naquele momento é muito mais interessante que a dele. Ele está voltando para casa para assistir à metade de um filme e dormir. Mas você tem um objetivo. Você planejou fazer algo em escala operística. Então eu estava andando, sentindo uma corrente elétrica percorrer todo o meu corpo. Eu o segui por alguns quarteirões até entender que ele estava indo para casa. Era o que eu esperava.'

"'Então, devo lembrar a todos que dirigi centenas de quilômetros para encontrar essa pessoa. Mas não tinha decidido o que fazer depois que encontrasse. Acho que algo em meu coração me dizia que, assim que o encontrasse, eu saberia o que fazer. Ou ia me acovardar. Mas eu já o havia seguido por cerca de doze quarteirões e meu coração ainda não tinha me dado nenhuma clareza.'

"'E então uma coisa aconteceu. E agora vai parecer que eu estou inventando, mas juro que é verdade. O sujeito parou para conversar com alguém na calçada, e eu parei também. Era uma mulher jovem. Ela estava usando uma mochila nas costas, então presumi que fosse estudante. Eu me escondi atrás de um furgão de mudança e ouvi e observei enquanto eles conversavam por alguns minutos. E, quando seguiu seu caminho, afastando-se dela, ele estava com um sorriso no rosto. Mesmo do outro lado da rua eu via aquele sorriso cauteloso, reservado e terrível – um sorriso cheio de planos e prerrogativas. Ele estava caminhando, sorrindo sozinho ao pensar na jovem com quem tinha acabado de falar, e foi então que as respostas que eu esperava chegaram. Os planos encheram meu coração.'

"'Quando dei por mim, eu estava atravessando a rua e ele estava vendo que eu ia em sua direção. Eu andava muito rápido e, ao ver minha aproximação, ele parou. Dava para ver que estava se perguntando se me conhecia, porque não havia mais ninguém na rua, e eu estava indo na direção dele, olhando para ele sem rodeios. Não havia a menor chance de eu estar atravessando a rua ali por outro motivo. Então ele estava pensando: "Quem é ela? De onde eu conheço essa mulher que está vindo na minha direção?"'

"'E então, quando eu estava a cerca de três metros dele, algo mais surgiu em sua expressão, algo que interpretei como um reconhecimento. Não sei explicar como eu soube, mas eu soube. Eu vi. O reconhecimento de que o castigo estava chegando. O reconhecimento de que eu era uma agente do castigo. Em apenas um momento, vi em seus olhos os pecados que ele carregava, e vi em seus olhos a consciência de que eu estava chegando para um acerto de contas. Nunca vou me esquecer desse momento. Foi a confirmação de que somos todos seres extremamente inteligentes e intuitivos, capazes de comunicar muita coisa apenas com o olhar. Muitas vezes fingimos precisar que as coisas sejam explicadas, verbalizadas, esclarecidas, mas quase sempre sabemos o que a outra pessoa tem em mente.'

"'Pois bem, lembrem-se de que eu disse que não sabia o que faria se realmente o encontrasse. Mas então, antes mesmo de realizar qualquer cálculo mental, antes de qualquer plano ser traçado em minha mente, minhas mãos se uniram, formando um enorme martelo, do tipo que se usa para golpear uma bigorna.'

"Priya entrelaçou os dedos em um punho gigante, os antebraços unidos.

"'Tomei impulso para golpeá-lo e, como ele se encolheu de medo sob a sombra do meu martelo, meus braços e punhos atingiram sua nuca.'

"No palco, Priya simulou o golpe e olhou para a vítima imaginária a seus pés.

"'A força do golpe foi muito maior do que eu imaginava ser capaz de ter. E, com o primeiro golpe, o professor visitante desmoronou como um casaco escorregando de um cabide.'

"Priya fez uma longa pausa, depois olhou para cima e abriu seu sorriso de vaqueira.

"'Lembrem-se de que esse homem tinha cerca de um metro e setenta e cinco. Sou mais alta. Calculo que ele pesasse uns setenta quilos. Eu peso mais.

Ele era um homem que passava a maior parte do dia na frente de um computador. Eu... me dedico a outras coisas. Então não foi um confronto justo. E ele já estava no chão. Ainda assim, eu não conseguia parar. Algo em sua covardia me enfurecia ainda mais. Então, com um movimento repetitivo que eu compararia a martelar dormentes de uma ferrovia, golpeei-o com meu martelo seis ou sete vezes enquanto ele se encolhia, na calçada.'

"Priya olhou para o relógio mais uma vez. Ela ainda tinha quatro minutos, mas a história parecia estar chegando ao fim. O público imaginava que ela ia explicar como tinha ido embora ou o que disse enquanto se afastava. Que o sujeito tinha pedido perdão.

"'Pouco depois, percebi que ele estava inconsciente', continuou Priya. 'Ele estava respirando, mas tinha desmaiado. E foi então que tive uma ideia. Os golpes de martelo não tinham sido uma ideia, tinham sido apenas a minha fúria falando, e tudo tinha acontecido antes mesmo que eu pudesse pensar. Mas agora havia um plano se formando. Então deixei-o onde estava e fui buscar o carro. Torci para que ninguém o encontrasse naquele meio-tempo. Minhas esperanças se concretizaram. Voltei e ele estava lá, semiconsciente, então coloquei-o no banco de trás do meu carro e dirigi de Nova York para Nova Jersey. Eu estava procurando um Walmart ou alguma loja que vendesse ferramentas e ficasse aberta até tarde. Eram cerca de nove da noite quando encontrei uma Target na estrada nas imediações de Middletown. Mais uma vez, torci para que ele não despertasse e saísse do carro enquanto eu fazia compras.'

"'Fiz as compras depressa e voltei cerca de dez minutos depois com fita adesiva, dez metros de corda revestida, um pedaço de tubo de borracha, uma lanterna, um cooler pequeno, um saco de gelo e um serrote do tipo que se usa para podar árvores. Quando voltei para o carro, o homem ainda estava lá, começando a recobrar a consciência. Aproveitando que o estacionamento estava quase vazio, usei a fita adesiva para cobrir a boca do cara e usei a corda para amarrar seus pés e mãos. Quando ele estava bem amarrado, voltei para a estrada em busca de um lugar onde pudesse executar meu plano sem que ninguém me atrapalhasse.'

"'Depois de quarenta minutos, cheguei a uma área rural', disse ela, 'e dirigi cerca de cinco quilômetros por uma estrada estreita. Esperem, quanto tempo eu ainda tenho?'

"Priya olhou para a mestre de cerimônias, Senga, cujo rosto imperturbável tinha empalidecido. Ela parecia pronta para encerrar a história de Priya antes que ela tomasse um rumo ainda mais perturbador.

"Priya checou o relógio. 'Ih, merda, eu tenho só quarenta e cinco segundos. Será que continuo? Vou levar mais alguns minutos para terminar.'

"O público pediu que ela terminasse. Alguém gritou para Senga: 'É melhor deixá-la terminar!'

"'Tudo bem, tudo bem', disse Priya, levantando as mãos como se tivessem pedido que ela tocasse um bis com seu violão. 'Então encontrei um bom lugar, parei o carro e apaguei as luzes. Coloquei a lanterna em uma árvore para que iluminasse uma pequena área. Arrastei o sujeito até a luz e disse a ele que estava prestes a serrar seu braço direito. Disse a ele que o braço direito tinha sido o braço que ele havia usado para segurar minha namorada enquanto a estuprava. Disse que ia serrá-lo abaixo do cotovelo e que, se ele se comportasse, colocaria o braço no cooler cheio de gelo e faria um torniquete para que ele tivesse mais possibilidade de sobreviver ao ferimento. Então eu daria a lanterna a ele e permitiria que fosse andando com o cooler até o hospital. Quem sabe conseguissem reimplantar o braço a tempo. Parece justo, não?'

"Ninguém na plateia disse nem uma palavra.

"'Eu nunca tinha serrado um braço antes', disse ela, e agora houve risadinhas entre o público como se algumas pessoas tivessem chegado à conclusão de que aquela história tinha sido inventada e que ela os havia conduzido com maestria para o reino do impossível.

"'Mas vou dizer duas coisas sobre serrar o braço de alguém', ela continuou. 'A primeira é que sangra muito.' Priya riu, e o público, ou pelo menos metade dele, riu também. Aquilo só podia ser piada.

"'É como serrar um balão de água!', disse Priya com uma risadinha. 'Fiquei com sangue na cara, nos olhos, nas roupas. E não estava preparada para isso. Eu sabia que ia ter sangue, mas não tanto. Segundo, a parte do osso não foi tão difícil. O osso é duro, é verdade; mas, depois de serrar por alguns segundos, o que foi complicado, decidi quebrá-lo primeiro. Eu me levantei e golpeei o braço dele com força com o calcanhar, e funcionou. Quebrou bem perto de onde eu estava serrando, então tive apenas que cortar um pouco as lascas e terminei de serrar a carne e a cartilagem.'

"'Imagino que vocês estejam se perguntando se ele não gritou. Ah, ele gritou! Mas eu tinha tapado a boca dele com fita adesiva, então os gritos foram bem abafados. E lembrem-se de que eu tinha ligado o rádio do carro para o caso de alguém estar no bosque naquela noite. Ouviriam a estação antiga que eu estava ouvindo e os ruídos abafados, e iam achar que eram pessoas transando no banco de trás.'

"'Amarrei o torniquete e o sangue parou de jorrar. Então coloquei o braço decepado no cooler, o que foi engraçado, porque descobri que o cooler que tinha comprado não era grande o suficiente. Era para eu ter comprado o de trinta litros, em vez do de quinze. Então tive que ajeitar o gelo e colocar o braço em um ângulo oblíquo para que ficasse meio na diagonal.' Então, usando seu próprio antebraço direito, Priya demonstrou a posição do braço decepado.

"'Depois, me certifiquei de que ele estava em condições de ficar de pé e andar. Ele ainda tinha a boca tapada pela fita adesiva; mas, quando perguntei se conseguia andar, ele fez que sim. Lembrei a ele que tudo aquilo tinha acontecido como punição pelo que ele tinha feito a alguém que eu conhecia, e ele pareceu compreender isso também. Falei que não seria sensato me denunciar ou denunciar aquele incidente, porque isso provavelmente resultaria em prestação de queixa por parte da minha namorada e, sem dúvida, de muitas outras estudantes que ele havia violentado. Seu olhar culpado demonstrou, naquele momento, que eu estava certa, que minha namorada tinha sido uma das muitas mulheres que ele havia estuprado. Todas tiveram medo de denunciá-lo por temerem que isso alterasse sua vida, por não quererem lhe dar mais de sua vida do que ele havia arrancado.'

"'Então, minha esperança era de que o braço fosse reimplantado e de que, cada vez que olhasse para ele, para sua forma retorcida, sua funcionalidade restrita, ele soubesse por que aquilo havia acontecido. Toda vez que ele estivesse sozinho com o braço mutilado, eu estaria lá com ele – assim como, toda vez que minha namorada e eu estávamos sozinhas, ele estava conosco.'

"A plateia ficou em silêncio.

"'Obrigada a todos!', exclamou Priya alegremente antes de deixar o palco. Houve aplausos dispersos e todos trocamos olhares rápidos como se estivéssemos decidindo se era conveniente aplaudir e se tínhamos acabado de ouvir a confissão de um crime grave ou apenas uma história inventada horripilante.

"Então, como se tivesse ouvido nossos pensamentos, Priya voltou ao palco, pegou o microfone e disse: 'História verídica!'"

"E saiu pela porta dos fundos."

Parei de falar, tomei mais um gole da minha bebida e por fim levantei a cabeça. Deparei-me com uma muralha de rostos que me encaravam, petrificados. Darrow, em particular, parecia nauseado. *Bem, foram eles que pediram*, pensei.

— Alguém chamou a polícia? — perguntou Whitney.

— Não! — respondi, percebendo tarde demais meu tom estridente. — Por quê? Foi só uma história.

— *Por quê?* — disse Whitney. — A história de um estuprador em série, violência sexual e talvez até de um assassinato? Alguém tinha que ter chamado a polícia. Você deveria ter feito uma denúncia.

— Não tinha nada a ver *comigo*. Nem com nenhuma outra pessoa que estivesse lá. Não era da minha conta — retruquei.

— Chamar a polícia — disse Hello Kitty —, claro. Excelente ideia. Sempre chame a polícia.

Ela soprou um anel de fumaça preguiçoso com seu vape. Darrow fez um ruído repentino, como um pigarro para pedir atenção, mas o som saiu estrangulado.

— Chamar a polícia era exatamente o que ela *não* deveria ter feito.

— Como assim? — perguntou Whitney.

— Nossa zeladora ouviu uma história que descrevia vários crimes graves cometidos por uma pessoa que ela não conhecia, sem nenhuma prova de que esses crimes de fato ocorreram. Eram apenas alegações sem fundamento, sem valor jurídico. Poderiam ser ficção e, na verdade, provavelmente eram exatamente isso: uma ficção. Se ela *denunciasse* e fosse uma alegação falsa e difamatória, ou causasse danos a alguém, ela poderia se expor a graves consequências legais. Então meu conselho é *não* denunciar de jeito nenhum.

— Obrigada — eu disse a Darrow. Já estava me arrependendo amargamente de ter contado aquela história.

– Na minha opinião – interveio Flórida –, *é* só ficção. Se fosse uma história verídica, ela nunca teria confessado diante de todas aquelas pessoas.

– Por pura curiosidade – disse Darrow –, o homem conseguiu chegar ao hospital ou morreu no bosque?

Ele ficou me olhando por tanto tempo que fiquei incomodada.

– Como eu vou saber? – respondi. – Ela não disse.

Darrow encolheu os ombros e virou-se para Maine.

– Qual é o prognóstico, doutora? Acha que o canalha poderia ter sobrevivido com o braço mutilado daquele jeito? Hipoteticamente, é claro.

Minha cabeça rodava, e os prédios altos e escuros que nos cercavam giravam em movimentos lentos e nauseantes. Eu me perguntei se não precisava correr até o parapeito para vomitar.

– Se o braço fosse amputado logo abaixo do ombro, seria muito sério – respondeu Maine, pensativa. – Mas, como foi abaixo do cotovelo, ele poderia ter sobrevivido com um bom torniquete. E Priya me pareceu bastante capaz. Depende muito da distância que o homem teve que caminhar, de quanto sangue perdeu antes do torniquete e da gravidade do choque. O homem pode ter cambaleado algumas centenas de metros antes de desmaiar, ou pode ter conseguido caminhar um quilômetro ou mais. Eu diria que as chances dele ficariam mais ou menos entre sessenta e quarenta por cento.

O silêncio se instalou no telhado. Tomei outro gole.

– Vamos para a próxima história – murmurei.

Eurovision, que estava olhando para mim com curiosidade, disse, bem devagar:

– Eu me lembro do Burp Castle.

– Legal. – Evitei seu olhar.

– Nunca existiu um lugar de contação de histórias ao lado dele.

– Hum. Deve ter sido em outro lugar, então – eu disse. – Não lembro direito.

– Além disso... – ele falou baixando o timbre da voz – ... eu acho impossível imaginar Priya ou qualquer pessoa contando essa história a um grupo de estranhos.

– É como ela disse: uma história inventada – disse Flórida. – Contada com o objetivo de chocar.

— Eu... na verdade acho... que não — disse Eurovision devagarinho, os olhos cinzentos cravados em mim.

— Deixe-a em paz — murmurou a Dama dos Anéis.

Eurovision não tirou os olhos de mim.

— Qual das mulheres da história... é você?

— Nenhuma das duas! Vai se foder.

A Dama dos Anéis explodiu com Eurovision.

— Cala a boca. — Ela se virou para mim. Meu corpo inteiro tremia. — Minha querida, você não precisa responder a essas perguntas.

Olhei para o grupo com uma sensação de aperto no peito tão dolorosa que achei que ia morrer. *Que merda*, pensei. De repente, eu queria que eles soubessem, para que todos enfim me *vissem*.

— *Eu* cortei o braço dele.

Eles receberam minha confissão com um silêncio assombrado, então acrescentei:

— Ele não morreu, está bem? Eu chequei. Mas também nunca prestou queixa. Não conseguiram reimplantar o braço dele. — Ao dizer isso, e com uma súbita sensação de dor nas entranhas, me levantei e cambaleei em direção ao parapeito. Eurovision, que já estava de pé, disparou como se quisesse me segurar, provavelmente achando que eu ia pular, mas então parou desajeitado a cerca de um metro de mim e deu alguns passos para trás, desculpando-se e ajustando a máscara. Não consegui chegar ao parapeito e vomitei antes de alcançá-lo. Fiquei curvada, morta de vergonha, ofegando.

— Não... pule — disse Eurovision, com a voz rouca.

— Vá se foder — respondi, finalmente me endireitando, cuspindo e limpando a boca com a parte de trás da manga. — Por que eu pularia?

Fiquei apoiada no parapeito por mais um momento, me firmando, e em seguida voltei para o sofá e me sentei. Podia sentir os olhos de todos em mim. Era isso: algum paladino da justiça ia me entregar à polícia, assim como haviam entregado meu pai quando sua mente começou a falhar. Um zelador nunca pode esquecer o seu lugar. Que merda eu tinha acabado de fazer?

Mas, quando enfim olhei para cima, em meio ao meu véu de agitação, vergonha e constrangimento, descobri que a maioria dos rostos estava cheia de empatia e preocupação. Algumas pessoas ainda pareciam chocadas e receosas, mas a maioria dos moradores parecia acreditar que o crime não tinha sido tão grave quanto eu sempre havia pensado.

Eurovision, por sua vez, parecia verdadeiramente culpado.

– Meu Deus, escute, eu sinto muito – ele me disse. – Onde eu estava com a cabeça? Eu sou um idiota...

– Você *é* um idiota – disse a Dama dos Anéis, em seguida se virou para mim. – Não precisa se sentir culpada, está bem? O sujeito está vivo. Acho que muitos de nós concordariam que ele teve o que mereceu. E você? Você contou essa história porque precisava contar.

– Que fardo você deve ter carregado todos esses anos – comentou Vinagre.

Eu simplesmente não sabia o que dizer. Fiquei ali sentada, apoiada no encosto do sofá, tentando controlar minha cabeça, que rodava, e incapaz de responder.

– Olha – disse Eurovision. – Seu segredo está seguro com a gente. Eu juro.

– Com certeza – corroborou Darrow.

Os moradores no telhado murmuraram suas promessas.

Eurovision continuou:

– O desgraçado mereceu. Você provavelmente salvou outras mulheres de serem estupradas. Ele não vai fazer isso de novo, não com apenas um braço e aquela lembrança horrível.

Descobri, depois de um momento e apesar da minha confusão mental, que havia mais coisas que eu queria dizer.

– Eu nunca contei a Lynn. Quando ela voltou da Austrália, eu não disse nem uma palavra sobre o que tinha feito. Mas aquilo ficou lá, na minha mente. Foi me corroendo e acabou destruindo nosso relacionamento. Foi tudo culpa minha. Meu amor por ela não resistiu... ao que eu agora sabia que era capaz de fazer. Eu a deixei... e perdemos contato.

Depois disso, ninguém tinha muito a dizer. Por fim, a Terapeuta falou:

– Obrigada por ter compartilhado. – Ela acrescentou: – Nós estamos aqui para ajudá-la no que precisar.

Eram frases banais, mas havia tanta sinceridade nelas que senti minhas defesas em alerta. Eu disse para ela, para todos e para ninguém em particular:

– Podemos, por favor... mudar de assunto?

Antes que Eurovision pudesse escolher alguém, Darrow pigarreou novamente. Ele estava pálido e a testa estava coberta de gotas de suor, mesmo na noite fria.

— Aproveitando que estamos no modo confessional — ele disse —, eu tenho uma história. É parecida, mas pior. *Muito* pior. — Sua voz era lenta e comedida.

Todos esperaram. O que ele poderia nos contar que fosse horrível a ponto de eclipsar minha história?

— Antes de me mudar para Nova York, eu morava com minha família nos arredores de Stockton, na Califórnia. Isso aconteceu lá.

"Não era segredo para ninguém que eu gostava de correr. Mas o que significa 'gostar de correr' quando eu corria uma média de treze quilômetros por dia? Era uma obsessão. Eu precisava daquilo. Um vício? Tendo a pensar em vícios como algo nocivo e, embora um dia eu possa sofrer de artrite, de modo geral as corridas eram boas para mim física, psicológica e até espiritualmente. Menos daquela vez.

"Na época, morávamos nas montanhas, de forma que correr era uma atividade bastante privada para qualquer um — a não ser as pessoas que moravam perto de nós, que sabiam que era algo que eu fazia quase todos os dias, com base no fato de que me viam — ser forçado a diminuir o ritmo, acenar para mim, reconhecer que, sim, lá estava eu outra vez, compartilhando com elas aquele trecho de estrada de mão única e sem policiamento onde detestavam ter que desacelerar. Na maioria das vezes, eu corria com nosso cachorro, Seidon, que ainda era jovem o suficiente para correr esses muitos quilômetros, ao contrário de nosso cachorro mais velho, que teve que parar de me acompanhar depois de certa idade devido a uma artrite supostamente comum em boxers mais velhos. Nós amávamos muito Seidon. Ainda amamos, na medida em que é possível amar aqueles que se foram. Eu o peguei no abrigo municipal de Stockton. Passei a amar Stockton porque, quanto mais conhecia a cidade, mais ela me lembrava Oakland, e essa era a mesma razão por que minha mulher amava Oakland, onde nos conhecemos: porque lembrava muito Stockton.

"Poseidon já era o nome dele quando o adotamos, o deus do mar, mas nunca o chamávamos de Poseidon, apenas de Seidon, para abreviar. Às vezes, Don. Às vezes, Pose. Às vezes, Papai Seidon. Às vezes, Don Pose. É isso que acontece com nomes de cachorro e de todas as coisas que amamos: os apelidos se multiplicam. Era assim com nosso garoto, nosso filho: ele teve diversos apelidos desde que nasceu até quando começou a achar constrangedor que o chamássemos de qualquer coisa que não fosse seu nome verdadeiro.

"Viver nas montanhas era maravilhoso por diversas razões, entre elas a possibilidade de correr em uma bela paisagem, o ar puro e a ausência de complicações próprias das cidades, das multidões, do que as multidões implicam: as pessoas. Estávamos basicamente isolados dos problemas relacionados às pessoas. Os únicos problemas relacionados às pessoas que tínhamos eram os viciados. Não sei direito o que eles usavam, devia ser metanfetamina ou qualquer outro tipo de droga que conseguissem, aqueles homens da montanha estranhos, barbudos, que moravam no carro. Nas estradas rurais sempre havia coisas sem supervisão que a pessoa podia roubar. Então tinha o viciado do Ford Escort com placa de Washington. Eu o tinha visto pela primeira vez carregando uma bateria de carro roubada junto com um painel solar, também roubado, em uma estrada ainda mais rural do que a nossa, que se chamava Esmerelda no mapa no meu celular, mas não havia nenhuma placa com esse nome em lugar nenhum, nem de um lado nem do outro da colina onde se transformava em uma estrada de terra avermelhada e não se via nenhum sinal de que ali vivessem pessoas a não ser pelos portões e as caixas de correio. O viciado estava concentrado no que estava fazendo, com a língua um pouquinho para fora, convertendo energia solar por meio de um equipamento roubado, tanto para roubo quanto para armazenagem. Ele usava macacão e parecia Charles Bukowski, se Bukowski fosse viciado em metanfetamina em vez de em bebida. Na primeira vez em que nos cruzamos, ele não percebeu quando passamos correndo. Na vez seguinte, ele passou por nós em seu Escort sem silenciador, numa velocidade perigosa, a poucos centímetros de mim e de Seidon. Levantei meu dedo médio quase instintivamente e vi que ele viu pelo retrovisor. Percebi logo de cara que meu gesto tinha tocado em um ponto sensível.

"Não muito depois do incidente do dedo médio, eu estava correndo com Seidon e meus fones de ouvido com cancelamento de ruído ouvindo música a todo o volume enquanto subia uma colina íngreme – nessas horas eu precisava ouvir músicas muito animadas que me ajudassem a subir a montanha, e não podcasts ou audiolivros, que eram mais para descidas e retas. Mas onde vivíamos eram praticamente apenas subidas e descidas, então eu estava o tempo todo alternando entre modalidades de áudio e ajustando o volume. É claro que é uma merda perder um cachorro muito amado, ponto-final. Pior ainda é perder um cachorro amado por causa de um viciado ao volante de um carro barulhento que dirigia sem prestar atenção. Mas perder um cachorro amado por causa de alguém que talvez tenha agido de propósito, e ele morrer preso à coleira que você estava segurando? É claro que foi o drogado do Ford Escort com placa de Washington quem o atropelou. Não sei direito por que ele parou e saiu do carro. Essa é a única parte que não consigo entender, depois de ter feito aquilo de propósito por causa do dedo do meio. Ele estava tentando fingir que tinha sido um acidente para se safar de uma possível denúncia? Nunca vou saber. Porque ele se aproximou de mim acenando tipo *foi mal, cara, foi mal, você está bem, você está bem*? Devia estar claro no meu rosto o que eu sentia para ele estar me perguntando isso, ou talvez estivesse me fazendo parecer pateticamente acessível, alguém precisando de consolo, mas não era isso que estava acontecendo dentro de mim. Quando vi Seidon claramente morto ali na estrada, com os olhos ainda abertos, senti uma raiva tão pura que foi quase amor, e parti para cima do homem com todas as minhas forças. As coleiras de melhor qualidade costumam ser mais duráveis, mas acima de tudo são duras e não se rompem com facilidade. O primeiro golpe foi com a parte de plástico que recolhe a guia, onde fica o carretel, e aquele primeiro golpe o deixou atordoado. Então seus olhos se arregalaram e se concentraram em mim de uma maneira que eu soube que era melhor agir rápido, então acertei uma de suas pernas com um golpe que meu filho tinha aprendido no caratê e que uma vez havia me mostrado como realizar. Desferi o golpe de maneira meio atrapalhada e sem nenhuma técnica, mas funcionou. Caí em cima dele com a coleira ainda na mão. Então, sem hesitar, comecei a golpeá-lo sem parar, a coleira de plástico sem se partir muito menos se retrair, já que o cadáver do meu amado cachorro ainda estava preso na outra extremidade. No início, o fato de o corpo do drogado ter ficado imóvel não me assustou.

"De repente, me vi chorando e ligando para minha mulher, mas ela não atendeu. Liguei outra vez, mas de novo ela não atendeu e, nesse ínterim, em meio ao pânico, me veio uma espécie de lucidez em relação ao meu futuro imediato e o que eu precisava fazer. A simples ideia de carregar o corpo de Seidon colina abaixo, para poder enterrá-lo como devia e chorar sua morte, fez com que a realidade do corpo do drogado ganhasse um peso que eu não havia sentido até então. As palavras 'corpo do drogado' ressoaram na minha mente e, considerando a rapidez com que reagi, parecia até que não era a primeira vez que eu fazia algo do tipo.

"Ninguém jamais apareceu para investigar o desaparecimento nem do drogado nem do carro com placa de Washington. Minha mulher e meu filho ficaram fora por tempo suficiente naquele dia para que eu conseguisse esconder tudo. Vivíamos em um terreno de três hectares com muitas árvores e arbustos onde eu podia esconder o que quisesse. Dirigi o carro até ele estar muito bem escondido entre arbustos dos quais nunca chegávamos perto. Bem, primeiro cavei um buraco, enterrei o drogado, depois parei o carro em cima da cova. Havia a possibilidade de que um dia minha mulher ou meu filho encontrassem o carro, mas e daí? Nós o rebocaríamos. Só isso. Quando eles voltaram para casa, choraram ao ver Seidon morto. Então nós o enterramos e choramos e falamos de tudo que amávamos nele. Minha esposa acariciou minhas costas, convencida de que eu estava sofrendo demais.

"Parei de correr pelas colinas no entorno da nossa casa e encontrei um trajeto diferente a alguns quilômetros de distância. Era uma corrida mais longa e nunca havia ninguém no percurso. Uma vez, no entanto, talvez um ano depois de ter matado o drogado com a coleira do cachorro, vi um sujeito em uma caminhonete levar um saco de lixo que parecia conter um cadáver até uma pilha de lenha e lixo, a que em seguida ele ateou fogo. Assisti à maior parte da ação de longe: eu estava correndo de volta para onde tinha estacionado meu carro e tive que passar por ele no caminho. Quando cruzei com o sujeito, ele já estava outra vez na caminhonete, fumando um cigarro, vigiando o fogo para ter certeza de que tudo seria reduzido a cinzas, ou sei lá o quê. Nossos olhares se cruzaram quando passei, e ele me encarou fixamente. Eu não queria que ele fizesse isso, mas é o tipo de coisa que não dá para controlar. Era como se ele estivesse procurando algo dentro de mim, algo em comum que eu não queria que encontrasse, algo em comum que identificou em mim sobre segredos que precisavam ser queimados ou enterrados e, depois de encontrar essa coisa em mim, ele deu uma piscadela para si mesmo, ou para mim, como se fosse algo que compartilhássemos, nosso segredo, o fato de que nós, moradores do campo, invisíveis aos olhos alheios, podíamos fazer coisas impunemente se precisássemos, se não tivéssemos alternativa, e que era melhor eu não dizer nada a ninguém sobre a fogueira dele, terminar minha corrida, voltar para minha vida tranquila nas montanhas com minha mulher e meu filho e nossos outros dois cães, a salvo de drogados irresponsáveis, fingir que nada tinha acontecido, o assassinato, o corpo enterrado, deixar que seu fogo consumisse tudo, depois deixar as brasas se assentarem, e por fim deixar as cinzas serem levadas pelo vento que soprava aos pés daquelas colinas, na linha de neve das montanhas de Sierra Nevada, onde o fogo se tornava cada vez mais uma preocupação por causa do aquecimento global, e por acaso minha mulher não ia mandar limpar o terreno para prevenir incêndios, e não descobririam o carro do drogado, o que levaria minha mulher a perguntar novamente, como tinha feito no dia em que o drogado nos tirou Seidon: 'Quem foi mesmo que você disse que o atropelou e que tipo de carro a pessoa estava dirigindo?' E eu saberia que ela estava me testando, que desde o início havia suspeitado de que eu tinha inventado que um carro diferente o havia atropelado, e naquele momento eu esqueceria qual carro tinha inventado. Tudo isso estava nos olhos do velho quando cruzei com ele e com sua fogueira, ali naquela estrada rural, o desenrolar de tudo, o desenterrar do corpo do drogado que eu tinha matado em um acesso de fúria tão pura que era amor."

Ele terminou, e a sensação de verdadeiro horror se acumulou no ar. Fiquei infinitamente grata. Darrow tinha contado aquela história para mim. Eu me senti exorcizada.

— Há quanto tempo foi isso? — perguntou Hello Kitty.

— Dez anos.

— Sua mulher limpou o terreno?

— Limpou.

– Ela fez a pergunta?
– Fez.
– E todo o resto aconteceu?
– Aconteceu.
–Você não tem medo? Tipo, todo dia? – perguntou Hello Kitty. – O atual dono do terreno pode decidir cavar para construir os alicerces de uma casa, fazer um jardim ou coisa assim.

– Nunca vendi o terreno. O carro ainda está lá, assim como a casa, em ruínas. Se tenho medo? Já tive. Mas, quanto mais velho fico, menos medo tenho. Quanto ao que fiz com o drogado, não me arrependo.

Ele me lançou um olhar cheio de significado ao dizer "não me arrependo", e senti algo estremecer dentro de mim, não sei direito o quê.

– Bem – disse Eurovision com a voz fraca. – Meu Deus do céu e tudo mais.

Eu não tinha certeza de que horas eram ou quando os sinos da Old St. Pat iam tocar, mas não aguentava mais histórias, mais segredos. Tudo o que conseguia pensar era que, graças a Deus, meu pai nunca sairia do Verdejante, nunca teria a possibilidade de saber o que eu tinha feito. Fiquei de pé, murmurei algo sobre estar cansada e deixei o telhado. Cambaleei de volta para o porão e me arrastei até a cama, expurgada até os ossos.

Décimo quarto dia
13 DE ABRIL

OCUPAMOS NOSSOS LUGARES. DEPOIS DE TUDO QUE ACONTECEU ontem à noite, quase não subi desta vez, mas não queria ter uma lacuna nas minhas gravações nem parecer uma desertora. Comecei a gravar com o telefone e me recostei no sofá surrado. Imaginei que pudesse mais uma vez me tornar invisível e passar despercebida. Mas as saudações excessivamente alegres, os olhares de todos no telhado ao se sentarem e os sorrisos simpáticos me confundiram. Estavam realmente preocupados comigo? Será que tinham chorado à noite por mim? Rá, rá, claro que não. Ninguém se importava com zeladores.

Estava bebendo Pastis de uma garrafa suja de cocô de mosquito que parecia ter meio século de idade. Nunca gostei do sabor de alcaçuz, mas naquele momento estava me caindo bem. Tinha desistido da minha atividade diária de registrar os montes de números na minha bíblia pela mesma razão que tinha parado de tentar entrar em contato com meu pai. Estamos aqui no telhado há catorze dias, o período de quarentena que o governo estabeleceu como o necessário para acabar com o risco de contágio, mas mesmo assim não há um final à vista. Estou começando a ter a sensação de que vamos ficar presos neste telhado para sempre, batendo nossas panelas e frigideiras até o fim dos tempos. Ainda assim, durante o dia, sinto uma ansiedade estranha pela reunião no telhado, pelas histórias bizarras desses nova-iorquinos desconhecidos.

Esta noite houve mais um acréscimo ao mural: alguém rabiscou uma citação abaixo da imagem de Deus com a caixa de coelhos.

Ele é capaz, mas não age? Então é malévolo. – Epicuro

Hello Kitty leu em voz alta e riu.

– Quem nos presenteou com essa pérola?

O Poeta ergueu a mão com um leve sorriso.

– Eu aprovo. – Ela se encolheu na poltrona, acariciando o vape com os lábios. – Os idiotas que acreditam em Deus deveriam ser obrigados a explicar por que Ele não nos ajuda com esse vírus... porque Ele é capaz, mas não age.

– Os desígnios do Senhor são insondáveis – disse Flórida. – "Considero que os nossos sofrimentos atuais não podem ser comparados com a glória que nos será revelada."

– Deus nos livre dessas pessoas que citam a Bíblia – disse Vinagre em tom ácido.

Tinha chovido forte outra vez à tarde, e nos restara o típico anoitecer em que o céu nublado simplesmente passa do cinza ao preto. Eu tinha colocado uma vela nova em minha lanterna, que projetava uma pequena poça de luz ao redor do sofá vermelho. As outras velas e lampiões a óleo eram como gotas de orvalho de luz amarela na escuridão. Às sete irrompemos no clamor habitual, sem muito entusiasmo, depois ficamos em silêncio. Ninguém queria contar histórias. Todos pareciam desconfortáveis. Acho que ainda estavam abalados com as histórias de ontem, a minha e a de Darrow. Será que todos agora estavam olhando ao redor, atentos, se perguntando que outros crimes seus vizinhos seriam capazes de cometer?

– E como está nossa zeladora esta noite? – perguntou Eurovision gentilmente, arrancando-me daquele devaneio cínico.

– Hum, com uma leve ressaca – murmurei e ergui meu Pastis. – Tim-tim.

– Acho que muitos de nós têm estado de ressaca nos últimos tempos.

A Dama dos Anéis sacudiu as mãos para chamar a atenção de todos.

– Acho uma pena – disse ela – que não tenhamos um padre aqui para nos dizer quantas ave-marias precisamos rezar como penitência. Porque é nisso que nosso telhado está se transformando, não é? Em um confessionário. Aqui todos temos a oportunidade de expiar os nossos pecados. Incluo também os meus. –

Ela se virou para mim, olhando para Darrow também. – Espero que estejam se sentindo melhor depois de terem compartilhado conosco suas histórias.

– Não tenho ideia de como me sinto – respondi bruscamente, em um tom que esperava evitar mais mostras de comiseração. E em seguida me senti mal porque tinha começado a gostar da Dama dos Anéis. – O que quero dizer é que não quero que ninguém se preocupe comigo.

– Muito compreensível – disse Eurovision. – Então, alguém quer começar com uma história? Ou uma confissão?

Ninguém disse nada.

– Vamos lá, pessoal! – insistiu Eurovision. – Ninguém?

– Talvez a gente deva dar uma pausa nas histórias – sugeriu Maine.

– Bobagem – disse Eurovision, examinando o grupo com as mãos entrelaçadas, tentando esconder um certo ar de desespero.

– O antigo zelador tinha umas histórias ótimas – sugeriu Darrow. – Quando vinha consertar alguma coisa, sempre tinha fofocas interessantes.

– Histórias demais – disse Flórida. – Aquele homem falava sem parar. Era impossível fazê-lo se calar. – Ela se virou para mim. – Prefiro nossa nova zeladora. Ela é discreta e não se intromete na vida alheia.

Fiquei grata por essas palavras, torcendo para que ela nunca notasse que eu estava gravando tudo com o celular. Por fim vi a oportunidade de fazer a pergunta que queria fazer havia muito tempo.

– O que aconteceu com o antigo zelador?

Houve um silêncio incômodo.

– Foi estranho – disse Eurovision. – Ele foi embora logo no início da epidemia de covid, simplesmente desapareceu um dia. Acho que fugiu da cidade, como todos os outros.

– Como ele era?

– Bem – disse Eurovision –, era gordo, baixinho, risonho e grego. Falava rápido, fazia um monte de perguntas indiscretas e estava sempre dando conselhos. Aposto que, se não fosse zelador, teria sido um ótimo terapeuta. Vivia pelo prédio, sempre atarefado. Como disse Flórida, era impossível se livrar dele.

– Ele tinha a mão leve – comentou Flórida.

Isso me intrigou.

— Sério? Por que você está dizendo isso?

— Uma vez, ele foi fazer um serviço no meu apartamento, e mais tarde descobri que um objeto decorativo, minhas mãos em oração, tinha desaparecido. Depois disso, passei a ficar de olho aberto com ele.

Aquelas mãos estavam comigo! Mas, se eu dissesse alguma coisa agora, nunca saberia o resto.

— Qual era o nome dele? — perguntei.

— Zynodeia — respondeu Flórida. — Virgilios Zynodeia.

Adeus à imagem totalmente equivocada que eu havia criado de Wilbur P. Worthington III, que em minha imaginação havia se tornado muito real.

— Engraçado você mencionar isso de mãos leves — disse Whitney. — Sempre me perguntei o que tinha acontecido com minha borboleta *Morpho didius*. Simplesmente desapareceu um dia.

— Eu era muito apegada àquelas mãos — disse Flórida.

— Minha coleção de discos de 45 rpm do Elvis, que eu tinha desde criança, também sumiu — disse a Dama dos Anéis. — Será que foi ele que pegou? Mas ele era um homem tão bom... Talvez tivesse algum transtorno mental.

Comecei a me arrepender profundamente de ter tocado no assunto.

Antes que eu pudesse pensar em algo para dizer em sua defesa — ou mesmo me perguntar se caberia a mim defendê-lo —, fomos interrompidos pela chegada tardia de La Cocinera. Ela ergueu o celular com um sorriso encantado.

— Agora está totalmente carregado. Tenho certeza de que esta noite vocês vão ver meu anjo.

— Anjo, tomada dois, *claque* — disse Hello Kitty.

— Esperei a semana toda por isso — disse Flórida.

Eu tinha certeza de que, mais uma vez, o tal anjo não ia aparecer, mas o entusiasmo de La Cocinera era contagiante.

Ela ergueu o celular para nós, que nos esforçamos para enxergar. Lá estava a vista do jardim pela câmera de San Miguel e, mais adiante, a igreja cor-de-rosa com suas torres. O sol estava se pondo, e a cena estava banhada de uma luz dourada, muito diferente do céu cinzento sobre nós, a milhares de quilômetros de distância.

— Cheguem mais perto — disse La Cocinera. — Assim vocês vão poder ver melhor. — Ela consultou o relógio. — Sete e vinte e nove. Um minuto.

Alguns arrastaram as cadeiras para ver melhor.

Houve movimento no retângulo luminoso. Uma figura vestida de preto apareceu por trás das árvores: pequena, encurvada, velha, envolta em farrapos, apoiando-se em duas bengalas enquanto carregava com dificuldade uma bolsa de rede com uma laranja dentro. La Cocinera arfou de alegria e todos nos aproximamos. A mulher cambaleava com uma lentidão agoniante pelos paralelepípedos irregulares, indo em direção à câmera, que ficava no alto de um edifício. Ao chegar a um ponto logo abaixo, ela parou e levantou a cabeça devagar. Seus olhos profundos fixaram-se nos nossos, atravessando a tela de alguma forma. Ela nos encarou com firmeza, com um rosto extremamente enrugado, o cabelo branco escapando por baixo do lenço... e então sorriu. Eu vi seus lábios se movimentarem para dizer alguma coisa. Então ela abaixou a cabeça e retomou sua dolorosa caminhada, indo em direção à igreja, até desaparecer da tela.

La Cocinera recolheu o celular e colocou-o no bolso.

– O que ela disse? – perguntou Eurovision.

– *Mis hijos*. Meus filhos. – A expressão de La Cocinera era triunfante. – Eu prometi que vocês iam ver o anjo!

– Hum – disse Eurovision. – Sem querer ofender, mas me pareceu só uma velha comum.

– Você acha que os anjos são todos lindas criaturas jovens com asas – zombou ela.

– Não... – Eurovision ficou em silêncio.

– Todos vocês a viram, né?

Todos admitimos ter visto a velha.

– Então estou feliz.

De repente, a porta quebrada do telhado se abriu com um estrondo e um casal apareceu. Desconhecidos. De novo.

Por cima das máscaras vermelhas de fabricação caseira, dois pares de olhos exaustos contemplavam a cena no telhado. Eles arrastavam bagagens.

– O que é isso? – perguntou Eurovision, levantando-se da cadeira, alarmado. – Quem são vocês?

A mulher deu um passo à frente.

– Somos de um prédio aqui da rua – disse o homem, encarando-nos.

— Eu, meu marido, minha sogra e nossos filhos — disse a mulher. — Caramba, não podemos voltar para casa!

— Como vocês entraram aqui? — perguntou Eurovision.

O casal se entreolhou.

— A porta estava aberta — respondeu o homem. — E estava chovendo. Então nós entramos.

A mulher ajeitou a mala de rodinhas.

— Nós não temos para onde ir.

Eu me preparei para uma enxurrada de acusações. Mas eu sabia, eu *sabia* que tinha trancado bem a porta. Alguém havia aberto a porta de novo, mas como? Fiquei me perguntando se seria proposital, se havia um sabotador no prédio.

— Mas... vocês não podem entrar aqui! — disse Eurovision, com um toque de desespero. — Nós estamos no meio de uma *pandemia*!

— E nós não estamos? — gritou a mulher de volta.

O marido colocou a mão no ombro dela. Depois de uma pausa, ela se sentou em cima da mala. A impressão era de que não conseguia dar mais nem um passo sequer.

Havia alguma coisa insana acontecendo com aquele prédio.

A Terapeuta falou:

— Por favor, descansem aqui até resolvermos essa situação. Lamento não termos cadeiras extras para oferecer. Mas, se não se importarem, podem manter distância, por favor? Para o bem de todos.

— E o nosso também. — O homem pousou a mão suavemente nas costas da mulher. — Você fica aqui descansando — disse para a esposa — e eu desço para buscar minha mãe e as crianças.

Percebi que a conversa estava prestes a voltar para a questão da porta "aberta" e daquela intrusão repentina, mas Eurovision me salvou.

— Como assim, vocês não podem voltar para casa?

— Nossos vizinhos se voltaram contra nós. — A mulher suspirou. — E não deixam a gente entrar.

— Não deixam vocês entrarem? — disse Vinagre. — Durante uma pandemia, na chuva? Como diabos isso aconteceu?

A mulher respirou fundo, depois soltou o ar como se estivesse liberando sua própria tempestade reprimida.

―――~―――

― Era uma noite mais escura e tempestuosa que esta quando ficamos trancados do lado de fora do prédio. Estávamos tremendo e espirrando no vestíbulo, com as malas encharcadas depois de um voo de três horas vindo da República Dominicana, filas intermináveis na alfândega e o longo trajeto de táxi para casa.

"Nossa senha para a porta principal não funcionou. Imaginamos que o zelador tivesse mudado a combinação da fechadura, que enfim tivesse resolvido fazer alguma coisa em relação aos ladrões de pacotes do prédio em vez de apenas dar de ombros e dizer: 'Eu sou só o zelador, o homem da supervisão, não policial.' Ele gostava dessa coisa de homem da supervisão, se achava um Super-homem.

"Mas talvez fosse um ladrão também. Talvez o Super-homem fosse aquele vendedor do eBay cujas mercadorias sempre correspondiam aos objetos que os moradores encomendavam na Amazon e que desapareciam antes da entrega. Talvez fosse verdade o que nossa vizinha tinha dito, que era o Super-homem que roubava as entregas de comida de outras pessoas.

"Àquela hora, porém, o Super-homem era a única pessoa no prédio que ousaríamos incomodar. Tudo bem, também tinha nossa vizinha, mas ela estava tomando antidepressivos por causa daquele filho imprestável dela, e achávamos que, por causa dos remédios, ela devia estar fora do ar. Além disso, o Super-homem nos devia um favor. E, no fim das contas, zeladoria, ou o que quer que ele fizesse, é o que os heróis dos prédios são pagos para fazer.

"Tocamos no apartamento dele mil vezes, sem parar.

"Enquanto esperávamos, nossos olhos pousaram no aviso colado ao lado do painel do interfone. Reconhecemos o mesmo estilo gráfico de todos os avisos que o Super-homem colocava nos elevadores e corredores. A arte estava pior do que nunca.

"Algumas semanas atrás, arriscamos nossa vida para ajudá-lo a levar uma mesa de desenho para seu apartamento junto com outros móveis que tinham sido do cartunista político do 4C, aquele que foi expulso de El Salvador, depois deportado de volta para seu país pela Imigração, que Deus conserve sua alma e a de muitos outros. Ele não tem família nos Estados Unidos para reivindicar seus pertences. Então o Super-homem implorou que o ajudássemos a transferir os materiais de arte do cartunista para 'Krypton', como o Super-homem chama o enorme apartamento onde a imobiliária o instalou para compensar pelo 'supersalário de merda'. Ele sabe dar um espetáculo ao suplicar, sempre pede as coisas logo depois de lembrar que mais uma vez nosso aluguel está atrasado. É claro que inventamos desculpas, dissemos que somos uma família de cinco pessoas, entre elas uma idosa e duas crianças bem-educadas, limpas, inteligentes, que falam inglês e têm cidadania americana. Então o Super-homem se desculpou, torceu o nariz e disse que, de todos os moradores do prédio, tinha achado que ao menos poderia contar com pessoas abençoadas com sobrenomes como o nosso. E, como somos bons samaritanos, cedemos, reforçamos nossas máscaras caseiras com papel toalha e concordamos em fazer-lhe o favor.

"Krypton parecia um armazém; tivemos que manobrar para nos esquivar de todo tipo de coisa, de candelabros antigos e azulejos de cerâmica até caixas de papel higiênico de duas camadas e desinfetante de mãos orgânico. 'Empório pandemônio endêmico e pandêmico', recitou o Super-homem entre tragadas de um baseado. Em vez de nos oferecer algo para beber para compensar pelo incômodo, ele nos deu um esboço autografado do último pôster no qual estava trabalhando. 'Essa pandemia vai fazer minha poesia e minha arte viralizarem', disse nosso anti-herói, abrindo uma lata de Corona Hard Seltzer sabor manga.

"E agora, no saguão, recuamos instintivamente quase dois metros do pôster finalizado: um Tio Sam mascarado nos mostrando o dedo médio acima das palavras 'VÁ SE FODER, COVID'.

"'Vá se foder você, Super-homem', disse minha sogra.

"Com a ponta de um guarda-chuva, nosso caçula tocou sem parar o botão com a letra 'S'.

"Então notamos o 'vão se foder' supremo: nosso sobrenome havia sido riscado da etiqueta ao lado da campainha do apartamento 3A. Passar uma fita corretiva teria sido menos violento. A linha preta grossa provavelmente tinha sido feita com uma daquelas malditas canetas que tínhamos resgatado do 4C.

"Riscando aquilo que tínhamos de mais sagrado.

"Riscando a razão pela qual tínhamos interrompido a quarentena para viajar para nossa terra natal, atendendo ao chamado messiânico do Narrador.

"Riscando uma história pavimentada com ouro séculos mais antiga do que este país esquecido por Deus.

"Nosso caçula levantou a perna e, com a ponta do tênis, tocou sem parar a campainha do zelador.

"Pela porta de vidro, finalmente avistamos o Super-homem. Ele apareceu no fim do corredor, iluminado pelas luzes fluorescentes. Uma miragem de ceroulas, máscara azul e Crocs amarelos empoeirados. Quando ele chegou perto o suficiente da porta do vestíbulo, sorrimos, acenamos e erguemos uma sacola do *duty-free* com o rum que tínhamos comprado com nossos parentes no Brooklyn em mente.

"O ondular de sua capa vermelha nos deu esperança.

"Em um universo alternativo, o Super-homem teria aberto os braços e gritado: 'Bem-vindos de volta! Como foi a viagem? Encontraram a família que estavam procurando? Um dia vou visitar seu país e encontrar uma Lois Lane para trabalhar no meu lugar. Esqueçam o aluguel que estão devendo: *Black Lives Matter*, amigos! Ah, e mudei a senha da porta para impedir a entrada do presidente e de sua corja de ladrões. O novo código é 440. He, he, he. Abre-te, Sésamo!'

"Mas, em nosso universo atual, ele não disse nem uma palavra nem nos olhou nos olhos. Com a mão coberta por uma luva de borracha, o Super--homem passou um envelope por baixo da porta.

"Estupefatos, nós o observamos voltar para seu apartamento arrastando os pés.

"Batemos sem parar no vidro.

"Depois que ele desapareceu do nosso campo de visão, nos revezamos tocando o interfone de todos os apartamentos, inclusive o nosso.

"Respostas crepitantes logo ecoaram no saguão.

"'Quem é... *Quién es*... Quem é... *Qu'est-ce*... Quem diabos...?'

"Gritamos diversas vezes nosso sobrenome.

"Ninguém abriu a porta para nós."

"No envelope estava escrito nosso sobrenome em negrito, na fonte Times New Roman.

"A carta era para nos informar que, de acordo com qualquer que fosse o contrato que havíamos assinado com a imobiliária Rivington Management havia mais de uma década, estávamos proibidos de entrar no prédio até que atendêssemos a três condições. Devíamos ter a delicadeza de observar que seria impossível cumprir tais requisitos: (1) um mês de quarentena – sim, um mês; (2) teste negativo para as cepas alfa, beta, gama, delta e todas as demais variantes alfabéticas futuras do novo coronavírus SARS-CoV-2; e (3) pagamento integral de meses de aluguel passados, presentes e futuros. O descumprimento de todos os requisitos mencionados resultaria na perda de nosso status VIP de aluguel controlado e na instauração de um processo judicial sumário nos termos do estatuto vigente a fim de recuperar a posse do referido apartamento 3A.

"Ao final da página, estavam as assinaturas de pessoas cujos cães autistas tínhamos confortado, pessoas cujas roupas tínhamos dobrado e desdobrado, pessoas que tinham chorado em nossa cozinha após a morte de suas orquídeas chuva-de-ouro.

"Impressa em fonte Helvetica, em itálico, acima dessas assinaturas, a frase: 'Com amor, seus vizinhos.'"

— Então lá estávamos nós, em uma noite mais escura e tempestuosa que esta, enfrentando o despejo durante uma pandemia em um bairro que já não via a hora de nos apagar.

"Três semanas. Ficamos fora apenas três semanas. Em uma viagem de família. Fomos cuidadosos. Não abraçamos nem beijamos nenhum parente, nem mesmo aqueles que não víamos havia muito tempo e que tínhamos ido consultar. Mantivemos o distanciamento social enquanto gravávamos entrevistas, usamos desinfetante para as mãos após manusear certidões de nascimento.

Desinfetante para as mãos americano. Havíamos produzido máscaras extras, lavado as mãos, feito nossas orações. Máscaras vermelhas, sabão branco, orações azuis.

"Chamamos outro Uber, dessa vez para o Brooklyn, atravessamos a ponte até a casa de uma parente em Williamsburg. Dez minutos depois, um motorista com máscara antigás colocava nossas malas no porta-malas do carro. Nosso filho caçula olhava para ele aterrorizado e tivemos que colocá-lo à força dentro do veículo.

"O interior cheirava a lavanda falsa.

"Espirramos e discutimos durante todo o caminho pela Delancey Street.

"Que deveríamos ligar antes de aparecer na porta de um parente, que se danasse nosso sobrenome. Que, bem, era isso que tínhamos conseguido depois de ouvirmos o Narrador e termos gastado o dinheiro do aluguel para caçar o ouro dos tolos que ele havia prometido. Que estávamos com fome. Que não, por favor, não na frente das crianças. Que, ah, nossos filhos sem-teto? Que, poxa, tínhamos que ter fé. Que precisávamos fazer xixi...

"Minha sogra estalou a língua e pegou o celular.

"Nossa parente atendeu ao segundo toque.

"'Venham logo', disse ela.

"'Viram?', disse minha sogra depois de desligar. 'Eu disse que as pessoas que trabalham em bares não dormem.'

"O motorista deu uma freada brusca ao parar no sinal vermelho antes da ponte. Quando virou a cabeça, nós o ouvimos respirar com dificuldade através da máscara antigás.

"'Era uma vez', disse ele com a voz abafada, 'o dono de um bar que tinha muitos empregados, gado e hectares de terra.'

"'Apenas dirija!', nós gritamos.

"O sinal tinha acabado de ficar verde; o motorista não deu o braço a torcer.

"'Uma tarde, enquanto tentava alcançar a prateleira de cima do bar, o proprietário deixou cair todas as garrafas de Johnnie Walker Gold Label Reserve que tinha debaixo do braço.'

"Em seguida, ele atravessou a ponte em silêncio.

"Mais tarde, daríamos a ele cinco estrelas, não pela qualidade do serviço, mas por ter nos contado o que o Narrador não tinha nos contado."

"Nosso sobrenome pode ter pouca importância neste bairro e neste país, mas vale uma fortuna na ilha.

"Não podemos dizer que o Narrador não nos avisou.

"Talvez ele tivesse razão ao proclamar: <Mesmo entre os vizinhos, haverá inimigos daqueles que têm seu sobrenome.>

"Muito antes desta pandemia, o Narrador já havia nos contado que tínhamos direito a uma herança colossal.

<Ouro infinito>, disse ele, primeiro em salas de estar, depois em coletivas de imprensa. <Um ouro colonial tão amarelo que é verde.>

"O Narrador é advogado. Ele pode não ter nosso sobrenome, mas nasceu com um dente de ouro na boca.

"A mãe dele contou a história na TV Orovisión:

"'Quando tinha catorze anos, um raio atingiu seu canino esquerdo logo depois que ele sorriu para a chuva. Depois disso, seus ouvidos não pararam de zumbir. Em meio aos sons do café sendo preparado, das buzinas dos carros e dos latidos dos cães, seus ouvidos zumbiam sem parar com mil e uma histórias. Cada vez que ele contava uma, o zumbido parava.'

"Aos quinze anos, o Narrador contou esta história na festa de aniversário do pai:

<Era uma vez um periquito surdo que gostava de comer cana-de-açúcar nos trilhos do trem. 'Saia do caminho!', gritavam as pessoas, mas o periquito surdo ficava bicando a cana. 'Não diga que ninguém avisou', diziam e seguiam alegremente seu caminho. Um dia, um trem passou em alta velocidade e deixou uma mancha de penas coloridas e caldo de cana em seu rastro.>

"Aos dezesseis anos, o Narrador contou esta história na festa de aniversário da mãe:

<Era uma vez uma mulher que não tinha rosto. Mas suas mãos conheciam a língua da terra. Quando suas mãos diziam: 'Transforme-se em barro', a terra se transformava em barro. Quando suas mãos diziam: 'Transforme-se em mim', o barro se transformava em pequenas mulheres sem rosto. Em pouco tempo, pessoas começaram a chegar de todos os lugares para comprar suas bonecas de

cerâmica. 'Quanto custa?', perguntavam. 'Demais', ela dizia, e lhes dava aquelas versões de si mesma. Um dia, um homem colocou um teto, uma placa e um preço sobre a cabeça dela. 'Serei um homem rico', pensou ele. Mas, quando colocou uma aliança no dedo dela, suas mãos esqueceram a língua da terra e o homem perdeu metade do rosto.>

"Aos dezessete anos, o Narrador contou esta história na festa de aniversário do irmão:

<Era uma vez um povoado onde todas as meninas se transformavam em meninos ao completar treze anos. Todo mês, um trem chegava ao povoado para recolher sal e gesso. Um dia, um menino de doze anos embarcou escondido no trem no momento em que ele estava deixando o povoado. Queria ir para a capital e se tornar um homem rico. Planejava voltar com uma aliança de ouro para a garota com quem queria se casar. Passou o trajeto de três horas até a capital chupando sal e cana-de-açúcar. Quando o trem chegou à capital, no entanto, o menino havia se tornado mulher. Ela voltou para o povoado anos depois na mais profunda miséria. Mas se casou com a garota, que àquela altura já havia perdido uma das mãos e se tornado um homem rico.>

"Aos dezoito anos, o Narrador contou esta história na festa de aniversário da irmã:

<Era uma vez um canavial infestado de periquitos. Enquanto os cortadores de cana cortavam, os periquitos se empoleiravam nos talos e cantavam esta história sempre que um trem passava: 'Era uma vez um canavial infestado de periquitos. Enquanto os cortadores de cana cortavam, os periquitos se empoleiravam nos talos e cantavam esta história sempre que um trem passava...'>

"Foi nessa festa que o Narrador foi interrompido por um músico desdentado, que lhe deu este conselho: 'Não toque a música que você ouve, garoto. Faça os dançarinos dançarem.'"

— Quando chegamos ao bar-restaurante, "A la mar", de Vicente García, estava tocando. No toldo estava estampado nosso sobrenome, que nossa parente havia adotado ao se casar e do qual estava se divorciando.

"Sob a cortina de chuva, sentimos que o sol estava nascendo.

"Em nosso universo, as pessoas te recebem com música. Perguntam como está sua saúde depois do beijo e do abraço. Trazem toalhas limpas do apartamento no andar de cima e café com uma pitada de noz-moscada. Reorganizam mesas e cadeiras, deixando a pista de dança pronta para a quarentena. Afofam travesseiros das quatro camas dobráveis que por acaso têm no local de trabalho. Escrevem a senha do wi-fi em cartões de visita para que as crianças não percam as aulas. Vão até o mercadinho para comprar mais leite, além de leite de amêndoa para o vegano da família. Dividem mentalmente frações em outras frações para, de alguma forma, obter números inteiros.

"Comíamos e dormíamos regiamente. Todos os dias, depois do jantar, às sete da noite em ponto, ficávamos na frente do estabelecimento, batendo panelas e frigideiras. Para o constrangimento de nossos filhos, assoviávamos e aplaudíamos em homenagem aos trabalhadores, que sorriam cansados no caminho indo para o trabalho ou voltando dele. Preenchíamos nossas horas ociosas nos atualizando sobre as fofocas da família enquanto tomávamos o rum dominicano que tínhamos comprado no *duty-free*.

"'Vocês são um presente', disse ela depois de três dias, 'não refugiados pandêmicos.'

"Receando que começássemos a cheirar mal, pedimos produtos de limpeza para começarmos a pagar por nossa estadia. Tiramos o pó do bar, garrafa por garrafa, e consertamos cadeiras havia muito quebradas por dançarinos ciumentos. Limpamos todos os cantos do chão, consertamos dobradiças e trocamos fios elétricos. Nivelamos a jukebox e colocamos o resto dos discos de García para tocar um atrás do outro. Todas as noites, assumíamos a função de impedir a entrada de clientes habituais que ignoravam a placa de 'Desculpe, estamos fechados' e imploravam que os deixássemos entrar. Prevendo uma reabertura espetacular, compramos madeira e tinta de cores tropicais e construímos um paraíso no vestíbulo pequeno, adornado com luzinhas de Natal e palmeiras de plástico.

"'Vocês são um presente', ela nos disse então, 'gênios saídos de um poste de luz.'

"De fato, a vida dela estava um tanto cinzenta antes da nossa chegada. Ela estava cansada. Fazia décadas que trabalhava neste país para que seus filhos pudessem progredir e um dia assumir o negócio. Então vieram a discórdia conjugal, a artrite e a insônia, a faculdade dos três filhos. Um estudava infodemiologia, outro tanatologia e o último numismatologia. Tudo inútil, dizia ela. Estava treinando os filhos para assumirem os negócios da família em seu programa de MBA caseiro. Sim, a vizinhança, os filhos dela, o mundo – tudo estava mudando rápido demais! E, pelo amor de Deus, lá estava ela, uma velha divorciada tomando grandes doses de canabidiol. Para a inflamação, ela insistia, para a insônia.

"Nós recusamos. Nós escutamos. Nós fomos empáticos. Contamos a ela sobre o Narrador.

<O Dia do Desembolso está chegando!> O Narrador nos tranquilizava por meio de mensagens de WhatsApp que encaminhávamos para ela todos os dias.

"Ah sim, ela já tinha ouvido falar desse golpe.

"De jeito nenhum, insistimos, mostrando-lhe as senhas do banco que o Narrador tinha nos dado, a chave de nossa liberdade financeira.

"Apesar de todos os problemas, sua resposta inicial foi: 'Obrigada, mas tenho Deus.'

"'Pare de acumular', dissemos, 'e deixe um pouco de Deus para os outros.'

"Ela recusou. Ela escutou. Ela foi empática.

"Porque as igrejas estavam fechadas naqueles dias de ave-marias sem resposta. Havia cada vez mais terços pendendo de espelhos retrovisores. Também vimos terços no lixo. Esses nós resgatamos e entalhamos as letras do nosso Sobrenome nas contas, pois a quarentena também dera até aos mais céticos de nós uma fé renovada no Narrador. Em pouco tempo transformamos o bar em altar, onde nos reuníamos para rezar antes de cada refeição. Os terços nos ajudavam a não perder a conta dos dias, que subdividíamos recontando as histórias do Narrador agrupadas por temas e em conjuntos de cinco: as alegres, as luminosas, as tristes, as gloriosas, as renascidas. Conta a conta, recitávamos nosso sagrado Sobrenome para nos ajudar a lembrar a sequência de nossa história roubada.

"Porque se não há método, há loucura.

"E mesmo assim, há loucura."

"Seguindo o conselho do músico, o Narrador começou a ouvir seus ouvintes. Ele parou de contar suas histórias e o zumbido nos ouvidos voltou. Deixou que zumbisse, decidido a encontrar sua Grande História. E, quanto menos o Narrador contava, mais nós, seus ouvintes, contávamos.

"Em um piscar de olhos, ele descobriu as cinco coisas que mais valorizamos: nomes, ouro, terra, sonhos e Deus. Em um piscar de olhos, ele descobriu as cinco coisas que mais tememos: documentos, poeira, lei, silêncio e Deus.

"Depois de descobrir tudo isso, o Narrador foi estudar e se formou em Direito. Passava os dias na Biblioteca Nacional Pedro Henríquez Ureña, que em geral estava vazia. Além de casos jurídicos e de ética, ele estudava as histórias da Bíblia, da Torá, do Alcorão e de todos os outros livros sagrados disponíveis em tradução. Subornados com comida, os funcionários às vezes permitiam que ele se instalasse entre as estantes, onde lia até cansar.

"Depois de aprender todas as leis, o Narrador foi trabalhar em uma imobiliária. Comprou um terno bege e um relógio de ouro. Decorou mapas do norte, do leste, do sul e do oeste. Nos poucos dias de folga, tirava cochilos curtos e fazia longas caminhadas. Fez amizade com lavadeiras e engraxates. Decorou seus nomes, visitou seus locais de culto. Carregava uma pasta cheia de recortes de jornais, pirulitos e gravatas extras. Comparecia a cerimônias de batizado, casamentos e funerais. Fazia doações para orfanatos e estendia o braço quando era preciso doar sangue. Fez amizade com o prefeito e com os amigos do prefeito, inclusive o bispo.

"E não contou nem uma única história.

"Quando tinha se tornado conhecido, o Narrador foi ao dentista fazer uma limpeza. Alguns disseram que o dente de ouro tinha virado chumbo, uma maldição lançada pelo músico. Mas muitos de nós tínhamos fé de que as histórias do Narrador iam voltar e estávamos dispostos a dançar ouvindo qualquer coisa."

"Somos um povo faminto porque não estamos no controle da nossa história. Somos um povo cuja história foi sequestrada." – Haile Gerima

– Após duas semanas de quarentena, nossa parente respondeu a uma de nossas mensagens do WhatsApp com essa citação. Nossa mensagem era sobre o Dia do Desembolso, por isso ficamos confusos com a resposta dela.

"Ela desceu mais tarde, enquanto ainda estávamos terminando nossas orações do dia, e se encostou de braços cruzados na jukebox. Quando terminamos de recitar a última rodada do nosso Sobrenome, ela descruzou os braços. Levantou a máscara, inclinou a cabeça para trás e pingou várias gotas de uma solução debaixo da língua. Em seguida, respirou fundo várias vezes.

"Perguntamos se o ex-marido dela estava bem. Se algum de seus funcionários tinha morrido. O número de mortes não parava de subir na cidade.

"Ela pediu para ver nosso aviso de despejo.

"A objetividade de seu pedido coincidiu com o momento em que a luz da jukebox mudou para azul.

"Minha sogra bateu com a bengala no nosso caçula. 'Os documentos, garoto! A mulher está pedindo nossos documentos.'

"Em um piscar de olhos, estava entregando à parente o envelope manchado de água com a solenidade de um pajem imperial.

"'Bobagem', disse ela depois de examinar a carta.

"Ficamos ofendidos, ofendidos com a insinuação de que éramos mendigos pandêmicos.

"Ela esclareceu: 'O autor desta carta é um mentiroso. Vocês não são capazes de farejar uma mentira?'

"Ficamos ofendidos, ofendidos com a insinuação de que havíamos perdido o olfato.

"Ela perguntou como era possível que não tivesse nos ocorrido voltar ao prédio ou entrar em contato com a Rivington Management. No mínimo, deveríamos ter verificado nossa situação como inquilinos. Ainda que fosse apenas porque minha sogra e nosso filho caçula precisavam de estabilidade, disse ela.

"Ficamos ofendidos, ofendidos com a insinuação de que éramos tão instáveis quanto o presidente.

"A verdade era que tínhamos desfrutado de nosso tempo naquele módulo do Sobrenome. Tinha sido mais do que um prolongamento da nossa viagem de volta para nossa terra natal, em que havíamos passado três semanas às voltas com documentos, reuniões e burocracia. No bar-restaurante, passamos a conhecer nossa parente e os filhos dela de uma forma inédita desde que havíamos imigrado, já fazia uma eternidade. Desfrutávamos do prazer de colocar música na jukebox durante nossas sessões noturnas de contação de histórias e de assistir a vídeos de nossos celulares em uma tela grande. Nos deleitávamos inventando receitas novas com as sobras, que transformávamos em banquetes na espaçosa cozinha do restaurante. E, graças às sementes desses trabalhos, tínhamos conseguido forrar os peitoris das janelas com plantas, cujo crescimento medíamos hora a hora. Pela primeira vez em muito tempo, nos sentíamos úteis, vivos, essenciais.

"Se havíamos esquecido a Rivington por um breve período, era porque tínhamos começado a nos lembrar de nós mesmos.

"Ela ficou comovida com nosso sentimentalismo, claro. E sim, ela também nos amava. Nossa presença a havia ajudado a recompor sua vida despedaçada. Mas os contos de fadas têm que acabar. Ela tinha um negócio para administrar, advogados para consultar em relação ao divórcio, filhos para treinar. E pessoas com quem se relacionar. Então, com a nossa permissão, voltamos à questão do aviso de despejo.

"Então ela mandou uma mensagem para um de seus filhos que estudavam aquelas -ologias.

"O filho dela apareceu lá embaixo como se já estivesse esperando nos bastidores. Era ele quem tínhamos ouvido ela repreender por ter sido reprovado em exames à distância e por estar fedendo a maconha.

"'Sessão de MBA caseiro', disse ela com voz de sargento, e ele ficou em posição de sentido. Ela lhe entregou o aviso. 'O que há de errado com este documento?'

"Ele deu uma olhada, em seguida olhou para nós e sorriu.

"'Dã, não está em papel timbrado.'

<Não existe 'era uma vez'> disse o Narrador, <porque não vou contar uma história.>

"Ele começou convocando reuniões em nossa sala de estar, depois em mercearias, igrejas, reuniões sindicais, protestos contra o governo, coletivas de imprensa e, por fim, em nossos sonhos.

<O que vou contar a vocês é História. A História de dois grandes antepassados que tinham uma mina de ouro nesta terra. Uma parte desse ouro era enviada através do vasto mar azul para o rei e a rainha. O resto foi escondido durante a guerra em vários bancos por toda a Europa. Ouro gravado com o mesmo Sobrenome que corre em suas veias. Um brinde a Deus, à nação, à liberdade!>

"Então, no fim das contas, não somos ilegítimos, pensamos. Viemos de alguém.

"Para provar, começamos a desenterrar certidões de nascimento e títulos de propriedade de terra em um país cujo clima e cujos funcionários governamentais devoravam papel. Aqueles de nós que viviam no exterior tinham que suplicar e pedir empréstimos para garantir voos de diversos pontos de partida para o aeroporto chamado Las Américas, onde, séculos atrás, nossos antepassados indígenas tinham recebido a visita de uma raça diferente de caçadores de ouro, alguns dos quais também tinham o Sobrenome.

"'Ah, os colonizados reivindicando o nome dos colonizadores', diziam os inimigos do Sobrenome. E riam de nós pessoalmente e por impresso, ao vivo e pela internet.

"Mesmo assim, seguimos com nossa missão sem perder a paciência e a civilidade. A pandemia nos deu tempo suficiente para reivindicar nosso DNA antes que qualquer vírus o fizesse. Centenas de nossos compatriotas entrevistaram anciãos, vasculharam arquivos de igrejas, visitaram a Biblioteca Nacional do país em busca das origens do nosso Sobrenome. Os menos afortunados choraram ao ouvir a história nunca antes contada do avô que na verdade era órfão, e cujo Sobrenome apenas lhe fora atribuído, como se faz com um burrico, por um proprietário de terras benevolente. Os mais afortunados se regozijaram ao encontrar a assinatura de uma avó nos registros de navios coloniais espanhóis no Arquivo Nacional, não importava que negócio infeliz a tivesse levado até lá.

"A fim de pagar as taxas de documentos, muitos na ilha que tinham o Sobrenome economizavam, vendiam suas vacas ou dirigiam táxis. Em seguida, ficávamos no sol por horas, em fila, esperando para apresentar nossas pastas de papel pardo úmidas ao Narrador, cujo exército nos ungia com senhas bancárias.

<Para o Dia do Desembolso>, ele anunciou nas redes sociais, fazendo o sinal da cruz.

"'Para o Dia do Desembolso', nos gabamos para outras pessoas mais tarde, postando imagens pixeladas de nossos números mágicos junto com emojis de mãos em prece.

"De volta a Nova York, quando o Dia do Desembolso chegou e passou, mantivemos a fé. O Narrador reuniu os fiéis em seu escritório na Capital ou pelo Zoom e anunciou:

<Tenham fé!>

"E nós rezamos.

<Vocês vão herdar a terra!>

"E nós sussurramos: 'Amém!'"

━━◆━━

— Hoje de manhã cedo, chamamos um Uber, desta vez de volta para a Bowery.

"Dez minutos depois, estávamos cara a cara com uma motorista que usava uma máscara estampada com a imagem impressa de uma selfie. Enquanto ela colocava nossas malas e plantas no porta-malas do carro, nosso filho caçula entrou sozinho tendo um ataque de riso.

"O interior do carro cheirava a amaciante, e espirramos durante todo o trajeto pela ponte de Williamsburg.

"No meio do trajeto, nosso caçula se inclinou para perguntar à motorista por que ela estava usando o próprio rosto sobre o rosto.

"'E como você sabe que este é o meu rosto se nunca viu meu rosto?', perguntou ela, sem tirar os olhos da rua.

"'Estou de saco cheio de toda essa merda!', disse minha sogra, tirando a dentadura. Ela abaixou a janela e jogou o rosário na direção do East River, gritando nosso Sobrenome e uma série de palavrões: os números da senha, o número de Seguro Social, os números que jogava na loteria e a futura data da morte do Narrador.

"Ninguém mais disse uma palavra durante o trajeto de volta para casa.

"No vestíbulo do prédio, nos deparamos com nossa vizinha. Ela estava encurvada, digitando a combinação da porta interna, de costas para nós. A rajada de ar frio fez com que ela se virasse. Estava prestes a gritar quando se deu conta de que éramos nós.

"Seu suspiro de alívio foi reconfortante.

"Ela nos pediu desculpas. Tinham acontecido alguns assaltos no prédio. Mas que bobagem a dela não nos dar as boas-vindas direito. Como tinha sido nossa viagem? Tínhamos entregado as cartas e as máscaras às irmãs dela? Ah, que saudades sentia delas. Seu filho havia prometido comprar uma passagem de avião para ela assim que a pandemia terminasse. Mas escutem, muita coisa tinha acontecido enquanto estávamos fora. Devíamos passar lá para tomar um café com ela – não, era melhor ligarmos. Aquele racista do 3A? Bem, ele estava namorando um cara do *Black Lives Matter*, e ela os ouvia pela tubulação do radiador. Ah, a senha nova? Ela não podia nos dar, sentia muito. 'Porque nenhuma boa ação fica impune', cuspiu minha sogra. Enquanto conversávamos, ela estava sentada em cima da mala no vestíbulo, soltando uma saraivada de palavrões na frente das crianças.

"Decidimos pedir abrigo aqui no Fernsby Arms apenas porque nossos filhos insistiram que a palavra 'Arms' depois do nome quer dizer braços em vez de armas. Essas crianças nos fazem acreditar na bondade do ser humano. Um deles até deu à motorista do Uber cinco estrelas 'por não nos olhar pelo retrovisor e focar o longo caminho à frente'."

~

Acho que nenhum de nós soube como interpretar essa história estranha e comovente.

– Bem... – começou Vinagre.

— Esse proprietário deveria ser processado e receber uma punição severa! — disse Flórida, com uma expressão de súbita indignação. — E o Narrador também.

A mulher abriu um sorriso leve para ela.

— Obrigada. Mas não queremos interromper a reunião de vocês — disse a mulher. — Só precisamos descansar. — Depois de contar sua história, ela fechou os olhos. — Agora só precisamos descansar.

— Claro — disse a Terapeuta. — Vocês podem ficar aqui com a gente pelo tempo que precisarem.

Ela não parecia de todo convicta do que dizia, mas sua voz era acolhedora e profissional. Eu me perguntei o que iria acontecer com aquelas pessoas e me vi querendo ajudar. Mas, antes que eu pudesse pensar no que fazer, Eurovision interveio.

— Bem, então... Enquanto eles se recompõem — ele disse antes de fazer uma pausa com a intenção de mostrar respeito, embora estivesse consultando o relógio —, temos mais tempo. Alguém tem outra história?

— Ou quem sabe outra confissão? — perguntou a Dama dos Anéis.

— Na verdade, eu tenho uma espécie de confissão — disse Ramboz. — Ou talvez seja mais uma revelação. Uma revelação de infância que abriu meus olhos para a realidade em que vivemos. Há muitas coisas que nunca vamos entender a respeito das pessoas que nos rodeiam todos os dias. Posso contar outra história?

— Por favor — respondeu Eurovision.

— Eu cresci em Wellesley, Massachusetts. Naquela época, na década de 1960, era uma das cidades mais ricas do país. Ainda deve ser. No alto da colina onde ficava minha casa, em frente ao campo de golfe, havia um hospital particular chamado Sanatório Wiswall. Faz tempo que não existe mais, mas em 1965 era um lugar caro e exclusivo, uma mansão situada em hectares de gramado cercado por bosques. Foi em Wiswall que Sylvia Plath recebeu os primeiros tratamentos de eletrochoque. No livro *A redoma de vidro*, ela chamou o lugar de 'Walton'. Ela cresceu em Wellesley e, quando eu era criança, a mãe dela ainda morava no número 26 da Elmwood Road. Era uma senhora gentil, quieta e triste. Enfim, Sylvia foi mandada para Wiswall em 1953 na esperança de que os médicos curassem sua depressão com terapia de eletrochoque. É óbvio que não funcionou, e a verdade é que Wiswall era um lugar horrível. Foi investigado diversas vezes pela Secretaria de Saúde Mental do Estado de Massachusetts e acabou sendo fechado em 1975.

"Em 1965, todos na minha turma do quarto ano na Escola Primária Hunnewell sabiam que Wiswall era um 'criadouro de malucos', onde fritavam o cérebro das pessoas com correntes elétricas, transformando-as em zumbis que não paravam de babar. Nós éramos apenas crianças ignorantes que não sabiam nada sobre doenças mentais, é claro, mas tínhamos muitas ideias fantasiosas. Muitas vezes, meus amigos Petey, Chip, J.C. e eu íamos de bicicleta até os portões do Wiswall e ficávamos olhando para o caminho sinuoso da entrada, tentando ouvir os gritos inarticulados dos loucos e o crepitar da eletricidade enquanto os lunáticos eram eletrocutados. Na escola, quando as luzes piscavam, as crianças diziam que isso significava que estavam trabalhando a todo o vapor em Wiswall. Mas, por mais que esperássemos diante dos portões, nunca ouvíamos nada além do vento nas árvores.

"Um dia, Chip sugeriu que entrássemos escondidos. Deixamos as bicicletas entre os arbustos e escalamos o muro de pedra que cercava o terreno. Abrimos caminho pelo bosque cerrado e demos a volta até os fundos do prédio. Logo chegamos ao prédio onde ficavam os lunáticos. Nos escondemos atrás de alguns rododendros e espiamos uma varanda protegida por tela que ficava do outro lado de um gramado. Não havia nenhum movimento. O lugar estava em silêncio. Não dava para ouvir nenhum grito ou lamento nem o crepitar distante da eletricidade. Mas víamos silhuetas de pessoas de aparência normal nas sombras lá dentro. Umas liam com tranquilidade, enquanto outras estavam sentadas ou assistindo à TV. Estava tudo sossegado. O que era uma tarde promissora estava se transformando em decepção e tédio. Decidimos voltar para casa.

"Foi então que começou a verdadeira aventura. Enquanto atravessávamos o bosque para voltar, avistamos um prédio abandonado escondido entre as árvores. Tinha dois andares, bem quadradão. O térreo era de pedra e o andar superior era de madeira. Todas as janelas estavam quebradas e a hera subia pelos canos de escoamento. Aquilo sim era uma bela descoberta. Petey se perguntou se era para lá que levavam os pacientes que seriam acorrentados e torturados, e Chip sugeriu que, se alguém tivesse escapado do manicômio, provavelmente estaria escondido lá armado com um bisturi.

"Nós nos aproximamos e vimos que no porão havia duas janelas no nível do solo. Espiamos lá dentro e vimos algo maravilhoso: duas carruagens e um trenó de verdade, do tipo puxado por cavalos. O lugar já tinha sido uma cocheira.

"Chip forçou a abertura da janela e nós nos esprememos para entrar. O trenó tinha dois bancos, um atrás do outro. Era pintado de vermelho e decorado com rendilhado de floreios dourados. Na parede, em um suporte de madeira, estavam pendurados arreios e coleiras de couro adornados com sinos. Sacudimos os sinos do trenó, rindo e provocando uma tempestade de tilintares. J.C. encontrou um osso que tinha certeza de que era de um paciente eletrocutado por acidente e cujo corpo fora jogado lá. Mais tarde, ele o levou à delegacia para denunciar o assassinato e nos colocou na maior encrenca, mas isso é outra história.

"Logo voltamos nossa atenção para a escada sinistra e torta que levava ao andar de cima. Subimos e nos vimos em um sótão cheio de caixas de papelão, antigos arquivos de carvalho e pilhas de revistas médicas. A luz entrava pelas janelas quebradas e goteiras no teto tinham molhado tudo. Muitas das caixas tinham apodrecido e rasgado, espalhando seu conteúdo pelo chão: toneladas de arquivos e pastas sanfonadas. Os ratos e camundongos tinham se refestelado com a bagunça, mastigando os arquivos até transformá-los em pó, e o ar cheirava a papel mofado e mijo.

"Algumas das caixas continham discos azuis, cada um deles com sua capa. Os discos pareciam LPs de 45 rpm, com um furo no centro e ranhuras circulares. Eu me perguntei que tipo de música poderia haver naqueles discos. Enquanto isso, Petey, J.C. e Chip folheavam os arquivos, lendo-os em voz alta. Eram históricos antigos de pacientes, escritos em um linguajar psiquiátrico antiquado, que não se usava mais. Havia expressões que já naquela época nos soaram cômicas. Ainda me lembro de algumas: *Defeituoso em alto grau. Indivíduo débil mental acima do nível idiota. Desvio psicossexual. Torcicolo espasmódico. Paralisia bulbar.*

"Passamos meia hora lendo trechos da loucura e do sofrimento alheio e dando gargalhadas até cairmos exaustos sobre os montes de papel. Perguntei-me em voz alta como todas aquelas caixas teriam ido parar em um sótão abandonado. Refletimos sobre essa questão até que Chip disse: 'Porque todas essas pessoas estão mortas.'

"Um silêncio repentino tomou o sótão. É claro que essa era a razão para aqueles arquivos terem sido descartados e esquecidos. Essa constatação foi um balde de água fria, e decidimos que era hora de irmos embora. Na saída, peguei alguns daqueles discos azuis.

"Lá em casa, decidimos colocar um dos discos para tocar no aparelho de som do meu pai. Na capa havia uma data, um número e um nome com a inicial do sobrenome: Charlotte P. Tirei o disco e fixei-o no prato giratório com fita adesiva, porque o orifício do disco era grande demais para o eixo. Ligamos o fonógrafo, posicionamos a agulha e ouvimos.

"Uma voz masculina fraca e neutra começou a falar em um tom monocórdio sombrio – um médico, falando sobre uma paciente que havia acabado de ser internada. Ele começou a relatar os sintomas e o histórico dela, e o caso era tudo menos entediante. Eis a história que o médico contou.

"Charlotte P. era uma mulher casada que tinha sido levada ao hospital pelo marido. Tinha três filhos e era uma dona de casa normal. O marido trabalhava em Boston. Durante o ano anterior à internação, Charlotte P. tornara-se retraída. Havia parado de cuidar de si mesma, não tomava mais banho nem se vestia de manhã. Por fim, parou de comer. Quando o marido perguntou o porquê, ela disse que era porque havia feito uma descoberta. Depois de muito pensar e observar, tinha se dado conta de que estava morta. Não apenas isso, mas tinha certeza de que todos em sua família também estavam mortos, só que não tinham se dado conta.

"Quando terminou de relatar esses detalhes com a mesma voz inexpressiva, o médico deu um diagnóstico para o distúrbio da mulher e a gravação do disco azul chegou ao fim.

"Nenhum de nós disse nada. Meus amigos acharam aquilo bizarro. Eu, por outro lado, estava aterrorizado. No meio daquele relato de loucura, tinha me lembrado de repente de conversas cochichadas em minha família ao longo dos anos sobre uma certa tia-avó chamada Charlotte, irmã do meu avô, que morava em Wellesley e era casada com um banqueiro cujo sobrenome começava com P. Algo vergonhoso e incompreensível tinha acontecido com ela. Chamavam de 'colapso nervoso', mas era tudo muito vago, ninguém nunca explicava o que isso significava, e paravam de falar dela sempre que uma criança se aproximava.

"Jamais vou me esquecer da sensação nauseante que revirou meu estômago. Seria possível que aquela mulher fosse minha parente? Minha tia-avó? Será que tinham construído um manicômio bem ali, no meio do meu bairro residencial branco e organizado, porque era *ali* que estavam as doenças?

"Nunca contei isso aos meus amigos e nunca perguntei aos meus pais. Estava desesperado para não saber a verdade. Disse a mim mesmo diversas vezes que havia muitas Charlotte P. no mundo. Quando meus amigos foram embora, enfiei os discos azuis em um buraco na parede atrás do toca-discos, e aquelas histórias de loucura permaneceram escondidas na parede até nossa casa ser vendida, vinte anos depois. Talvez ainda estejam lá."

A cidade parecia ter sido tomada pela escuridão enquanto Ramboz contava sua história. As sirenes da cidade estavam em silêncio. Admito: a história realmente me assustou.

— Isso aconteceu faz cinquenta e cinco anos — disse ele. — Aquele sótão estava abarrotado de histórias de pessoas esquecidas cujas vidas foram enfiadas em caixas e largadas lá para serem devoradas pelos ratos. — Sua voz ficou embargada de emoção. — Vocês sabem o que dá ainda mais medo do que a morte? — Ele fez uma pausa. — *Ser esquecido*.

— Mal posso esperar para ser esquecida — disse Hello Kitty.

— É o que você diz agora — disse a Dama dos Anéis. — Espere até ter setenta anos, como eu, e seu cérebro estar cheio de histórias, pessoas e amores, um monte de lembranças preciosas que você não quer perder, ainda mais quando vê a morte se aproximando para levar tudo embora.

— Todos nós precisamos do Narrador — interveio a mulher do Sobrenome, que não estava dormindo, afinal de contas.

— Já pensei muito no processo de ser esquecido — disse Ramboz. — Primeiro você morre. Então as pessoas que te conheceram e contaram a sua história morrem. Então essas pessoas que ouviram sua história morrem também. E, quando suas histórias morrem com elas, é que você finalmente desaparece por completo.

É verdade. Não tenho planos de ter filhos — faz anos que não tenho nem namorada —, então, quando eu morrer, meu pai vai morrer comigo. E as poucas lembranças da minha mãe, onde quer que ela esteja... tudo vai desaparecer.

Enquanto todos pensávamos nisso, a porta do telhado se abriu de novo com um estrondo e o marido da mulher voltou, carregando uma mochila em um dos ombros e cambaleando sob o peso de uma criança adormecida no outro, seguido por uma senhora idosa e um adolescente encharcado com uma mochila molhada arrastando mais duas malas de rodinhas. O adolescente se deixou cair no chão ao lado da mãe, que virou para pegar a criança adormecida com o marido, que por sua vez se virou para ajudar a velha senhora a se sentar em sua mochila.

Sentados em nossas cadeiras confortáveis e tão conhecidas, a salvo em nossas bolhas de dois metros, nós os observamos com compaixão e um sentimento crescente de pena. Todos estavam tão desgrenhados, o marido e a mulher, a mãe idosa e o adolescente aturdido, os cabelos ainda molhados. Mas ninguém se mexeu para ajudá-los, é claro, porque o que poderíamos fazer? Não podíamos nem sequer tocá-los sem correr risco. Passamos todo o maldito confinamento sendo tão cuidadosos.

Por fim, a Dama dos Anéis pigarreou.

— Tenho certeza de que falo por todos — disse ela — quando digo que vocês são bem-vindos aqui no Fernsby até as coisas se ajeitarem.

Olhei em volta para ver se ela estava realmente falando por todos e fiquei surpresa ao não identificar dissidentes óbvios. Até Vinagre concordava com a cabeça.

Antes que alguém pudesse me impedir — antes que eu mesma pudesse me impedir —, eu estava a dois metros de distância deles, segurando as chaves do 2A, que ainda estavam no bolso da minha jaqueta, onde eu as havia deixado algumas noites atrás.

— Tomem — falei. — É um apartamento vazio, ou pelo menos deveria ser. Eu sou a zeladora. Fiquem lá até resolverem as coisas com o pessoal da Rivington. Por enquanto, o Fernsby Arms lhes dá as boas-vindas.

— *Você* é a zeladora? — disse o adolescente.

O casal ficou olhando incrédulo para o meu braço, para as chaves que balançavam em minha mão. O breve alarme em seus rostos me disse o que eu já suspeitava: que qualquer tipo de aluguel estava fora de cogitação. Eu não me importei. O maldito proprietário nunca aparecia para ver como estavam as coisas, de qualquer maneira.

— Podemos discutir os detalhes depois — comentei, consciente do silêncio repentino que havia se instalado no telhado. Mais ou menos como o silêncio que se fez depois que contei minha história de Priya e Maine contou a de Elijah. Algo parecido com uma dor fantasma. Depois de todas as confissões, sofrimentos e esperanças que tínhamos ouvido nas últimas duas semanas, eu duvidava que alguém fosse reclamar por eu ter oferecido o apartamento àquela família.

Logo houve murmúrios vagos de aprovação e até mesmo um "amém".

— Ainda restam alguns móveis abandonados — avisei, alto o suficiente para qualquer dissidente ouvir. — Em péssimo estado, mas pelo menos vocês vão ter cadeiras e uma cama. Venham comigo. — Fui até a porta do telhado. — Vou levar vocês até lá.

Toda a família se levantou a duras penas e me seguiu, arrastando as malas abarrotadas pelos cinco lances de escada. Meus braços queriam ajudá-los; mas, se eu tinha alguma esperança de rever meu pai, arriscar contato com aqueles germes externos era uma linha que eu não estava disposta a cruzar. Quando chegamos ao 2A, destranquei a porta e a abri. Quando fui acender a luz, lembrei que não havia eletricidade.

O pai entrou arrastando as malas e a mãe o seguiu. Ele largou tudo enquanto a velha entrava, segurando a mão da criança. Pararam no meio da sala. Uma luz tênue era filtrada pelas persianas quebradas que davam para a Bowery.

— Desculpem pela falta de eletricidade — eu disse. — Vocês vão ter que usar velas por enquanto. Tenho algumas no meu apartamento que posso trazer. — E então me lembrei das pilhas de coisas de Wilbur, algumas das quais poderiam ser úteis, pelo menos as que ele não havia roubado dos meus compatriotas no telhado. – E algumas outras coisas. Vou deixar as chaves aqui na porta.

Voltei para meu apartamento e enchi uma caixa de papelão com velas, alguns utensílios de cozinha, copos, talheres, alguns pratos e xícaras de porcelana. Enquanto preparava a caixa, ouvi seus passos acima de mim e senti uma onda repentina de alívio, grata por não serem mais passos de fantasmas. *Finalmente eu conseguiria dormir*, pensei – ou desejei.

Subi com a caixa e a coloquei no chão bem perto da porta. A mulher me agradeceu. Vi o homem atrás dela, segurando o braço da mãe, examinando a sala ao redor deles. Abri o maior sorriso que pude por trás da máscara e subi correndo a escada. Quando a porta se fechou, pensei ter ouvido a velha murmurar:

– Não foi assim que entramos?

Fiquei surpresa ao perceber como estava ansiosa para voltar ao meu sofá vermelho e surrado no telhado, à nossa pequena comunidade peculiar traumatizada e unida pelo acaso. Não queria perder nenhuma história.

Mas, quando abri a porta do telhado, meu sofá não estava mais vazio. Havia um homem sentado nele, de costas para mim, já contando uma história para o grupo. Não conseguia acreditar que tinham me substituído com tanta facilidade. Estava começando a ser tomada pela raiva quando o som da voz me deteve. Fiquei paralisada. Não era possível.

───◆───

– Isso foi quando minha mulher estava doente. Ela lutou contra a depressão durante a maior parte da vida... uma infância horrível na Romênia, os pais executados pela Securitate de Ceaușescu. Mas, aqui nos Estados Unidos, não consegui ajuda para ela. O sistema de saúde não podia fazer nada. Eu a levava para o pronto-socorro e ficávamos lá sentados por uma dúzia de horas para que lhe dessem um sedativo e a mandassem para casa. Diversas vezes.

"Fiquei muito feliz quando minha filha chegou em casa com aquele passarinho na mão. Desviava sua atenção do fato de ter uma mãe que não conseguia sair da cama. O pássaro tinha sido expulso do ninho porque tinha uma patinha deformada, as garras fechadas como um punho. Era uma criatura minúscula, rosada e sem pelos, com olhos arregalados. Quando era pequeno, eu tive um estorninho de estimação, então fiquei muito feliz ao ver minha filha tendo a mesma experiência.

"Ela o colocou em uma caixa de sapatos forrada com uma toalha. Correu pelo nosso apartamento no Queens matando moscas, esmagando baratas e colocando os insetos destroçados no bico dele. O bichinho estava sempre com fome e piava que nem louco sempre que a via. Quando terminou de matar todos os insetos do apartamento, ela abriu a geladeira, pegou a carne crua que usávamos para fazer hambúrguer e fez bolinhas, que colocava dentro do bico do bichinho. Minha filha alimentava o passarinho dia e noite. Eu o ouvia piando, então ela se levantava da cama e eu a ouvia indo de fininho alimentá-lo, e o piado parava por uma ou duas horas e depois começava outra vez.

"Ela o batizou de Celeste, porque dizia que a casa dele era o céu, embora ele não pudesse voar. Ela era Terrestre, ele era Celeste – foi o que ela me disse. O passarinho cresceu rápido. Logo estava coberto de penas negras que brilhavam em um tom azul-escuro à luz do sol. Com os olhos amarelos e redondos, ele nos olhava inclinando a cabeça. Minha filha foi à biblioteca, pegou um livro sobre pássaros e descobriu que ele era um quíscalo. Segundo o livro, essas aves comiam de tudo, inclusive lixo. Ela o alimentava com sementes de girassol, ovo cozido, biscoito doce e amêndoas. Mas o que Celeste mais amava eram biscoitos doces recheados de pasta de figo.

"Não era um pássaro canoro. Não produzia sons bonitos. Grasnava e produzia um ruído como o de unhas arranhando um quadro negro. Quando minha filha acariciava sua cabeça, ele fechava os olhos e esticava o pescoço para ser acarinhado como se fosse um cachorro.

"Minha filha concluiu que ele só ia voar quando conseguisse agarrar um galho com a patinha disforme, então todos os dias ela abria as garrinhas dele e as prendia em torno do dedo. Um dia, quando ele estava pousado no dedo dela, minha filha lhe deu um empurrão de leve; e o pássaro caiu no chão com um baque surdo e começou a piar furioso. Não gostou de ser jogado daquela maneira. Rá! Mas ela fez isso várias vezes, até que ele por fim aceitou o treinamento e aprendeu a voar. Logo estava voando pelo apartamento. Comprei uma gaiola e a pendurei em um gancho no quarto dela. Colocávamos a comida dele na gaiola e ele voava para lá para dormir.

"Quando chegou o verão, minha filha implorou para que eu a deixasse levar Celeste para fora de casa. Fiquei com medo de o pássaro sair voando, mas ela insistiu que ele nunca a abandonaria. Nesse mesmo período, a depressão da minha mulher estava se agravando. Ela estava entrando em sua última espiral descendente. É claro que eu não sabia disso na época, mas estava empenhado em manter nossa filha fora de casa e tão longe da mãe quanto possível. Ela sabia que a mãe estava doente e não podia sair da cama, mas não sabia exatamente o que estava acontecendo, é claro. Ela começou a levar o pássaro na gaiola até uma pracinha na Whitney Avenue chamada Veterans Grove. Lá, ela abria a portinha da gaiola e o pássaro saía voando para as copas das árvores. Mas, quando ela bateu na gaiola e colocou um biscoito de figo lá dentro, ele voltou imediatamente. Minha filha ia à praça sempre que podia. Ela abria a porta da gaiola e ele voava para as copas das árvores, às vezes passava horas lá; mas, assim que ela batia na gaiola, ele voltava e começava a grasnar, pedindo seu biscoito de figo.

"Minha mulher se matou no outono. Comprimidos. Graças a Deus, Yessie estava na escola. Eu disse a ela que a mãe tinha voltado para a Romênia. Como poderia contar a verdade? Talvez eu tenha errado, porque minha filha ficou furiosa ao saber que a mãe nos abandonou. A verdade é que minha mulher, à sua maneira perturbada, acreditava que *tinha* que pôr fim à própria vida *porque* amava Yessie. Ela tinha pavor de destruir a vida da nossa filha com sua doença mental.

"Ele não vai me abandonar, Yessie sempre insistia quando falava de Celeste. Ela tinha muita certeza disso. Mas uma semana depois ela o levou para a Veterans Grove, e havia um bando de quíscalos nas copas das árvores. Quando ela abriu a porta da gaiola, Celeste saiu voando e se juntou ao bando. E, por mais que Yessie assobiasse e batesse na gaiola e tentasse seduzi-lo com biscoitos de figo, ele não voltou. Ela ficou lá, chamando-o para que voltasse do alto da árvore, até o pôr do sol, quando o bando alçou voo e desapareceu em direção ao sul por cima dos telhados.

"Ela passou semanas indo à Veterans Grove com um pacote de biscoitos de figo, dando batidinhas na gaiola e chamando por ele. Mas o pássaro nunca mais voltou.

"Então, como eu disse no início da minha história, foi aí que decidi que podia acontecer o que acontecesse, mas eu ia ficar ao lado da minha filha para sempre. Pelo tempo que ela precisasse de mim."

※

Ele parou: a história havia terminado. Tive medo de me mexer, de falar, de fazer qualquer coisa que pudesse quebrar o feitiço.

Mas, então... não consegui mais me conter. O ruído que escapou da minha garganta, meio soluço, meio suspiro, ecoou pelo telhado. Todas as cabeças se voltaram para mim.

Celeste. Eu me lembrava muito bem dele. Passei anos atenta para ver se o ouvia nas praças de Nova York. Para ser sincera, acho que, quando me mudei para os bosques de Vermont naqueles anos depois da faculdade, não foi apenas por causa de Lynn, mas também porque tinha a ideia boba de que seria mais fácil para Celeste me encontrar lá.

– Pai? – consegui dizer com a voz rouca, meus membros ainda dormentes por causa do choque. – O que... você está fazendo aqui? – Olhei para seu rosto largo, os cabelos brancos e grossos penteados para trás, os olhos verdes cintilantes arregalados de surpresa e alegria.

– Yessie! Minha filha! O que *você* está fazendo aqui?

– Eu sou... a zeladora do prédio.

– É sério? Que maravilha! Você sempre foi muito hábil com as mãos. Ah, fiquei tão preocupado depois que você teve aquela crise de asma – disse ele. – E então você simplesmente desapareceu. Por que não ligou?

– Mas... – Eu ainda não conseguia compreender o que estava acontecendo. – Você está bem?

– Nunca estive melhor.

– Como você chegou até aqui?

– Eu não me lembro bem. – Ele esfregou a testa.

Minha cabeça rodava. Será que Maine o tinha trazido? Impossível. Aquele era meu pai, mas não era o mesmo homem que eu tinha visto da última vez, deitado na cama do solar em New Rochelle, um farrapo de homem, a pele pendendo dos ossos, os olhos cor de poeira, a mão esquelética agarrando e soltando o lençol. Fiquei tonta com a mistura de terror e alegria.

— Eu me lembro... — disse ele devagar, o cenho franzido pelo esforço para recordar — ... de ir dormir na minha cama, no nosso apartamento na Poyer. Então tive um sonho. Sonhei que acordei em um lugar muito estranho. Uma mulher vestida de branco entrou no quarto e, quando falou, foi em uma língua que eu não conseguia compreender. Tentei me lembrar de como tinha chegado lá, mas não conseguia me lembrar de nada da minha vida, nem de quem eu era, nem do que havia acontecido. Enquanto vasculhava minha mente, em pânico, tentando desesperadamente me lembrar, algo voltou à minha memória: eu tinha uma filha. *Você.* Mas então aconteceu uma coisa horrível: eu conseguia me lembrar do seu rosto, mas não do seu nome. Fora isso, minha vida era uma grande incógnita.

Enquanto ouvia isso, uma sensação gelada muito peculiar desceu pela minha nuca.

— Nesse sonho terrível, eu estava com medo de perder a única lembrança que tinha, então desenhei seu rosto em um papel. E o escondi.

Ele inspirou longa e profundamente.

— E então não me lembro dos detalhes, mas... Aqui estou.

— Mas, pai, e a casa de repouso? A pandemia? Estamos em confinamento!

Ele fez um gesto com a mão, como se nada disso tivesse importância, sem nem mesmo me dar ouvidos.

— Yessie, minha menina. Você parece muito bem de saúde! Está melhor da asma?

Meu pai se levantou do sofá, erguendo-se do veludo vermelho sem nenhuma dificuldade, quando um mês atrás não conseguia nem se sentar na cama. Ao se levantar, um pedaço de papel caiu de seu colo e pousou no asfalto do telhado junto ao pé de Vinagre.

Todos nós olhamos para o papel. Havia um desenho delicado de uma garota nele.

Meu pai riu, constrangido.

— Minha pequena Terrestre. Eu não queria me esquecer de você.

Ao ouvir isso, não aguentei mais. O desenho tinha quebrado o feitiço. *Dane-se a covid*, pensei, enquanto corria na direção dele e enterrava meu rosto em seu peito, sentindo seus braços me envolverem. Não dava a mínima se aquele abraço nos condenaria. Era o primeiro contato humano que eu experimentava em semanas – mas pareciam anos, vidas inteiras que aquele confinamento havia nos roubado. Eu podia sentir minhas lágrimas encharcando a camisa dele.

A Dama dos Anéis pigarreou e em seguida pigarreou de novo, mais alto.

– Querida, não se esqueça do distanciamento social. Assim você vai acabar contaminando o seu pai, bem, você sabe...

Houve uma pausa, e então a Terapeuta, que estava olhando para o desenho desbotado, ergueu os olhos e falou baixinho:

– Acho que isso não tem mais nenhuma importância.

– Como assim? – disse Eurovision, irritado. – Claro que tem importância. Nós temos que achatar a maldita curva.

– Eu acho que não.

– Ah, pelo amor de Deus – Darrow começou a dizer, mas se deteve.

Ninguém se mexeu.

– Que ridículo – disse Eurovision. – Do que diabos você está falando?

– Ela está falando de nós – disse Amnésia. – De todos nós. Quer dizer, é tudo um borrão, como ele disse. Eu mesma tenho me perguntado: como cheguei aqui?

– Nós moramos aqui! – exclamou Eurovision. – Estamos em quarentena nesta espelunca por causa de uma pandemia mortal!

– Alguém mais está meio confuso? – perguntou Ramboz.

– Bem – disse Darrow –, antes da covid, eu tinha um apartamento muito bom em Chelsea.

Com uma expressão quase travessa, a Dama dos Anéis levantou a mão e baixou a máscara, os anéis tilintando. Ela respirou fundo e sorriu.

– O que você está fazendo? – disse Eurovision.

– Eu acho... – ela disse devagar – que não precisamos mais nos preocupar com máscaras e distanciamento social. Que talvez já seja tarde demais.

– Tarde demais para quê? – disse Hello Kitty, levantando a voz. – Do que você está falando?

Meu pai olhou para mim em busca de ajuda. Pensei na terrível crise de asma que tive em março e me dei conta de que entendia.

— O que ela quer dizer é que ela não pode mais pegar covid — eu disse. — Nenhum de nós pode.

Agarrando as laterais de seu trono com os nós dos dedos pálidos, como se quisesse se aferrar ao próprio mundo, Eurovision exclamou:

— Por que vocês estão se olhando com essas caras? O que está acontecendo?

Ele pulou da cadeira, derrubando o lampião de querosene.

— *Dios mío!* — gritou Flórida, pulando para longe do monte de folhas que pegava fogo a seus pés.

— Jesus Cristo! O que está acontecendo é um incêndio! — gritou Vinagre, enquanto as chamas se espalhavam pela manta asfáltica do telhado.

Com um grito agudo, Eurovision tentou apagar as chamas com um martíni recém-preparado. Péssima ideia. Rugindo, as chamas explodiram e ele tropeçou para trás.

Vinagre pegou sua garrafa de vinho, foi até o fogo e derramou a bebida sobre as chamas. Esvaziei minha garrafa de Pastis sobre o fogo e outros também sacrificaram suas bebidas, com graus variados de êxito, até que Hello Kitty jogou um balde inteiro de gelo na poça e em um instante as chamas se apagaram, deixando uma massa alcoólica fumegante, fedorenta e borbulhante sobre o piso.

Enquanto estávamos ali parados, em estado de choque, esbaforidos, surpresos, seguros, olhando uns para os outros ao redor do círculo... por alguma razão, comecei a rir. Agarrei a mão do meu pai. Eu podia *senti-lo*. Prova de que éramos feitos da mesma matéria. Se estava morto — e eu sabia que devia estar —, então ele era um fantasma e todos nós também éramos... o quê? Espíritos? Minha lembrança confusa de estar no hospital, as circunstâncias nebulosas por meio das quais tinha conseguido o emprego de zeladora, os ruídos misteriosos e passos acima de mim, a atmosfera assombrada do prédio — tudo de repente fez sentido. Os fantasmas éramos *nós*.

A covid tinha matado todos nós.

A leveza e até mesmo o alívio que tomaram conta de mim estavam se estendendo aos demais. Não precisávamos mais ter medo uns dos outros, nem ficar aterrorizados com o perigo do contato humano, nem nos preocuparmos por respirar, tocar ou compartilhar.

Eurovision, o último a compreender, foi desmoronando na cadeira e cobriu o rosto com as mãos. Vinagre foi até ele e colocou o braço ao redor de seus ombros. Ficamos muito tempo em silêncio, tirando as máscaras, uma por uma, enquanto as nuvens se dissipavam e as estrelas surgiam na grande cúpula do céu noturno. Apertei a mão do meu pai. Eu estava ansiosa para que ele me contasse mais sobre minha mãe.

Por fim, Eurovision levantou a cabeça.

– Bem – disse ele, olhando para nós. – Aqui estamos, eu acho. E eu ainda sou o mestre de cerimônias desta reunião no telhado.

Sorrimos para ele sem saber o que fazer agora.

Ele se levantou e olhou em volta, unindo e afastando as mãos.

– Tenho a impressão de que ainda há histórias para contar. Quem tem uma?

Recostando a cabeça no peito do meu pai, sentindo seus braços fortes e familiares em torno de mim, olhei para a cidade além do nosso telhado. Imaginei os fantasmas da covid ao nosso redor, em toda parte, e tive certeza: havia muitas, muitas outras histórias.

REGISTRO DE INCÊNDIOS NA CIDADE DE NOVA YORK
Sistema de comunicação informatizada Starfire

Incidente_data e hora: 13 de abril de 2020, 23h59
Endereço: 2 Rivington St Nova York NY 10002
Equipe designada: Caminhão 145 e Esquadrão de resgate 117 do Corpo de Bombeiros de Nova York

Observações: Registro de possível incêndio no telhado de um prédio abandonado no número 2 da Rivington St. Durante a investigação, foram observadas várias velas queimadas e evidências de um incêndio de pequenas dimensões, extinto. Foi observada presença recente de ocupação ilegal: cadeiras, pichações, cobertores, diversos objetos abandonados. Nenhuma identificação recuperada, exceto por um (1) manuscrito grande e encadernado, escrito à mão, com nome e endereço na contracapa: Yessenia Grigorescu, 48–27 Poyer Street, Queens, NY 11373. Uma investigação posterior revelou que Grigorescu faleceu de covid em 20/03/2020 no Hospital Presbyterian de Nova York; nenhum parente próximo foi localizado. Manuscrito arquivado no Depósito da Divisão de Registro de Objetos Perdidos do Departamento de Polícia de Nova York, na Front St.; aguardando reclamante; nenhuma ação adicional tomada; incidente encerrado.

Sobre os colaboradores

CHARLIE JANE ANDERS (Oitavo dia: Amnésia, "O ombro macio") é autora de um romance ainda não publicado intitulado *The Prodigal Mother*, além dos romances *Todos os pássaros no céu* e *The City in the Middle of the Night*. Também escreveu um livro sobre o poder salvador da escrita criativa intitulado *Never Say You Can't Survive: How to Get Through Hard Times by Making Up Stories*, além de uma coletânea de contos intitulada *Even Greater Mistakes*. É uma das apresentadoras do podcast *Our Opinions Are Correct*.

MARGARET ATWOOD (Décimo dia: A Aranha, "A exterminadora") é autora de mais de cinquenta livros de ficção, poesia, ensaios e histórias em quadrinhos. Seu último romance é *Os testamentos*, de 2019, covencedor do Booker Prize e continuação de *O conto da aia*.

JENNINE CAPO CRUCET (Quinto dia: La Reina, "Langosta") é romancista, ensaísta e roteirista. É autora de três livros, incluindo *Make Your Home Among Strangers*, que ganhou o International Latino Book Award, esteve entre os livros indicados pelo editor do *New York Times Book Review* e foi citado entre os melhores livros do ano da NBC Latino, do *Guardian* e do *Miami Herald*, entre outros.

JOSEPH CASSARA (Sexto dia: Eurovision, "Trauma dos coelhos") é autor do romance *The House of Impossible Beauties*, aclamado pela crítica e vencedor do Edmund White Award for Debut Fiction, de dois International Latino Book Awards e do National Arts & Entertainment Journalism Award de melhor livro de ficção, e foi finalista do Lambda Literary Award for Gay Fiction. Seus contos, ensaios e críticas foram publicados na *New York Times Style Magazine*, na *Boston Review*, na *Asymptote* e na *Queer Bible*. Atualmente é professor do programa de pós-graduação em Belas-Artes da San Francisco State University.

SOBRE OS COLABORADORES

ANGIE CRUZ (Terceiro dia: Flórida, "Apto. 3C") é romancista e editora. Seu romance mais recente é *How Not to Drown in a Glass of Water*, de 2022. Seu romance anterior, *Dominicana*, foi o livro que inaugurou o GMA Book Club, foi finalista do Women's Prize, esteve entre os indicados à Andrew Carnegie Medal for Excellence in Fiction e ao Aspen Words Literary Prize, foi eleito livro notável da RUSA e vencedor do ALY/YALSA Alex Award na categoria ficção.

PAT CUMMINGS (Décimo primeiro dia: A Dama dos Anéis, "Teatro") é autora e/ou ilustradora de mais de quarenta livros infantis. Recebeu o prêmio Coretta Scott King de ilustração por *My Mama Needs Me*, escrito por Mildred Pitts Walter. Seus livros, tanto de ficção quanto de não ficção, incluem *Trace*, *C.L.O.U.D.S.* e *Talking with Artists*. Dá aulas de ilustração e escrita de livros infantis na Parsons School, na New School for Design e no Pratt Institute.

SYLVIA DAY (Décimo dia: Tango, "Na Carnegie Lane") é autora da série Crossfire e de outros vinte romances premiados, entre eles dez obras que estiveram na lista de best-sellers do *New York Times* e treze na lista do *USA Today*. Suas obras foram traduzidas para quarenta e um idiomas e adaptadas para o cinema. É autora de best-sellers que estiveram em primeiro lugar em listas de vinte e nove países e já vendeu mais de vinte milhões de exemplares.

EMMA DONOGHUE (Quarto dia: Eurovision, "A festa") é autora, roteirista e dramaturga premiada. Escreveu o roteiro da adaptação para o cinema de seu best-seller internacional *Quarto* (indicado a quatro Oscar) e foi coautora da adaptação lançada pela Netflix em 2022 de seu romance de 2016, *O milagre*. Seu romance mais recente, *Learned by Heart*, foi publicado em 2023.

DAVE EGGERS (Décimo segundo dia: A zeladora, "Contadora de histórias") é autor de *The Every*, *O círculo*, *The Monk of Mokha*, *Um holograma para o rei* e muitos outros livros. É fundador da McSweeney's, uma editora independente em San Francisco que publica livros, um site de humor e uma revista com textos de novos escritores.

DIANA GABALDON (Segundo dia: Whitney, "O fantasma do Álamo"/Quarto dia: Lala, "Uma quietude no coração") é autora da série de romances *Outlander*, cujo volume mais recente é *Diga às abelhas que não estou mais aqui*, de 2021, que chegou à lista de best-sellers do *New York Times*. Também fundou e dirigiu a revista acadêmica *Science Software Quarterly*.

TESS GERRITSEN (Quarto dia: Maine, "A médica") é autora de vários best-sellers internacionais. Alguns de seus livros são *The Spy Coast*, de 2023, e *A enfermeira*, de 2022. Sua série de romances protagonizada pela detetive de homicídios Jane Rizzoli e pela médica legista Maura Isles inspirou a série de televisão *Rizzoli & Isles*. Ela também é cineasta.

JOHN GRISHAM (Quarto dia: Darrow, "Outro irmão para o Natal") é autor de quarenta e sete livros que alcançaram de maneira consecutiva o número um na lista de mais vendidos. Seus livros recentes incluem *A lista do juiz*, *Sooley* e *Tempo de perdoar*. Venceu duas vezes o Harper Lee Prize for Legal Fiction e recebeu o Creative Achievement Award for Fiction da Biblioteca do Congresso Americano.

MARIA HINOJOSA (Primeiro dia: A Filha do Merengueiro, "A dupla tragédia contada pela fofoqueira do 3B") é apresentadora e produtora-executiva do programa *Latino USA*, do canal NPR, e fundadora, presidente e diretora-executiva do Futuro Media Group. É autora de quatro livros, entre eles *The Latino List* e *Raising Raul: Adventures Raising Myself and My Son*. Ganhou o Prêmio Pulitzer de reportagem radiofônica por sua série de podcasts em sete capítulos *Suave*.

MIRA JACOB (Quarto dia: Amnésia, "A mulher na janela") é romancista, memorialista, ilustradora e crítica cultural. Seu livro de memórias em quadrinhos *Good Talk: A Memoir in Conversations*, além de finalista do National Book Critics Circle Award e do PEN Open Book Award, foi indicado a três Eisner Awards, declarado Livro Notável do *New York Times* e eleito um dos melhores livros do ano pelos veículos *Time*, *Esquire*, *Publishers Weekly* e *Library Journal*. Atualmente está sendo adaptado para uma série de televisão. É professora assistente do Programa de Escrita Criativa da pós-graduação em Belas-Artes da New School e parte do corpo docente que fundou o programa de pós-graduação em Belas-Artes do Randolph College.

ERICA JONG (Décimo primeiro dia: Amnésia, "Os monólogos da vagina") é autora de mais de vinte e cinco livros traduzidos para quarenta e cinco idiomas, incluindo *Medo de voar*, *O que as mulheres querem?*, *Seducing the Demon: Writing for My Life* e *A Letter to the President*. Ganhou vários prêmios por sua poesia e ficção em todo o mundo, inclusive os prêmios Fernanda Pivano e o Sigmund Freud, na Itália, o Deauville, na França, e o Prêmio das Nações Unidas de Excelência em Literatura.

CJ LYONS (Terceiro dia: Hello Kitty, "Pulmão de ferro") é autora de várias obras que estiveram na lista de mais vendidos do *New York Times* e do *USA Today*. Escreveu mais de quarenta romances e foi médica de emergência pediátrica. Seus romances ganharam duas vezes o International Thriller Writers' Award, bem como o RT Reviewers' Choice Award, o Readers' Choice Award, o Selo RT de Excelência e o Daphne du Maurier Award for Excellence in Mystery and Suspense.

CELESTE NG (Primeiro dia: A Terapeuta, "As maldições") é autora de três romances, o mais recente deles *Os corações perdidos*. Com três livros na lista de mais vendidos do *New York Times*, teve contos e ensaios publicados no *New York Times* e no *Guardian*, entre outras publicações. Recebeu o Prêmio Pushcart, uma bolsa do National Endowment for the Arts e uma bolsa Guggenheim.

TOMMY ORANGE (Décimo terceiro dia: Darrow, "O drogado") é o autor de *Lá não existe lá*, de 2018, finalista do Prêmio Pulitzer de 2019 e ganhador do American Book Award de 2019. Atualmente leciona no Institute of American Indian Arts.

MARY POPE OSBORNE (Nono dia: Whitney, "Uma jornada para o Oriente, 1972") é autora premiada de mais de cem livros para crianças e jovens. É mais conhecida pela série *A casa da árvore mágica*. Suas contribuições pessoais por meio do Programa Gift of Books forneceram mais de 1,5 milhão de livros para crianças de baixa renda.

DOUGLAS PRESTON (narrativas estruturais dos dias 1 a 14: Yessie/Sexto dia: Ramboz, "O sonho impossível do Red Sox"/Décimo quarto dia: Pai de Yessie, "O pássaro de Yessie"/Décimo quarto dia: Ramboz, "A gravação de Charlotte P.") é autor de trinta e nove livros de não ficção e ficção, dos quais trinta e dois chegaram à lista de mais vendidos do *New York Times*. É coautor, com Lincoln Child, da série de thrillers Pendergast. Trabalhou como editor no Museu Americano de História Natural, em Nova York, e deu aulas de redação de não ficção na Universidade de Princeton.

ALICE RANDALL (Quinto dia: Pardi, "Lafayette"/Oitavo dia: Pardi, "Jericho") é uma romancista cujos livros já estiveram na lista de mais vendidos do *New York Times*. Também é compositora premiada, educadora e ativista alimentar. Ganhou os prêmios NAACP Image Award, Pat Conroy Cookbook Prize e Phillis Wheatley Book Award, entre outros. Tem um doutorado honorário concedido pela Fisk University e faz parte do corpo docente da Universidade Vanderbilt.

ISHMAEL REED (Décimo segundo dia: O Poeta, "A poeta experimental") é autor de mais de trinta livros de poesia, prosa, ensaios e peças de teatro. Entre seus livros de poesia, estão *Conjure*, de 1972, finalista do Prêmio Pulitzer e indicado ao National Book Award. Sua coletânea de poemas mais recente é *Why the Black Hole Sings the Blues, Poems 2007-2020*. Também é autor de muitos romances aclamados pela crítica, incluindo *Mumbo Jumbo*, de 1972, *Juice!*, de 2011, e *The Terrible Fours*, de 2021.

ROXANA ROBINSON (Décimo segundo dia: Whitney, "Avaliação") é autora de onze livros: sete romances, três coletâneas de contos e a biografia de Georgia O'Keeffe. Quatro deles foram eleitos livros notáveis pelo *New York Times*. Recebeu duas vezes o Maine Writers and Publishers Fiction Award, bem como o James Webb Award; seu romance *Cost* foi finalista do Dublin Impac Award. Recebeu bolsas do National Endowment for the Arts e da Fundação Guggenheim. Ganhou o prêmio Barnes and Noble Writers for Writers, da Poets & Writers, e o Preston Award for Distinguished Service to the Literary Community, da Authors Guild. Leciona no programa de pós-graduação em Belas-Artes do Hunter College.

NELLY ROSARIO (Décimo quarto dia: Família de Estranhos, "O rosário da Rivington") é autora de *Song of the Water Saints: A Novel*, vencedor do PEN Open Book Award. Tem mestrado em Belas-Artes pela Universidade Columbia, e seus textos de ficção e não ficção foram publicados em várias antologias e revistas acadêmicas. Recebeu o Sherwood Anderson Award de ficção e o Creative Capital Artist Award de literatura. É diretora-assistente de redação do Projeto de História Negra do MIT e professora adjunta do Programa de Estudos Latinos do Williams College.

JAMES SHAPIRO (Sétimo dia: Próspero, "Shakespeare em tempos de peste") é o autor de *1599: Um ano na vida de William Shakespeare*, que recebeu o prêmio de não ficção Baillie Gifford "Winner of Winners", e de *The Year of Lear: Shakespeare in 1606*, que ganhou o James Tait Black Award. Seu último livro, *Shakespeare in a Divided America*, foi incluído na lista de Dez Melhores Livros de 2020 do *New York Times*. Leciona na Universidade Columbia e exerce o cargo de especialista em Shakespeare no Public Theatre na cidade de Nova York.

HAMPTON SIDES (Décimo dia: Maine, "Elijah Vick") é o autor dos best-sellers *Soldados fantasmas*, *Blood and Thunder*, *Hellhound on His Trail*, *No reino do gelo* e *On Desperate Ground*. É editor geral da *Outside* e colaborador frequente da *National Geographic* e de outras revistas. Seu trabalho jornalístico foi indicado duas vezes ao National Magazine Awards de reportagem.

R. L. STINE (Décimo primeiro dia: O comediante, "O intruso") é autor de *Rua do Medo*, a série de terror para jovens mais vendida de todos os tempos, e da série de terror infantil *Goosebumps*. Figura no Guinness World Records como o autor mais prolífico de romances infantojuvenis de terror.

NAFIISSA THOMPSON-SPIRES (Segundo dia: Vinagre, "Meu nome é Jennifer") é autora de *As cabeças das pessoas negras*, que ganhou o PEN Open Book Award e o Art Seidenbaum Award do *LA Times* e esteve na lista de indicados ao National Book Award de 2018, entre outros prêmios. Seus textos já foram publicados em diversos veículos, como *The White Review*, *Los Angeles Review of Books Quarterly*, *StoryQuarterly*, *Lunch Ticket* e *The Feminist Wire*.

MONIQUE TRUONG (Nono dia: Hello Kitty, "Buster") é romancista, ensaísta e libretista. É autora dos romances *O livro do sal*, de 2003, *Bitter in the Mouth*, de 2010, e *The Sweetest Fruits*, de 2019. Recebeu uma bolsa Guggenheim, o prêmio Young Lions Fiction da Biblioteca Pública de Nova York, o Bard Fiction Prize, o Rosenthal Family Foundation Award da American Academy of Arts and Letters, o John Gardner Fiction Book Award e o John Dos Passos Prize for Literature, entre outros.

SCOTT TUROW (Sexto dia: Barba Negra, "Iraque") é autor de muitas obras de ficção que figuraram em listas de mais vendidos, entre elas *O último julgamento*, *Testemunha*, *Idênticos* e *O inocente*. Seus livros venderam mais de trinta milhões de exemplares em todo o mundo e foram adaptados para filmes e projetos de televisão. Escreve com frequência ensaios e artigos de opinião para publicações como *New York Times*, *Washington Post*, *Vanity Fair*, *The New Yorker* e *The Atlantic*.

LUIS ALBERTO URREA (Oitavo dia: La Cocinera, "Alicia e o Anjo da Fome") é autor de dezessete livros, alguns dos quais figuraram em listas de mais vendidos. Aclamado pela crítica, foi finalista do Prêmio Pulitzer de não ficção em 2005 e é membro do Hall da Fama da Literatura Latina. Alguns de seus livros mais recentes são *Good Night, Irene* e *The House of Broken Angels*.

RACHEL VAIL (Sétimo dia: a Zeladora, "Um presente pelo seu casamento, para o qual não fui convidada") é autora premiada de mais de quarenta livros. Seus trabalhos mais recentes incluem os livros ilustrados *Sometimes I Grumblesquinch* e *Sometimes I Kaploom*; os romances para jovens *Well, That Was Awkward* e *Bad Best Friend*; e a peça *Anna Karenina*, adaptada do romance de Leon Tolstói.

WEIKE WANG (Nono dia: NYU, "A estudante chinesa") é autora de *Chemistry*, de 2017, e de *Joan vai bem*, de 2022. Ganhou o PEN Hemingway e o Whiting Award de 2018 e foi selecionada entre os cinco autores com menos de trinta e cinco anos da National Book Foundation. Leciona na Universidade da Pensilvânia, na Universidade Columbia e no Barnard College.

CAROLINE RANDALL WILLIAMS (Décimo segundo dia: Pardner, "Branquelo Fantasma e Rosie") é poeta, autora de romances para jovens adultos e de livros de culinária premiados. Ingressou no corpo docente da Universidade Vanderbilt no outono de 2019 como escritora residente em Medicina, Saúde e Sociedade. Suas obras incluem *Lucy Negro Redux* e *Soul Food Love*.

DE'SHAWN CHARLES WINSLOW (Quinto dia: Wurly, "Lembranças de Bertha") é autor de *In West Mills*, vencedor do First Novel Prize do Center for Fiction, ganhador do American Book Award e do Willie Morris Award for Southern Fiction e finalista do *Los Angeles Times* Book Award, do Lambda Literary Award e do Publishing Triangle Award. Também é autor de *Decent People*, de 2023.

MEG WOLITZER (Sétimo dia: Tango, "O avental") é autora best-seller do *New York Times*. Entre outros romances, escreveu *Os interessantes*, *A persuasão feminina*, *The Position* e *The Wife*. Também é apresentadora do programa de rádio e do podcast literário *Selected Shorts*.

"The Soft Shoulder" *story copyright* © 2024 *by* Charlie Jane Anders.
"The Exterminator" *story copyright* © 2024 *by* Margaret Atwood.
"Langosta" *story copyright* © 2024 *by* Jennine Capo Crucet.
"Rabbit Trauma" *story copyright* © 2024 *by* Joseph Cassara.
"Apt. 3C" *story copyright* © 2024 *by* Angie Cruz.
"Playhouse" *story copyright* © 2024 *by* Pat Cummings.
"On Carnegie Lane" *story copyright* © 2024 *by* Sylvia Day.
"The Party" *story copyright* © 2024 *by* Emma Donoghue.
"Storyteller" *story copyright* © 2024 *by* Dave Eggers.
"The Ghost in the Alamo" e "A Stillness at the Heart" *stories copyright* © 1999 *by* Diana Gabaldon.
"The Doctor" *story copyright* © 2024 *by* Tess Gerritsen.
"Another Brother for Christmas" *story copyright* © 2024 *by* John Grisham.
"The Double Tragedy as Told by the Gossip from 3B" *story copyright* © 2024 *by* Maria Hinojosa.
"The Woman in the Window" *story copyright* © 2024 *by* Mira Jacob.
"The Vagina Monologues" *story copyright* © 2024 *by* Erica Jong.
"Iron Lung" *story copyright* © 2024 *by* CJ Lyons.
"The Curses" *story copyright* © 2024 *by* Celeste Ng.
"The Tweaker" *story copyright* © 2024 *by* Tommy Orange.
"A Journey to the East, 1972" *story copyright* © 2024 *by* Mary Pope Osborne.
"The Red Sox Impossible Dream", "Yessie's Bird",
e "The Tapes of Charlotte P." *stories copyright* © 2024 *by* Douglas Preston.
"Lafayette" e "Jericho" *stories copyright* © 2024 *by* Alice Randall.
"The Experimental Poet" *story copyright* © 2024 *by* Ishmael Reed.
"Appraisal" *story copyright* © 2024 *by* Roxana Robinson.
"Rivington Rosary" *story copyright* © 2024 *by* Nelly Rosario.
"Shakespeare in Plague Times" *story copyright* © 2024 *by* James Shapiro.
"Elijah Vick" *story copyright* © 2015 *by* Hampton Sides.
"The Interloper" *story copyright* © 2024 *by* R. L. Stine.
"My Name is Jennifer" *story copyright* © 2024 *by* Nafissa Thompson-Spires.
"Buster Style" *story copyright* © 2024 *by* Monique Truong.
"Iraq" *story copyright* © 2024 *by* Scott Turow.
"Alicia and the Angel of Hunger" *story copyright* © 2024 *by* Luis Alberto Urrea.
"A Gift for Your Wedding to Which I Was Not Invited" *story copyright* © 2024 *by* Rachel Vail.
"The Chinese Exchange Student" *story copyright* © 2024 *by* Weike Wang.
"Ghost Cracker and Rosie" *story copyright* © 2024 *by* Caroline Randall Williams.
"Remembering Bertha" *story copyright* © 2024 *by* De'Shawn Charles Winslow.
"The Apron" *story copyright* © 2024 *by* Meg Wolitzer.

Impressão e Acabamento:
GRÁFICA GRAFILAR